KB266086

석담선생 유고집

생은 맑고 뜻은 깊었네

문화앤피플

경상북도 안동시 예안면 기사리 308번지 세거지(世居地)에 있던 구옥(舊屋)전경. 지금은 철거되어 없다. 이 집에서 石潭 공의 조부(祖父) 재석(在昔) 공 이하 石潭 공과 그 자녀 5남 1녀가 태어났다.

본채는 당시에는 보기 드물게 큰 전면 5칸 겹집으로 10칸의 집이었다. 큰 대문은 초가였고, 아래채는 6칸 집으로 ㄷ자 모양 집이었다. 주변 우측은 석담 공의 생가 조부(在璟 공)님 댁이고 앞은 셋째 삼촌의 작은집이며, 보이는 집들이 모두 친인척 집들이다.

석담(石潭) 신(辛承國) 공(公) 근영(近影)

석담(石潭) 신공(辛公)은 18세 때인 양력 1950년 0월 01일에 와룡면 지내리 630번지 먹골 마을에서 남양(南陽) 홍씨 종(鍾振) 공과 영양(英陽) 남수임(南壽任) 여사의 셋째 따님인 19세 홍순남여사(1931년 6월 26일생)와 초례(醮禮)치렀고, 음력 1950년 3월 04일(양력 4월 20일)에 안동군 월곡면 기사리 308번지에서 혼례를 치렀다.

홍순남 여사에 의하면 공(公)의 생가(生家) 조부님(諱在璟, 號仙巖)께서 손자인 석담 공을 가마에 태우고 당시 근처에서 가장 높은 산인 와룡산(臥龍山)을 돌아서 초례청(醮禮廳)인 먹골 마을에 도착했다고 한다. 초례청이 차려진 마당에 차일(遮日, 큰 천막)을 치고 높은 초례상을 차려놓고 예를 치렀다. 홍 여사는 당시 붉은 장닭과 암탉을 보자기에 묶어서 상에 올려놓았던 기억이 난다고 했다.

예전 양갓집 구식 결혼 방법에 따르면, 혼례를 치른다고 금방 신부를 시댁으로 데려오지 않았다. 초례 때 첫날밤을 치르고 나서 친정에서 몇 달이나 1년을 지낸 후에, 신랑집에서 혼례를 다시 치렀다. 이후 신부는 시집에서 살았다. 그 옛날에는 이후에 다시 신랑과 신부가 신부댁에 가서 살았고, 낳은 아이가 어린 시절을 외갓집에서 보낼 정도로 오래 머물기도 했다. 고구려 때부터 있었던 데릴사위제의 흔적이라고 한다(이율곡 선생 예를 참조). 석담 공과 홍순남 여사는 슬하에 5남 1녀를 두셨다. 일생에 대한 더 상세한 기록은 뒤에 나오는 〈石潭寧越辛公 墓碣銘(석담영월신공 묘갈명)과 공(公)의 행적(行蹟)〉에 나와 있다.

금강산 여행

미국 나이아가라 폭포

백두산 여행

일본 여행

여러 번의 일본 여행

호주, 북유럽, 중부유럽, 남부유럽 여행

태국 환갑 여행

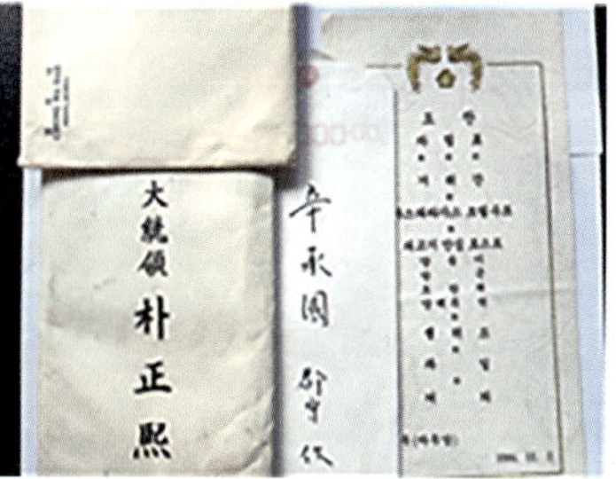

박대통령 친서와 청와대 만찬 초청장들

구옥 사랑방 앞 백통대 드신 조부
재석在昔 公(1875. 03. 08~1958.
06. 22), 배配는 흥해興海 배씨裵氏
(1875. 06. 21~1954. 03. 10)

生家 조부 在瑪 公 從仕朗莊陵
參奉承政院祕書丞(1885.08.
23~1964. 05. 23) 配恭人金
寧金氏(1881. 04. 27~1944.
10. 02)

부친 周善 公
(1903. 02. 11~1984. 04. 09)

모친 英陽 南奉月 여사
(1899. 08 18~1970. 10. 15)

1955년 어느 가을
날로 보인다. 石潭
公의 조부 재석在昔
公이 증손자인 宗燦
을 안은 모습이다.
　石潭 공의 부친보다
키가 조금 더 크셨
다고 하니 180cm
이상 아주 장대했을
것으로 보인다.

石潭 공의 부친이신
주선周善 공께서는
수염이 앞가슴을 덮
으셨고, 아주 당당
한 체격의 헌헌장부
軒軒丈夫이셨다.
　부친 재석在昔보다
키는 조금 작으셨으
나 몸집은 오히려
더 크셨다고 한다.

석담 공 부친 周善 공 사진

석담 공의 막내 여동생 분필芬畢 여사 결혼식

석담 공 여동생 順和 여사와 홍순남 여사

석담 공의 동생 承原 공의 결혼식

석담공의 매제 南重煥 공, 金華榮 공도

석담 공의 자매들, 둘째 必男,
셋째 男必, 넷째 和順, 다섯째 芬畢

아버지의 빈자리 / 宗燦

2025년 문화앤피플 신문콘텐츠대상
시집 『저녁밥 짓는 냄새』 중에서

장마에 허물어진 대문 앞 언덕이
가을하늘 따라 더 넓어졌다

사람도 허물어질 수 있다는 것을
나는 아버지한테서 배웠다
떠난 사람의 그늘은
남은 이들에게 짙은 그리움으로 자란다
아버지 수염처럼 노란 감국이 드문드문 폈다

고향 집 대문 앞에서 마지막으로 내밀던
아버지의 늙은 손처럼
커다란 소나무 뿌리가 불쑥 손을 내밀고,
대나무들은 무너지는 언덕을 안고 버티는데
아름드리 참나무들은 간간이 낙엽만 날린다

멀리 가을바람 소리만 들려도

 방 잎이 붉어지는 집 앞 붉나무 잎들,

아버지가 심으신 늙은 감나무는

아버지의 이마처럼 잎들이 다 떨어졌고

아직 잔가지에 잎이 빽빽한 매화나무는

부지런하시던 젊은 시절 아버지를 많이도 닮았다

아버지의 빈자리

반쯤 묻힌 돌 축대는

뼈대만 봐도 젊을 때 아버지처럼 늠름한데

보랏빛 구절초 몇 송이가 언덕에서 손을 흔들고

고갯마루보다 높던 아버지의 빈자리엔

감국 향기가 샛노랗게 밀려온다

석담(石潭) 영월신공(寧越辛公)
유고집(遺稿集)을 내며

올해로 선고(先考, 아버님)께서 서거(逝去)하신 지가 벌써 십 년이 넘었지만, 내 기억은 아직도 생시처럼 선명하다. 그러나 선고께서 남기신 뜻과 문서와 기록들이 점점 있지만, 그 기록을 정리하여 유고집을 내지 못하니 자식 된 도리로 송구스럽다고 말하기도 부끄럽다.

석담(石潭) 신공(辛公)의 휘(諱, 성함)는 승국(承國)이고 자(字)는 국서(國序)이다. 공께서는 음력 1932년(壬申) 9월 24일 경상북도 안동군 월곡면(현 예안면) 기사1리(아마리 서낭골) 308번지에서 출생했다. 공은 부친 죽원(竹原) 신주선(辛周善) 공(公)과 모친 영양(英陽) 남봉월(南奉月) 여사(女士) 사이 2남 5녀 중 장남으로 태어났다. 공은 남양(南陽) 홍순남(洪順南)여사 사이에 5남 1녀를 두었다. 공은 2015년 8월 27일(목, 음력 7월 14일) 84세 때 서울 동대문구 청량리동 자택에서 지병으로 서거(逝去)하셨다.

공의 선고(先考, 諱周善)께서는 백부(伯父, 諱在昔)께서 아들이 없

어 가법(家法)에 따라 양자로 대(代)를 이었다. 공의 생가 조부(辛在
瑾. 1885.8.23.~1964.5.23., 官從仕朗莊陵參奉承政院祕書丞)님은
분가할 때 장남(周善 공)을 큰댁에 놔두고 분가했다고 한다. 더구나
공이 태어나실 때 이미 누님이 세 분 계신 가운데 아들로 출생했으
니 아주 귀(貴)한 자손(子孫)이었다. 어려서부터 남달리 총명(聰明)
했고 조상님들의 체질을 닮아 강건(康健)했다. 상세한 가문의 내력
과 일가친척은 뒤에 「石潭寧越辛公 墓碣銘(석담영월신공 묘갈명)과
공(公)의 행적(行蹟)」에 잘 나와 있다.

  공은 유복한 집에서 귀하게 태어났고, 공교육을 받기 전에 이미 가
학(家學)을 배웠으며 유가(儒家)의 법도(法度)를 몸에 익혔으며, 성
균관 임원, 대한유도회 중앙위원 등을 거친 평생 유학도(儒學徒)였
다. 어려서부터 서법(書法)을 익혀 가히 명필이란 말을 들을 정도였
으며, 여러 곳에 글씨를 남겼다. 한글 서체 또한 아주 달필(達筆)이
었다. 공직에 계실 때나 물러나셔서나 항상 집안과 친인척, 지인(知
人)들을 챙기려 애썼다.

  공은 안동 영호루(映湖樓)에 걸려 있는 신천(辛蕆, 號德齊) 선조(先
祖)의 한시(漢詩) 현판(懸板)이 홍수로 소실된 적이 있는데, 이를 다
시 원위치에 복원하도록 했다. 또한 영호루 인근 선조(先祖) 진사공
(進士公, 諱慶益)을 기리는 망악정(望嶽亭) 이건기문(移建記文, 眞城
李家源 근謹撰)을 손수 썼다. 또한 영월(寧越) 신씨(辛氏) 대종보(大

宗譜, 2000年 庚辰) 편찬위원장을 맡았으며 발문(跋文) 등의 글을 남겼다. 영월(寧越) 신씨(辛氏) 대종회 회장으로 관향(貫鄕)인 영월(寧越)에 시랑공원(侍郎公園)을 조성하는데 많은 애를 썼다.

공은 면장(面長)으로 공직을 시작하여 군(郡), 시(市), 도(道), 내무부(內務部) 공무원을 거쳐 도청(道廳)의 국장과 군수(郡守) 포항시(浦項市) 부시장(부이사관)으로 공무원을 퇴직하였다. 이후에도 농지개량조합중항회 총무이사 겸 부회장을 거쳐 헌법기관인 민주평화통일정책자문회의직능대표위원을 끝으로 기나긴 공직 생활을 마감하셨다.

세상일을 아무리 객관적으로 본다고 하여도, 편집자의 주관이 개입할 수밖에 없다. 누가 감수하는 것이 아니지만, 이 유고집은 최대한 진실하게 근거 있는 내용으로 채우려고 애썼다. 공의 일생을 현창(顯彰) 할 목적으로 쓸데없이 과장하거나 허위 사실을 담지 않으려고 노력했다. 공은 식민지 시대에 태어나 해방과 세계대전과 한국전쟁을 겪으면서 성인이 되어 산업화와 민주화를 이룬 격변의 시대를 고생하며 살았다. 이런 시대를 살아남은 한 생활인의 일상을 통해 공의 후손, 일가친척과 지인들에게 공과 공이 살아낸 시대를 이해하는데, 도움이 되고자 했다. 공이 잘한 점은 배우면 되고, 공이 부족했던 점이 있다면 반면교사(反面敎師)가 될 수 있다고 본다. 여기에 이 유고집의 목적이 있다고 할 수 있다.

공은 일가(一家)의 주손(胄孫)으로 태어나 평생 봉제사(奉祭祀), 접빈객(接賓客), 계종통(繼宗統)을 잊은 적이 없었다. 공의 장남인 제가 우리 영월신씨 부원군(府院君)파 시중(侍中公)파 병사공(兵使公)파 진사공(進士公)파 일가(一家)가 안동에 입향(入鄕)한 이후의 비문(碑文)이나 정자(亭子)의 기문(記文) 등을 국역(國譯)하여 유고집에 실은 뜻은 이러하다. 한 사람의 인간이 태어나고 교육받고 살아가는 데는, 참으로 많은 '선조(先祖)들의 보살핌과 희생과 꿈'이 서려 있다. 이는 세상 무엇보다 고귀하지만, 그 기록들은 우선 다 기록할 수도 없고, 기록되었다고 해도 전란이나 화재 등 여러 이유로 소실되고 지금까지 남아 있는 양은 아주 빈약하다. 다만 선조(先祖)들이 남긴 글이나 비문, 구전을 통해 그 일부를 알 수 있다. 그 일부만이라도 알고 깊이 살펴본다면, 앞으로 후손이나 가문의 운명이 달라질 수도 있을 성싶다.

아버님께서 작고하시기 약 5년 전에 당신께서 손수 문집(文集)을 내시려고, 자료들을 갖고 영주(榮州)의 한 선비께 자문하려 나선 일이 있었다. 선대(先代)의 교지(敎旨)들, 당신의 대통령 임명장 및 친서(親書), 안동부사(安東府使) 수결(手決)이 있는 전래(傳來)된 호적단자(戶籍單子), 한시(漢詩) 모음, 선대(先代) 관혼상제(冠婚喪祭) 축문(祝文) 및 제문(祭文), 편지와 심지어 아버님 대학 졸업 앨범 등을 모두 모은 보따리를 중앙선 열차에 두고 내려서 잃어버렸다고 한다. 참으로 안타까운 일이다.

"이 자료들은 다른 분들에게는 저처럼 소중하지 않을 터이니, 제게 연락을 주시면 후사하려 합니다."

많은 전적(典籍)과 자료들을 잃어버렸지만, 다행히 공의 일기(日記)가 온전하게 남아 있고, 그 안에 수필작품으로 볼 수 있는 내용들이 많았다. 또한 백방으로 노력하여 공에 대한 상당한 양의 자료들을 찾을 수 있었다. 일부는 지인(知人)들의 도움을 받고, 또한 선세금석문유고집(先世金石文遺稿集), 망악정실기(望嶽亭實記)와 현판(懸板), 투고한 한시집(漢詩集), 족보 등에서 자료를 찾을 수 있어 부족하나마 한 권의 책을 만들 수 있었다.

선고(先考)의 각별한 사랑과 보살핌을 받고도 고자(孤子) 노릇도 제대로 하지 못한 처지이지만, 이 유고집을 펴냄으로써 불효한 죄를 조금이나마 씻고자 한다. 아버님을 가장 가까이서 뵈었고, 누구보다 아버님의 속내를 잘 알았지만, 아버님 말년(末年)에는 아버님의 뜻을 잘 받들지 못했다. 뒤늦게 불효자는 용서를 빌고 싶지만, 아버님 일기에 있는 대로 '자욕양이친부대(子欲養而親不待)'란 말을 실천하고 말았다.

지금도 비교적 정신이 맑고 건강하신 96세의 어머님께 이 책을 받치옵니다.

2026년 3월

불효자 종찬(宗燦) 삼가 올립니다.

제1부

석 담 공 내 외 분

아버지의 중절모

| 첫 시집 『댑싸리비』 중에서

아버지의 중절모를 보면 화가 난다

돌아가신지 다섯 해가 되어도 아직도

새것인 채 서재 벽에 걸려 있다

욕심내 거의 혼자서 족보 책 만드시느라

아픈 허리를 제대로 가누지 못해

일어나실 때 조심조심

겨릅에 닭 지나가듯이 하시기에

족보 일은 여럿이 같이 하시고, 자서전으로

후손들에게 하실 말씀이나 남기시라 해도

그건 그다음 차례라 하셨다

조상 발치에 묻어 달라고

선영(先塋) 아래에 애써 가묘까지 만들어 놓으시고도

당신 뜻과 달리 천리 밖 공원묘지에 계신 지금

꿈에 그린 고향으로 가고 싶지 않으신지요?

우뚝하시던 콧날이며

뇌 수술한 자리에 난 이마 흉터이며

유난히 크고 두툼한 엄지손톱이며

어린 내게 천자문을 써주시던 명필이었던 그 손은
관 속에서 여태 무사하신지요

자식들 걱정 그만하시고
당신 건강이나 살피시며
술 담배 그만하시라는 제 말 들으셨으면
중절모에 땀 냄새라도 짙게 배게 하고 가셨을 것을

아버지 머리 냄새가 날동 말동한
아버지 중절모에 코 대보면
치매에 걸리신 것을 늙은이 고집으로 오해하여
아버지를 이해하지 못해
바득바득 대든 내 자신에게 더 화가 난다

다시는 밖으로 나오시기 싫으셨는지
관 위에 회(恢)로 단단히 덮어 달라 하셨지만
돌보다 더 단단하다는 회를 깨트리고
중절모를 다시 씌어드리고 싶은 불효자

내 어머니

| 첫 시집 『댑싸리비』 중에서

영양제주사 맞혀드리며
흘깃 본 구순 어머님 얼굴에
검버섯 꽃들이 활짝 폈다

백자(白瓷)처럼 곱던 피부에
연한 검버섯들이 크게 펴 있고
조금 더 진한 것들이 그 안에 자리를 잡고
녹두만 한 새카만 점으로 마무리까지 했다
검버섯도 알뜰한 주인을 닮았다

혈관이 굳어져 주삿바늘을 피한다
허리가 굳어져 바로 눕기 힘들고
무릎이 굳어져 다 펴지 못하시면서도
"얘야, 지난번에 맞았더니 힘이 나더라!" 하시니
아직 혀는 안 굳으셔서 다행이다

얼굴 홍조 띠던 시절
부엌에서 봉당으로 불이 나게 다니시다가
어느 날 올린 머리로 고대하시고
학부모 모임에 오신 시골 초등학교 시절
쪽머리에 비녀 기른 동무들 어머니들 사이에
눈부시게 아름다우신 어머니가 부끄러워
난 인사만 드리고 도망을 쳤다

구순을 넘기신 지금까지
자식들 걱정에 고달프신
당신의 삶은 내가 익히 잘 알고 있지만
온전한 백자 달항아리처럼
삶을 마무리하실 힘 얻어 백수하시게
마음 영양제도 듬뿍 드리고 싶은
천하 불효자

가을 빛깔

2025년 문화앤피플 신문콘텐츠대상
시집 『저녁밥 짓는 냄새』 중에서

가을바람 부는 산등성
멍석만 한 뙈기밭에
듬성듬성 서 있는
새빨간 메밀짚들

서리 내린 아침
하얀 메밀꽃에 앉아
아침 해 기다리며
발랑발랑 숨만 쉬는
새빨간 고추잠자리 배

그 뙈기밭 아래에
첫딸을 묻고
울지도 못한
스무 살 어미 가슴도
새빨갛게 타들어 갔다는
내 어머니

石潭寧越辛公 墓碣銘
(석담영월신공 묘갈명)과 공(公)의 행적(行蹟)

公名承國 字國序 石潭其號也 寧越大姓 始祖諱鏡號巖穀 高麗仁宗戊午
(1138)及第 官金紫光祿 공명승국 자국서 석담기호야 영월대성 시
조휘경호암곡 고려인종무오(1138년)급제 관금자광록

大夫門下侍郎平章事 諡號貞懿 後孫建祠于迎日郡 杞溪面 曰肅然詞 又
建詠格詞 於昌寧君靈山 대부문하시중평장사 시호정의 후손건사우영
일군 기계면 왈숙연사 우건영격사 어창녕군영산

面 春秋學行俎豆之典 二世諱雲敏 官寶文館大提學 三世諱永繼 修文館
大提學 四世諱夢森 면 춘추학행조두지전 이세휘운민 관보문관대제
학 삼세휘영귀 수문관대제학 사세휘몽삼

官寶文館大提學兼檢校太師 勳號曰靈元府院君 五世覺繼 西原伯 諡號
文宗 六世諱百閑 관보문관대제학겸검교태사 훈호왈영원부원군 오
세각계 서원백 시호문종 육세휘백한

政堂文學 七世諱蘊 初諱鞠 寧越府院君 寔爲府院君派派祖 歷代如是 世
世赫赫 十二世諱熹 정당문학 칠세휘온 초휘국 영월부원군 식위부원
군파파조 역대여시 세세혁혁 십이세휘희

入朝鮮太祖朝 文科入朝 官至漢城尹 降于十七世諱輔商字股卿 中宗朝
以司馬 官至通訓大夫 입조선태조조 문과입조 관지한성윤 강우십칠
세휘보상자고경 중종조이사마 관지통훈대부

瑞興都護府使兼黃海道鎭管兵馬同僉節制使 歷典七邑 初娶順興安氏无

育 再娶驪興閔氏 서흥도호부사겸황해도진관병마동검절제사 역전칠
읍 초취순흥안씨무육 재취여흥민씨

擧子八人 一曰應宗文科宣敎郞 二曰應基武科歷典七鎭兵馬水軍節度使
三曰應時文科官至吏曹 거자팔인 일왈응종문과선교랑 이왈응기무과
역전칠진병마수군절도사 삼왈응시문과관지이조참

參議副提學號白麓先生 四曰應世文科禮山縣監五曰應運文科禁府都事
贈輔作功臣 六曰應會文科 참의부제학호백록선생 사왈응세문과예산
현감오왈응운문과금부도사증보작공신 육왈응회문과

官直長早負文望 以自處方外處士 隱德不仕 七曰應性文科宣敎郞 八曰
應命文科弘文館博士 관직장조부문망 이자처방외처사 은덕불사 칠왈
응성문과선교랑 팔왈응명문과홍문관박사

以上八家世稱辛氏八龍 其盛大可以想像 公寶八龍中第二家也 節度使公
二子 長曰縣監公諱慶賢 이상팔가 세칭신씨팔용 기성대가이상상 공
보팔용중제이가야 절도사공 이자 장왈현감공휘경현

次曰浙林公諱慶益字眞恒 賦性淸愼耿介 有趣世之應 自漢師大隱巖洞來
居 于安東魯洞里 차왈절림공휘경익자진항 부성정신경개 유취세지
응 백한사대은암동래거 우안동노동리

搆望嶽亭以寄懷鄕之心有實記 寔爲辛氏安東入鄕之祖而公十三代祖也
以後簪纓連綿 至二十八世 구망악정이기회향지심 유실기 식위신씨안
동입향지조이공십삼대조야 이후잠영연면 지이십팔세

公之高祖諱逸集 初諱洙性 字性順 號玉山 僉知中樞府事 性品寬厚純實
志氣浩然 風儀莊重 공지고조휘일집 초휘성수 자성순 호옥산 첨지중
추부사 성품관후순실 지기호연 풍의장중

誠孝奉親配安東金氏相祿女生五男其長則曾祖諱機默戶籍名漢默字璣玉

號三省配慶州李氏弼重女 성효봉친배안동김씨상록여생오남기장즉증

조휘기묵호적명한묵자기옥호삼성 배경주이씨필중여

生二男其長則公祖考諱在昔字景文號修齊興海裵氏秉鑽女 次則公從祖

考諱在瑆從仕郎莊陵參奉 생이남기장즉공조고휘재석자경문호수제흥

해배씨병찬녀 차즉공종조고휘재기종사랑장릉참봉

承政院祕書丞 配金寧金氏 副護軍圭魯之女 生四男二女 男曰 周善・孟

善・太善・庸善 女曰朴朝煥 승정원비서승 배김녕김씨 부호군규로지녀

생이남이녀 남왈 주선, 맹선, 태선, 용선 여왈박조환

密陽人 南雲燮英陽人 公祖考 只四女 曰南奎燮英陽人子在郁 曰朴武昌

密陽人子德煥・貴煥・有煥 밀양인 남운섭영양인 공조고 차사녀 왈남

운섭영양인자재욱 왈막무창밀양인자덕환, 귀환, 유환

曰黃鍾模 平海人 子喜魯・鳳魯・龍魯 曰池成 子奉景 寔公之姑母 夫與內

從兄弟也 公祖考無子 왈황종모 평해인 자휘로, 봉로, 용로 왈지성 자

봉경 식공지고모 부여내종형제야 공조고무자

準依家法 以長姪取而爲嗣 則公之先考也 自幼愛學 不煩家學外師之

준의가법 이장질취이위사 즉공지선고야 선고휘주선 자명여 호죽원

자유애학 불경가학외사지

督教 孝心天出 奉先以誠 繼承本宗 專念宗家事業 愼謹生家出入 堅守一

統家法 晚年 輒恨孝誠 독교 효심천출 본선이성 계승본종 전념종가사

업 신근생가출입 견수일통가법 만년 첩한효성

未盡於生親 先妣英陽南氏斗鎭女 生公壬申(1932年)九月二十四日

미진어생부 선비영양남씨두진녀 생공임신(1932년)구월이십사일

自幼薰陶傳家舊學九歲進就入校新學 卒業安東農林高等學校•成均館大

學校法政大學法學科投身 자유훈도전가구학 구세진취입교신학 졸업

안동농림고등학교, 성균관대학교법정대학법학과 투신

官職 初爲內務部公報擔當官歷任慶尙北道局長 義城郡守•浦項副市長

(副理事官)若以爲其他官職 관직 초위내무부공보담당관 역임경상북

도국장 의성군수, 포항부시장(부이사관) 약이위기타관직

農地改良組合中央會副會長•民主平和統一政策諮問會議職能代表委員

寧越辛氏中央宗會會長 농지개량조합중앙회부회장, 민주평화통일정

책자문회의직능대표위원 영월신씨중앙종회회장

寧越辛氏大宗譜編纂委員會長 成均館任員 大韓儒道會中央委員等 配位

洪順南女士南陽洪鍾振女 영월신씨대종보편찬위원회장 성균관임원

대한유도회중앙위원등 배위홍순남여사남양홍종진녀

與公琴瑟相和 生五男一女 皆芝蘭玉樹 長男宗燦 1955年 6月 4日生 慶

熙大學校醫科大學卒 여공금슬상화 생오남일녀 개지란옥수 장남종찬

1955년 6월 4일생 경희대학교의과대학졸

醫學博士•小兒靑少年科專門醫•敎授 詩人•隨筆家 室徐正玉 1960년 3

月 3日生 第四代民議院 의학박사, 소아청소년과전문의, 교수, 시인,

수필가 실서정옥 1960년 3월 3일생 제4대민의원

達成徐仁秀女 生2男1女 長曰尙夏 서울大醫學專門大學院卒 碩士 美國

內科專門醫 室金智慧

서울大醫學專門大學院卒 碩士 美國內科專門醫 金海金容傑女 次曰泳

夏 延世大學校醫科大學卒 學士 서울峨山病院內科 長女曰受炫서울

大美術學博士 適竹山安孝祥서울大工大卒 次男宗洙 高麗大卒 工學士

1957年 3月 16日生 室郭淑妍 生1男1女 男曰準夏 女曰芝炫 參男宗泰

1959年 5月 22日生 社會福祉學碩士 初室權盛子 再室吳珠年 1963年

5月 9日生 生2男 長曰炅夏 次曰秉夏 四男宗珏 1961年 9月4日生 經

濟學博士•公認會計士•教授 室申東喜 愛國志士•制憲國會議員申鉉模孫

女 敎育學博士•敎授 生1男1女 長曰沉夏 女曰宙炫 五男宗信 1965年

3月 24日生 室金賢珉 1970년 12月 30日生 生2女 姃炫•奇炫 壹女宗

姬 1953年 6月 27日生 歸于金性洙義城人 子度亨•義晉

嗚呼 公與我相交日淺 而公門與我家世交悠久 沆且同更 同經世波 往古

來今 對話無窮 談與論野　명호 고여아쌍교일천 이공문여아가세교유

구 항차동경 동경세파 왕고금래 대회무궁 담여론야

志向同臭 一面如舊 實謂之吾儕也 公將竪生時墓碣 囑文而難其人 我自

請其役 是其梗槪也 銘曰 지향동취 일면여구 실위지오제야 공장견생

시묘갈 촉문이난기인 아자청기역 시기경개야 명왈

　　先代勳業　如彼赫赫　中世文武　如是烈烈

　　(선대훈업 여피혁혁 중세문무 여시열열)

　　忠孝之家　詩禮古宅　學有淵源　操有筋骨

　　(충효지가 시례고택 학유연원 조유근골)

　　先考之孝　公是繼述　多男有女　先世積德

　　(선고지효 공시계술 다남유녀 아실감복)

　　勤愼爲主　平生官職　身爲胄孫　宗事是篤

　　근신위주 평생관직 신위주손 종사시독)

　　用意周到　在世竪碣　爲公掇語　我實感服

　　(용의주도 재세수갈 위공철어 아실감복)

學緣所重　同庚同色　一見傾蓋　意氣投合

(학연소중 동경동색 일견경개 의기투합)

公乃君子　鄕中有惜　公乃仁者　邦內無敵

(공내군자 향중유석 공내인자 방내무적)

我之短文　觀者勿責　一無諛揚　直告以實

(아지단문 관자물책 일무유양 직고이실)

檀紀4343年(2010年) 12月 16日 永嘉文化社代表 安東人 金禧東 撰

2025年 長子 宗燦 追加精書

　공(公)은 영월(寧越) 신(辛)씨며 성함은 승국(承國)이고 자(字)는 국서(國序)이며 호는 석담(石潭)이시다. 일제치하(日帝治下)인 1932년 9월 24일(음력) 경상북도 안동군 월곡면(현 안동시 예안면) 기사1리 308번지 선암(仙巖)골에서 태어나셨다. 공의 13대조 성균진사 경익(慶益) 공(公)은 서울 대은암(大隱巖) 아래에서 대대로 벼슬 한 사족(士族) 집안에서 태어나셨으나, 임진왜란으로 나라가 어지럽고 사화(士禍)를 직접 보고 겪으면서 천성이 맑고 신중하며 빛나서(賦性淸愼耿介) 벼슬에 뜻이 없고 무릉도원을 찾아 배를 타고 안동부의 동쪽 절강(浙江)리에 오셔서 안동권씨에 장가드셨고 호는 절림(浙林)이라고 했다. 절림공이 정착한 구미(龜尾)촌에 망악정(望嶽亭)을 세우고 대대로 세거(世居)한 내력은 망악정실기(實記)에 상세히 나와 있다.

　공의 7대조 직영(直寧) 공은 안동도호부에 출사하여 행(行) 병마절

제도위(兵馬節制都尉, 從六品)를 지내셨다. 공의 고조부(高祖父) 휘
(諱) 일집(逸集, 號玉山 僉知中樞府事)께서 1886(戊辰)년 봄 삼월 삼
진날 삼(麻)씨 갈 무렵, 세거하던 구미촌을 떠나 들이 넓어 농사짓기
좋은 아마리 선암골(308번지)로 조부님과 부친을 모시고 이사(移
徙) 오셨다. 이사 당시 영천(永川)이씨 종택(宗宅)을 사셨으나 몇 번
의 화재로 고택을 수차례나 증개축을 했고, 안동댐으로 수몰된 후에
그 터에 양옥을 신축하여 현재에 이르고 있다.

공의 조부(諱在昔, 號修齊)는 슬하에 아들이 없어 가법(家法)에 따
라 동생(諱在瑾, 號仙巖, 從仕郎莊陵參奉)의 장남인 공의 부친(諱周善
子明余 號竹原)을 후사(後嗣)를 잇게 하였다. 주선(周善) 공은 308번
지에 태어나셨으며 생부(生父)를 따라 세간 나가지 않고, 조부(諱璣
默, 號三省)와 줄곧 사랑(舍廊)에서 사셨다.

공은 부친(諱周善)은 12살에 16살이던 모친 남봉월여사(南奉月,
英陽南氏斗鎭女)와 혼인하여 2남 5녀를 두셨다. 공이 장남이고 남동
생은 승원(承原, 字希序 號齊岩)공이 있다. 승원공의 부인(順姬여사
潘南朴禹陽女)과 2男1女를 두었는데, 長男宗河 아내 柳廷和 2男奎鉉
•珍鉉, 次男 宗直, 딸 秀正이다. 누님, 여동생, 생질(甥姪)들은 위에
기록된 바와 같다.

공은 홍순남(洪順南女士, 南陽洪鍾振女)여사와 19세에 결혼하여 5
남 1녀를 두었다. 장남 종찬(宗燦)은 경희대학교의과대학을 졸업한
醫學博士•小兒靑少年科專門醫•敎授 詩人•隨筆家이며 아내(徐正玉 第
四代民議院 達成徐仁秀女)와 2남 1녀를 두었고 장남 상하(尙夏 서울
大醫學專門大學院卒 碩士 美國內科專門醫)고 아내(金智慧 金海金容

傑女, 서울大醫學專門大學院卒 碩士 美國內科專門醫)와 사이에 규서(圭瑞)가 있다. 차남 영하(泳夏, 延世大學校醫科大學卒 서울峨山病院內科)와 장녀 수현(受炫, 서울大美術學博士 남편 竹山安孝祥 서울工大卒)이다. 차남 종수(宗洙 高麗大工大卒)는 아내(郭淑姸, 玄風郭基成女)와 사이에 아들 준하(準夏)와 딸 지현(芝炫)이 있다. 삼남 종태(宗泰 西江大社會福祉學碩士 初室權盛子 再室吳珠)는 장남 경하(炅夏) 차남 병하(秉夏)를 두었다. 넷째 아들 종각(宗珏, 經濟學博士·公認會計士·敎授 한국고용정보원 부원장, 아내 申東喜 愛國志士·制憲國會議員申鉉模孫女 敎育學博士·敎授)은 장남 원하(沅夏)와 딸 주현(宙炫)을 두었다. 다섯째 아들 종신(宗信, 아내 金賢珉)은 두 딸 娗炫·奇炫을 두었고 외동딸 종희(宗姬 남편 金性洙義城人)는 두 아들 度亨·義晉이 있다.

공은 5세 때부터 생가(生家) 조부(祖父, 諱在璋) 밑에서 가학(家學)을 배우셨으며, 생가 조부님은 구계서원(龜溪書院, 易東 禹倬先生 祭享)에서 수학(修學)하셨다. 만 7세에 월곡초등학교에 입학하였으며 6년 졸업 후 안동농림고등학교(安東農林高等學校)입학 6년 졸업 후 성균관대학교(成均館大學校) 법정대학(法政大學) 법학과(法學科)에 입학 후 4년 졸업하셨다.

안동 녹전(祿轉)면장을 시작으로 관직(官職)에 투신하여 안동 군청, 충북도청, 경남도청, 울산 시청 상공과장에서 사무관(事務官)으로 승진하여 내무부(內務部) 공보담당관(公報擔當官)을 역임(歷任)하셨고, 경상북도 기획관, 민방위국장, 울릉군수(鬱陵郡守), 의성군수(義城郡守) 등을 거쳐 포항시부시장(浦項副市長, 副理事官)으로 퇴임

하셨다. 이후에 농지개량조합중앙회부회장, 민주평화통일정책자문
회의직능대표위원, 영월신씨중앙종회회장, 영월신씨대종보편찬위
원장, 성균관임원, 대한유도회중앙위원 등을 역임하셨다.

　공은 2015년 8월 27일(목, 음력 7월 14일) 서울 동대문구 청량리
동에서 지병으로 서거(逝去)하셨다. 경기도 양평군 양동면 양동금곡
1길 331 ‘별그리다 추모공원’ 묘(墓)에 잠들어계시며, 이 묘비(墓碑)
는 고향(故鄕)인 안동 예안면 기사1리 지리골(芝里谷) 영월신씨 삼
안당파(三雁堂派) 제단(祭壇)에 모셔져 있다.

2025년 3월 국역 및 첨언(添言) 고자(孤子) 宗燦 謹撰

공(公)은 군수 재직 시절 연하장을 손수 써서
지인(知人)들께 보내셨다.

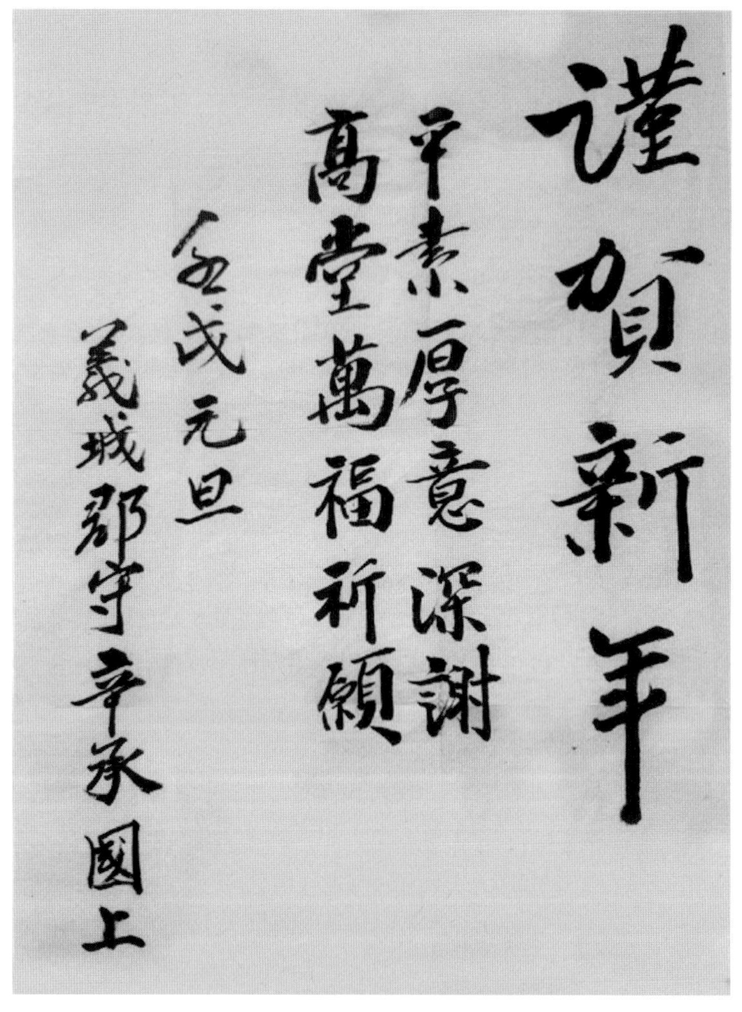

逢祝五山亭落成

湖上高亭得月先

六兒郎告落成年

花栽石砌含新雨

鳥革櫼甍破冷煙

隨巷那忘顏子樂

安豐定憶董生賢

五龍山色增嵐翠

懷仰遺風百世傳

前郡守寧越辛承國塗稿

謹祝五山亭落成 삼가 오산정의 낙성을 축하합니다

湖上高亭得月光 호상고정득월광

호수 위로 높이 솟은 정자는 달빛을 얻었고,

六兒郎告落成年 육아랑고낙성년

여섯 아들들 함께 모여 낙성의 해를 고하네.

花栽石砌含新雨 화재석체함신우

섬돌 아래 심은 꽃에는 새로 내린 빗방울 머금어 있고,

鳥革樑甍破冷煙 조혁량맹파냉연

새 날개 그려진 대들보 용마루엔찬 안개가 흩어지네.

陋卷那忘顔子樂 누권나맹안자락

누추한 책이지만 어찌 안자顔子의 즐거움을 잊으랴!

安豐定憶董生賢 안풍전억동생현

안풍에서는 동생(董生)의 어진 덕을 더욱 생각하게 하노라.

五龍山色增嵐翠 오룡오색증람취

오룡산의 산색은 푸른 안개로 더욱 짙어지니,

懷仰遺風百世傳 회앙유풍백세전

우러러 회고하건대 그분 남긴 풍도가 백세토록 전해지리라.

前郡守寧越辛承國謹稿 전군수영월신승국근고

안풍(安豊)

한유(韓愈)가 지은 『소학』 선행편(善行篇)의 장명(章名)으로, "당 덕종(唐德宗) 때 동소(董召)가 안풍현(安豊縣)에서 주경야독하면서 부모에 효도하며 처자에게 자애하여 집 안의 가축들까지도 그의 덕화(德化)를 입어 서로 보호해 주었다."라고 하며, 그의 은거(隱居)하면서 행의(行義)한 것이 세상에 짝할 자 없음을 찬미하고 당시의 풍속이 퇴폐해짐을 찬탄하였다는 고사(古事)에서 따온 얘기임.

동생(董生)

동소남(董召南) : 당나라 때 안풍(安豊) 사람으로 은사(隱士)인데 한유(韓愈)가 「동생행(董生行)」이라는 노래를 지어 동소남이 주경야독(晝耕夜讀)하며 부모에게 효도하고 처자식을 사랑하는 내용을 읊었다. 그 가사에 "수주 속현에 안풍이 있으니, 당나라 정원 연간에 이 고을 사람 동소남이 그곳에 은거하여 의를 행했다.[壽州屬縣有安豊 唐貞元年時 縣人董生召南 隱居行義於其中]" 하였다.

한국한시협회 부회장 남해(藍海) 김원동(金元東) 공(公)

주석(註釋) 및 번역(翻譯)

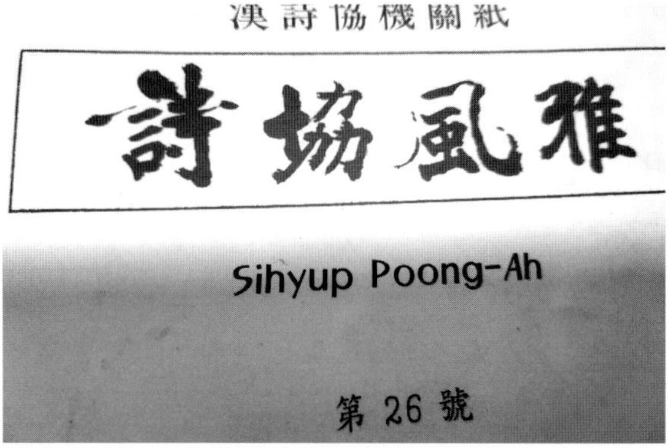
漢詩協機關紙

詩協風雅

Sihyup Poong-Ah

第 26 號

공(公)께서 한시협회 회원으로 활동하시며 기고한 한시다. 이 작품들 외에도 여러 작품들이 있었을 터이나, 자서전을 내기 위한 자료들을 중앙선 기차에서 여러 자료들과 함께 잃어버려서 안타깝다.

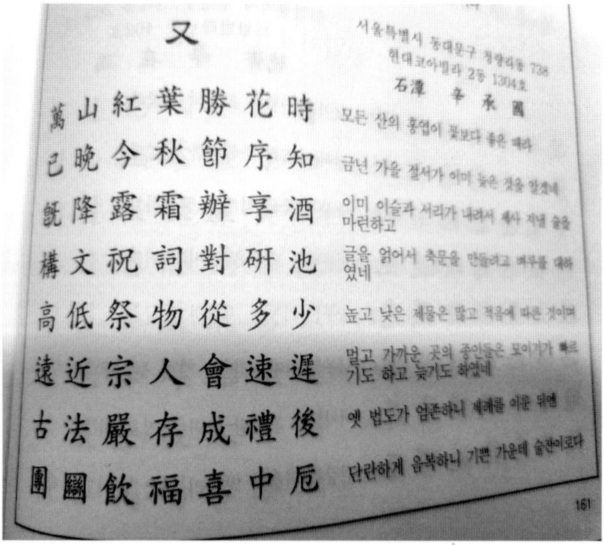
又

서울특별시 동대문구 청량리동 738
현대코아빌라 2동 1304호
石潭 李永國

萬山紅葉勝花時 모든 산의 홍엽이 꽃보다 좋은 때라
已晩今秋節序知 금년 가을 절서가 이미 늦은 것을 알겠네
旣降露霜辨享酒 이미 이슬과 서리가 내려서 제사 지낼 술을 마련하고
構文祝詞對硏池 글을 얽어서 축문을 만들려고 벼루를 대하였네
高低祭物從多少 높고 낮은 제물은 많고 적음에 따른 것이며
遠近宗人會速遲 멀고 가까운 곳의 종인들은 모이기가 빠르기도 하고 늦기도 하였네
古法嚴存成禮後 옛 법도가 엄존하니 제례를 이룬 뒤엔
團圝飮福喜中巵 단란하게 음복하니 기쁜 가운데 술잔이로다

161

滿山紅葉만산홍엽

서울 동대문구 청량리동 738 현대코아빌라트 2동 1304호

石潭석담 辛 承 國

滿山紅葉勝花時 만산홍엽승화시

온 산의 붉은 잎들이 꽃보다 좋은 때라

已晩今秋節序知 이만금추절서지

이 가을의 계절도 이미 늦은 걸 알겠네,

旣降露霜辨享酒 기강로상변향주

이미 이슬과 서리 내려 제사 술 마련하였고

構文祝詞對研池 구문축사대연지

글 읽어 축문 쓰려고 벼루를 대하였네.

高低祭物從多少 고저제물종사소

높고 낮은 제물은 많고 적음에 따른 것이며

遠近宗人會速遲 원근종인회속지

먼 곳 가까운 곳 일가들이 시시각각 모이는데

古法嚴存成禮後 고법엄존성예후

옛 법도가 엄연하니 예가 다 끝난 뒤에는

團圝飮福喜中巵 단란음복희중치

단란하게 음복하니 기쁜 가운데 술잔이로다.

번역 장남 종찬(宗燦)

祝竹浦林先生文集刊行

姿是溫恭性本仁
群書硏鑽竟探眞
良俗開來敎化隣
英材育出功餘世
受訓當年工未就
思恩此時感尤新
平生力作皆珠玉
印刊無非德業新

門下生寧越后人辛承國謹編

축祝 죽포임선생竹浦林先生 문집간행文集刊行

姿是溫恭性本仁 자시온공성본인

자태가 온화하고 공손하니, 본성은 인(仁)에 바탕하였고,

羣書研讚竟探眞 군서연찬경심진

많은 서적을 연구하여 밝혀내 마침내 진리를 찾으셨네.

英材育出功餘世 영재육출공여세

영재를 길러내어 그 공적이 후세에 남아 있고,

良俗開來敎化隣 양속개래교화린

미풍양속을 펼쳐 교화가 이웃에까지 미쳤도다.

受訓當年工未就 수훈당년공미취

가르침을 받던 당년엔 공부가 아직 이루어지지 못했으나,

思恩此時感尤新 은은차시감욱신

은혜를 생각하는 지금에야, 감회가 더욱 새롭구나.

平生力作皆珠玉 평생역작개주옥

평생 힘써 지은 글들은 모두가 주옥 같아서,

印刊無非德業新 인간무비덕업신

문집으로 출간하니 덕업이 새롭지 않음이 없도다.

문하생門下生 영월후인寧越后人 신승국辛承國 근고謹稿

번역(飜譯) 한국한시협회 부회장 남해(藍海) 김원동(金元東)

중양절重陽節 등고登高

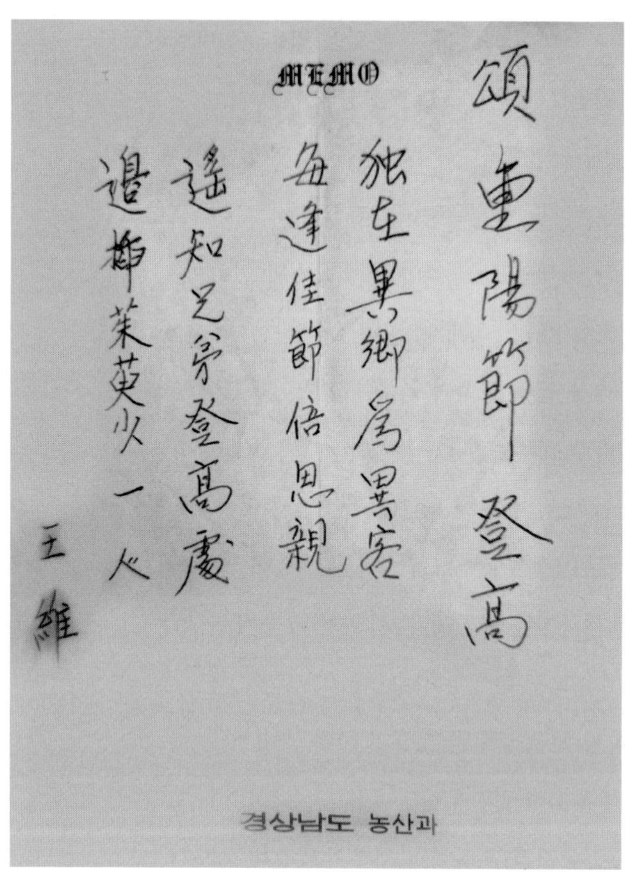

중양절重陽節 등고登高/王維 (701-761)

獨在異鄕爲異客(독재이향위이객)

每逢佳節倍思親(매봉가절배사친)

遙知兄弟登高處(요지형제등고처)

遍插茱萸少一人(편삽수유소일인)

홀로 타향에서 나그네 신세이니

명절 되면 고향의 가족이 더욱 그리워지네.

멀리 있는 형제들 함께 동산에 오른 모습 떠오르는데

머리에 수유 꽃 꽂고 노는 자리에 한 사람만 비어 있구나.

宗燦 번역

바쁜 공직 생활 중에서도 한시(漢詩)에 관심이 많으셨다.

讀書　徐敬德

李金 報遺詩

讀書當日志經綸　已免古稀首又旛와
歲暮還甘顏氏貧　殘年勤苦讀書何
功名有爭難下手　我雖老衰精神在
林泉無禁可安身
採山釣水勘充腹　一字添知尚足多
吟風咏月足暢神
學到不疑知快闊
免敎虛作百年人

서경덕徐敬德 花潭集 권1「술회述懷/독서讀書」

讀書當日誌經綸(독서당일지경륜)　晩歲還甘顔氏貧(만세환감안씨빈)

富貴有爭難下手(부귀유쟁난하수)　林泉無禁可安身(임천무금가안신)

採山釣水堪充腹(채산조어감충복)　詠月吟風足暢神(영월음풍족창신)

學到不疑知快活(학도불의지쾌활)　免敎虛作百年人(면교허작백년인)

젊어서는 글 읽으며 세상 경륜을 꿈꿨지만,

늙어서는 안회의 가난을 달게 여긴다.

부귀는 다툼이 많아 손대기 어렵지만,

산과 시내는 금지하는 이 없어 몸을 편히 둘 만하네.

산에 나물 캐고 물가에 고기 낚으면 배 채우기 족하고,

달을 읊고 바람을 노래하면 마음이 시원히 펼쳐진다.

학문이 의심을 벗어나니 참으로 유쾌하고,

백 년을 헛되이 살지 않게 가르쳐주는구나.

번역 宗燦

업무 메모도 달필(達筆)이셨다.

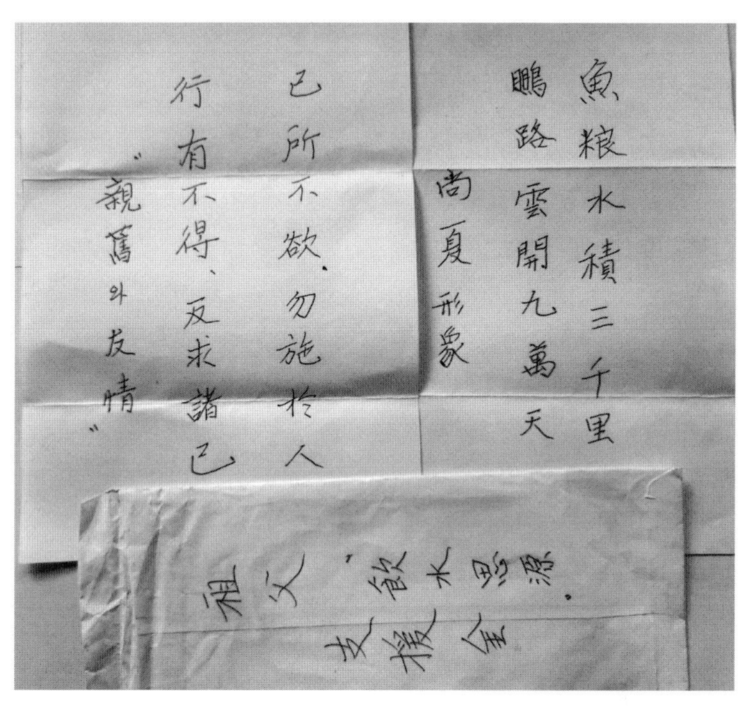
鱼粮水积三千里
鹏路云开九万天
尚夏形象
己所不欲、勿施於人
行有不得、反求諸己
"親篤外友情"
祖父
支援金
飲水思源

장손 상하(尙夏) 형상(形象)

魚糧水積三千里(어량수적삼천리)

물고기 먹이는 물 속 삼천리에 쌓여 있고,

雁路雲開萬里天(안로운개만리천)

기러기의 길은 구름 속 만 리 하늘에 열려 있네.

月下禪師월하선사 법문에서

친구(親舊)와의 우정(友情)

기소불욕물시어인(己所不欲勿施於人)　논어(論語)

내가 하기 싫은 일을 남에게 시키지 말라

行有不得反求諸己(행유불득반구제기)　맹자(孟子)

일이 뜻대로 되지 않거든 돌이켜 자기를 살펴 그 원인을 찾아라.

음수사원(飮水思源)은

'물을 마실 때도 그 근원을 생각한다'는 뜻으로, 조상의 근원을 잊지 말라는 교훈이다. 공(公)께서 장손 상하(尙夏)에 대한 성원과 기대가 크셨다.

목화송이 한 바구니

| 2016년 제15회 한미수필문학상 수상작

무언가 소중한 것을 간직해본 사람들은 그것을 떠올리는 것만 해도 얼마나 행복해지는지를 안다. 내겐 목화송이가 바로 그렇다. 대바구니 속 복슬복슬한 흰 솜 송이들을 볼 때마다 아련한 추억들로 마음이 따스해진다. 지난가을 목화 열매들을 한 움큼 구해 진료실 창가에 두었다. 햇볕이 잘 들어 열매를 비집고 나온 부푼 솜 송이들이 바구니에 넘쳐난다. 탐스러운 이 목화송이들이 한 할머니 환자에게도 아련한 기억들을 되살려주었던지, 오랜만에 귀한 것을 보았다며 만져보기도 했다.

지난겨울 이 할머니는 목화송이를 몇 개만 달라고 했다. 오른발바닥에 악성 피부흑색종을 앓고 있는 환자였는데, 대학병원에서 이미 몸속에 암이 널리 퍼져 수술도 못 하는 지경이라 했단다. 상처에서 고름이 계속 흘러내려 할머니는 거의 매일 치료받으러 왔다. 자식들이 모두 직장에 나가 낮에는 혼자 있어 무척 적적하단다. 정성스럽게 치료했더니 할머니는 나와 금방 친해졌고 농담까지 주고받는 사이가 되었다.

"할머니, 목화송이 드리면 어디에 쓰려고요?"

"원장 선상님, 목화송이를 한 번 손에 쥐고 있어 보세요."

"눈보다 더 흰 이놈들을 잠시만 쥐고 있어도 겁나게 손이 따스해집니다."

"청상과부 젊은 시절, 이 할미와 함께 보낸 목화송이들을 머리맡에
두고 보려고요."

전북 고창이 고향인 할머니는 6·25 때 결혼 6개월 만에 입대한 남
편이 전사한 후, 유복자 아들 하나 키우며 살아왔단다. 시집갈 때부
터 시어머님이 안 계셔서 맏동서 시집살이가 무척 매웠으나, 다행히
인자하신 시아버지께서 돌봐주셨다고 했다. 주변에서 여러 번 개가
하라 권했으나 아들이 걱정되어 길쌈을 낙으로 산 세월이 무명 실꾸
리처럼 길었단다. 이제 손부까지 봐서 행복하나 발바닥에 난 종기로
고생한다며, 아마도 그 종기는 베를 짜며 베틀 짚신을 오른발에만
너무 오래 신어서 생긴 것 같다고 한 맺힌 사연을 털어놓았다.
"목화는 사람에게 쌀 다음 가는 보물이지라. 목화 없으면 사람이
살 수 없어요."
"원망스러운 이 상처도 솜이 없으면 치료 못한당께요."

내가 치료할 때 과산화수소를 적신 솜으로 거품이 나게 상처를 소
독하고, 면 가제로 상체를 덮은 후 면 붕대로 발을 감싸는 것을 보고
하는 할머니의 말씀이었다.
"원장님, 목화 다래 먹어봤어요?"
"할머니, 그 달착지근하고 부드러우면서도 말랑한 물 사탕 맛 말이
지요."
"원장님은 워떻게 그걸 안당께요?"
"저도 어릴 적에 베틀 옆에서 볶은 콩가루에 식은 밥 비벼 먹고 자

랐습니다.”

“하하, 그렇군요. 어릴 때 그렇게꺼정 살았다면 내가 옛날 얘기해도 알아듣것소.”

환자 할머니는 어릴 적 겪었던 아련한 내 기억을 다시 떠올리게 했다. 목화솜을 따서 씨아로 씨앗을 빼고, 솜을 타서 소반 위에서 고치를 말고, 실을 잣고, 무명실을 날고, 베를 매어 실을 짜서 오일장에 가서 팔아 돈을 산 이야기를 TV 연속극처럼 차례로 늘어놓았다.

치료에도 불구하고 날이 갈수록 할머니의 상처는 점점 더 깊어졌다. 원래의 암 덩이 말고 또 다른 새까만 작은 암들이 그 옆에 자라났다. 할머니는 내게서 가져가신 목화송이들을 할머니 방 경대 앞에 두고 있다며, 목화송이를 바라볼 때마다 그 옛날 외롭게 보낸 젊은 시절이 떠오른단다. 내가 옥상에 꽃과 채소 키우는 것을 아는 할머니는, 올봄에는 목화씨도 심어 꽃도 피우게 하고 새 목화솜 송이가 핀 것까지 보고 죽게 해달라고 부탁했다.

연이은 환자 할머니와의 대화는 어릴 적 기억 속으로 나를 데려갔다. 어린 시절 내 고향 집 겨울밤에도 물레 소리가 “스르렁 잉잉, 스리스르렁 잉잉”하고 울렸다. 물레바퀴는 반경이 커서 천천히 돌며 부드럽게 스르렁거렸고, 이 바퀴에 ‘물렛줄’로 연결되어 빨리 돌아가는 실 가락은 가는 철심이니 아주 빨리 돌아가며 앵앵거리는 고음이 났다.

우리 할머니의 오른손은 천천히 물레를 잣았고, 목화솜 고치를 쥔 왼손은 천장으로 춤추듯이 치솟았다 내려왔다. 이렇게 꼬여서 만들어진 실이 뾰족한 가락 끝에서 실꾸리로 감겼다. 한 치의 착오도 없이 부드럽게 연결되는 일련의 동작들은 예술의 한 장면이었다. 소매 끝의 율동은 마치 고전무용수의 춤사위 같았다. 이렇게 익숙해지려면 얼마나 많은 세월이 필요했을까. 할머니는 그냥 물레만 잣는 것이 아니라 늘 나지막이 노래를 불렀다.

"검둥개도 잘도 자고, 꼬꼬닭도 잘도 자고, 오호 말도 잘도 자고 우리 손자 잘도 잔다."

물레 소리에 장단을 맞춘 우리 할머니의 애잔한 자장가는 끝없이 이어졌고, 나는 호롱불에 비친 할머니 팔 그림자가 벽에 그리는 흑백 활동사진에 빠져들었다. 이슥한 밤에 올빼미는 우후하고 울어대는데, 할머니의 물레질은 언제 그칠지 몰랐다. 오랜 세월 우리 할머님들은 그렇게 고단한 생의 시름을 물레바퀴에 실어 돌리며 사셨을 것이다.

이렇게 무명실이 만들어진 다음에는 내 어머니 차례였다. 흰 머릿수건을 쓴 어머니는 이 실로 베틀 위에 앉아 "달그락 탁, 달그락 탁, 달그락 달그락 탁탁" 무명천을 짰다. 씨실 실꾸리가 담긴 북을 잉앗대가 틈을 벌린 날실들 사이로 날렵하게 밀어 넣고, 바디를 앞으로 힘차게 당겨치셨다. 이 고단한 작업 덕분에 질기고 부드러운 무명천이 고운 자태를 드러냈다. 옛 어머니들은 이렇게 옷감으로 가난한 세월을 짜며 사셨을 성싶다.

수필가 김진섭 님은 〈매화찬〉에서 "쌀이 몸속을 채우는 양식이라면 목화는 몸을 감싸는 양식입니다. 눈부시게 흰 목화를 바라보면 마음 다 깨끗해진다.”라고 하였다. 목화 열매를 다래라고 한다. 목화 다래를 묘 앞 양지 밭에 널어놓으면 점차 벌어져 품고 있던 흰 솜이 나온다. 흰 꽃처럼 피는 이 목화솜은 새색시 손처럼 따스하고 곱다. 그래서 목화는 두 번 꽃 핀다고 한다. 할머니께서는 옛날 과거 시험에서 목화를 두고 두 번 꽃피는 나무가 뭔지 묻는 문제까지 나왔다고 하셨다. 이 솜 송이를 따는 것을 ‘다래 밝는다.’고 한다. 나도 늦가을이면 뒷동산 증조부 산소 옆에 널어둔 다래를 밝으러 다래끼를 메고 할머니와 함께 가곤 했다.

어릴 적 내 고향 안동에서는 목화를 명으로 불렀다. 아마 무명을 줄여서 명이라 했을 것이다. 우리 할아버지께서 밭에 명 씨를 갈 때에는 발아율을 높이기 위해 특별한 방법을 쓰셨다. 미리 하루 동안 물속에 담아 놓았던 명 씨를 건져내어 재와 인분(人糞)을 섞어서 뿌렸다. 그 후 목화 포기가 이랑이 이어질 만하면 그 밑에 배추씨를 뿌렸다. 목화포기 밑 반그늘에서 자란 배추는 연하고 달짝지근한 맛이 일품이었다. 그래서 쌈 싸 먹는 배추로는 ‘명 밭 배추’가 최고라 했다.

우리 할머니는 주로 겨울철에 무명길쌈을 했다. 햇볕이 쨍쨍한 날이면 이웃 할머니들과 품앗이로 베를 맸다. 베매기는 튼튼해지게 하려고 숯불 위에서 커다란 솔로 씨줄에 좁쌀풀을 매기긴 후 도투마리에 씨줄을 감는 일이다. 할머니와 달리 내 어머니는 외가에서는 길쌈을 하지 않아 시집오기 전에 베틀에 올라 본 적도 없었고, 몸도 약하여 베 짜는 일이 무척 힘드셨단다. 그러나 일단 베를 짜놓으면 아주 고와서 칭찬을 들었다고 했다. 베틀에서 나지막이 부르던 내 어머니의 고달픈 노래가 지금도 귓가를 맴돈다.

"물레라 바퀴는 실실이 시르렁/ 어제나 오늘도 흥겨이 돌아도/ 사람의 한 생(生)은 시름에 돈 다오(김억 詩/김순애 곡)."

환자 할머니의 바람대로 올봄에 나는 옥상 화분에 목화씨를 뿌렸다. 처서를 지난 요즘 희거나 붉은 옥빛 목화 꽃들이 흐드러지게 피어 있다. 목화 다래도 제법 풍성하게 열려 달착지근하고 부드러운 물사탕도 맛보았다. 올가을에는 목화 나무에 흰 솜 송이가 달린 모습을 보여 달라는 환자 할머니의 부탁도 들어드릴 수 있을 성싶었다.

"간호실장, 요즘 흑색종 치료받는 할머니 왜 안 오실까?"

"원장님, 어! 컴퓨터에 조회해 보니 지난달에 사망하셨다고 나오는데요!"

출처 : 청년의사(http://www.docdocdoc.co.kr)

우리 집, 아휴리(阿休里, 아마리)
참봉댁(參奉宅)에서 도계댁(道溪宅)까지 내력(來歷)

| 후손들은 다소 지루하더라도, 이 글을 꼭 읽어보기를 바랍니다.

우리 집 택호(宅號)는 아버님은 용담댁(龍潭宅), 조부님 때는 도계댁(道溪宅), 증조부님 때는 석동댁(石洞宅), 고조부님 때는 마일댁(馬日宅), 5대조 때는 참봉댁(參奉宅)이었다. 5대조(휘諱 일집逸集, 號玉山)는 고종(高宗) 때 수직(壽職, 고령의 양반에게 주었던 벼슬)으로 통정대부通政大夫 첨지중추부사僉知中樞府事를 제수받아 참봉댁이라 불렀다. 다른 택호는 모두 할머니들의 친정 동네에서 따온 이름이다. 내 어머니는 와룡산 밑 동네에서 시집와서 용담댁이다.

안동 입향시조(휘諱, 경익慶益, 성균진사成均進士)님의 비문에 의하면 조상들이 서울 지금의 청와대 자리인 대은암(大隱岩) 아래에 대대로 살았다고 한다. 겸재(謙齋) 정선(鄭敾)의 그림으로 현재까지 남아 있으며, 그림에 영월寧越 신辛씨들 세거지(世居地)라는 설명이 있다. '용사龍蛇의 난亂(임진왜란)'으로 고향을 떠나 안동부 동쪽 절강리浙江里에 정착하여 안동권씨에 장가들어 살다가, 더 북쪽으로 이사 와서 구호리龜湖里(구미龜尾)에 정착하였다. 구미리에 약 3백 년간 살았으며, 1886년(무진戊辰년, 고종23년) 봄 '삼월 삼진날' 삼(麻)씨 갈 무렵 옥산공玉山公 할아버님(휘諱 일집逸集, 1833. 09. 08~1908. 12. 25)께서 구미를 떠나 아마리로 부친과 아들 다섯, 나이 어린 삼촌과 함께 이사 오셨다. 이사 오실 때 옥산 공은 53세였다.

이때 옥산공(용머리 산소)의 장남 삼지각산 할아버지(휘諱 璣默, 호 三省)는 경주이씨 할머니에게 장가든 상태였으나, 새색시는 아직 시집에 오지는 않았다. 예전에 반가(班家)에서는 '묵신행(新行)'이라고 하여 혼례를 올렸지만, 금방 시집에 가지 않고 신정에 1년이나 6개월 정도 사는 풍습(데릴사위제의 흔적, 반대는 도신행으로 혼례 후 시집에 그냥 있음)에 따랐다. 그때 시집인 우리 집에서 껍질을 벗긴 삼인 계추리 단을 새며느리에게 주어 그걸로 시집올 때 옷감을 짜서 왔다고 한다. 경주이씨 할머니는 구미리에서 혼례를 올렸고, 시집으로 올 때는 아마리로 오셨다.

우리 집에 남아 있는 철종 때 안동부사安東府使 수결手決(서명)이 있는 호적단자에는, 우리은 양민(良民)이 아니라 엄연히 무반武班으로 되어 있다. 이 호적단자에 여종(女從) 이름도 있었다. 이때 8대조 할아버지(휘諱 直寧,)는 벼슬이 종육품從六品인 병마절제위兵馬節制尉였으며, 안동 대도호부에 현직(現職)으로 출사(出仕)하셨다. 바로 아마리로 이사 오신 옥산공의 증조부님이시다. 옥산공께서 이사 온 이유는 구미에 살 때 계속해서 집안에 불이 났으며, 식구들이 일찍 죽는 등 여러 우환이 겹쳤다고 한다. 또한 구미보다 농토가 넓고 산이 깊어 가뭄이 덜 들어 농사짓기 좋다는 점도 고려했다고 한다.

구미에 살 때 생활에 대하여 남이 있는 기록으로는 병마절제위 선조의 부친이신, 9대조 상복祥復 선조先祖의 비문(지리골 큰산소)에 "생각이 맑아 노여워도 말과 얼굴빛이 밖으로 나타나지 않고 욕하고 꾸짖는 것이 비복(여종과 남종)에게까지 미치지 않았다."라는 기록으로 보아, 집안에 남자 종과 여자 종이 있었고, 9대조 성격이 원만했음을 알 수 있다. 실제로 구미 등 너머 사는 모씨네가 우리 집 여종의 후손이라는 말을 들었다. 또한 내 생가(生家)집 막내 고모할머니가 시집(녹전면 보재)갈 때 구미에 있던 여종을 시녀로 데리고 가서 몇 달간 살았다고 한다. 나중에 증조부님께서는 나이 든 모씨들에게도 하대(下待)했으며, 그들도 아주 당연하게 여겼고 길을 비키며 허리를 굽혀 예를 다했다는 말을 들었다. 8대조와 9대조의 위토(位土)는 아마리 906번지 밭으로 약 1,190평이며 현재 사과 과수원이다.

지금까지 아마리에 남아 있는 구미에서 이사 올 때 가져온 물건으로는 대추나무로 만든 소 여물통이 있다. 얼마나 크고 튼튼한지, 내가 어릴 적에도 금 간 곳을 시멘트로 때워서 사용하였으며, 소가 올라가도 끄떡없게 튼튼하다. 대추나무는 아주 야무져서 좀처럼 썩지 않는다.

아마리로 이사 오신 옥산 할아버지는 아주 장대하고 힘이 무척 셌다고 한다. 당시에 산이 헐벗고 나무하는 일도 제대로 못 하셔서, 재 너머 등재 마을 뒷산 허물어져 가는 절을 뜯어서 소 등에 싣고 오는데, 스님들이 보고도 겁이 나서 말리지도 않더라는 말이 전한다. 그분의 둘째 아드님(흘티 할배) 산소를 이장할 때 다리 슬관절(물종지) 아래 뼈가 보통 사람 다리만큼 컸다고 하니, 아마도 부자분이 모두 장대하셨을 성싶다.

옥산 할아버님은 이사 오신 후에도 구미로 가서 낚시를 즐겼으며, 고기를 못 낚은 날에는 식구들이 모두 조용히 눈치를 보았다고 한다. 옥산공께서 당신의 조부님(휘諱 석만錫萬 1794.10.06~1868.12.22)의 운구(運柩, 시체를 담은 널)를 말에 싣고 지관(地官, 풍수)을 대동하여 명당(明堂)을 찾아 나섰다고 한다. 명당이란 풍수지리에서는 후손에게 장차 좋은 일이 많이 생기게 된다는 무덤 자리를 뜻한다. 그러느라고 재산을 많이 축내서 흉년에는 식량을 걱정할 정도가 되었다고 한다. 결국 명당을 찾았고 당신 조부님 산소를 모셨는데, 영양군(당시에는 영해) 석보면이었기에 그 산소를 '영해 산소(석보산소)'라 불렀다. 너무나 멀어 관리가 어려워 1970년도에 아마리 장구말에 모셔 왔으며, 지금은 '장구말 큰산소'라 부른다. 이 산소를 석보면 칠성봉 아래 산지기가 묘소를 관리할 논 3마지기까지 갖추었고, 그 발복(發福)으로 7대(代)만에 7형제(兄弟) 7부자(富者)가 난다고 했으나, 관리가 어려워 기다리지 못하고 가까이 모셔 왔다. 옥산(玉山) 할아버지 위토(位土)는 기사리 372번지로 섬들에 있는 논이다.

 이렇게 하느라고 살림살이가 기울어져 춘궁기에 끼니도 잇기 어려워 덜 익은 보리를 베서 보리죽으로 연명한 때도 있었다고 한다. 어느 해는 굶어서 힘이 없어 쟁기(안동 사투리로 후챙이)를 소등에 지고 들에 나갈 정도였다고 한다. 이에 내 고조부(휘諱 璣默, 택호 마일馬日1852.09.23.~1932.6.12)님과 증조부(휘諱 在昔, 택호 石洞, 1875,3,08~1958,6,22)님 두 부자(父子)분은, 재산을 모아 집안을 일으키기로 결심했다. 두 분은 농한기인 겨울이면 새벽에 출발하여, 임동면 채거리 외갓집에서 몸을 녹이고 영해읍을 왕복하는 삯짐을 지기로 했다. 이때 먹을 식량이라고는 조밥이 전부였고, 메조 밥보다는 차조밥이 더 근기가 있고 힘이 난다고 하여, 차조밥과 소금을 삼베 보자기에 싸서 길을 나섰다. 어느 해 섣달그믐날 삯짐을 져주고 돌아오며 삯을 받아오지 못했다는 석동 할아버님에게, 부친인 마일 할아버지께서는 화를 내시며 당장 가서 받아오라고 하셔서 섭섭해 우셨다고 한다. 집안을 일으키겠다는 이 두 분의 결심이 얼마나 엄중했는지 알 수 있다. 나는 어려서 이 얘기를 듣고 가난에서 벗어나는 일이 정말 어렵고, 조상님들의 노고에 감하는 마음이 생겼다. 대학입시 같은 어려운 시험을 앞두고서나 미국에서 공부할 때도, 항상 이 두 분보다는 내가 얼마나 행복하고 쉬운 처지인가를 되새겼고 지금까지도 평생 그렇다. 처음 도봉구 방학동에 개원하여 15평 의원도 월세였고 난방할 난로를 살 돈이 없어 가스버너에 물을 끓였다. 그렇지만 내게는 조상님들 불굴의 의지가 있어, 개원 후 5년 동안 일요일도 없이 문을 열었다. 그 후 딸 수현이의 미국 유학 때도 또 다시 3년간 일요일도 없이 문을 열었다. 모두 조상님들의 근면한 피가 흐르기 때문이다.

고조부님과 증조부님은 이렇게 알뜰히 모은 돈으로 논도 사고 밭도 사서 재산이 모이자, 곧바로 자식 교육부터 시작했다고 한다. 내 생가(生家) 증조부(휘諱 在璂, 1885. 08. 23~1964. 05. 23)님이 이미 나이가 들었고 혼인한 상태였지만, 가까운 구계서원(龜溪書院)에 보내서 공부를 가르쳐서 나중에 통정대부(通政大夫) 종사랑장릉참봉승정원비서승(從仕郞莊陵參奉承政院祕書丞)에 이르렀다. 내 고조부님은 가난으로 모진 고생 하셨지만, 말년에 생활이 넉넉해진 후 주변에 많은 덕을 베푸셨다. 어느 해 심한 흉년으로 먹을 것이 없었는데, 아마리 마일댁(馬日宅)에 가면 식량을 구할 수 있다는 소문이 퍼져나갔다고 한다. 이에 이웃 군인 영양군 청기면에서까지 식량을 구하기 위해 우리 집으로 왔다고 한다. 그때 산골 사람들이 적송(赤松)으로 만든 자루 같은 여러 가지 나무 그릇들을 갖고 와서 식량과 바꾸어 갔으며, 내가 어릴 때까지 우리 집 아래채 고방(庫房)에 이런 나무 그릇들이 아주 많았다.

내 고조부님의 비문에는 "덕은 훈훈하고 그 정은 정성스러웠으며 선대의 사업을 부지런히 크게 이어 계승하였고 향리의 가난한 사람들을 궁휼히 여겨 구휼하니 모두가 칭하기를 하늘이 그 仁을 보답하여 자손이 번창'하였도다."라고 하였다. 내 고조부님이 돌아가셨을 때, 만장(挽章, 돌아가신 분을 칭송하는 글이 적힌 깃발)이 일백 장도 넘었으며, 벼슬이 없었는데도 가선대부(嘉善大夫)라고 써온 분들도 있었다고 한다. 마일 할아버님은 모친 안동김씨를 닮아 그렇게 크지 않고 보통 체구였으며, 얼굴은 갸름하면서 모나지 않고 둥글었다고 한다. 얼굴 생김새는 사진에 나와 있는 남흥 고모할머니(마일 할아버지 손녀)와 많이 닮으셨다고 한다. 아주 당찼고 결심이 서면 아주 빈틈이 없었으며, 87세까지 장수하셨다. 고조부 내외분 위토(位土)는 지리골 꼭대기에 웅덩이가 있어 늘 물이 좋은 910번지 논이며, 현재 사과 과수원이다.

내 5대 조모님인 안동김씨 할머니(1829.10.14~1910. 04. 23)는 대머리였으며, 성격이 아주 활달하였다. 내 고조모인 매일(경주이씨, 1850.10.5~1929.8.18) 할머니는 일찍 백내장이 와서 '눈 어두운 할머니'라고 불렀다. 매일 할머니가 시집오시기 전에 안동 부내

府內에서 차전놀이와 별신굿(하회별신놀이)을 구경 갔더니, 어떤 대머리 부인이 아주 활달하게 춤을 추면서 활달하게 노는 모습을 보았다고 한다. 그런데 시집을 와보니 그분이 바로 시어머니였다.

내 증조부님 휘諱는 재석在昔이고 초휘初諱(처음 이름) 재석在碩(호적)이며 자字는 경문景文 , 호號는 수제修齊다. 현재 우리 대소가 사람들(당숙님들)이 주변 집안들보다 상급학교에 많이 진학하고, 내 부친은 물론 나까지 대학을 졸업할 수 있는 경제적 기반을 마련하신 분이 바로 내 증조부님이시다. 내 당숙님들뿐만 아니라 우리 대소가 누구도 내 증조부님께 깊이 감사해야 한다. 증조부님께서는 제사 많고 할 일이 많은 가난한 큰집의 맏아들로 태어난 책임을 다하시느라 고생이 무척 많으셨지만, 당대에 부자란 말을 들으셨고 집안을 일으키셨다.

소금이나 고등어 등 삯짐 지러 영해 고래불 바닷가에도 가셨는데, 영해(寧海)의 나락골 들판이 바다처럼 넓었다는 말씀을 남기셨다고 한다. 채거리 장에 갔다 오시다가 평생 딱 한 번 투전판에 끼어들었는데, 한몫 잡고는 주변에서 아무리 구슬려도 다시는 얼씬도 안 하신 결심이 대단한 분이셨다고 한다. 슬하에 따님만 4분이 있고 아들이 없어 동생(미동美洞)의 장남(휘諱 周善)을 세간날 때 데려가지 말고 남겨두라 하고, 아들로 삼아 종통(宗統)을 이었다. 부유해졌으니 다른 집 같으면 아들을 얻기 위해 두 번째 장가를 둘 수도 있었다. 증조부님은 키도 크고 잘생겨서 흥해(興海) 배(裵)씨 할머니가 밭을 매시다가 뒤에 계시는 남편을 보고 "여보소, 어찌 그리 잘생겼소!"라고 했다고 하니, 비록 아들이 없었지만, 금슬이 무척 좋으셨다.

내 증조모님은 명문(名門) 흥해(興海) 배(裵)씨(1875, 6, 21~1954, 3, 10)로 체구는 작으셨지만, 무척 영리하셨고 '인근이 얘기' 등 옛날얘기가 백 자리도 넘었다고 한다. 내 부친 남매들에게 들려주었고, 그 일부는 아버님 남매들을 통해 내게도 전해져서 내 아들딸들에게 지금까지도 해주고 있으며, 가능하면 내 손자들에게도 전해주고 싶다. 할머니는 살림살이도 잘하시고, 특히 베를 잘 짜셔서 한 장 동안(5일)에 무명 40자 한 필을 짜서 시장에 팔았다고 하나 정말 고된 일상이었다. 이렇게 모은 돈으로 논밭을 사서 동네에서 젤 부잣집이 되었다.

증조모님은 아들을 못 낳고 딸만 낳아 무척 한이 많으셨다고 한다. 조카들만 아들이라고 우대하고 이녁 소생 딸들은 홀대받아 서러움이 많았으니, 그 한 많은 얘기들을 열아홉에 시집온 내 어머니에게 물레를 돌리며 노래 삼아 했다고 한다. 이렇게 모은 돈으로 동네에서 제일 좋은 논인 웅굴배미를 아들 양자로 주었다고 미동 할아버지에게 주었다고 한다. 이 사실을 시집간 후에 안 큰딸 큰고모할머니는 "우리 어매가 베 팔아서 산 논이고, 시집가기 전에 내가 새 보고 메뚜기 잡던 논인데, 작은아배(미동 할아버지)에게 주었다니 섭섭해서 가슴이 철렁했다."라고 우리가 안동 명륜동에 살 때 오셔서 몇 번이나 되뇌셨다. 큰고모할머니(왕고모)는 인물도 좋고 무척 똑똑했다. 항상 거울을 갖고 다니시며 은비녀 지른 쪽머리를 가다듬으셨다. 시집가기 전에 동네에서 제일 높은 앞산인 봉우재에 올라서 사방을 보니, 세상이 참 넓다는 걸 알았다고 하셨다. 팔순이 넘으셨어도 늘 친정을 '우리 집'이라 하셨으며, '우리 집 고추장이 제일 맛

있다.’라고 하셨다. 증조부모님 내외가 착하셨고, “도계(내 조부님 택호)가 무던하여 너희들이 받을 복이 많아 잘산다.”라며 늘 친정이 잘 되기를 걱정하셨다.

이 왕고모님은 와룡면 남흥리 남흥재사 옆 영양남씨 종갓집 둘째 아들에게 시집을 갔는데, 시부모가 와룡면 젤 부자여서 세간 재산을 백 마지기도 넘게 받았다고 한다. 그런데 시숙이 살림을 말아먹어 고모할아버님께서 형님께 다시 절반을 드렸다고 했다. 고모할아버지는 일찍 개화하여 안동 읍내에 최초로 서양식 원동기 정미소를 차리셨다고 한다. 불행하게도 아들들이 모두 좌익을 해서 북으로 가서 생사를 모르고, 다만 큰아들 손자가 둘이 있다.

내가 어려서부터 대학생 때까지 조부님을 모시고 왕고모댁에 여러 번 들렀다. 마당에 큰 바위가 몇 개 있었고, 안방은 비어 있었으나 아랫목에 북으로 간 3형제 사진을 걸어두었다. 할머니는 양지바른 사랑에 거처했고 방에는 거울과 화장대가 있어, 그렇지 않은 내 할머니와 비교되었다. 내 할머니가 왕고모님보다 두 살이 많았다. 왕고모님은 친정 손자인 나를 무척 귀여워하셨다. 아마리 친정에 왔다 가실 때면 온 집안의 남동생들이 두루마기에 갓을 쓴 정장으로 늘어서서 동구 앞 느티나무 숲까지 배웅했다. 내 기억 속에는 가히 일가(一家)의 종녀(宗女)다운 기품과 위세가 넘쳤다. 목소리에 힘이 있었고, 단아하고 단정하신 분이셨다. 지금 안동시 영호루가 위치한 산이 모두 왕고모 시아버지 소유였지만, 자손들이 모두 북으로 가서 소유권을 주장하지 못하는 걸로 알고 있다.

증조부님은 내 조부님(諱 주선周善, 1903. 02. 08 생)을 독선생

(督先生)을 두고 공부를 시켰다. 독선생이란 감독하는 선생으로, 요즘으로 치면 개인교습이다. 조부님은 별로 공부에 뜻이 없었다. 사서삼경(四書三經)을 딱 한 번 떼시고는 더 이상 공부를 하지 않겠다고 선언하셨다고 한다. 이에 실망한 조부님의 조부님인 마일(馬日) 할아버님께서 불호령이 내렸다고 한다. "공부하지 않으려면 하루에 나무 아홉 짐을 하라"는 조부님 엄명이 떨어졌다. 이에 내 조부님은 새벽같이 일어나, 하루에 나무 아홉 짐을 해오셨다고 한다. 참으로 대단한 결심이었다. "이미 나라(조선)가 망해서 과거 시험 볼 수도 없고, 남들에게 무식하다는 소리는 안 들을 만큼 공부했으니, 농사일이나 열심히 해서 집안을 일으키겠다."라고 하셨다고 한다.

그래서 내 조부님의 큰동생 금소(휘 孟善) 종조부님께서 내 조부님 책으로 공부해서 큰 선비가 되셨다. 내가 어릴 적에 생가 증조부님 사랑에 공부하러 갔을 때 벽장에 누런 표지의 사서삼경이 있었는데, 모두 주선(周善)이라는 내 조부님 성함이 책 표지에 쓰여 있었다. 예전에는 손으로 책을 직접 써서 베꼈기에 책값이 무척 비싸서 사서삼경 한 질이면 논 한 마지기 값이 넘었다고 했다. 당시에도 돈이 없으면 공부를 할 수 없었다. 그래도 내 조부님께서는 돌아가실 때까지 "마상봉한식(馬上逢寒食)하니"로 시작하는 오언당음(五言唐音, 이백 李白과 두보杜甫의 시)은 늘 즐겨 읽으셨다. 특히 비 오는 날이나 겨울에 한가할 때 자주 읽으셨다.

내 증조부님은 키가 180cm가 넘어 내 조부님보다도 더 크셨고 아주 훤칠하셨다. 성격이 원만하시고 농담도 잘하셨다고 한다. 가난을 딛고 살림을 모으셔서 비문에 있는 바와 같이, "돈과 곡식을 덜어서 구휼 하였으며 봄 경작 때에 씨 뿌릴 종자가 없으면 종자를 나누어 주었고 문전에는 여행하는 빈객의 접빈(接賓)이 끊이지 않아 동리와 향당(鄕黨)에서 공경하여 따르며 부러워하지 않는 사람이 없었다." 라고 적혀 있다. 나는 동생 종수宗洙가 태어나니 할머니에게 맡겨졌고, 4살부터 윗 사랑방에서 할아버지와 잤고, 아래 사랑방에는 증조부님께서 주무셨다.

증조부님께서는 아주 큰 부자는 아니셨지만, 동네 이외에도 기사 2리, 등재, 미질 학교 뒤와 수대들, 사월, 주진리 등으로 토지를 넓혀서 가을이면 소작인들이 타작한 나락을 싣고 줄을 섰다고 한다. 그러던 중 해방이 되고 이승만 정부의 토지개혁으로 한 사람이 가질 수 있는 최대의 경지 면적인 80마지기(약 1만 6천 평)를 제외하고는 모두 정부에 헐값으로 매각할 수밖에 없었다. 증조부님은 내가 네 살 때 때(1958년 6월 22일) 84세로 한여름에 돌아가셨다. 돌아가시기 전날 저녁에도 논매기 일꾼들이 한 마당 가득 모여 안동 건진국수를 곁들여서 저녁을 먹을 때, "이 사람들아, 마카(전부라는 뜻은 안동 사투리) 짓 비벼라!"라고 하시며 많이 먹을 것을 권유했다고 한다. 저녁에 물이 많이 켜진다고 하시더니, 다음날 돌아가셨다. 내가 그때 4살이었지만, 장사 지낼 때를 기억하고 있다. 관은 마당 앞 감나무 밑에 두었고, 옷가지는 울 넘어 도랑에서 태웠다. 더울 때라 마당에 차일(遮日)을 치고 많은 문상객이 왔다. 달을 넘겨 장례를 치르는 유월장(踰月葬, 달을 넘기는 장례 일자)으로 9일장이었다고 한다.

증조부님께서는 열 살이 어린 동생(미동 할아버지)이 맏아들을 양자로 주었다고, 세간 집도 두 번 사주는 등 세간을 두 번이나 내주었다고 한다. 동생인 미동 할아버님도 형님께 아주 극진히 하여 매일 저녁이면 잠들기 전에 형님을 찾아뵈러 오셨다. 이 전통은 다음 대에도 이어져서 큰 종조부님도 늘 저녁이면 내 조부님께 사랑에 오셨다. 큰 종조부는 개근상, 둘째 종조부는 정근상, 사개 재종조부는 열심히 참석하는 학생이셨다. 조모님, 어머니, 작은어머니는 매일 저녁 막걸리를 걸러 안주와 함께 대접하였고, 밤이 이슥해서야 각자 집으로 돌아갔다. 내 종숙들도 출타하거나 안동 시내에서 주말에 오면 먼저 큰집부터 들러서 각자 집으로 가는 전통을 배웠고, 나도 늘 작은 집에 들러 어른들께 인사드렸다. 내 종조모님들도 새해가 되면 새벽같이 한 상 차려와 증조부님이나 조부님께 인사를 드렸다.

내 어머니는 19살에 시집오셔서 80세에 가까운 내 증조부님으로부터 많은 사랑을 받으셨다. 증조부님에 대한 분명한 내 기억은, 잠자리에서 일어나시기 힘들어서 천장에 지게꼬리 끈을 매달아 놓고, 일어나실 때 끈을 잡고 일어나셨다. 돋보기를 쓰실 때가 많으셨다. 이 돋보기는 경주 남석(수정)으로 만들어서 논 두 마지기 값이라고 말씀하셨다는 말도 들었다. 갓끈도 옥으로 엮은 끈을 사용하셨는데, 돌아가신 후에도 10년 이상 사랑에 걸려 있었다. 증조부님께서 궂은날 신으시던 커다란 나막신이 오랫동안 남아 있었다. 증조할아버님께서 증손자인 나를 안고 찍은 사진도 이 책에 있다. 증조부 내외분 위토(位土)는 824번지 파래배미(수몰보상금 받음)와 가올배미 밭머리 278-1번지 치갈이 밭이다(이 사실은 내 막내 고모님과 작은아버지께서 공동으로 인감증명을 첨부하여 증언해 놓은 서류가 있음, 현재 종태(宗泰) 명의).

　내가 어려서 조부님께 들은 얘기가 있다. 우리 집이 좀 살게 되자, 독립운동하시는 진성이씨 어떤 분이 드나들었다고 한다. 퇴계 후손이며 누구이신지는 들었으나 근래까지 전혀 기억나지 않아 무척 궁금하였다. 이 어른을 우리 집 사랑 뒷방에 숨겨주기도 하고 돈도 드렸다고 한다. 옛날 우리 집은 전면 5간, 후면 5간의 10간 겹집으로 동네에서 제일 컸다. 사랑 뒷방의 맨 안쪽에 벽장이 있고, 그 아래는 이불장이었으며 이불장 아래 마룻바닥을 들어내면 사람이 앉아서 밤을 먹을 만한 공간이 있었다. 이 집은 원래 영천(永川) 이씨(李氏) 종가 집었다고 하며 아마도 순조나 철종 때 화적(火賊)떼를 피하려 만들어진 대피 공간일 거라고 했다. 할아버지께서는 가을에 나락을 팔아서 돈이 생기면 이 광을 열고 돈통에 돈을 넣어두셨다. 돈통은 인민군이 버리고 간 탄약통들이었다.

　해방이 되자 그 진성이씨 어른이 찾아오셔서 독립운동에 도움을 주셨으니, 정부에 공적을 신고하라고 권했다고 한다. 이에 증조부님께서는 "나는 이미 '대동아전쟁 군자금'으로 일본 정부에 황소 여러 마리를 바쳤다. 그 대가로 일본 황국신민(皇國臣民) 유권자(有權者)까지 되었는데, 독립운동했다 하면 남들이 웃는다."라며 신고 안 하셨다고 한다. 그 어른이 일제 초기에 우리 집에 귀한 글을 써준 적이 있다고만 하셨는데 최근까지 그 글이 무엇인지 몰랐다. 최근에 내가 윗대 비문을 국역하며 이 어른이 누군지 알게 되었다. 비슷한 일이 또 있었다. 1950년에 내 어머니가 시집와서 멋모르고 아래채 문을 여니, 친정 집안의 아저씨 한 분이 계셔서 무척 놀랐다고 한다. 내 할머니께서 말씀을 안 해주어 몰랐다고 한다. 이분은 공산당 빨치산들에게 쫓기고 있었는데, 우리 집에 숨어지냈다. 몇 달 후에 어딘가로 가셨다고 한다.

이후 6·25동란으로 인민군이 처음 아마리에 들어와서 동네에서 제일 큰 집인 우리 집에 본부를 차려놓고, 전선도 깔아놓고 토지 재분배까지 했다고 한다. 때는 추수가 끝난 가을이었는데, 우리 토지를 분배받은 일부 사람들은, 이듬해 농사를 지으려고 걸음까지 냈다고 한다. 인민군들이 우리 집 소를 잡아먹었으며 식량도 퍼갔다. 동네 청년들이 의용군에 더러 입대하였다. 의용군들은 얼굴에 한지를 바르고 다녔다고 한다. 나쁜 짓을 해야 하는데, 아는 사람들이 얼굴을 알아보면 곤란해서였다. 인민군이 쌀독에서 쌀을 다 퍼 가자, 조모님께서 우리 먹을 것도 좀 남겨달라고 했더니, 총 개머리판으로 조모님을 때리려 하자 옆에 있던 한 의용군이 말렸다고 한다. 조모님께서는 아마도 윗마을 권씨 누구네 아들일 거라고 하셨다.

인민군이 들어왔을 당시 이승만 정부로부터 독립운동 훈장을 받은 우익은 고초를 당했고 총살되는 예도 있었다고 한다. 내 조부님께서 우리가 독립운동가로 신고를 안 해서 살아남은 것 같다고 하셨다. 최근에 내가 『망악정실기望岳亭實記』를 국역하면서 진성이씨 어른이 누군지를 알게 되었다. 바로 향산(香山) 이만도(李晚燾) 선생님의 장손 이동흠(李東欽, 1881년 생)선생으로 1917년에 서낭당 큰 산소 비문인 「錦崖辛公墓碣銘금애신공묘갈명(사진 참조)」을 써주신 분이었다. 무척 위험한 일인 줄 알면서도 이 어른을 숨겨주었다고 한다. 이만도 선생은 진성이씨 퇴계 후손으로 고종 때 장원급제하셨으며, 경술국치 때 자결하였다. 향산 선생의 아들 이중업(李中業, 1863~1921) 선생도, 그분의 손자 이동흠 선생도 모두 독립 유공자이시다.

내 생가 증조부님은 양가 증조부님과 열 살 차이가 났다. 체구는 단단하셨지만, 형님보다 작은 보통 체구였다. 부친과 형이 재산을 일으킨 후 공부를 시키려 했을 당시에는, 이미 결혼도 했고 늦은 나이였지만 나이 어린 사람들과 구계서원에 다니셨다. 생가 증조부님께서는 환갑도 되기 전에 김녕金寧 김씨(1881,4,27~1944,10,02, 공인恭人, 부호군 圭魯 공의 따님) 할머님이 돌아가셨다. 20년 이상 홀로 지내셨지만, 단정하게 상투를 트셨고 매사 빈틈이 없고 철저하셨다. 주변에선 '찬 바람이 분다.'고들 했을 정도로 항상 흐트러짐이 없었다. 왼손잡이셨다. 그래서 내 조부님, 작은 아버님, 우리 애들 셋이 모두 왼손잡이다.

생가 증조부 미동 할아버님(휘諱 재기在璂, 號 선암仙岩, 택호宅號 미동美洞)께서는 모든 손자와 증손자에게 한문을 가르쳤다. 나도 6살 때부터 생가 증조부님께 천자문과 동몽선습을 배웠다. 내가 지금 글을 쓰고 있는 것도 이 할아버님 덕분이며 시인이나 수필가가 될 수 있었던 것도, 모두 미동 증조부님 영향이 크다. 이런 전통은 내 동생들인 종수宗洙와 종도宗度까지 이어졌다. 나는 초등학교 들어가기 전에 이미 한자(漢字)를 익혔고, 글자의 의미를 일찍 깨우쳐서 평생 공부에 큰 도움이 되었다. 내가 책을 뗄 때마다 내 어머니는 책거리 떡을 시조부님께 드렸다. 이때 배운 실력으로 물론 외갓집 사랑방에서까지 천자문을 외워 외할아버님까지도 늘 자랑스러워했다.

한 번은 넷째 고모 집에 가서도 사랑에서 삼강오륜(三綱五倫)을 외워 칭찬을 받았다. 내 어머니가 시집을 와보니 조그만 별식을 해도 항상 미동 할아버님께 드리느라, 작은 집(안동말로는 새집)으로 늘 울 밑으로 그릇이 오갔다고 한다.

  생가 증조부님께서 영월 단종 능인 장릉참봉(莊陵參奉)을 제수받아 장릉에 직접 가서 참배하셨다. 증조부님은 어느 날 어린 내 손을 잡고 단둘이서만 지리골 큰산소(9대조 祥復선조)에 가서 절을 한 적도 있다. 지금 생각해 보면, 당신 아들을 양자 보내서 증손자까지 나서 대를 이었다고 인사드렸던 모양이다. 지리골 큰산소 9대조 비(碑)를 세울 때 행장(行狀)이 되는 자료를 갖추어 구미 일가의 선비(龍善) 어른께 부탁했다고 비에 기록되어 있으며, 이 비의 글씨는 내 아버님께서 쓰셨다. 증조부님은 자식들에게 늘 공부해야 한다는 것을 행동으로 보여주는 등 내가 직접 뵌 훌륭한 선비셨다.

  내 어머니께서 처음 시집와서 생가 증조부님께 사랑으로 찾아뵙고 인사를 드렸더니 "얘야, 내가 서울을 문지방 나듯 한다."라고 하셨다고 한다. 증조부님께서는 중앙선 철도가 생기기 전에도 김천까지 걸어가셔서 경부선을 타고 서울에 여러 번 다녀오시며 신문명의 놀라운 발전상을 보셨다, 또한 황해도 배천(白川, 쌀이 많이 난다고 흰 白를 쓰지만 읽기는 배천으로 읽는다)에 있는 신씨辛氏들 서원인 문회서원(文會書院)과 서흥부사(보상輔尙, 문과급제) 선조 산소에 참배하고 오셨다고 한다. 증조부님 말씀대로 사람은 서울에서 배워야 한다며, 우리 집은 대학을 대구로 가지 않고 서울로 온 것으로 알고 있다.

내 조부(도계)님은 위에서 말했듯이 학문에는 큰 뜻이 없으셨지만, 봉제사(奉祭祀), 접빈객(接賓客), 계종통(繼宗統) 하는 일, 즉 집안을 지키고 자식들 키우는 데 일생을 바치셨다. 조부님은 180cm에 가까운 키에 젊어서는 늘 건장하여 105kg 정도 몸무게를 유지하고 수염이 앞가슴을 덮는 헌헌장부이셨다. 주변 사람들이 대통령을 인물로만 뽑는다면 단연 내 조부님이라고 하셨다. 왼손잡이시며 귀가 유난히 두껍고 크셨으며, 장에서 제일 큰 고무신이 발에 맞았다. 조부님은 말씀이 적으시고 과묵하셨다. 조부님이 12살에 영양남씨에 장가들어 처가에 처음 가셨을 때, 숙성하고 귀가 하도 커서 사람들이 '귀에 무쇠솥을 걸어도 되겠다.'라고 했다고 한다. 조부님 나무 한 짐은 상머슴 두 짐이어서 당시 우리 집 큰 대문에 바로 들어올 수 없어, 반씩 나누어서 들여왔다. 젊어서 상투를 자르고 부모님 몰래 집을 나가서 영덕, 포항, 경주를 거쳐 울산 병영까지 남의 집 머슴을 살며 방황했다고 한다. 곰곰이 생각해 보니 머슴 둘 데리는 집 아들이 머슴살이하는 것도 말이 안 되고, 딸만 낳아서 구박이 심한 할머니 생각에 주인집 가을걷이를 해주고 집으로 돌아왔다고 한다.

할아버지께서는 내가 공부 잘하는 것을 무척 자랑스럽게 여기셨고, 내가 대학 2년 때까지 농사지어서 등록금을 주셨다. 안동에서 내 동생들도 중고등학교까지 모두 조부님께서 학비를 대어주셨다. 금소 종조부님께서 "아들을 잘 낳아 손자들까지 학비 대주어야 하는 팔자입니다."라고 걱정을 하자, "그러게 말일세, 다 팔자대로 사는 걸세."하고 웃으셨다. 동네 사람들이 분쟁이 생기면 내 조부님께 와서 누가 옳은지 판결해달라는 사람들도 있었다. 동생들이 말썽을 일으켜도 무던히 참으셨으며, 경제적으로도 많은 도움을 주셨다. 둘째 동생(태선太善 공)이 토지가 싼 게 나왔다며, 계약금 빌려달라고 하면 사랑 뒷방 벽장 마루 아래에 인민군이 버리고 간 탄약창에 숨겨놓았던 돈을 내주셨다. 특히 큰동생 금소 종조부님께서 자녀 문제로 경제적 어려움이 닥쳤을 때는 당시로서는 엄청난 거금을 들여 도와주셨다. 모든 동생을 도와주셨으나 지금 그 사실을 이는 드물다.

조부님은 인근에서 제일가는 장사(壯士)였지만 농사 일할 때 외에는 힘자랑하는 일은 없었다. 소등에 짐을 실을 때도 남들 둘이 해야 하는 일을 혼자서 하셨다. 조부님께서는 맏아들 석담공을 어려서는 '우리 대감'이라 불렀고, 젊어서도 아까워서 크게 잘못해도 절대 나무라지 않았다. 내 어머니 말씀에 의하면, 젊은 석담공이 대농이던 우리 집에서 5년 동안 농사지어 모은 돈 200만 원(약 소 50마리 값) 정도를 안동 시내에 백화점 하는 인척에게 빌려주었다가, 사업이 망해 한 푼도 받지 못하고 날렸지만, 한 마디도 나무라지 않으셨다고 한다. 내가 동생들과 싸울 때도 늘 "인지위덕(忍之爲德, 참는 게 덕)이요, 형우제공(兄友弟恭, 형은 우애로 대하고 동생은 형을 공경하라)이니 참아야 한다."라고 웃으며 말씀하셨다. 늘 과묵하시고 덕이 높았다.

내 조부님의 가장 친한 친구는 윗마을 안동권씨 '남호 어른'이셨다. 원래는 그분의 동생과 동갑인데, 그분이 일본에 가신 후 분 분이 1년 한 번 동갑계를 하셨다. 이승만 정부 토지개혁 때 '남호 어른' 앞으로 논 열 마지기를 명의신탁하였는데, 배신을 하지 않고 제값에 팔 때까지 갖고 계셨기에 논 몇 마지기를 무상으로 드렸다고 한다. 이 어른의 집안 동생(權泰陽, 1913년 안동에서 출생으로 대구사범 심상과를 거쳐 일본으로 건너가 일본 중앙대학 전문부 법학과를 졸업)으로 유명한 분이 있었다. 그분의 부친이 '덕동(德洞)어른'인데, 아미리 제일 부자이셨다. 아들들을 유학시키느라 울굴배미, 가올배미, 장구배미 등 큰 논들을 팔았는데, 모두 내 증조부님께서 사셨다. 권태양씨는 기록상으로 일본 중앙대학을 나왔다고 하지만, 조부님 말씀으로는 그 후 모스크바 공산대학까지 나왔다고 했다. 그는 김구, 김규식, 김일성 3김씨 회담 때 김규식의 비서로 가서 김일성 편에 남아 나중에 김일성대학 교수를 거쳐 북한의 요직을 지냈다. 조부님께서는 내게 "원록(源祿, 이육사, 1904년생)씨는 남경대학을 졸업해 좌익을 안 했고, 태양이는 소련 유학해서 좌익이 되었다."라고 하셨다. 고등학교 때 이육사선생이 북경대학 사학과 나왔다고 교과서에 나와 있어 여쭈었더니, 내 조부님께서 북경이 아니라 남경대학 나왔다고 하셨다. 최근에 조부님 말씀대로 남경대학으로 밝혀졌다. 인터넷에 권태양씨도 출생지는 안동인데 자세히는 모른다고 되어 있지만, 조부님 말씀이 다 맞을 성싶다.

조부님께서는 1903년 2월 11일에 태어나서 1984년 4월 9일에 돌아가셨다. 조모님께서 돌아가신 후 13년을 더 사셨고, 자식들 따라 서울에 오셔서 면목동 181-39번지에서 고령으로 돌아가셨다. 돌아가시기 얼마 전에 고향 한번 다녀오고 싶다고 하셨는데, 모셔드리지 못해서 평생 죄송스럽다. 그 외 자세한 내용은 내 수필 작품 「봄비 내리는 날 할아버님 생각(보령수필문학상 수상)」에 잘 나와 있다. 조부님 덕분에 수필문학상까지 탔으니, 조부님 은혜는 이루다 말할 수 없다.

내 조모님(휘 봉월奉月, 1899. 8. 18~1970. 10. 15)께서는 사대봉사(四代奉祀) 하는 영양남(英陽南)씨댁의 둘째 따님으로 아마리 옆 도목리에서 태어나셨다. 어려서 시집오기 훨씬 전에 어머니는 돌아가셨고, 나이 차이가 큰 큰언니는 시집을 갔다. 오빠가 둘 계셨고 여동생과 남동생이 한 분씩 계셨다. 조모님께서 태어나신 집은 안동댐 수몰로 현재 영남대 박물관에 있다. 내 조부님은 12살, 조모님은 16살에 혼인하셨다. 사대봉사 하는 집 양자 온 집 맏며느리라 층층시하였다. 시조부모님, 양가(養家)집 시부모와 시집 안 간 시누이 셋, 생가(生家)집 시부모와 시동생 셋과 시누이 둘, 합하면 시어른 6분과 4남 6녀의 맏며느리였다. 거기에다 머슴도 둘이 있는 대가족(大家族)이었다.

이러하니 아무리 단단한 체력이라도 견디기 어려웠을 터이다. 키는 작으셨지만 아주 강건하고 기억력이 좋으며 무척 똑똑하셨다. 조모님을 기억할 때, 유난히 길었던 '후유!'라고 하시던 한숨 소리가 떠오르는 걸 보면 삶이 무척 힘드셨던 것을 알 수 있다. 더구나 내 고조부, 증조부, 조부님 모두 지나가는 과객(過客)이 들르면 항상 따뜻하게 맞이하고 재워주어 덕을 쌓으셨다. 정덕백이, 이영감 등은 아주 단골이었고, 추울 때면 조부님들 이불까지 내주어 이를 옮아와서 증조모, 조모, 어머니, 작은어머니를 힘들게 빨래하게 했다.

조모님은 아들을 바라는 집에서 내리 딸만 셋을 낳았다. 조부님도 견디기 힘들어 집을 나갔다 돌아왔다. 마침내 아들을 낳았는데, 죽어 있었다. 통곡(痛哭)하고 싶었는데 목소리가 안 나왔다고 했다. 마침내 내 아버님을 낳았다. 하늘을 날 것처럼, 정말 기뻤다고 하셨다. 원하는 건 다해주고 싶으셨을 것이다. 그러니 석담 공에 대한 사랑은 상상을 초월했다.

우리 남매 5남 1녀는 할머니를 '큰어매'라고, 할아버지를 '큰아배'라고 불렀다. 할배는 증조부였고, 할매는 증조모였다. 고조부는 상할배로 불렀다. 우리 남매들에게는 큰어매가 세상에서 젤 예쁘다고 생각했고, 누가 늙었다고 하면 화를 냈다. 우리 남매는 할머니의 축 늘어진 젖이나, 가만있어도 절로 출렁이는 늘어질 대로 늘어진 조모님의 뱃가죽을 서로 만지려고 야단이었다. 살아 있는 자식 7남매와 죽은 자식까지 합하면 십 남매나 된다고 했다. 할머니 손마디는 대나무 뿌리처럼 마디가 굵고 손가락은 구부러져 있었다. 봉제사 접빈객을 뒷받침하느라 쉴 사이가 없었고, 디딜방아에 몇 번이나 손을 찧어서 손가락이 삐뚤어졌다고 하셨다.

"손자들 코딱지가 등에 항상 묻어 있어도 손자들이 그렇게 좋으시냐고?"라고 내 고모님들이 물으면, "얘들아, 아들이 소원이었던 내게 손자가 다섯인데 얼마나 좋으냐?"하고 되물으셨다. 어려서 둘째 손자 종수(宗洙)가 장티푸스에 걸려 사경을 헤맬 때, 병원에서 죽는다고 했지만 포기하지 않고 품에 안고 사과즙으로 한 달간을 먹여 살려내신 분이다. 이녁 자식이 2남 5녀였고, 7명의 친손자와 2명의 친손녀 외에도 15명의 외손자와 9명의 외손녀를 두셨다. 조모님은 기억력이나 재주가 아주 뛰어나, 아이들 생일이나 제삿날을 다 외웠다. 한복 주우 적삼, 버선, 두루마기, 도포, 철릭 등 못 만드는 옷이 없었다. 된장, 고추장 등 음식 솜씨도 아주 뛰어나셨다. 조모님께서는 지리골 큰산소 7대조 이하 3대 조매제사(이제 더 이상 기제사를 지내지 않겠다고 알리는 제사)를 지내시는 등 종부로서 큰일을 하셨다.

 조모님은 늘 집안일이 많아 밖이나 들에 나갈 여가는 별로 없었다. 그러나 월곡초등학교 운동회 때는 솔권(率眷, 온 식구를 데리고)하여 놀러 가셨다. 달리기를 잘하는 삼촌이 100미터 달리기에서 1등을 하자 덩실덩실 춤을 추셨다. 운동장 주변에 천막을 친 간이 식당에서 개장국 등을 맛있게 드시며 노셨다. 조모님께서는 노래를 잘 못하셨다. 그런데 꼭 하시라고 조르면 "암캐, 수캐 다 노는데, 검둥개는 못 노느냐!"가 끝이었다. 그러나 남의 노래에 장단 맞추어 손뼉은 잘 치셨다.

 조모님이 가장 잘하는 것은, 지성(至誠)을 들이며 빌기였다. 할머니는 눈물이 많으셨다. 조모님의 어머니가 일찍 돌아가셔서 그렇다고도 했다. 조모님께서 시집오신 후 처음 친정 갔다 올 때, 마을 뒷산에서부터 무엇이 계속 따라왔다고 했다. 조모님은 그분을 용신(龍神)으로 잘 모시기로 했다. 안방 벽장은 사람이 들어가서 일을 할 만큼 컸다. 벽장 한구석에 아주 반들반들하고 납작한 돌 위에 작은 옹기 단지를 놓고, 그 안에 각종 씨앗을 넣어두고 깨끗한 천으로 덮어두셨다. 명절 때가 되면 벽장에 올라가 무어라 주문을 외시며 비셨다. 매년 2월이면 곡식을 갈고 또 비셨다.

 매년 2월 초하루이면 정월 대보름부터 대청에 놓아두셨던 정화수 자리에 음식상을 차려놓고 비셨다. 추운데도 새벽같이 일어나 목욕재개(沐浴再改)를 하고 촛불을 켜고 소원을 비는 식구들의 생년월

일을 쓴 하얀 소지(燒紙)를 태우시며 비셨다. 집안 어른들부터 아이들까지 정성 들여 비셨다. 내 차례가 되면 소지를 태우시면서 "을미생 우리 맏손자 먹고 자고 먹고 자고, 병 없고 공부 잘하고, 올해 치는 중학 입학시험에 붙게 해주시옵소서!"를 몇 번이고 고개를 숙여 비셨다. 조모님께서는 48살에 낳으신 막내아들이 늘 걱정이었다. 지리골 입구 우리 밭에 있는 큰 바위에 삼촌을 팔았고, 그 바위가 삼촌을 맡아서 바위처럼 튼튼하게 키워달라는 뜻으로 석출(石出)이라는 아명도 지었다.

조모님은 조부님보다 4살이 더 많으셨다. 돌아가시던 때(72세)인 1970년 음력 10월 중순, 이미 무서리가 내렸고 비가 올 때도 아닌데도 비바람이 치고 천둥이 치는 날 밖에 설거지하러 나가셨다가 중풍을 맞으셨다. 조모님께서는 당뇨병과 골다공증이 있으셨다. 한 번은 척추가 골절되어 안동 도립병원에서 석고로 만든 깁스하고 다니셨다. 돌아가실 무렵에는 많이 마르셨는데, 아마도 당뇨가 심했던 것 같다. 중풍을 맞자 아버님께서 급히 오셨다. 온 집안이 눈물로 가득 찼다. 그때 내가 중3이었는데, 조모님께서 누나(宗姬)와 나를 보고 싶다고 한다며, 뒷집에 살던 승표 아재가 시내 명륜동 우리 집으로 직접 오셨다. 내가 학교에 갔다 왔으니 이미 오후 5시가 넘었다.

나는 혼자서 사십 리 길을 걸어서 고향 집으로 향했다. 가을 해는 짧아서 고바우에 오니 이미 사방이 캄캄했다. 다행히 달빛이 밝아 익숙한 길이라 길을 재촉했다. 캄캄한 산길인 '창실 고개'를 지나 '새고개'에 이르니 달이 중천에 떠 있었다. '우지말'에서 바지를 벗고 낙동강을 건넜다. '큰어매가 돌아가신다니' 전혀 무섭지 않고 빨리 달려가고만 싶었다. 흠뻑 젖은 몸으로 도착했더니, 아버님께서 할머니를 안고 계셨다. 내가 큰어메에게 왔다고 말씀드렸지만, 말씀을 못 하시고 눈물만 흘리셨다. 온 얼굴이 퉁퉁 부어 있었다. 아버님께서는 당신의 어머니를 생각하며 틈틈이 뭔가를 적으셨다. 나는 다음 날 아침 버스를 타고 시내로 왔고, 누나는 버스를 타고 왔다가 저녁 버스로 시내 집으로 왔다.

조모님께서는 우리 6남매를 하나 같이 사랑하셨다. 막내 종신(宗信)이가 줄넘기하면 손뼉을 치며 좋아하시던 모습이 지금도 눈에 선하다. 장질부사에 걸린 종수의 생명을 포기하지 않고 끝까지 보살펴서 살렸다. 종태는 할머니 회갑에 태어났다고 종갑(宗甲)이라 불렀으며 당신을 닮았다고 좋아하셨다. 종각(宗珏)이는 아버님께서 녹전면장으로 가시면서 할머님께 맡겨놓고 가서 더욱 아끼셨다. 누나는 가장 오래 안방에서 할머니와 살아서 특별히 사랑하셨다. 세상에 조모님만큼 자식 사랑이 많은 분은 없다고 생각한다. 늦게 나은 삼촌이 수정이, 종하(宗河)까지 낳자 더없이 기뻐하셨다. 내 할머니 얘기는 「눈 오는 날 할머니 생각」이라는 수필로 발표했는데, 인터넷에 검색하면 볼 수 있다. 우수 수필로 선정되어 수필가들이 많이 인용하고 있다. 큰어메는 내 마음속에 영원히 살아계신다.

내 조부님 위토(位土)는 기사리 가올배미(823번지 803평, 수몰로 보상 받았으나 경작 가능)며, 수몰 보상금은 증조부님 파래배미 수몰 보상금과 합하여 서울 중랑구 면목동 181-39번지 집을 사는데 들어갔다. 이런 사실은 아버님 일기 "2001년 10월 17일(水), 면목동面目洞 구옥舊屋과 안동安東댐 수몰水沒 보상금補償金"과 "2006

년 5월 18일(木); 밭을 부쳐 먹고도 벌초(伐草)도 안 해주는 세상"에 자세히 나와 있다.

내 아버님(石潭)께서는 위와 같은 가정에서 임신壬申(1932)년 9월 24日 아마리 고향 집에서 태어나셨다. 양자 온 집에서 딸을 셋 낳고 태어났으니, 동네 사람들이 "사람으로 태어나려면 내 아버님처럼 귀하게 태어나야 한다."라는 말까지 있었다고 하니 주변의 기대가 어떠했는지 잘 알 수 있다. 자세한 내력은 "石潭寧越辛公 墓碣銘(석담영월신공 묘갈명)과 공(公)의 행적(行蹟)"에 나와 있다. 어려서부터 총명하고 언변이 뛰어난 점은 모친을 닮으셨다. 신체는 아주 강건하였으며, 어떤 어려움이 있어도 절대 기가 죽지 않았다. 어려서 생가 조부님께 가학(家學)을 배운 뒤 9살에 월곡초등학교에 입학하였다. 부친 외가의 막내 외삼촌이 선비이셔서 방학이나 성인이 되어서 틈이 나면 막내 외삼촌께 한학(漢學)을 많이 배웠다. 명필 수준인 한문 글씨도 외삼촌께 배웠다고 한다.

학교 공부도 잘하셔서 우등생이라 재수하지 않고 무난히 명문인 성균관대 법학과에 합격하였다. 젊어서는 군대에 안 간 것이, 사회 진출이 늦은 이유였다. 경찰 간부 시험 등 여러 어려운 공직 시험에 합격하였으나, 번번이 신원조회에서 군 미필로 고생이 많으셨다. 조부님과 부모님의 절대적 지원을 받았고, 집이 시골에서는 부농이었기에 위기를 잘 넘길 수 있었다.

내 아버님은 안동농림중학교 5학년 때인 18살에 19살인 내 어머님과 결혼하였다. 일찍 결혼한 이유는 증조부님께서 돌아가시기 전에 증손자를 보기 위해서였다고 한다. 그런데 내 어머니가 연거푸

딸을 둘 낳자, 주변에서 시어머니를 닮았다고 흉을 보았다. 1955년 6월 4일(음력) 아들(宗燦)이 태어나서 위기를 면했다고 한다. 이후에도 내 남동생들이 넷이나 더 태어났다. 내 어머니께서도 부잣집 셋째 딸로 태어나 밥도 안 보고 자랐는데, 양가와 생가 시조부님과 시부모님, 7남매의 장남에게 시집오셔서 무척 고생이 많으셨다. 내 어머니는 1931년 생으로 1950년 양력 1월 1일에 매약(약혼, 초례)을 맺어 3월 4일에 혼례를 치렀다. 지금 96세이지만 아직 정신이 온전하고 비교적 건강하다. 6.25사변 때 인민군이 쳐들어왔을 때, 종일 고모들과 이웃집 나뭇가리 속에 숨어 지내다가 밤에 집으로 돌아올 때 걸음을 걸을 수 없어 기어서 왔다고 한다. "살면서 이보다 더 어려운 일들이 많았지만 이제 와서 하면 뭐하겠노!"라고 하신다. 하고 싶은 말들이 많지만, 남기고 싶은 말씀은 "참고 살면 좋을 때도 있고, 정직하게 살아야 복을 받는다."라고 말씀하신다.

아버님께서 공직에서 물러나신 해인 1994년 11월 29일에 중풍(지주막하출혈)을 맞으셨다. 처음에는 머리가 아프다고 하셔서 대수롭지 않게 생각했다. 그런데 갑자기 아내가 아버님께서 말이 어눌해지니 큰 병원에 가보자고 했다. 나는 진료실을 비울 수 없어, 아내가 아버님을 모시고 대한병원에 갔더니 중풍이라 했다. 내 모교인 경희의료원으로 모셨고, CT에서 지주막하출혈이라 했다. 교수로 있던 친구들과 선배 교수들이, 수술하지 않으면 운 좋게 살아나셔도 반신불수라고 했다. 당시 CT는 의료보험도 적용 안 되었고, 한국에서 경희의료원밖에 없었다. 더구나 혈관조영 CT는 국내에서 방지거병원밖에 없었다. 정확한 수술을 위해 방지거병원에서 혈관조영 CT

까지 찍었다. 운 좋게도 지주막하출혈 수술을 독일에서 금방 배워오신 김언(金彦) 교수님 지도하에, 김태성 교수님이 뇌수술로 아버님을 살려냈다. 이 모든 과정 동안 어린 자식들 내 진료실에 맡겨놓고, 아내가 혼자서 다 해냈다. 아버님은 한국 최초로 지주막하출혈을 수술로 살려낸 증례로 학회에 보고되었다(진료기록부 복사본 참조). 그 후 21년을 더 사셨다. 그러나 뇌수술 후 10년쯤 지나자, 판단력이 흐려지셨다. 옳고 그름을 판단을 담당하는 전두엽을 수술해서 발생한 후유증이었다. 그래도 경희의료원 진료기록부에는 아래와 같이 기록되어 있어, 장남에 대한 아버님 진심을 알 수 있다. 아버님을 끝까지 잘 보살펴드리지 못한 한이 있다(진료기록부 참조).

2012년 01월 02일: 치매센터에서 인지검사,

집에서 신문 보기, 자전거 타기

2012년 02월 06일: 장남 3년 만에 설 때 방문, 기분 좋았다.

memory(기억) mild depressive(경도로 억제된 상태)

장남이 동생들 공부시켜, 자랑스러운 내 아들

1994년 뇌졸중을 기적적으로 극복한 후에도, 자식이 많으니 늘 경제적으로 어려움이 많으셨다. 안동에 있을 때는 조부님께서 비교적 젊으셨고 농사도 그대로 대농(大農)으로 지어 손자들 중고등학교 등록금까지 모두 대주시는 등 지원을 아끼지 않았다. 그 덕분에 내 5형제들이 무사히 대학까지 마칠 수 있었다. 그래도 공무원인 아버님께서는 박봉으로 5남 1녀를 키우느라 무척 힘이 드셨다. 자녀들을 다 결혼시킨 후에도 딸(宗姬)과 외손자 둘(度亨, 義晉)을 뒷바라지하시느라 "늦 팔자(八字)가 몹시도 사납게 되었다."라며 일기 (2007년 2월 21일 등)에 상세히 기록하고 있다. 내 판단으로는 아들들은 모두 대학을 시켰는데, 딸만 그렇지 못했던 것이 늦게 고생한 이유로 보인다. 어찌해서든지 아들딸 구별 없이 능력대로 시켜야 한다고 본다.

우리 집은 큰 선비 집안도 아니고 벼슬도 변변하지 못한 집안이지만, 위에서 이야기한 바와 같이 대대로 가난에서 벗어나기만 하면 자식 교육부터 시키는 전통이 있다. 아버님 일기에도 다음과 같은 대목이 있다.

2007년 3월 7日(水) 상하尙夏 아비에게 장학재단법인獎學財團法人 설립設立에 관關한 자문諮問을 받을 수 있는 동료同僚가 있거든 알아보라 했다. 면목동面目洞 구옥舊屋 등 몇 푼(?) 안 되는 재산財産이지만 '선대先代 어른들'께서 노심초사勞心焦思 절약節約하신 근면성勤勉性을 생각生覺하면 위대偉大한 유산遺産이다. 길이 보존保存해야 것은 후손後孫된 도리道理다."라는 기록(사진 참조)이 있다.

비록 고향에 선대의 유산이 좀 있다고 하지만, 그때 벌써 경작하는 이가 없어 조상 봉제사를 감당하기에도 점점 어렵게 되어 가던 중이었다. 그러던 중 1988년 2월 장남인 내가 방학동에 소아과를 개원하여, 내가 산 집으로 이사를 오게 되니 면목동 구옥(舊屋)에서 나오는 수입이 남아서 조금 여유를 가질 수 있었다. 또한 내가 동생들 학비나 세간 집에 보태주어 조금 여유가 생겼다. 그러나 그때 나도 아이들 셋을 키우느라 쉽지 않았다. 상황이 이러한데도 장학재단을 만들겠다고 하시니 이때 벌써 온전한 판단이 아니셨다. 그러나 의사인

나도 "아버님께서 치매인 줄 알아 차라지 못하고 아버님과 갈등이 심했던 일들"이 무척 후회스럽다.

장학재단 설립의 뜻은 좋으시나 현실과는 너무 동떨어진 생각이었다. 아마도 뇌수술 후유증으로 이상과 현실을 제대로 판단하지 못해서라고 본다. 그럴 여유가 전혀 없었다. 내 병원이 그런대로 되어, 아파트 매입과 살림살이 비용, 수천만 원이 넘는 부모님 병원비 등을 동생들이나 아버님께 한 푼도 도움을 안 받고 나 혼자서 부담했다. 내가 돈이 많아서가 아니었고, 자식 많은 부모님께 동생들 보살필 여유를 드려 효도하려는 의도였다. 내가 모시고 살던 방학동 신동아아파트(10년 동안)나, 2천 년 이후 부모님이 살고 계시는 청량리 아파트도 모두 내 돈으로 샀다. 더구나 농지개량조합 중앙회 선거 비용 2천만 원도 모두 내가 부담했다. 이런 엄청난 돈을 갚느라고 8년 동안 일요일도 없이, 설날과 추석을 빼놓고 다 병원 문을 열었다. 마치 5형제의 맏이셨던 고조부님과 증조부님께서 엄동설한에 영해 바닷가로 삯짐 지러 가는 심정으로, 집안을 일으키려 이를 악물고 열심히 했다. 실상이 이런데도 어떤 동생은 내가 돈을 번 적이 없다고 내 외삼촌(홍순우씨)께 말하자, 사정을 잘 아시는 외삼촌께서 동생들을 아주 많이 나무라시며, "너희들은 왜 부모를 안 모시고, 고생한 형만 탓하느냐!"라고 하셨다고 한다.

그러나 아버님께서는 내가 엄청나게 돈을 잘 버는 걸로 착각하셨다고 요즘 어머님께서 말씀하신다. 누님을 포함한 내 형제들은 부모님이 모두 세간 집을 마련해 주었지만, 나는 전세보증금도 유산으로 받은 적이 없다. 심지어 1993년에 장손(尙夏)이 10년 후에 유학 갈 때 "유학비로 주어서 좋은 할아버지로 기억되고 싶다."라고 하시며 가져가신 당시로서는 엄청난 돈인 2억 중에서, 10년도 더 지나서는 단돈 2천만 원만 주셨다. 이런 어처구니없는 모든 일들이 뇌수술 후유증으로 본다. 그래도 때로는 아버님께서 "우리 집의 주소득원主所得源이라 번창繁昌을 바라는 마음 간절懇切한 게 우리 내외內外의 소망所望이다(2006년 3월 30일)."라고 현실을 인식하실 때도 있었다.

　이런 말을 하면 남들에게 숨겨야 할 얘기를 왜 이렇게 밝히느냐고 물을 수도 있다. 효도(孝道)를 강조하는 공자님의 효경(孝經)이나 불경, 성경도 좋거나 나쁘거나 인간의 삶을 그대로 적고 있기에 더 가치가 높다. 서두에 밝혔듯이 이 글은 우리 가문을 자랑하기 위한 기록이 아니고, 좋은 일과 궂은일을 가능한 한 사실대로 적어서 후대에 교훈으로 삼기 위해서다. 잘못된 일을 되풀이하지 말고, 잘된 일은 본받기 위해서다. 젊어서 아무리 총명했더라도, 노년에 판단을 잘못하면 일시에 공적이 무너질 수 있다는 사실을 꼭 말하고 싶어서다. 동생 중에는 내가 돈을 번 적이 없고, 모두 아버님 돈으로 살았다고 하기도 하니 참으로 답답하다.

　앞으로 대가족제도가 유지되지 않는다고 해도, 가족관계가 아주 무너지지는 않을 것이다. 엄청나게 수명이 늘어나는 세상이 오고 있다. 아버지도 아들도 모두 노인인 세상이 오고 있다. 여기에 다 말하지 않았지만, 나로부터 5대조까지 모두 80세 이상으로 장수하셨는데 장남과 갈등이 심할 때가 자주 있었다. 아버지가 장성한 장남을 인정하지 않고 너무 가혹하게 대했던 것이 문제였다. 다행히 장남들이 슬기롭게 대처하여 집안을 유지할 수 있었다. 그런데 그 아들이 아버지가 되어 똑같이 잘못하곤 했다. 아마도 나 자신도 늙어서 판단이 흐려져서 자식들에게 잘못할 수도 있을 것이다. 대체로 가족 간에 문제가 있다면, 나이 많아 판단력이 흐려지는 부모가 참고 양보해야 한다고 본다. 예외도 있겠지만 "부모가 고집을 부려서는 안 되고, 자식에게 져야 한다."하는 말이 옳을 성싶다.

석담(石潭) 공의 그 외 공직 경력 더 상세한 내용은 이 책의石潭寧越辛公 墓碣銘(석담영월신공 묘갈명)과 공(公)의 행적(行蹟)"에 나와 있습니다.

지금까지 비록 보잘것없고 한미(寒微)한 집 얘기이지만 장황하게 이어왔습니다. 그러나 최대한 근거 있는 자료를 기반으로 하여 집안 내력을 이야기했습니다. 구태여 이런 기록을 남겨놓은 이유는 어디에 있을까요. 사람이 다른 동물과 달리 사회를 구성하고 대대로 집안을 유지하며 자식을 낳아 키우고 교육 시키는 이유는 까닭은 어디에 있을까요. 사람이 다른 동물들과 달리 당대의 생(生)에 만족하지 않고 죽은 후에도 자손들이 잘 살기를 바라며, 나름대로 자신을 희생하는 이유는 어디에 있을까요. 그렇게 하기 위해서는 어떻게 해야 할까요. 만약 이런 일련의 일들이 인간다운 가치 있는 일이라면, 우리의 선조들은 어떻게 하셨고, 우리는 어떻게 해야 할까요. 지금까지 잘해온 일들은 무엇이며, 고쳐야 할 일들은 어떤 일들이 있을까요. 우둔한 저이지만 나름대로 얘기를 남겨보려고 합니다.

첫째, 내 조부님께서 늘 말씀하셨듯이, 우리는 당대에만 살고 가는 게 아닙니다. 조상님들이 계셔서 내가 있을 수 있는 것처럼, 내 후손들도 잘살기를 바라는 마음 간절합니다. 마치 나무가 열매를 남기고, 풀이 씨앗을 남겨 후대를 이어가는 이치와 같습니다.

무엇보다 세상에 태어나 희로애락(喜怒哀樂)을 느끼게 해준 조상님들님들께 감사해야 합니다. 또한 후손을 남겨서 조상님들의 뜻이 이어지게 해야 합니다. 이런 생각으로 살면 늘 겸손하지 않을 수 없습니다. 내 증조부님께서 독립운동 공적을 신고하지 않아서 살아남으신 것처럼, 살아남으려면 평소에도 매사에 잘난 척하지 말고 겸손해야 합니다. 일이 잘 풀려서 돈 많이 벌거나 출세했다면, 자신이 잘났기 때문이 아니라 조상님들 덕이며 운이 좋았다고 겸손하게 생각해야 할 것입니다.

둘째, 내 조부님께서 "고삿재(아마리에서 젤 높고 기우제 지내는 산) 꼭대기에서 돌 굴리면 원하는 곳으로 가는 게 아니다."라고 하셨습니다. 우리 집도 다른 집과 같이 세상의 좋은 일과 궂은일이 모두 일어날 수 있습니다. 문제는 좋은 일이 오면 담아 유지할 인격을 갖추어야 하고, 궂은일이 오면 쉽게 "포기하지 않고 잘 극복할 힘"을 길러야 합니다. 그런 힘은 가족 간의 사랑으로 길러집니다. 제가 비록 훌륭하지는 못해도 그런대로 사회에 적응하고 남다른 어려움을 극복할 수 있었던 힘은, 어려서부터 위에 있는 조상님들의 기대와 사랑을 받고 자랐기 때문입니다. 조상님들의 사랑은 후손들이 평생 자긍심을 갖고 살게 해줍니다.

셋째, 살다 보면 부자간에도 항상 갈등이 있기 마련입니다. 부자유친이 잘 안되니 삼강오륜의 처음이 부자유친이라 했습니다. 동양 윤리의 근본이자 장점이자 장점은 효(孝)로 효는 만행(萬行)의 근본이라 했습니다. 공자님은 효경孝經에서 부자자효父慈子孝, 부모가 자애로워야 자식이 효도하고, "문위인부問爲人父 왈曰 관혜이유례寬惠而有禮 묻건대, 사람의 아비가 된다고 함이 무엇이뇨? 답하건대, 자식에게 관대하고 은혜를 베풀며 예의에 어긋나는 행동을 하지 말아야 아비다."라 했습니다. 그래서 부자유친父子有親이라 했습니다. 부자간에 누구보다 친해야 하고, 신뢰로 서로 존중해야 가문을 이어갈 수 있을 겁니다. 우리 집은 유난히 부친과 장남 간에 갈등이 많았다. 아들도 되고 아비도 되는 처지에서, "아버지가 아들에게 항상 먼저 손을 내밀어야 한다."라고 본다.

또한 효경(孝經)에서 가장 큰 불효는 향당주려(鄕黨州閭)에서 부모가 나쁘다는 소리를 듣고 있는데도, 자식이 부모에게 바로 아뢰지 않아 부모가 더욱 그릇된 일을 계속하는 일이라고 했습니다. 가족 친지들이 잘못된 길로 가면 일시적으로 이익에 불리하더라도 바르게 인도하는 것이, 결국에는 자신에게도 분명 이익이 될 것입니다.

넷째, 자식을 가르칠 때는 말로 해서는 소용이 없고, 행동으로 직접 자식들에게 보여줘야 합니다. 자식들 앞에서만 올바르게 행동하는 것이 아니고, 남들이 보지 않는 곳에서도 정직하게 신독(愼獨)해야 합니다. 만약 자식이 공부를 열심히 하게 하고 싶으면, 공부의 수준이나 성과에 상관없이 자신도 책을 읽거나 맡은 바를 열심히 해야 한다고 봅니다.

다섯째, 위에서 말한 삶의 원칙은 변하지 않겠지만, 젊은이들에게 귀를 기울여서 시대의 흐름에 슬기롭게 대처할 줄 알아야 합니다. 너무 옛것을 고집해도 안 되고, 너무 쉽게 버려서도 안 된다고 봅니다. 우선 아들과 딸을 구별하지 말고 능력대로 잘 가르쳐야 합니다. 새로 식구가 된 며느리를 친딸처럼 소중하게 여겨야 합니다. 앞으로 세상이 변하면 딸들이 가문을 이을 수도 있을 겁니다.

제2부

수 필 모 음

부모父母님 묘소墓所를 이장移葬 합묘合墓해드리며!

 1987년 8월 15일 어머님 묘소를 먼저 파묘破墓(묘를 파헤쳤다)하
였다. 백호등白虎嶝 비위산소妣位山所(돌아가신 어머니 산소)부터
잠파고유후暫破告惟後(잠시 파묘를 한다고 산신령께 알리는 제사를
지낸 후) 선착先着하여 병방丙方(남쪽)으로 향했다.

 .서거逝去 후後 만 17년 4개월

 .실관내부實棺內部 시신정돈屍身整頓 후後 천판天板 재개再蓋

 (다시 덮었다)

 .결관운구結棺運柩(관을 묶어서 운반하였다)

 ,안동호安東湖 만수관계滿水關係로 도선운구渡船運柩해야 하여

 선적船積까지는 가평佳坪 고종형姑從兄(덕환德煥)이 지게로 운구

 하였다.

 .지리골芝里谷 중원中原 고위考位(아버님산소) 옆 조모祖母 선영

 하先塋下

 정구停柩(운구를 멈춤)하였다.

고위산소考位山所 파묘破墓 고유告惟

 ,선착先着 병방丙方 개방開墓

 .실관實棺 인양引揚 천판天板 개봉開封

 .시신屍身 정돈整頓 후後 천판天板 재개在蓋(다시 덮었다)

 .결관結棺 후 운구運柩 준비準備

운구運柩

장지葬地가 가깝지만 급경사急傾斜라 가벼운 비위妣位부터 운구
運柩

사四목도(줄을 목에 걸어 4명이 메고 가는 운반법) 운구運柩에 앞
뒤에서 부축하는데,

염천炎天 강우降雨에다 나무그루터기, 암巖石 등 어려운 노정路程
이나

30분만에 장지葬地에 도착倒着 정구停柩

고위考位(돌아가신 아버지)는 육六목도하고 역시亦是 앞뒤에서 부
축하여 10여명余名의 인력人力이나마 비위妣位 운구運柩의 경험經
驗을 살려 40分만에 완료完了하였다. 때마침 내리는 장림長霖(장마)
비에 칠전팔기七顚八起한 운장運葬군의 모습은 형용形容키 어려웠
다.

목도에는 우리 형제兄弟와 종찬宗燦이 전력全力을 다해 참가參加
하였고, 승락承落, 승오承五, 승후承厚, 덕천족숙德川族叔(66세), 덕
환德煥 고종형姑從(德煥)兄이 진력盡力을 다하였다.

아침 8時에 비위산妣位山부터 시작始作한 파묘破墓 운구運柩는 오
후 4시 50분경에 완료하였다. 선비先妣의 관棺 내부內部 시신屍身
은 염斂한 그대로 천금天衾이 덥혀 있었으나, 물이 고여 17년간이
나 토중목욕土中沐浴을 하신 듯하여 불효자로서 가슴이 아픈 슬픔
을 되삼키지 않을 수 없었다. 이미 한 차례 이장移葬을 했으나 적지
適地를 찾지 못하고 영혼靈魂이 불영不寧하신 부적지不適地에 모셔

둔 불효不孝 뉘우침이 너무도 컸다.

선고先考(아버님) 유택幽宅(무덤) 역시亦是 근근近近 4년간年間을 토중목욕土中沐浴하는 부적지였으며 시신屍身의 모습도 내외內外분이 흡사恰似하였다. 수중水中 장지葬地에서 뒤늦게나마 구출救出해드려 신유택新幽宅인 증조모曾祖母 계산階山에 정구停柩시킨 불효不孝 막심한 심정心情이다. 이제야 다시는 이장移葬치 않을 영구유택永久幽宅을 마련하여 부모님의 은혜에

만분의 일이라도 효도를 한다는 생각에서 밤새 잠을 이루지 못하였다.

"수욕정이樹欲靜而 풍부지風不止하고(나뭇가지는 고요해지고 싶지만, 바람 그치지 아니하고),

자욕양이子欲養而 친부대親不待(자식이 모시고 싶지만, 부모는 기다리지 않는다.)"라고 했던가.

어버이의 거룩함과 은덕恩德을 알 만한 때가 되면 어버이는 벌써 자식의 곁을 떠나버린다. 즉, 부모는 자식의 효도를 기다리기 전에 벌써 저세상에 가셨다는 전시前是 명시名詩를 생각해 본다. 그래서 "어버이 살아 계실 때 섬기기를 다하여라."라고도 했다.

선인先人(조상祖上님들)의 유택幽宅을 구求함이 어찌 복福을 받기를 위함이리요. 다만 자식子息의 도리道理로서 돌아가신 시신屍身이나마 보다 아늑하고 편안便安한 지하地下에서 유골遺骨이나마 풍화風和, 화재火災, 자연재해自然災害로부터 더 오래도록 보존保存될 수 있게 함이 아니리요. 혹자或者는 또 자고自古로 명산길지名山吉地를 얻으면 그 자손子孫이 왕성旺盛하고, 흉지凶地를 만나면 그 자

손이 망멸亡滅하거나 재앙災殃을 면免키 어렵다는 말이 공론公論으로 전傳하고 있기는 하다.

 이번에 안장安葬한 자리는 종찬宗燦 명의名儀로 등기登記된 지리곡芝里谷 문중산門中山으로서, 같은 등嶝(고개) 정상頂上에 증조부曾祖父, 중록中麓에 증조모曾祖母님을 뫼시고 등嶝끝 계하階下에서 조부모祖父母님을 손자손부孫子孫婦가 받드는 형상形狀이 되었다. 반면反面에 백호등白虎嶝에서는 시부媤父(시아버님)님을 뫼시던 며느리가 떠났고, 중원中原에서는 어머님을 뫼시던 아들이 떠나시게 되어 조금은 섭섭하시지 않을지 영혼靈魂의 세계世界나마 이렇게 그려본다.

‘신문新聞 없는 정부政府’를 지향하는 지향指向하는 김대중金大中 정부政府

2001년 7월 4일(수)

중국고사中國古事에도 제왕帝王이 언로言路를 막으면 폭군暴君이 되고, 더 나아가서 국상國傷의 지경에 이른다 하였는데(옹폐지국상야雍蔽之國傷也), 국민國民의 정부政府라는 자유민주주의自由民主主義 나라에서 정론正論을 펴서 정부政府의 잘못을 지적指摘하는 신문사新聞社의 법인사주法人社主의 입을 봉封하는 재갈을 물리고 있다. 그 수법手法은 세금稅金 추징追徵으로 법法과 관례慣例를 초월超越한 폭력暴力으로 그것도 ‘누구보다 언론言論의 은택恩澤을 많이 받은 김대중金大中이란 인물人物’이 역사歷史에 오점汚點을 남기고자 발광發狂하니 옹졸壅拙하기 그지없어 보인다.

미합중국美合衆國 제2대대통령第2代大統領이었던 토마스 제퍼슨(獨立宣言文을 씀)은 ‘신문新聞(언론言論)이 없는 정부政府를 택擇할 것인가?, 정부 없는 신문을 택할 것인가?’하는 질문質問에서, 그는 단호斷乎하게 ‘정부 없는 신문新聞을 택할 것’이라고 대답했다.

지금으로부터 삼년三年 전前 대한민국大韓民國 대통령大統領으로 취임就任할 당시當時 그는, 높은 지성知性과 탁월卓越한 민주주의적民主主義的 사고思考를 실천實踐했던 200년전年前 토마스 제퍼슨 대통령의 선언宣言을 서슴없이 복창復唱했던 김대중金大中 대통령 大統領이다. 그러던 그가 임기任期가 1년年 반半이 남은 지금, 언론개혁言論改革이란 미명微明아래 빅3사社(朝鮮, 東亞, 中央)를 180도度 회전回傳하여 요리위기療利危機로 몰아가고 있다. 그의 속물적俗物的 인격을 드러내는 것이 아닐지?

언론言論은 국민國民의 뜻을 대변代辯하는 공론公論인데도 '실정失政을 지적指摘하고 선정善政을 깨우쳐주는 역할役割'을 적敵으로 삼아 그의 야욕野慾인 북한정권北韓政權을 용공容共 찬양일색讚揚一色보다는, 우정友情 있는 비판批判이 더 중요重要하며, 잘한 것만 골라서 잘했다고 칭찬稱讚만을 하지 않아도 좋다고 입에 침도 없는 거짓말을 작년昨年 초初부터 남발濫發했던 그가 아닌가?

언론言論은 공론公論(국민國民의 뜻을 대변代辯하는)인데도 '실정失政을 지적指摘하고 선정善政을 깨우쳐주는 역할役割'을 적敵으로 삼아 그의 야욕野慾인 북한정권北韓政權을 용공容共, 찬양讚揚, 무조건無條件 퍼주는 실정實政을 국민國民의 이름으로 지적指摘하는 대기代價로서 신문말살新聞抹殺 시책施策을 펴고 있다.

이대로 가면 금년今年 말에末 한반도韓半島에는 암흑시대暗黑天地가 올 것이며, 우리의 자유민주주의自由民主主義 사회社會는 곧 쇠퇴衰退하고 말 것이다. 언론개혁言論改革이 교각살우矯角殺牛로 암흑천지暗黑天地되고 말겠구나.

그는 출생에서부터 무덤까지 거짓말과 속임수로 일관一貫되게 항심恒心이 없는 자者인데도 어찌 천화天禍가 없는가? 천호불인天乎不仁이라 했는데! 이런 생각을 하다가도 그가 대통大統을 잡은 이유가 있다면, 출생은 그러하다 하더라도 그의 생生만은 진실眞實했으면 좋겠다.

요즘 뉴스에 나오는 말들을 탐색探索해본다!

  -, 견강부회牽强附會: 궤변詭辯

  -, 가렴주구苛斂誅求: 가혹苛酷한 세금징수租稅徵收와 학정虐政 등

  -, 분서갱유焚書坑儒: 고대古代 중국中國 진시황秦始皇의 언로탄

    압言路彈壓, 바른말 하는 선비를 생매장生埋葬하고 책을 불사르

    는 만행蠻行

  -, 곡학아세曲學阿世: 바르지 못한 학문學問으로 권력權力에 아부

    阿附하는 것, 권력에 눈치를 보는 아첨배.

  -, 과유불급過猶不及: 통도사通度寺사에 세계최대世界最大의 불

    사佛事인 동종銅鐘 세우기를 추진한다고 하다. 불상佛像이 커야

    불심佛心이 깊어지나?

  -, 어휘語彙 진작眞作과 贋(옳지 않을 안) 作(위조 물건): 거연견진

    작居然見贋作

    전이모사轉移模寫: 선생의 서법書法을 따라서 익힘, 서법書法과

    서혼書魂

    낙성관지落成款識(落款, 정성을 들여 자세히 알아보다.)

고향(故鄕)이란?

2001년 10월 16일(토)

내 고향(故鄕) 아휴리(阿休里, 아마리) 서울 향우회(鄕友會) 날이다. 항상(恒常) 가고 싶고 또 보고 싶은 곳이 고향(故鄕)이다. 내 고향 아마리는 고려(高麗) 때부터 있었던 마을이며, 전에는 정(鄭)씨에 이어 영천이씨(永川李氏)가 세거(世居)했다고 하며, 지금(至今)도 영천이씨 사당(祠堂)이 동네 한가운데 있고, 그분들의 묘(墓)가 동네 주변(周邊)에 많다. 그분들 중에는 과거(科擧)에 급제하여 높은 벼슬도 했다고 한다.

특(特)히 병자호란(丙子胡亂) 때는 의병(義兵)으로 참전한 장군(將軍)도 있어, 그분의 비석(碑石) 묘(墓)는 '비선뫼'라 하고, 말(馬) 무덤도 큰 것이 있어 '말뫼'라고 부른다. 이분에 대한 전설(傳說)에 의(依)하면 전장(戰場)에서 장군(將軍)은 전사(戰死)했지만, 장군의 말이 죽은 주인을 싣고 고향(故鄕)으로 와서 당(堂) 숲 느티나무 아래에서 울어서 마을 사람들이 놀라서 나왔다고 한다. 장군(將軍)의 운구(運柩)을 기사(棄仕)2리로 넘어가며 '질마재'에서 움직이지 않아 잠시 쉬었다고 하며, 그때 심었다는 느티나무가 지금도 아주 크게 자라고 있다.

요즘은 다 아마리라고 하지만 옛 기록에는 아휴리(阿休里)라고 한다. 최근(最近) 신문(新聞)에 난 것을 보면, 제주도(濟州島)를 포함(包含)한 전국(全國)에 '아말'이라는 마을이 있다고 한다. 몽고(蒙古) 지배(支配) 시절에 말(馬)을 키우는 아(阿)라는 벼슬아치가 있었고, 말을 기르는 마을을 '아말'이라 했다고 한다. 그래서 지금도 아마리에서 시집간 집의 당호(堂號, 택호)를 '아말기'라고 한다. '조(曺) 아말기' 댁(宅) 등으로 불렀다. 아휴리(阿休里)도 아(阿)라는 벼슬아치가 은퇴(隱退)하여 쉬는 곳이란 뜻이다.

아마리는 답답하고 따분한 벽지(僻地) 산간(山間)이며, 선암곡(仙巖谷)이란 이름 그대로 내 본제(本第)가 있는 골은 풍수지리학상(風水地理學狀)으로 '천옥(天獄)'이라고 한다. 산이 가깝게 빙 둘러싸여 있고 '외주(外周)'가 보이지 않는 곳이다. 설왈(設曰) 의식(衣食)은 있으되 인물(人物)이 나지 않는 곳이라고 한다. 특히 선암(仙巖)골에서 80년(年) 이상(以上) 살지 말라고 하는 말도 있다. 그러나 피난(避難)하는 곳으로는 좋으며 Y자(字)로 흐르는 시내를 따라 농토(農土)로 펼쳐진 전답(田畓)은 평야(平野)가 아니라도 비교적(比較的) 비옥(肥沃)하고 가뭄도 덜 타는 편이다. 객관적(客觀的)으로 볼 때 길지(吉地)도 악지(樂地)도 아닌데 왜 이곳이 내게는 이렇게 못 잊을 곳으로 여겨지는가?

고향(故鄕)이란 과연(果然) 당자(當者)의 그 인생(人生)에게 어떤 곳인가? 한 人生(인생)에게 생산(生産)되는 곡식(穀食)을 먹고 살면서 의식주(衣食住)와 생로병사(生老病死) 과정(科程)을 거치는 동안 생산(生産)하고 양육(養育)하여 그 후손(後孫)들의 장래(將來)를 보려는 부모(父母)와 또 그 부모(父母)들이 대(代)를 이어가며 '모듬살이', 즉 가정(家庭), 친척(親戚), 이웃, 지역(地域), 사회(社會), 국가(國家)의 일원(一員)으로 생활(生活)하던 곳이고, 또 일부는 현재(現在)까지 존재(存在) 하는 터전이다.

부모(父母)와 조상(祖上)으로부터 생이육지(生而肉之)하고, 애이교지(愛而敎之) 사랑을 받으며 한 인간(人間)으로 인격(人格)을 갖추어 만인공동(萬人共同)의 사회생활(社會生活)을 할 수 있도록 신체적(身體的), 정신적(精神的) 요건(要件)을 구비(具備)해 준 곳이다.

나고 자라서, 생(生)을 마치고 또 다음 대(代)를 이어가게 되는 전(全) 과정(科程)이 바로 소(小) 우주(宇宙)인 고향(故鄉)이요, 서업(緖業), 가문(家門), 종족(宗族), 인륜(人倫), 예의(禮義), 도덕(道德)의 출발(出發)이 바로 가정(家庭)이기 때문에 내가 태어나기도 했지만, 사후(死後)에 내가 묻힐 곳도 바로 고향(故鄉)일 수밖에 없다.

퇴계학退溪學, 다큐멘터리, 세계世界는 퇴계退溪를 주목注目한다

2001년年 10월月 10일日(水)

KBS 집중방영集中放映에서 퇴계학退溪學에 대하여 集中放映을 한다. 퇴계(退溪)선생 당시當時는 왕조시대(王朝時代)라 충忠이 최고의 사회적社會的 가치價値였다. 그런데 퇴계退溪는 인간人間에 대해 연구研究하고자 하였다. 그래서 틈만 나면 벼슬을 그만두고 고향故鄕인 안동安東 예안禮安으로 돌아가려 했다.

동양東洋의 우주관宇宙觀을 설명說明한 주역周易에 의하면 세상世上은 음과陰과 양陽으로 구성構成되어 있다. 이것이 태극太極이다. 성학십도聖學十圖는 바로 이 우주宇宙의 원리原理에 대對한 설명說明이다. 생생지리生生之理, 즉 인간人間과 자연自然의 조화調和에 대한 설명이다.

퇴계退溪 이황李滉 탄생誕生 500주년周年을 맞이하고 있다. 동양東洋은 물론勿論이고 영불英佛과 같은 서양西洋에서도 연구研究를 선도先導하고 있다. 유교儒敎와 퇴계사상退溪思想이 재조명再照明되고 있다. 퇴계退溪는 주자학朱子學에서 사단四端인 인의예지仁義禮智와 칠정七情인 희노애구애오욕喜怒哀懼愛惡欲의 인간人間 본성本性을 내면內面의 수양修養을 통해 외부外部의 물질적物質的 유혹誘惑이나 욕망慾望을 뿌리치는 경(敬) 사상思想을 중重하게 여겼다.

퇴계의 윤리倫理와 천명도天命圖는 중국中國으로 역수출逆輸出되어 손문孫文, 양계초梁啓超 등에 전전傳해졌으나 문화혁명文化革命으로 파괴破壞되었다. 일찍이 일본日本으로도 반출搬出 되어 집중연구集中研究 되었다. 그들 일본日本은 퇴계退溪 思想 수십여권數十餘卷을 간행刊行)하였고 인간人間의 삶에 관關한 교본教本으로 승화昇化시켰다고 한다.

특히 지금(至今)으로부터 80년(年) 전(前)에 양계초(梁啓超)는 중국(中國)에서 성학십도(聖學十圖)를 공부(工夫)한 후 찬양(讚揚)하였고, 호대학론(好大學論)으로 발전(發展)시키려 시도(試圖)하였다. 그는 또 퇴계(退溪)의 사상(思想)이 환경학(環境學), 사회학(社會學)으로 보고 중국(中國)의 근대적(近代的)인 분야(分野)에도 맥(脈)이 상통(相通)하고 인간성(人間性) 회복(回復)에도 중요(重要)한 지침(指針)이라 하였다. 퇴계(退溪)는 인간(人間)을 주목(注目)하였다. 성리학(性理學)은 인재(人才) 권성(卷成)하는 학문이다.

10월 11일 (木) 농요정사 기숙사(寄宿舍)

도덕성(道德性)은 갖추지 아니하고 서는 권력(權力)으로부터 자유(自由)로울 수 없다. 도덕적(道德的) 인격(人格)을 갖추어야 한다. 주희(朱熹)의 역작(力作)인 소학(小學) 가례(家禮)는 학문(學問)의 입문(入門)이다. 일상(日常)의 세계(世界)와 심수적(心須的) 교과서(教科書)이다.

성(性)이란 주무적(主無敵) 상성성(常惺惺), 정제엄숙(整齊嚴肅) 기심수렴(其心收斂), 독수화발자분명(獨樹花發自分明)으로 인간(人間) 자율성(自律性)을 요구(要求)하는 대사상가(大思想家)가 바로 퇴계(退溪) 선생이시다.

면목동面目洞 구옥舊屋과 안동安東댐 수몰水沒 보상금補償金

　면목동 구옥舊屋의 안방 가구재家具材 등 완료完了된 곳으로 이동移動 지시指示하고, 안방 바닥 굴파掘破 진해殘骸 제거除去 후 배관을 확설確設한 후 미장을 했다, 이층현관二層玄關 화단花壇 파괴破壞 잔해殘骸도 제거除去하였다. 기타其他 방치물放置物, 고물古物을 청소淸掃 하였다. 거실에 새 장판 10평, 실내內室 7평坪도 같이 했다. 재활용再活用을 못마땅하게 여기는 세입자稅入者들의 요구要求를 1/2은 수용受容하였다. 기타 일을 마친 후 지친 몸으로 귀가歸家하였다.

　7日 동안 늙음을 무릅쓰고 일을 한 이유는 내 재산목록財産目錄 1호號인 면목동面目洞 구가舊家에 담긴 애착심愛着心과 내 생활비生活費의 원천原泉이며 노고老考(늙으신 아버지)를 뫼시고 13년年 간間 몸담아 살며 10여餘 식구食口의 지난날에 선고先考의 자례葬禮, 오남五男 교육, 성취成就 3형제兄弟를 한 일들을 회상回想하며 눈코 뜰 여가 없이 공사감독工事監督에 몰두沒頭햇다. 아직도 상당기간相當其間 이 집에서 나오는 소득所得으로 자식子息들에게 큰 부담負擔없이 자활自活할까 하는데, 내 자신自身의 체모體貌가 아닐까 생각한다.

　이 구옥舊屋은 안동安東댐으로 인해 조상祖上 대대로 내려오던 문전옥답門前沃畓을 수몰水沒시키고 받은 보상금으로 산 집이다. 1층 4개 점포는 세를 주었고, 2층에는 우리가 살았고 3층은 나중에 증축增築했다. 이 구옥舊屋을 수몰水沒 보상금補償金이 당시 시세時勢의 반半 정도로程度 보상補償에 턱없이 부족不足했지만 당시는 유신維新 체제體制라 이의異議를 달 수 없었다. 다만 이 보상금補償金으로 다른 부동산을 살 경우에는 취득세取得稅가 면제免除되는 혜택惠澤이 있어 취득세取得稅를 내지 않고 구옥舊屋을 구입했다. 또한 수몰 경계선境界線에 있던 조상祖上 위토답位土畓인 파래배미와 가올배미는 지금까지 계속 부칠 수 있어, 조부님과 선고先考의 봉제사奉祭祀를 받들 수 있는 기반基盤이 되고 있으니 불행중다행不幸中多幸이라 할 수 있다.

그러나 안동安東댐으로 인한 내 고향故鄕 마을의 피해는 이런 것들로 보상補償이 되는 수준이 아니다. 남아 있는 농토農土들이 모두 안개 피해被害를 입으니 논사農事가 잘 안되어 동민洞民들이 태반이상太半以上 다 떠나 빈 집들이 수두룩하다. 안 그래도 이농현상離農懸象이 심甚한 시대에 엎친 데 덮친 격格이다. 낮은 곳에 있는 농토들도 묵어있고, '백고랑뙤기'처럼 높은 곳에 있는 농토農土들은 벌써 산이 된 지 오래다. 내 생애生涯에 이렇게 내 고향故鄕동네가 이렇게 될 줄은 꿈에도 생각하지 못했다. 지금이라도 정부에서는 수몰 지구에는 특별히 농토로 가는 농로라도 제대로 도로 폭도 넓혀주는 등 주민을 위한 지원책을 세워야 할 것으로 보인다. 그러나 지원책이 명목상으로는 있으나 아주 부족한 실정이다.

호주(壕州) 여행(旅行)과 자식(子息)들의 효도(孝道)

자식(子息)들의 정효(情孝)로서 외국(外國) 호주(壕州), 뉴질랜드 여행(旅行)을 떠난다. 잔치보다는 외국(外國) 여행(旅行)으로 대체(代替)한다. 동기간(同氣間)에는 다음 겨울철에 회동(會同)할 기회(機會)는 있어야 할 것이다.

인천(仁川) 영종도(永宗島) 신공항(新空港)까지 종희(宗姬)와 종각(宗珏)이가 배향(背向)을 나와주었다. 출발(出發) 수속(手續)은 쉽게 되었다. 비용은 거의 큰애 종찬(宗燦)이 부담했다. 작년(昨年) 북(北)유럽으로 다녀온 지 14개월(個月) 만의 외유(外遊)다. 분수(分受)에 넘치는 낭만성(浪漫性) 여행(旅行)이지만 자식(子息)들의 성심(誠心)을 거절(拒絶)키 어렵고, 내자(內者)의 권유(勸諭) 또한 뜻이 있었기에 받아드렸다.

돌이켜 보면 최초의 외유(外遊)인 회갑(回甲) 태국(泰國) 여행(旅行)이나, 일본(日本) 여행, 스페인에 있는 막내 종신(宗信)이 집에 들러 유럽 여행할 때 스칸디나비아 여행(旅行)이나 모두 큰애 종찬(宗燦)이 경비(經費)를 거의 모두 부담(負擔)하였다. 8년 전(前) 내가 중풍(中風)에 걸려 뇌수술(腦手術) 경비 등(等) 진료비(診療費)도 다른 남매들 도움을 받지 않고 큰 자식이 혼자서 경비(經費)를 다 부담(負擔)한 것은 장자(長子)된 도리(道理)를 다하려는 것으로 이해(理解)한다.

스페인 수도(首都) 마드리드 기아자동차 주재원(駐在員)으로 있는 종신이 덕분에 유럽과 스칸디나비아 3국(경비는 모두 큰 자식이 부담)까지 여행하였다. 지금 살고 있는 이 아파트도 큰 자식의 자금(資金)으로 산 것이다.

11월 9일(金) 아침 7:00 귀국(歸國)

아직 어둠이 가시기 전에 종태(宗泰)가 비행장(飛行場)에 마중 나와 있었다. 여행(旅行) 일정(日程)이 너무 빡빡하여 피로(疲勞)가 쌓인 채로 홀을 빠져나와 종태를 따라 일산(日山)으로 달렸다. 새로 이사(移徙)를 한 지 한 달이 된 저들 집으로 들어가니 경하(炅夏) 모자(母子)가 작은 몸 병하(秉夏)가 함께 반갑게 맞아주었다. 음력(陰曆)으로 오늘이 나의 생일(生日)이다. 칠순(七旬) 당일(當日) 아침이다.

종태 식구(食口)와 함께 아침을 마치고 낮에는 둘째 종수(宗洙)네 집에서 지현芝炫 어미가 마련해 가져온 찬(饌)과 종신(宗信)네가 마련한 반찬, 종각(宗珏)이네가 마련한 과류(果類) 등(等)을 모아 성찬(盛饌)으로 축하상(祝賀床)을 받았다.

병하(秉夏)란 놈의 재롱을 보면서 밤이 늦도록 놀다가 본집 식구와 희(姬)야 우리 모두 7명의 식구(食口)가 하룻밤을 편히 쉬고 상(床)을 받은 다음 청량리(清涼里)로 옮겨 갔다. 지현 어미가 종일 운전(運轉)한 덕분에 모두 다녀왔다.

11월 10일(土)

청량리(清涼里) 집에는 영하(泳夏) 어미와 큰애들 식구(食口)가 먼저 도착(到着)해 있었다. 지현 어미와 우리 내외가 모두 점심을 먹고, 저녁에는 수현(受炫)이와 아비 어미 종수가 와서 수현 어미 솜씨로 마련한 저녁 성찬(盛饌)을 받아먹고 그들의 배례(拜禮)도 받았다.

기를 때는 괴롭고 어려웠지만 손세(孫勢)란 참 좋은 것이다. 여러 자식들이 모두 큰 탈 없이 성가(成家)가 되었으니 그 어버이의 기쁨이야말로 그 무엇에 비(比)할 것인가. 그래서 옛 선조(先祖)들의 말씀에 가세(家勢)란 바로 손세가 좋아야 한다고 하셨다. 6남매(男妹) 모두가 제 나름대로 인삼(人蔘) 등 보약(補藥)과 성찬(盛饌), 의복(衣服) 등을 가려서 부모(父母)에게 올리는 행의(行儀)는 '좋을씨고!'이다. 부모(父母) 된 우리도 그렇고 저들의 심신(心身)이 모두 건강(健康)하기를 바랄 뿐이다.

운(運)을 받으려면!

2006년 11월 30일

국내(國內) 한학자(漢學者)로 하금곡(河錦谷)이란 분이 맹자(孟子)를 가르치고 있는데, 식견(識見)이 높아 4~50代 중년층(中年層)들이 많이 배운다고 한다. 하(河)선생 왈(曰), 사람에게는 누구나 평생(平生)에 두세 번의 운(運)이 찾아온다. 중요(重要)한 것은, 본인(本人)의 준비(準備)다. 모처럼 찾아오는 운(運)을 잘 받아야 한다며, 운을 받기 위한 준비(準備)에 대(對)해서 말하였는데, 참으로 공감(共感)이 간다.

이 비슷한 얘기는 내가 어려서부터 내 큰삼촌(맹선盟善)으로부터도 익히 듣던 바라 귀에 익었다. 큰삼촌은 왜정(倭政) 초기(初期) 신학문(新學問)으로 임동소학교(臨東小學校)를 졸업(卒業)하시고, 이후(以後) 한학(漢學)을 공부(工夫)하시어 주역(周易)을 책을 보지 않고도 외우시는 소위(所爲) 육효(肉爻)를 하시는 선비이셨다. 대소가(大小家) 아이들이 태어나면 이름을 주역(周易)에 따라 지어주셨을 뿐만 아니라, 참으로 많은 사람들에게 관혼상제(冠婚喪祭) 택일(擇日)이나 유교(儒敎) 의례(儀禮)에 따른 여러 가지 일들을 자문해 주셨다. 많은 사람들과 우리 문중(門中)에 큰 도움을 주셨다. 안동(安東) 입향(入鄕) 시조(始祖) 진사(進士)공 (公) 산소(山所)부터 지금(只今)까지 우리 집의 묘(墓)터는 모두 이 어른께서 잡으셨으며, 안동댐 수몰(水沒)로 인(因)해 영호루(映湖樓) 옆으로 망악정(望嶽亭)을 이건

(移建) 하는 일도 모두 큰삼촌이 도맡아서 하셨다.

운(運) 받는 이야기로, 예(例)를 들어 여름 장마철이면 소나기가 내리기 마련인데, 이때 어느 정도(程度)의 물그릇을 준비하느냐가 각자(各自) 다른 용량(容量)을 받는다. 놋대야를 준비했는지, 드럼통을 준비했는지, 문제는 물그릇이 준비된 만큼 물(運)을 받을 수 있다는 점(點)이다. 금곡(錦谷) 선생에 의하면 운(運)을 받는 방법(方法)은

첫째, 말이 적어야 한다. 말수가 많으면 대운(大運)을 받지 못한다. 받는다는 그것은 수용적(受容的)인 태도(態度)다.

둘째, 수식어(修飾語, 꾸밈말)가 적어야 한다. 다언수궁(多言數窮)이라 말이 길면 새기 마련이다. 결론(結論)만 간단하게 하라.

셋째, 찰색(察色)으로 얼굴 색깔이 늘 좋아야 한다. 평온하게 웃는 얼굴이어야 한다. 화를 많이 내거나 욕심이 많으면 얼굴 상태가 마음 상태에 따라서 변(變)한다. 걱정이 되어도 평화(平和)롭고 담담(淡淡)해야 한다.

넷째, 현관(玄關)에 들어갈 때 신발을 가지런히 벗어놓아야 한다. 신발을 벗어놓는 상태(狀態)를 보면 평소(平素)의 지심(持心)이나 수신(修身) 정도(程度)를 파악(把握)할 수 있다. 이런 정도(程度)가 되어야 소위(所爲) 견지아조(堅持雅操), 고아(高雅)한 지조(志操)를 굳건히 지니는 상태(狀態)라 할 수 있다. 맑은 절조(節操)를 굳게 가지고 있으면서 나의 도리(道理)를 극진(極盡)히 해야 한다.

일흔다섯 해를 내 입장은 '가지 많은 나무에 바람 잘 날 없는' 인생이었다. 후회되는 일들이 너무나 많다. 큰삼촌께서도 모든 면(面)에서 타인(他人)의 모범(模範)이 되는 훌륭한 선비이셨지다. 그렇지만

일생(一生)이 그리 편(便)치 못하셨다. 운(運)을 받을 준비를 누구보다 잘하셨고, 남들이 운(運)을 받을 수 있게 큰 덕(德)을 베푸셨지만, 정작 자신은 그리 운(運)이 좋지 못했으니 참으로 안타깝다. 내 인생(人生)에 가장 큰 영향(影向)을 주셨고, 누구보다 나를 아껴서 유부유자(猶父猶子, 아버지 같고 아들 같은) 같은 분이니 더욱 그립다. 적선여경(積善餘慶)이라 했는데!

1945년 해방(解放) 후 태극기(太極旗) 게양(揭揚)과 초등동창회

2006년 8월 15일(火)

제第61회回 광복적光復節이다. 세월歲月이 참으로 화살보다 빠르다. B-29가 한국韓國 하늘에 흰 꼬리를 남기면서 서북방西北方에서 동남東南쪽으로 비행飛行하는 것을 처음 볼 때가 1945년(年) 6월말(月末) 경(境)이었다. 월곡국민학교月谷國民學校 교정校庭에 모인 6학년생學年生 20여명餘名은 기다리던 때가 곧 다가옴을 느낄 정도의 지감知覺은 있었다. 이날도 일제日帝의 가혹苛酷한 탄압彈壓에 시달리며 군사훈련軍事訓鍊을 받던 조선朝鮮의 청년들靑年들이 눈에 선하다.

마침내 때는 찾아와서 해방解放이 되어 일본이 물러갔다. 아마도 8월(月) 말(末)로 기억한다. 태극기(太極旗)를 달아야 하는데 깃대는 집에서 쓰던 헌것이 있는데, 기(旗)는 어쩌나? 광목(廣木)천 일장기(日章旗) 위에 먹칠로 태극(太極)을 그리고 사괘(師卦)는 어머님 빗첩(帖)을 보고 건곤감이(乾坤坎離)를 골라서 그렸다. 감히 장(壯)한 일이라 말하고 싶다. 우리 동네에서는 아마도 처음으로 게양(揭揚)되었겠지만, 아마도 월곡면에서도 보기 드물었을 것 같다. 그때 내 나이 14세(歲) 소년(少年)이었으니 그동안 61년간(年間)에 참 많이도 변(變)했다.

홍안(紅顔) 소년이 백발노인(白髮老人)으로 신생(新生) 대한민국의 정체(政體)도 정권(政權)도 여러 번 바뀌어 원수인 전쟁광(戰爭狂)을 동족으로 용공분자(容共分子)가 대통령으로 되는 시기까지 변천(變遷)하였다. 한국을 탄생(誕生)시켜서 선진국 대열(隊列)까지 성장시킨 한미동맹(韓美同盟)을 60년 우방(友邦)에서 보은(報恩)은 못 할망정, 배은(背恩)하는 무례(無禮)한 정권에게 국가장래를 송두리째 빼앗기고 있다.

참으로 한심(閑心)한 국민, 철없는 백성들이 불쌍하고 가엽기 그지없다. 세계가 다 싫어하는 공산주의를, 김일성, 김정일이 동족(同族)이란 명분만으로 하늘같이 모시고 따르는 정권 밑에서 자라나는 후손(後孫)들의 장래(將來)를 맡겨야 한단 말인가? 제발 꿈 좀 깨기를 바란다.

8월 16일(水)

딸이 무더위에 병상(病床)에서 고생하는 부모를 위해 오늘도 달려와서 식사 준비와 집안 청소에 매달린다. 종각이는 종신이의 이재(理財)를 위해 인감(印鑑)을 바꾸고 기명(記銘)과 광진구 세간 집 APT신규(新規) 수속(手續)을 대행하고 있다. 생후 처음으로 맞는 무더위에 가마솥 같은 더위를 뿜어내고 있다. 비는 내릴 듯 말 듯 반복하니 더 후덥지근하여 밤낮으로 삼아 노인들을 괴롭히고 있다.

8월 18일(金)

척추(脊椎) 디스크 수술 후 2번째로 점검(點檢)하는 날이다. 전보다는 모든 상태가 많이 호전(好轉)되었다. 보행기(步行器)도 반납(返

納)했고 보조 조끼도 특별한 경우 외에는 착용(着用)하지 않고 보조 벨트만 하고 병원에 갈 수 있게 되었다. X선검사도 정상적으로 치유가 되어 간다는 주치의(主治醫) 안동기(安東基)박사의 말이다. 이제 남는 것은 매일 60보 이상 걷기, 쪼그리고 앉지 말고, 2Kg이상 무거운 것은 절대 들지 말고, 외부에 나갈 때는 안정 조끼를 착용할 것, 기타(其他) 활동할 때는 몸의 안전을 제일로 하고, 접촉(接觸)이나 충격(衝擊)을 절대 금(禁)할 것을 꼭 지키라고 당부했다. 서울성심병원은 원장은 큰애 친구이고 모두 동문(同門)들이 하는 병원이라 미덥고 친절하게 모두 내게 잘해준다.

제10호 태풍 북상으로 고향(故鄉) 전원(田園)에 해갈(解渴)될 만큼 비가 왔다고 한다. 분주(奔走)한 농무(農務) 중에서도 나를 자주자주 돌봐주는 종제(從弟) 승오(承五)에게 멸치 1포를 보냈다. 서로 주고받는 데서 정의(情誼)가 더욱 돈독(敦篤)해진다. 신한지주 20주를 44,200원에 사서 총 170주가 되었다. 아직도 날씨가 계속 무덥지만, 우리 내외는 귀향(歸鄉) 준비를 한다. 내자가 귀향할 정도로 회복이 되어 무엇보다 기쁘다.

9월 19일(木)

모처럼 만에 천고마비(天高馬肥)의 쾌시천(快時天)이다. 가을 날씨가 좋아야 발수(發穗, 이삭이 팬)된 오곡(五穀)과 백과(百果)가 풍성한 결실로 시화연풍(時和年豊)하는 추석(秋夕) 한가위를 맞이할 수 있는데, 오늘이 그렇게 참 좋은 날이다. 내자와 함께 표교버섯을 따고 썰어 말려 빛 좋게 말렸다가 명절에 먹으련다. 자식들에게 골고루 나눠주련다. 표고버섯 따기도 그 생산과정(生産過程)을 살펴보면 까다로운 농작물(農作物) 재배(栽培)와 같다. 종묘를 넣은 바탕인 참나무가 좋아야 한다. 참나무를 적기에 베어야 하며 운반, 재단(裁斷)하여 적당히 잘라 묘균(苗菌)이 퍼지도록 종균(種菌)을 심고 적재(積載)를 해두었다가 9월 초에 그늘에 산재(散在, 흩어서) 관수(灌水, 물주기)하거나 천수(天水)를 만나야 표고가 돋아난다. 이 모든 과정(過程)이 나무의 운반과 관계가 있으므로 노동력(勞動力)이 절대요소(絶對要所)하는 미련한 생산(生産)노동이다. 멋모르고 시작(始作)했다가 친구(親舊, 강신호군)와 사촌매제 이재열(李在烈)의 도움으로 한 번은 성공했지만, 자주는 절대 못 할 일임을 실감(實感)했다.

9월 20일(水)

60년(年) 전(前) 초등학교(初等學校) 동창(同窓)들 모임에 참석하러 안동 경유(經由) 대구 가는 길에 나섰다. 순탄(順坦)치 못한 버스 노선(路線)에다 철도편(鐵道便)까지 이용하는 노정(路程)이었다. 마음이 설레는 데다 졸업(卒業)한 지가 61년 만에 그 옛적 급우(級友)들끼리 만난다니 미웠던지 고왔던지 참으로 죽마고우(竹馬故友)들이다. 영천(永川)에서 동대구를 향(向)해 가는 길 동안에 일제(日帝) 식민지시대(植民地時代) 교육(敎育)의 전시(戰時) 동원훈련(動員訓練) 이야기 등 코흘리개들 나름대로 동무 사귀는 방법(方法)이나 지금(至今)까지도 졸업(卒業) 후에 한 번도 만나보지 못한 친구(親舊)들의 행방(行方), 빨갱이 적도(赤徒)들의 농간(弄奸)으로 철없이 놀다가 20세(歲) 전후(前後)에 이미 죽어버린 동무들, 6.25의 참화(慘禍)

로 평생(平生)을 고역(苦役)으로 지내는 일등 등 하고 싶고 듣고 싶은 이야기들이 너무도 많았다.

팔공산 기슭 동화사 근처의 식당에서 점심 저녁까지 음주가무(飮酒歌舞)로 나름대로 후회 없는 기쁨과 놀이로 해를 지웠다. 안동 친구 중의(中義), 태인(泰仁), 승원(承元)은 밤에 헤어져 가고 영도(永道)와 나는 해갑(海甲), 영(寧憲)은 대구에 가고 계동(桂東)이는 서울로 갔다.

미국美國 자본주의資本主義(Capitalism)와 한국(韓國) 대선(大選)

2007年 3月 15日(木)

미국의 자본주의는 시장주도市場主導의 혁신革新과 기업가정신企業家精神, 경제적經濟的 실험實驗에다 개방적開放的이었기에 경제經濟가 역동성逆動性을 발휘해서 높은 경제적經濟的 성과成果를 달성達城할 수 있었다.

이에 비해 유럽의 조합주의組合主義(Corposocial-partner)인 프랑스, 독일, 프랑스, 이태리도 자본주의의 모델이지만 큰 정부政府, 사회보장제도社會保障制度 우선, 규베規制 중심中心이라는 점에서 미국, 영국의 자본주의資本主義 모델과는 다르다고 본다.

결론적結論的으로 조합주의는 커진 정부政府와 늘어난 규제, 수많은 위원회委員會로 더욱 벌어지는 빈부격차와 경제적經濟的 역동성逆動性의 저하低下, 강強한 노동운동勞動運動 등等으로 생산生産보다는 분배分配에 치우치는 결과를 초래招來했다. 한국韓國도 점점 조합주의組合主義를 모방하는 잘못된 제도制度를 택擇하고 있다.

향후向後 한국韓國은 젊은 인재人材들에게 외면外面 당하지 않는 나라가 되어야 한다. 입신양명立身揚名을 원願하는 부조父祖의 품 안으로, 금의환향錦衣還鄉하려는 아손兒孫들의 귀소본능歸巢本能을 훼방毀謗하는 조국祖國 정부政府가 되어서는 절대 안 된다.

한국韓國의 좌파左派들의 참모습을 똑똑히 알아야 한다. 머리 좋고 정직正直한 사람을 지도자로指導者로 뽑아야 한다. 지금 한국韓國의 좌파세력左派勢力 수장首長인 노무현 일당一黨, 그들의 특징特徵은 청천벽력晴天霹靂이 치는 날 거대巨大한 회오리바람을 타고 갑자기 하늘에서 떨어진 존재인 듯 행세行勢하고 있다. 자신自身들의 모든 것을 있게 한 어제의 선배先輩들에게 감사感謝하다는 생각生覺 따위는 가질 턱이 없다. 전통傳統이나 예절禮節, 미풍양속美風良俗 등도 구닥다리들의 묵은 생각으로 치부해 버린다. 좌파左派들은 대개가 세계인류世界人類, 제세계諸世界, 아세아亞細亞, 조국祖國, 동포同胞, 이웃, 내 가족家族 순순順으로 사랑한다는 식의 위선僞善을 떠드는 게 몸에 배어 있다. 가까운 북한동포北韓同胞의 인권人權 따위는 피해 가면서 입만 열면 이라크와 팔레스타인 사람들의 인권人權을 들먹이는 것도 이런 위선僞善이다. 좌파左派들 입에선 모든 일이 틀어지는 순간瞬間, 의례依例히 남의 탓부터 튀어나온다. 이런 점点에서 한국좌파韓國左派들은 원조좌파元祖左派 마르크스의 후계자後繼者들이다. 마르크스는 영국英國 런던에서 '자본론資本論'을 집필執筆할 동안 세 아들을 폐렴, 기관지염, 결핵으로 잃었다고 한다. 장의사葬儀社들이 외상外上을 거절拒絶하는 바람에 2파운드짜리 관棺도 구하지 못할 정도였다고 한다. 억장億丈이 무너진 그는 이 모든 불행不幸을 자본주의資本主義의 죄악罪惡 탓으로 돌렸다.

나중에 알고 보니 마르크스의 당대當時 수입收入은 그때 영국英國 중류인中流人 수입收入의 3배倍 정도는 되었다고 한다. 불행不幸은 가난이 아니라 자신自身의 경제능력經營能力 부족不足 때문이었다고 한다. 철학자哲學者, 사회학자社會學者, 국제정치학자國際政治學

者, 경제학자經濟學者를 겸兼했던 '레이몽 아롱'이라는 다재다능多才多能한 불란서佛蘭西 학자學者의 '좌파左派 식별법識別法'에서는 다음과 같이 명확하게 나와 있다(1997년 사망死亡)고 한다. "정직正直하면서도 머리가 좋은 사람은 좌파左派가 될 수 없다. 정직正直한 우파右派는 머리가 나쁘고, 머리가 좋은 좌파左派는 정직正直하지 않은 좌파左派다."라고 했다.

이 정권政權의 죄罪는 좌파左派라는 것이 아니라, 머리가 나쁘면서도 정직正直하지도 않은 좌파左派라는 것이 더 문제다. 그러면서도 나라의 크고 작은 일에 '콩 놓아라, 팥 놓아라!'라고 하면서 나라를 이 지경으로 만든 좌파左派를 골라내는 것이 금년今年 12월月 대선大選에서 꼭 해야 할 일이다.

중국(中國) 지도자(指導者)와 이백(李白)의 시(詩)

2007年 8月 6日(日) 세상(世上) 이야기

지금(只今) 세계(世界) 열강(列强)의 지도자(指導者) 중(中)에서 국가(國家)와 민족(民族)의 중흥(中興)을 위(爲)해서 가장 우뚝한 지도자(指導者)로 알려진 중국(中國)의 후진타오(胡錦濤) 부주석은 미국(美國)을 방문(訪問)할 때나 EU 순방(巡訪)길에서 가장 말수가 적은 지도자(指導者)이며 입이 무겁다고 한다. 13억 인구의 지도자(指導者)답게 예일대학에서는 이렇게 말했다.

강불집약(强不執弱) 강하다고 약자(弱者)에게 못살게 굴지 않고
부불모빈(富不侮貧) 부자라고 가난한 사람을 모욕하지 않는다.

또한 시애틀에서는

장풍파랑회유시(長風破浪會有時) 바람을 타고 물결을 깨트리는 때가 올 것이니
직괘운범제창해(直掛雲帆濟滄海) 높은 돛 바로 달고 창해를 건너리라.

이렇게 이백(李白)의 행로난(行路難)을 인용하여 대중국(大中國) 포부(抱負)를 넌지시 비친 것뿐인데, 중국의 국세(國勢)가 2,020년경

(年頃)에는 미국에 버금할 정도로 급성장(急成長)할 전망이니 모두 놀라고 있다, 중국은 지금 원수같이 여기던 미국과의 관계(關係)가 가장 친근(親近)한 우호관계(友好關係)로까지 접근(接近)하고 있으며, 북괴(北傀)와의 관계(關係)는 계륵(鷄肋)으로 생각하는 듯하다.

반대(反對)로 한국의 노무현은 한미동맹(韓美同盟)보다 미일동맹(美日同盟)이 중요시되게 바뀌고 한국(韓國)은 필리핀, 태국, 베트남 다음으로 고립(孤立)되고 있으며, 윤광웅(尹光雄) 국방장관(國防長官)은 전(戰)작(作)권(權) 회수(回收) 및 자주국방(自主國防)을 외치고 있다. 외무장관(外務長官)이 반미(反美)를 외치지 않으니 다행이다. 한미관계(韓美關係)가 우호(友好)에서 파국(破局)으로 치닫고 있다.

한국(韓國)이나 미국(美國)의 지도자(指導者)들이 후진타오(胡錦濤) 부주석(副主席)처럼 시(詩)를 이해(理解)하는 수준(水準)이 되었으면 좋겠다.

오신(吾辛)의 상계(上系), 이제야 제대로 밝혀졌다

3月 23日(金)

족보族譜 얘기다. 학성군學成君이 지난겨울 계속繼續해서 오족선계연원吾族先系淵源 및 상계소목연구작업上系昭穆研究作業으로 잘 알지도 못하는 본인本人을 자문격諮問格으로 대對하면서 인터넷 상상狀으로 밝혀진 자료資料를 중심中心으로 수개월간數個月間 전화電話 문답問答 등等으로 논의論議를 해왔는데, 오늘에야 대충 결론結論을 지으려는 것 같다. 이렇게 된 시초시초始初는 수년數年 전前에 종찬宗燦이 전주이씨全州李氏 신빈신씨信嬪辛氏 파보派譜를 신빈신씨 후손後孫인 지인知人에게서 구해와서 불확실不確實하고 왜곡歪曲된 오신吾辛의 상계上系를 제대로 밝힐 수 있는 계기契機가 되었다.

내가 주도하여 펴낸 庚辰年(2000年) 보사이래譜事以來 우리 영월寧越과 영산靈山은 과도過度한 명예욕名譽慾 또는 흑심黑心으로 상계분파上系(祖上)分派 내용內容 및 고증考證 없는 조작造作으로 양파兩波의 의견意見이 상좌위격相左違隔하여 터무니없는 분쟁紛爭과 대립對立을 거듭했다.

명분名分 없는 주장主張과 아집我執으로 끝내는 다시 화합和合할 수 없는 지경境地에 이르렀고, 큰집 운운云云하던 영산靈山 사람들은 인면수심人面獸心 꼴이 되었다. 이소역대以小逆大로 바뀐 고증자료考證資料를 매몰埋沒도 못하고 소각消却도 못할 처지處地가 되었다. 그 많은 보책譜冊, 영영합보靈寧合譜는 어쩔 것인지, 부끄러운 조작造作의 산물産物인 허위虛僞, 날조捏造된 금석지명金石之銘도 많다.

분명分明한 갈래는 ①영월신寧越辛이 영산靈山파의 큰집이고 ②영월파寧越派의 판서공파判書公派는 부원군파府院君派에 속屬하고 ③ 영산파靈山派는 조작물造作物이며 영월파寧越派 후손後孫으로 판명判明되었고 ④영영합보靈寧合譜는 위조작僞作品이다.

그 실증적實證的 자료資料를 최종最終 종합綜合하면 오신吾辛 동국조상東國上祖는 신시랑辛侍郎이다. 기세조起世祖는 영성부원군寧城府院君 '온蘊' 공公이다. 현재現在까지 밝혀진 문헌文獻과 사료史料에 따라 직간접直間接으로 부자父子, 옹서翁婿, 부녀父女, 형제兄弟 등等 확고確固한 금석지명문金石之銘文임으로 향후向後 수보修譜나 기념물記念物, 금석문金石文에도 한국韓國 내內 신씨辛氏 근원根源은 영월부원군寧越(城)府院君 '온蘊' 공公이 종존宗孫(派)이며 영산신靈山辛은 영월寧越에서 파생派生되었다. 예례로 시어사侍御史 희喜 공公도 덕제공德齊公(천蒇)도 모두 영월신씨寧越辛氏임이 확실確實하다.

오신吾辛의 보책상계譜冊上系는 상상像想을 초월超越한 오류誤謬였음이 밝혀졌다. 참으로 황당荒唐한 일이 아닐 수 없다. 이 엄청난 사건事件이 우연偶然인가, 조작造作인가. 성손性孫의 입장立場에서는 감敢히 입에 담기 두렵고도 민망憫惘할 따름이다. 혹시或是라도 영산靈山이 영월寧越에서 파생派生된 기상천외奇想天外의 고사古事가 아닐까 했는데 사실事實로 드러났다. 전주이씨全州李氏 신빈신씨信嬪辛氏 파보派譜에 상세詳細히 나와 있는 그대로가 옳다. 난감難堪한 일이 아닐 수 없다. 설마하니 천륜天倫에 가필加筆이 있었겠는가 했다.

오신吾辛 상계上系에서 육세六世 희흡공 시어사추밀원사侍御史樞密院使 공公이 영월인寧越人이란 대헌大獻 세계기록世系記錄이 밝혀졌다. 學成君이 집요執拗한 추적연구追跡研究 끝에 결과를 알려왔다. 비단非但 본건本件 외外에도 선후先後 착오錯誤), 소목(昭穆, 사당에 신주를 모시는 차례로 좌측에 선대, 우측에 후대를 모심) 오류誤謬, 허위虛僞 가공架空 등等이다. 아연질색啞然窒塞할 일이 많다. 정선이씨旌善李氏 상조上祖의 외가기록外家記錄에도 영월신寧越辛 희흡의 외손外孫임을 명기銘記하고 있으며 그 묘墓는 울진蔚珍에 있다. 정선이씨旌善李氏는 원래 안남인安南人 왕자王子가 시조始祖이라고 한다.

장학재단獎學財團 설립設立의 꿈과 손자孫子 교육敎育

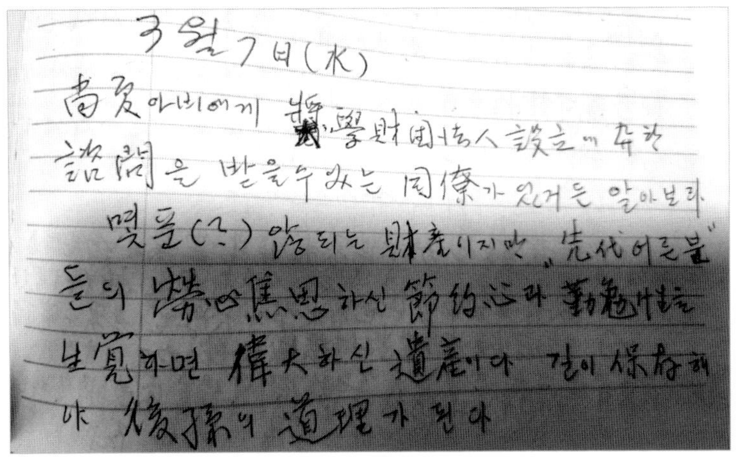

2007年 3月 7日(수)

상하尙夏 아비에게 장학재단법인獎學財團法人 설립設立에 관關한 자문諮問을 받을 수 있는 동료同僚가 있거든 알아보라 했다. 면목동面目洞 구옥舊屋 등 몇 푼(?) 안 되는 재산財産이지만 '선대先代 어른들'께서 노심초사勞心焦思 절약節約하신 근면성勤勉性을 생각生覺하면 위대偉大한 유산遺産이다. 길이 보존保存해야 후손後孫의 도리道理가 된다.

2007年 3月 19日(月)

오랜만에 조손祖孫이 같이 앉아서 삼계탕蔘鷄湯을 먹었다. 점심點心을 약속約束한 상하尙夏가 전철電鐵 3호선號線 고장故障으로 2

시간時間 가까이 늦어져서 우리 내외內外가 기다리던 시간時間까지는 도착倒着 못해서 집에서는 못 먹고 가까운 음식점飲食店에서 매식買食을 했다. 시장이 반찬이라 때늦은 점심을 먹는 모습이 참으로 귀여웠다.

오늘의 모습을 앞으로 더 자주 보고 싶은 게 내 심정心情이라고나 할까. 그놈 식성食性에 맞는 음식飲食을 몇 번 더 사 주고 싶다. 올해 늦 여름엔 이역만리異域萬里 미국美國 땅에 청운靑雲의 뜻을 펼치려고 고군분투孤軍奮鬪할 것인데, 떠나기 전에前에 체력體力을 보강補强해두는 것이 큰 보탬이 될 것이다. 넷째 자식子息(宗珏)을 미국美國에 유학留學 보낼 때는 아직 우리 부부夫婦가 젊어서 별 애정愛情을 못 느꼈다. 이제 고희古稀를 훨씬 지나고 보니 장손長孫 놈이 8년年 이상以上(博士學位) 고생苦生을 해야만 풍성豊盛한 결과結果를 기대期待해 볼 것인데, 우리 내외內外의 잔년殘年도 그리 멀지 않은 것 같다. 다음에는 구육탕狗肉湯을 먹여볼까 한다.

已免古稀首又皤기면고희수우파,

이미 고희도 지나고 머리가 희어졌으니

無情歲月若流波무정세월약류파,

무정한 세월이 흘러가는 물과 같구나!

2007年 3月 23日(金) 자식子息을 잘 기르고 또 바르게 가르쳐야 후환後患이 없다.

내자內者는 오늘도 방학동放鶴洞 우리(宗燦) 의원醫院으로 배꼽주사(胎盤注射)와 안면청소顔面淸掃(검버섯, 잡티) 수술手術을 받고 왔다. 겸兼해서 내 고혈압약高血壓藥도 60일日 분分을 지어왔다. 자식子息이 의醫師이니 부모父母에게는 큰 효성孝誠이 되며 우리 내외內外의 건강健康에는 아주 도움이 많다. 자식子息 없는 사람은 얼마나 불행不幸할까. 큰손녀 수현受炫이는 참 열심히 하여 영어英語만큼은 특출特出나게 잘하는 것 같다. 높은 수준水準의 자격시험資格試驗에 합격合格하여 심성재단三星財團의 연구요원집단研究要員集團인 무선사업반원無線事業團職員들 영어교육英語敎育 강사講師로 채용採用되어 상당相當한 보수報酬를 받고 매일每日 야간夜間에 인터넷을 통通한 교육敎育(講義 및 問答)을 하고 있다니 참으로 똑똑한 아가씨가 아닌가? 고것이 깜찍하게 예쁘다. 고것이 동생 상하尙夏를 시샘하는 기질氣質이 있어서 조금은 별別나다고 했는데, 특이特異한 데가 많은 것도 성격性格이 별난 데가 있는 것도 다 이유理由가 있다.

2008년 2月 3日(日)

어찌 된 일인지 우리 내외內外의 마음은 우울憂鬱하기만 하다. 늙어서 그런 것도 아니고, 늙어서 그런 것도 아니고 마음 탓인 것 같다. 옛말에 이열친심以悅親心이라 했던가. 나도 젊을 때 이열친심, 어버이를 봉양奉養하는 데는, '기쁜 마음'이 '으뜸'이란 뜻이다. 그게 쉬운 일인 줄 알았다. 유풍裕豐하지 못한 살림살이에 자식子息은 많고 월급月給은 짧아서, 늘 부모님 마음을 기쁘게 해드리지 못해서 不孝莫及이었다.

근간近間에 들어와서 상하尙夏아비, 큰 자식子息이 뭐라고 불만不

滿을 토吐했지만, 어찌 그리 쉽지 않아서 도리어 내 마음이 불편不
便하다. 되도록 빨리 그들의 요구要求를 들어줄 작심作心을 했지만
잘 풀리지 않는구나. 공수래공수거空手來空手去이거늘 나가야 할
재물財物을 억지로 잡는다고 되는 것도 아닌데, 궁리窮理를 잘해야
지. 도봉산道峯山 약수탕藥水湯을 들러서 오면서도 생각은 골똘히
이어졌다.

2008年 3月 20日(木) 상하尙夏 공부工夫 장면場面 회고回顧

민족사관고등학교民族史觀高等學校는 우리의 자랑이다. 우리 상하
尙夏가 삼년三年 동안 다닌 민족사관고등학교民族史觀高等學校의 1
주일간週一間(3월 1日~7日)을 KBSTV1에서 상세詳細히 취재보도
取材報道하는 내용內容을 전과정별全課程別로 기숙생활寄宿生活과
복장服裝(한복韓服), 예복禮服, 오락娛樂, 체육體育, 식사食事, 학부
모군學父母群, 수업授業(英語 등 外國語 實在 그대로), 외국어반外國
語班, 국내반國內班 별별, 지원반志願班 別로, 외국外國에서 유학留
學 온 조선족朝鮮族 等, 모든 과정課程과 기숙사寄宿舍의 기상起床
에서 취침就寢까지를 영상화면映像畫面으로 보았다. 상하尙夏야 참
으로 수고受苦가 많았고 피나는 노력努力도 했다.

나는 우리 큰 손자孫子가 장차將次에는 자신自身의 노력努力으로
쌓은 공은 기필期必코 저의 부모父母와 우리 내외內外의 기대期待에
어긋나지 않은 성과成果를 거두어 우리 가문家門의 전도前途에 큰
영광榮光을 안겨 줄 것을 확신確信한다. 뒤늦게라도 너의 민사고시
절民史高時節을 재조명再照明하는 장면場面을 참 감명感銘 깊게 보

았다. 우리 내외內外도 우리 상하尙夏가 민족사관고등학교民族史觀高等學校에 다닐 때, 온 가족이 그 학교에 하룻밤을 자면서 여러 행사行事를 참관參觀했던 때가 그립다.

았다. 우리 내외內外도 우리 상하尙夏가 민족사관고등학교民族史觀高等學校에 다닐 때, 온 가족이 그 학교에 하룻밤을 자면서 여러 행사行事를 참관參觀했던 때가 그립다.

독서(讀書)

독서(讀書), 옛사람들의 독서열(讀書熱)은 때와 장소를 가리지 않았다. 광형착벽(匡衡鑿壁)이란 말이 있다. 한(漢)나라의 광형(匡衡)이 남의 등불 빛으로 글을 읽으려고 이웃집 벽을 뚫어서 글을 읽었다는 고사(古事)다. 또한 형설지공(螢雪之功)이란 말은 반딧불이를 모아 그 빛과 눈의 빛을 등불 삼아 공부해서 성공(成功)했다는 고사(古事)다.

당서(唐書) 열전(列傳)에 아관(兒寬)이 남의 밭을 갈다가 쉴 때는 품에서 책을 꺼내어 독서(讀書)하여 어사대부(御史大夫)에 이르렀다고 전(傳)한다.

성호(星湖) 이익(李瀷)이 누워서 독서(讀書)하는 독서대(讀書臺), 와독서가(臥讀書架)를 사용했다는 말이 전(傳)한다. 조조(曹操)도 누워서 책을 볼 수 있게 책상(冊床)을 개조했다고 하여 와독서(臥讀書)의 원조(元祖)는 조조(曹操)라고 한다. 고려(高麗)의 이규보(李奎報)는 생도(生徒)를 훨씬 면(免)해서 머리가 하얀데도 왜 남은 인생(人生)을 수고롭게 죽을 때까지 독서(讀書)하는 지를 시(詩) 남겼다.

이면생도수우파(已免生徒首又皤)
생도는 이미 늘어 머리가 허연데
잔년근고독서하(殘年勤苦讀書何)
남은 인생 수고롭게 왜 讀書 할까

아수노사정신재(我雖老死精神在)

늙어 죽을 때가 되었지만 정신이 있으니

일자첨지상족다(一字添知尙足多)

한 자만 더 알아도 마음이 흡족하도다

또한 화담(花潭) 서경덕(徐敬德) 선생先生도 독서유감(讀書有感)이
란 깨달음의 詩를 남겼다.

讀書當日志經綸(독서당일지경륜)

독서하던 때 세상을 경영하고 싶었네

歲暮還甘顔氏貧(세모환감안씨빈)

세월 흘러 나이 드니 오히려 가난이 좋구나

富貴有爭難下手(부귀유쟁난하수)

부귀영화 다툼이 있어 손대기가 싫고

林泉無禁可安身(임천무금가안신)

자연은 그침 없어 가히 몸 편하구나.

菜山釣水堪充腹(채산조수감충복)

산나물 캐고 물고기 낚아 배를 채우고

詠月吟風足暢神(영월음풍족창신)

달을 노래하고 바람을 읊어 마음 펼치누나.

學到不疑知快闊(학도불의지쾌활)

학문에 이르니 의심 없고 마음 쾌활하여

免敎虛作百年人(면교허작백년인)

백 년 인생 허망함은 면하게 되었구나.

화담花潭은 평생平生 벼슬을 하지 않았고 연산군燕山君 때 무오사화戊午史禍, 중종中宗 때 기묘사화己卯士禍를 목격하고 관직에 나가는 길을 스스로 포기抛棄했다고 한다.

보고 싶은 양반, 곽기성(郭基成) 사돈(査頓) 건강(健康)을 기원(祈願)하며

2006年 3月 28日(水)

보고 싶은 양반 곽기성(郭基成) 사돈(査頓) 건강(健康)을 기원(祈願)하며

아침부터 봄비가 내린다. 화신(花信)은 남(南)녘에서 북(北)으로, 개나리꽃은 서울에서도 양지(陽地)쪽 언덕에 피기 시작했다. 대림동(大林洞) 사돈(査頓)과의 상봉(相逢) 예약(豫約) 날이다. 몇 해 만에 얼마나 늙었는지 보고 싶은 얼굴이다. 그동안 기관지(氣管支) 질환(疾患)으로 고생(苦生)하신 지가 무척 오래인데 모습은 어떠하실지?

또 내 큰 자식(子息) 종찬(宗燦)이 방학동放鶴洞 우리 의원醫院에서 사돈의 병을 돌봐 드렸는데, 말씀처럼 정말로 효험(效驗)이 있었는지 확인하고 싶다. 식욕(食慾)은 얼마나 감퇴(減退)되었는지, 종수(宗洙)네 가산(家産) 증여건(贈與件)도 고맙기 그지없는 일인지라, 대면(對面)하고 싶은 정(情)은 태산(泰山)같이 쌓여 있지 않은가.

종수(宗洙)네 사업장(事業場) 인근(隣近)에 예약(豫約)된 육류식당(肉類食堂)에서 귀객예우(貴客禮遇)를 받고 무려 3시간(時間) 동안 적조(積阻)했던 정(情)을 풀었지만, 별 이상이 없으신 걸로 보아 종찬(宗燦)의 치료(治療)가 효험(效驗)이 있었던 모양이다. 또한 본인도 그렇다고 하셨으니 다행(多幸)이다. 평소(平素)에는 성품(性品)이 활달(活達)한 분이라서 화제(話題)는 흥미진진(興味津津)했다. 서로

의 건강(健康)을 다짐하면서 자주 상면(相面)키로 하고 아쉬운 작별(作別)을 했다. 서로가 자식(子息)을 나눠 갖고 재물(財物)도 많이 기증(寄贈)을 받은 터라 양가(兩家)의 세의(世誼)는 영속(永續)하리라고 믿는다. 늘 건강(健康)하시고 오래 사시길 기원(祈願)합니다. 곽기성(郭基成) 사돈(査頓)이시어!

수년(數年) 전(前)을 회고(回顧)해 보면, 종수(宗洙)는 쓸데없이 주식투자(株式投資)를 해서 파정(破淀) 위기(危機)였다. 수하(誰何, 누구)의 권유(勸誘)로 위계(僞計)에 빠졌음이 분명했다. 그때는 주식시장(株式市場)이 이렇게도 상승일로(上乘一路)를 걷는 호기(好機)인데 잘못된 함정(陷窜)으로만 따라가고 있는 것은, 무슨 연유(緣由)인지 무척 궁금했다. 나도 종수(宗洙)의 권유(勸誘) 따라 투자(投資)했다가 큰 손해(損害)를 보았다.

종수가 과거(過去) 수하(誰何)에 유혹(誘惑) 되어 큰 손해(損害)를 보아온 게 분명(分明)하지만, 이제 그런 걱정이 없어졌으니 향후(向後)에는 그런 유혹(誘惑)에 빠지지 말고 단단히 정신(精神) 차리고 살아야 한다고 일러주었다.

여러 사돈 중에서 둘째 아들 사돈이 가장 기억에 남으시는지, 「보고 싶은 양반 곽기성(郭基成) 사돈(査頓) 건강(健康)을 기원(祈願)하며」라는 글을 남기셨다. 아래는 둘째 아들 결혼식 때 사진이다.

제3부

석담(石潭) 일기(日記)

선고(先考 아버님) 휘일(諱日 제삿날)과 신빈(信嬪) 신씨(辛氏)

2001년 05월 01일

제17회 아버님 휘일諱日(제사)이다. 대구 아우, 송천 누님, 오잠梧岑 매妹, 이상伊上 매妹가 참사參祀했고 안동 승오承五가 전화電話했다 이하 누이는 제병祭餠을 해왔다. 원거리遠距離 성심誠心 효녀孝女다. 농사철이라 바쁘게 집을 떠났단다. 학성學成(족보를 같이 편집하는 일가一家 동생)으로부터 래전來電(전화 옴)이 있었다. 전주이씨全州李氏 신빈화수회信嬪花樹會(조선 태종대왕의 繼妃가 영월신씨寧越辛氏)에서 보관용保管用 경진보庚辰譜 일질一帙을 증정본贈呈本을 큰 자식(宗燦)이 가져왔다. 태종太宗의 후궁 신빈(信嬪) 辛씨 종중대표 지진석李鎭奭씨와 통화했다. 이 족보 책은 보관용이 3질 남았는데, 그중에서 한 질이라는 설명이었다. 종찬宗燦의 의원醫院 1층 대우부동산 사장이 이정진씨가 신빈(信嬪) 신辛씨 소생의 왕자 온녕군(溫寧君)의 후손이어서 연락連絡이 되었다. 그동안 혼미昏迷하여 왜곡歪曲되었던 우리 영월신寧越辛의 상계上系를 전주이씨全州李氏 왕가王家의 족보族譜를 통해 확실히 밝힐 수 있게 되어 무척 기쁘다. 우리 족보의 상계上系가 불분명하고 혼란昏亂스런 부분이 있었는데, 왕가王家의 족보族譜에서 밝혀주니 이제야 확실確實히 알 수 있게 되었다.

누나, 여동생 2명 3형제가 13:00정각에 청량리역에서 출발하여 귀향하였다. 자주 못 볼 노인들인데 아쉽다. 이종질姨從姪 박무국朴武國이 죽었다 한다. 국민학교國民學校, 중고등학교, 대학까지 줄곧 나보다 1년 후배이다. 이종형姨從兄님의 큰아들로 성性은 다르지만 진실로 가까운 5촌조카이다. 부고訃告도 없었지만 풍편風便으로 들은 비보悲報로서는 매우 충격적衝擊的인 소식消息이다. 나를 기준基準으로 연상年上, 연하年下가 속속續續 죽어가고 있으니 어찌 슬픈 일이 아니랴. 병명病名은 혈암血癌이라고 한다. 출생 이후로 큰 고난苦難 없이 한평생을 살아온 수사秀士인데 좋은 세월에 너무 짧게 살다가 떠났다. 69세歲 첫봄(孟春二月)에 너무 급히 떠났구나. 고인故人의 명복冥福을 빌어본다.

2001년 5월 3일(목)

월여月餘만에 장원莊園으로 향했다. 모아놓은 생활 쓰레기를 비롯하여 한약재韓藥材 막지까지를 채전 밭에 갖다 묻으면 일석삼조가 된다. 서울의 오물汚物을 전원의 거름으로 쓰는 것이 그 理致다. 쓰레기를 치우니 온 집안이 말끔해지는 것 같다. 아이들이 많이 걱정하는 노인들의 귀성歸省길이지만 춘불경종春不耕種이면 추후회秋後悔라, 어른들께서 그렇게 이끼고 가꾸시던 앞뒤 텃밭이라 우리 내외內外인들 어찌 귀거래歸去來 생각이 없겠는가. 5월5일 어린이날, 5월8일 어버이날 등 가정의 달 행사가 많아서 서을 생활이이 즐겁고 바쁠 때이지만 시골의 농절農節도 놓칠 수 없어서다.

안동시장에서 고추모, 가지, 오이, 고구마 등을 사서 집으로 향했다. 또한 집에 와서 그 예 적(30년 전)에 내자內者(아내)가 농사 바라지로 바쁜 가운데서도 틈틈이 손수 길쌈(안동포安東布 마포麻布)한 삼베를 싱괴(노란 빛을 내는 여러 과정)하여 빛 고운 네 필의 보배도 만들었다. 아마도 앞으로는 우리 집 며느리들로는 이 네 필의 길쌈이 마지막이 될 것이다. 잠자리 날개 같이 올올이 아 거리는 올들을 생시 중에 적삼을 만들어 입을 것인지, 아니면 먼 길 갈 때 수의壽衣로 지어 입을 것인지.

2001년 5월 15일

아침에 대충 다 전원田園 볼일을 다 마치고 13일 만에 고원故園을 떠났다. 경제적 이해면에서나 보건상으로나 실익이 없고 괴로운 고향행이 될지는 모르나 나는 얼마 남지 않은 여생餘生인데, 그곳을 멀리할 수는 없다. 고향 사람들의 인심이 많이 변했지만, 내가 태어났고 나름의 가훈家訓을 익히고 계승해보려는 노력과 조부모님들의 여망을 만분일보萬分一報의 효도를 하기 위하여 정도라고 생각하는 길을 서슴없이 지키고 또 가련다.

5월 16일(수)

피로가 쌓이고 칠독漆毒, 감기로 내오가 파김치가 되었다. 노년老年에 거처居處하기는 그래도 서울이 좋고 편안하다.

5월 17일(목)

아침부터 전화가 요란하다. 아들딸들이 찾아든다. 종신宗信이 한약, 희姬야는 조금 눈을 떠서 반찬을 다 날라 왔다. 쑥떡을 조금 해

왔는데 나눠 주기 바쁘고 쌀도 한 차 5포나 싣고 왔다. 손자 놈들도 보고 싶어진다. 발걸음이 너무 힘이 없고 무겁다. 양지하체兩肢下體가 받는 신경압박神經壓迫이 심한 것 같다.

고향 갔던 길에 노동勞動이 과도過度했다고 주위 내자內者와 큰 자식 종찬(宗燦)이 걱정을 한다. 큰애가 소개해 준 우리들병원의 박 과장의 시술이 별로 효험이 없는 것 같다. 종신이가 준 한약을 시험적으로 먹어보기로 했다. 정현이 어미 산일産日이 박두迫頭했는데, 어이 소식이 없는고? 하루 한 번씩은 전화하는데, 빨리 낳으라고 촉구하는 것도 아니다. 정현娫炫이의 그 또렷하고 분명한 목소리가 듣고 싶기에 겸하여 걸어보는 전화이지만, 5월 10일 예정일이 5월 30일로 늦어졌다고 하니, 아마도 기다리는 '손자 놈'은 아닌 것 같다. 그러나 어쩌랴! 인력人力으로 억지로는 안 되는 것이 손세孫勢인 것을!

5월 21일(월)

하체운동을 겸하여 도봉산 약수터에 내자와 같이 갔다. 손수레에 물을 열 세 병을 힘 있는 대로 무리 없이 날라 오며 몇 차례나 쉬었다. 병원에서 혈압을 재니 정상이라고 했다. 큰 자식은 나의 고향 나들이를 몹시도 못마땅하게 여기는 눈치다. 봄은 해마다 빨리 오고, 비는 오지 않고 메마르고 세상인심도 그렇다. 정권을 잡은 사람들의 부도덕한 통치폐악統治廢惡이 그 원인이란 세인世人들의 원성소리가 쉽게 들려오고 있다. 가뭄이 날이 갈수록 심해진다. 계절季節은 벌써 소만小滿이 지나 이앙移秧(모내기) 철이 도래했다.

보소총무譜所總務(족보 간행소 총무)로 근무勤務하는 학성學成이 드디어 프로그램(족보기록용) 개발에 성공했다는 喜消息이 왔다. 물욕이 많아 보이지만 장차將次 오신吾辛의 족보族譜는 그가 맡아서 이어 나갈 수밖에는 다른 길이 없다는 것을 나는 일고 있다. 안동의 승오가 메주콩 묘苗가 잘 자라고 있어서 월말이면 이식적기移植適期라 한다.

5월 23일(수)

당當치 않는 통지通知가 왔다. 광장동 종신이 아파트에 양도소득세 신고하라는 세무서장의 통지문이었다. 한나절 동안 방문하여 담당자 조사를 받고, 사실대로 신고를 필畢하였다. 공연히 주택조합 직원들의 자기 편리대로 양도 없는 양도讓渡 신고申告를 하도록 하여, 그들의 모리謀利와 횡포橫暴가 얼마나 우심尤甚하였는가를 실감實感하게 한다. 이젠 더 엉뚱한 심부름이 없어야 할 텐데.

하지의 저린 통증이 그치지를 않는다. 오늘도 박과장이 알려준 궤도운동軌度運動을 하면서 과학원 코스 2Km 산보散步는 오늘도 계속했다. 종신이가 준 보약이 끝날 때까지는 몇 달이고 참고 견디며 운동을 하기로 했다. 만약 이대로 오랫동안 지속持續된다면 어떻게 될까. 생각만 해도 기가 막히지 않는가?

현충일(顯忠日)과 손녀(孫女) 출산(出産)

2001년 5월 25일(金)

아침 일찍 종신이에게서 전화가 왔다. 며느리가 산기가 있어서 병원으로 가고 있다고 했다. 원래 예정일이 5월 5일이었으나, 10일, 20일, 30일로 늦어졌기에 사내아이는 아닐 거라 짐작했지만, 산기産氣가 있다니 마음이 설렌다.

첫째는 순산順産이고, 다음은 득남인데 알마 후 10시 30분에 다시 연락이 왔다. 아니나 다를까, 여식女息을 얻었다고 전한다. 우리 집안에 누대累代 오형제五兄弟 近親분들 중에서 형제 골고루 아들이 있는 집이 한 집도 없었기에, 내 자손들만은 예외例外로 군형제群兄弟 골고루 아들이 있기를 바랐건만, 종신이에게는 아들을 기다리는 경우가 생기고 말았다. 세태世態가 아들딸 구별 없는 세월이라 하지만 나로서는 매우 섭섭하다.

내자는 나보다 더 섭섭한 것 같다. 종각宗珏이 내외와 같이 산모를 찾아보고 시골로 향했다. 가는 길에 논농사는 비교적 수리시설이 되어 있어 모내기했으나 밭농사는 가뭄이 심하다. 고향의 내 논밭들도 같다. 텃밭과 과수가 가뭄이 심해 물을 주었더니 우물물의 양이 1/3로 줄었다. 승후承厚 네가 기계관정機械管井을 깊이 파서 그런 것으로 보인다.

6월 2일(토)

오늘도 뙤약볕이 내리쬔다. 30년 이래 큰 한발旱魃이라 한다.

30년 이후以後가 아니라 현대식現代式 기상관측氣象觀測이 실시實施된 이후以後(1904년) 봄 가뭄으로는 최악最惡(강우량降雨量 기준基準)의 한발旱魃이라고 정정발표訂定發表가 되었다.

내 소시少時 적에 유행속담流行俗談에 '아는 체하는 사람 계묘년癸卯年 보리 흉년凶年에 다 죽은 줄 알았는데 아직도 살아있네'하고 아는 체하는 사람에게 핀잔을 주는 것을 들은 기억記憶이 난다. 그 유명有名했던 '계묘년(1904년) 보리흉년'을 일컫는 말이었다.

어릴 적 기억記憶으로 계묘년癸卯年은 선친先親(나의 아버지)의 출생년出生年이기에 기억記憶하는 연도年度이며, 삼남지방三南地方에 춘궁春窮이 대단大端히 가혹苛酷했던 '보릿고개'로서 한말韓末의 국운國運이 쇠도衰倒하는데 한 몫을 더했다는 궁춘窮春이었다.

6월 3일(日)에서 6일 현충일顯忠日

나라를 통째(주권主權과 국방國防로 민족民族의 원수, 6.25남침南侵의 원흉元凶 김일성金日成의 자식인子息인 김정일金正日이 통치統治하는 철鐵의 장막帳幕, 김정일에게 넘겨주는 주권포기主權抛棄를 자행恣行하는 김대중金大中의 본색本色이 들러나고 있다.

모기 한 마리 얼씬하지 못하게 엄중嚴重하게 방어防禦해야 할 남북南北 경계선境界線을 북괴北傀, 그들이 마음대로 드나들게 하고 있다.

석탄石炭을 실은 15,000톤급 화물선貨物船 대함大艦이 서해西海

진남포鎭南浦에서 우리 영해領海를 침범侵犯하여 제주濟州, 목포木浦, 진해鎭海 사이 내해內海를 거쳐 다시 동해東海로 북상北上하여 북北의 청진항淸津港으로 귀착歸着하게 방관傍觀하며, 오히려 호송護送하는 우리 군함軍艦과 비행기飛行機의 거동擧動은 김대중金大中의 주권포기主權抛棄와 김정일金正日의 우리 영토침범명령領土侵犯命令의 합의合意 작품作品이 아니고 무엇인가.

참으로 소위 '국민國民의 정부政府'라 자처自處하는 용공정권容共政權이 급기야及其也는 매국정권賣國政權으로 둔갑遁甲하고 있는 게 확실確實하다. 金大中은 왜 일언반구一言半句의 말이 없는가? 국회國會와 정부政府 모두가 공산정부共産政府인 북北의 괴뢰傀儡다.

6월 4일(월)

全國이 火災, 殺傷 등 人災事故가 連發하고 天災인 旱魃이 계속되는 가운데 오늘도 北傀의 大型艦艇이 중국을 出發하여 西南領海를 侵犯하여 本土와 濟州 사이 近海 領海를 거쳐서 東北海로 北의 淸津을 향해서 보린 듯이 유유히 人共旗를 휘날리며 지나가고 있으나, 名色이 大韓民國의 軍으로서 一言半句의 制止나 攻擊도 못한 채 바라만 보고 잇다는 放送이 흘러나오고 있다. 참으로 亡國의 徵兆가 아니고 무엇인가?

오늘도 작열灼熱하는 6월의 太陽은 大地를 달구고 있다. 故鄕農園에선 水脈 찾기에 안간힘을 쏟고 있다는 報道가 TV, 라디오에서 放映, 放送 되고 있다. 북한에서는 100年만에 초음이란 所謂 '왕가뭄'이란 狂氣어린 요란을 떨고 있단다.

6월 6일(수)

잦은 國難克服에 特히 北의 南侵에 젊은 목숨을 바친 英雄들을 爲하여 國弔日로 定하여 그분들의 靈魂의 表象을 慰勞하는 國民들의 敎育的 標本으로 國家將來의 基礎을 鞏固히 하는 萬世의 忠節로 기리는 날이다.

오늘을 맞이하여 나라를 爲하여 散花하거나 殉國하신 靈魂 앞에 낯뜨거운 爲政者가 獻花 焚香하는 모습은 참으로 꼴불견이 아닌가. 게다가 나름대로 自己僞主로 演說하는 光景은 차라리 辱이다. 이 時代의 政治 指導者들에게 一抹의 良心을 促求한다.

낮에는 秉夏네 家族이 찾아왔다. 손자들 형제와 정다운 內外琴瑟로 한 대 움추렸던 그들 家族이 활짝 피어나는 모습을 보이니 참 기분이 좋다. 하는 행실이나 갖은 마음씨가 다 將來가 있는 모습이니 응당 그 되는 게 天理이리라.

午後에는 또 泳夏 父子가 찾아왔다. 지난달 내 곁에 오지 못했기 때문인 것 같다. 그 잘생기고 똑똑한 놈, 泳夏을 앞세우고 아비가 바쁜 시간을 갈라서 두 父子만이 왔다. 外食을 그만두고 집안에서 같이 한 끼를 먹은 후 늦게 찾아온 沉夏네 父子와 합석하여 한참을 지내며, 孫子들은 저들끼리 나름대로, 또 아비들은 아비들대로 當面한 世上事를 論하며 시대에 뒤진 나의 見聞에 깨우침이 있었다.

6월 7일(木)

齒周에 炎症이 생겨서 慶熙齒科를 다녀왔다. 오후에 새로 얻은 孫女, 奇炫이를 생면하러 정장(正裝)을 하고 內外가 나섰다. 지난번

(5/26일)에는 아기의 얼굴도 보지 못했기에 궁금하기도 하고, 이름도 작명하였기에 祖上의 道理로 마땅히 生面하러 갔다. 孫子를 얻지 못하여 섭섭하고 宗信이의 아들이 늦어서 不滿이지만 人力으로 서두르는 데는 限界가 있는바, '萬事는 仁之爲德'이라.

미리 故鄕길에서 準備해 온 韓牛足과 미역을 追加해 짊어지고 갔더니, 새아기는 정현이보다는 더 실하게 생겼으며, 正常的인 狀態로 태어난 것 같다고 했다.

奇炫이의 작명作名 찬撰

부르는 이름은 원남願男이라 일러주고 출생신고出生申告에는, 기현奇炫으로 작명作名 찬撰을 주었다. 왜 호명呼名을 원남으로 하는지는 저들이 자득自得할 것으로 안다.

아휴리阿休里(아마리) 향우회鄕友會와 빙모(聘母) 기일(忌日)

2001년 6월 9일(土) 수구초심首丘初心 재경在京 아휴리阿休里 향우회鄕友會

고향 전원田園에 남겨둔 약전藥田이 고사枯死했는지, 700里 거리에도 편리便利한 문명이기文明利器 전화電話가 있으니 쉽게 알아볼 수 있다. 다행多幸이 아직은 말라 죽지 않고 버티고 있다는 전갈傳喝이다. 그러나 향리鄕里 동민洞民들이 갈수대책渴水對策에 혼신渾身으로 여력餘力이 없다고 하며 오곡백과五穀白果가 온전한 것이 없을 정도라고 한다. 동생(承原)에게 4번 전화하여 겨우 한 번 통화했다. 사는 게 그리 바쁜가.

6월 10일(日)

향리鄕里 아휴리阿休里 재경향우회在京鄕友會 정기총회定期總會라고 기별奇別이 있어 더위를 무릅쓰고 효창원孝昌園을 찾았다. 이 모임은 처음 내가 창립創立한 모임이며 초임初任 3년감年間을 회장會長을 맡아서 이끌었다. 다음으로는 조인환曹仁煥 이대二代, 조수환曹水煥 삼대三代로 이어졌다.

사촌四寸 승용承勇이가 차례인 것 같은데, 근자近者의 거동擧動 출입出入이 분명分明치 않아서 수환이가 맡아서 열심熱心히 하겠다는 언급言及도 있었다. 고향故鄕 향리鄕里란 고사古事에도 있듯이 언제나 수구초심首丘初心이 연상聯想된다. 축사祝辭라고 한마디 인사를 하고 후생後生들을 격려激勵하고 영속永續이 되기를 당부當付했다. 그동안 한해旱害와 관련하여 승오承五, 덕환德煥 고종형姑從兄 등에 부지기수不知其數의 전화電化 위로慰勞를 했으나, 비는 아직도 내리지 않으니 참으로 천공불긍天公不肯이다.

　　면이자손수신기勉爾子孫須慎旗

　　권하노니 자손들아 모름지기 이를 꼭 앞세워라

　　충효지외무사업忠孝之外無事業

　　충효보다 더 중요한 사업이 없다는 것을

　서애西厓의 함씨咸氏(다른 집 조카를 높여 부르는 말) 여창汝章 유기柳綺, 낭천현감狼川縣監

　은산철벽銀山鐵壁: 불가佛家에서 쓰는 고사古事, 도저히 범접하거나 넘지 못할 경지 혹은 열반에 들 때까지도 득도, 해탈의 경지에 이르지 못할 높고 경지. 예例로 성철스님의 뜻을 이해理解하는데 노력하던 상좌스님의 말씀.

7월 3일(火)

보철補綴하러 답십리踏十里 김치과金齒科에 信任을 걸고 갔다. 여러 치과를 다녔지만, 신임信任이 가지 않아서 종수宗洙의 고등 후배이고 큰애의 대학 후배가 원장이다.

2001年 7月 12日(木)

빙모聘母님 33주기週忌다.

 서울에 살고 있으면서 기일忌日을 몇 해 걸렀는지도 모르겠다. 오늘은 처당妻堂에 가보련다. 영혼靈魂이 계신다면 멀리 타향이라도 어찌 못 뵈올 수 있을까만은, 그 어른의 존안尊顔을 잊은 지도 벌써 오래다. 자상慈祥하시고 덕德이 많으신 女君子다운 어른이시라 참 을성이 勤勉誠實하시었다. 처남(淳友)가 지성至誠으로 빙모聘母님께 孝道를 다했고 聘母님도 또한 至誠으로 사셔서…. 그래서 지금 처당處堂의 형세形勢가 왕성旺盛하리라 생각한다. 오래도록 왕성旺盛하기를! 적선지가積善之家 필유강경必有降慶이라 했거늘

장래(將來) 고향(故鄕) 걱정

2001年 7月 13日

　보고 싶은 전원田園이 그리워 피서避暑겸 고향길을 달린다. 원래元來 여름이란 무덥고 짜증 나는 계절季節이지만, 그래도 성하盛夏의 묘미妙味란 풍성豊盛하고 연중年中 제일第一의 물풍物豊한 시절時節 과채류果菜類와 더위를 빼놓을 수 없지 않은가. 차창車窓밖으로 펼쳐지는 들판은 가을의 결실結實을 기데期待하듯, 무감茂感(생각이 많고) 새장 속 같은 서울을 벗어난 우리 내외의 마음을 확 트이게 한다.

　해가 한참을 실實히 남은 오후午後 5시時에 우리는 그리운 집에 도착到着하였다. 마당의 잡초들은 몰라보게 자라서 우거졌고 앞뒤 밭의 작물作物과 과수果樹들도 주인主人의 손길을 기다리는 모습이 역연亦然하다. 혹시或是나 몇 개쯤 남아 있을 법도 한 매실, 살구는 계절季節이 지난 탓이라 떨어진 낙과落果 흔적만 남아 있을 뿐 입에 넣을 만한 것은 한 개도 없이 사라졌다.

　올강냉이(옥수수 조생종)는 반쯤 알이 영글어(익어) 가는데, 벌써 너구리란 놈이 밤마다 추수秋收를 한다. 알이 영그는 순서대로 제 놈들이 먼저 차지다. 야성野性의 세계世界란 참으로 무섭다.

7月 14日

　전원田園을 한 바퀴 돌아본 내외內外는 우선순위優先順位를 정해서 씨앗 뿌리기, 제초除草, 솎기, 전원주변田園周邊 잡초雜草 나무 베기, 시비施肥주기, 병충해病蟲害 방제防除, 농약산포農藥撒布, 순(새순)치기, 호박 오이 박 덩굴 손봐주기로 무려 14일이 걸렸다. 작년昨年, 제작년再昨年 양兩해 간에 가히 방치放置해뒀던 宅택지地 부변周邊의 무림잡초茂林雜草를 위시爲始하여 년초年初에 새로 난 앞길 주변의 잡초제거雜草制擧 등 물량物量은 엄청났다.

　내 비록 솜씨 있는 농부農夫는 못 되지만 선대先代에서 관리管理하시는 농원관리農園管理 모습을 건성으로라도 익혀온 터라 서투른 솜씨와 노쇠老衰한 체력體力으로라도 최선最善의 방법方法으로 쉬지 않고 가히 불철주야不撤晝夜로 엄청난 양量을 해냈다.

　빨래, 식사, 참 등 뒷바라지 심부름을 하는 내자內者가 지칠 정도程度로 피避하고 가릴(選擇) 것 없이 닥치는 대로 했다. 종찬宗燦이 형제兄弟가 이어가지 못할 터인데, 상하尙夏 종형제從兄弟가 어찌 이어갈 것인가?

　생각해 보면 허무虛無하고도 끝이 보이는 향리鄕里의 내 역할役割은 시들어가는 고목古木이요, 저물어 가는 서산西山 마루의 석양夕陽과 같다. 비록 내 자손子孫들이 남들보다는 보수적保守的이고, 더 깊은 지각知覺과 관심觀心이 있다고 하더라도 변變해가는 시속時俗이 그놈들을 그냥 두지 않을 것 같다.

　선대先代에 대한 위선보본爲先報本 사상思想이 보寶배로운 가치價値이긴 하지만 내 후손後孫들도 남들 못지않게 개화開化의 물결을 타야지! 아무렴, 타야 하고말고!

　내자內者도 어느덧 철저한 농촌부녀農村婦女, 촌부村婦가 되어 땅을 아끼시던 손대先代의 뜻을 조금이라도 더 오래 간직하고자 애쓰는 모습이 역력歷歷하다.

내일은 가구숙모佳邱叔母님 기일忌日이다. 모처럼 만에 맞은 기일忌日이라 승오承五 편便에 제수祭需 한 가지를 장만하도록 의뢰依賴했다. 독축讀祝하려고 축문祝文을 써놓았다. 아직도 신위좌설神位左設을 익히지 못한 젊은 종수씨從嫂氏들을 계도啓導하여 제례祭禮는 종가례從家禮한다는 뜻을 일깨우련다.

존경(尊敬)하는 김태호(金泰浩) 형(兄) 가시다!

2001년 07월 29일(日)

증조부曾祖父님 忌日이라 서둘러 서울에 왔더니 서울에 집중호우集中豪雨가 왔다. 밤늦게 부음訃音을 받았다. 면목동面牧洞 거주 이육촌姨六寸 김태호형金泰浩兄이 별세別世하셨다는 소식消息이다. 월삼성육촌越三性六寸間이지만 친숙親熟한 사이였다. 용계숙모龍溪叔母의 친동생親同生으로 나와는 소시少時적부터 자주 상면相面하여 육십여년간六十餘年間 교의交誼가 있는 사이이며 선비先妣(돌아가신 어머님의 이종사촌姨從四寸오빠의 큰아들이니 혈육血緣으로 육촌六寸으로 안동농림고安東農林高의 1년선배年先輩이며 국민학교國民學校부터 나를 한 해 앞서 이끌어주던 모범인사模範人事다. 항상恒常 겸손謙遜하고 자상仔詳하며 부유富裕한 집안의 잔자長子이면서도 근검절약勤儉節約하는 관습慣習이 몸에 밴 학구적學究的이고 범절凡節이 양순良順한 경제학사經濟學士이다. 십이남매十二男妹(삼복출산三腹出産)의 장자長子인지라 복잡複雜한 가계家系와 광대廣大한 토지農土를 소유所有한 노령老齡의 부친父親을 돕느라 자신自身의 처세處世는 단념斷念하고 치가治家에만 전념專念하다가 좋은 세상世上 한 번 살아보지도 못하고 칠십일세七十一歲를 일기一期로 평생平生을 고종명考終命하신 분이다. 뇌수술후腦手術後 칠년七年만에 의식意識이 온전하지 못한지 2년반年半 만이다.

나를 많이 이끌어주시던 형兄이여! 나의 주변周邊에서는 태호泰浩

형兄만 한 분이 솔직率直히 드물다고 할 만한 분이시다. 자신自身이 태어난 제업緖業을 지키느라 가可히 희생犧牲을 한 분이시다. 후문後聞에 의하면 8月1日 03時에 겨우 위생병원衛生病原 영안실靈安室을 떠나 안태고향安胎故鄕인 안동安東 와룡면 와룡산臥龍山 산록山麓 선영계하先塋階下로 영구靈柩는 안장安葬되었다고 한다. 정情이 많은 형兄이었는데!

07月 30日(月)

그칠 줄 모르던 장맛비가 멎기를 기다려서 태호형泰浩兄의 영전靈前을 포복匍匐(기어서)으로 찾았다. 주위周圍에 서립序立한 상제喪弟들을 다 보는데, 합부인閤夫人은 없었다. 사연인즉 그분도 신장(콩팥)기능이 쇠진衰盡하여 빈석嬪席을 지키지 못하고 성복입관후成服入官後에 자택自宅으로 돌아갔다고 하니 설상가상雪上加霜이 아닌가.

상가喪家의 여운餘運은 필必히 적선여경積善餘慶하기를 바란다. 명복冥福을 빌면서 공수래空手來 공수거空手去 세상사世上事 여부운如浮雲!

2001年 7月 31日

증조부曾祖考 휘일諱日이다. 해마다 겪는 일이지만 올해도 날씨는 매우 무덥다. 장마 끝에 맑은 날이니 그야말로 폭염暴炎의 날씨다. 내 슬하膝下의 자손子孫들이 다 모였다. 큰손자 상하尙夏는 공부 때문에 부득不得이 불참不參했다. 방학放學이란 이름이 무색한 게,

'모자란 학교學校공부'를 방학放學을 틈타서 남보다 좀 더 앞서가려는 공부, '무한경쟁사회無限競爭社會의 실상實相'이라 할까.

우리 집안이 아휴阿休里로 우거寓居한 후後로 가장 어려웠던 가난(빈곤貧困)을 물리치고 자족自足의 기반을 마련한 중흥조中興祖 할아버지 기일忌日이다. 증손자曾孫子가 십여명十餘名이나 되지만 오해도 빠짐없이 승오承五만은 잊지 않고 기일忌日임을 알아서 전화電話라도 걸어왔다. 밤이 늦어서 애들이 제각기 헤어지고 텅 빈 집안에서 더위를 막으려는 에어콘이 계속 돌아가는 가운데 새벽을 맞았다.

8月 4日(土)

아파트 위층 수도가 고장 나서 아침이 되어서야 소음이 정지했다. 관리인을 새로 뽑았더니 일을 엉터리로 한다. 내가 아파트 동대표棟代表 회장會長인데 내 밑 관리소장 책임이 크다.

송천松川누님 큰아들인 생질甥姪 치호致浩가 폐肺를 수술手術 했다고 하기에 위문전화慰問電話를 했다.

오후에는 일산日山에 있는 종태宗泰네 초대招待로 일산日山에 갔다. 내외內外가 함께 하고 종신宗信이네도 참석參席하여 임진강변臨津江邊의 유명有名한 뱀장어(鰻)구이와 도리탕을 별미겸別味兼 보신용保身用으로 포식飽食을 했다. 종태宗泰네 4명, 종신宗信이네 4명 모두 10名의 조자손祖子孫 삼대三代가 모였다.

분가分家한 자식子息집에서 하룻밤을 잤다. 종태宗泰가 속현續絃하면서 오씨외손吳氏外孫 봉하秉夏란 놈이 하도 늠름하고 활달豁達

하여, 그 자라는 모습을 보면서, 또 일산日山 대공원大公園의 규모規模와 시설施設의 수준水準 등을 답보踏步 관람觀覽했으며, 전야前夜에는 임진강변臨津江邊에 있는 황희정승黃喜政丞(厖村先生)의 반구정伴鷗亭에도 등정登亭했다. 일산공원日山公園은 외국外國에 비比해도 손색遜色이 없는 규모規模였다.

내자(內者)의 생일(生日), 동해안(東海岸)을 여행하다

2001年 8月 12日(日)

지긋한 여름도 한고비를 넘겼는지 한결 지내기 쉬운 하루다.

田園으로 가서 東海岸이나 가볼까. 自動車를 補修하여 出發했다. 오랜만에 나서본 農村은 急하게 많이도 變해 있었다. 벌써 벼이삭이 고개를 숙이는 곳도 있었다. 그렇게도 旱魃이 심했던 田畓에도 農夫의 구슬땀이 結實을 일궈가는 모습이다. 내 고향도 아마 이 光境을 자랑하고 있으리라 기대된다.

8월 13일(月)

雜草가 우거지고 菜田도 우거진 내 집 마당에는 夕陽이 灼熱했다. 午後 六時頃에 들어서서 아침에 미처 돌보지 못한 대추, 박 등이 이슬을 먹고 반겼다. 亦是 그 동안에 많이 변해 있었다. 한낮에 들러본 콩밭에는 콩이 벌써 달개를 내렸고, 녹두밭의 녹두들도 主人의 勞苦에 報答하는 듯 무성하게 자라서 씨앗을 맺고 있었으니 農心의 보람을 조금은 알 것 같았다.

8월 14일(火)

김매고 풀 뜯는 손놀림이 몹시 바쁜 하루였다. 路毒도 있었고 깨

일으키기 등 바쁜 것부터 우선 손을 보는 하루였다. 각종 씨앗도 缺株補植을 할 때이다. 각종 씨앗도 늦으면 結實에 差異가 있기 때문에 모두 急한 대로 돌보아 놓고 來日 休假를 가야겟다.

8월15일(水)

陰曆으로 六月二十六日, 內者의 七十一回 生日이다. 큰 애가 용돈을 주면서 몇 차례 놀고 오라는 當付를 생각해서, 方山, 首比를 거쳐 九淵峰을 넘기로 했다. 途中에 日月面 山頂을 들러서 白岩溫泉에 到着하니 午後 四時 半이다. 旅裝을 풀고 內者가 즐기는 湯으로 갔다.

亦是 溫泉은 白岩이 第一이다. Hotel 聖留壯에서 2泊3日을 보냈다. 山海珍味를 다 맛보았다. 厚浦의 생선 膾는 豊盛하고 新鮮한 別味인지라 飽食을 했다.

8월 16일(木)

回路에는 厚浦 寧海 藥水를 들러 영양군을 거쳐 石保腰原 七聖奉山麓 六大祖考의 옛 墓園을 향해 옛길로 들어서서 四十年前 省墓길을 踏訪하고 돌아왔다. 임마리 江邊의 산지기네 동네와 위토(位土)자리를 둘러보았다.(1970년 초에 산소도 장구말로 옮겼고 위토도 아마리로 옮겼다.)

石保面 所在地(院里)의 裁寧李氏네 幽墟地에는 至今도 名聲있는 門中들의 뒤 자취가 완연하게 남아있었다. 〈李文烈 文藝紀念館〉을 둘러보았다.

8월 17일(金)

미처 마치지 못했던 김매기 등 혼잡 같은 농사지만 때늦지 않게 말끔히 가꾸어보기 위해 暴炎下 무더위를 무릅쓰고 熱心으로 일했다. 비록 委託農場(小作農)으로 마긴 가올배미, 지리골, 12斗落 논 農事는 萬人(行人, 農夫)에게 부끄러울 程度로 廢農에 가깝도록 放置되어 있으나, 내 能力으로서는 어찌 해볼 도리도 힘도 없는 상태가 되었다.

땅을 부치고 있는 佳坪姑從의 老衰한 근력과 고추농사(特用作物) 등 所得作物에 沒頭하고 있는 過慾을 因해서 目不忍見의 상태이다. 이 땅을 買入하여 지키신祖父님의 가르치심이 떠오른다. 옛날부터 보던 眼目이 살아있어서 남에게 마긴 논 農事라도 땅을 輕視해서는 안 된다하셨다. 이 가르치심을 想起하면서 논물이라도 보러 다녔지만, 봇물을 흘려보내는 홈통 밑에 돌이 다 빠져서 每日같이 물이 새고 있었으니, '밑 빠진 독에 물 붓기'로 된 꼴이다,

가올배미, 파래배미, 칠성배미 등 이름 있는 논들이 물을 다 잃어버려서 만앙(晚秧, 모내기가 늦음)을 해 놓고도, 논둑, 논지겁은 풀 한포기 베지 않고 논바닥에는 매자구(매돌풀)과 피가 벼보다 키가 훨씬 커서 논바닥을 덮었다. 모두 姑從이 老衰한 때문이리라.

9월 2일(日)

宗珏이는 保健社會研究員에 나가게 되었고 子婦는 檀國大學校 教授가 되었다는 消息이다. 며칠 전에 종각이네 내외가 다녀갔다. 尙夏 애비도 왔다가 갔다.

연이어 宗泰네 내외가 炅夏와 秉夏를 데리고 왔다 갔다. 特히 작은 놈의 재롱이 유별나서 더욱 마음을 기쁘게 해주었다. 印象이 祖上인 나를 닮은 데다 부지런한 장난과 걸음걸이 등 擧手, 投足이 할애비인 나를 닮은 곳이 많아서 더욱 귀여웠다. 그놈 참!

宗泰네 家庭이 和氣滿堂한 것은 한때의 시름이 사라진 苦盡甘來의 理致가 아닌가!

저녁에는 막둥이 宗信이가 느닷없이 찾아들었다. 生鮮膾에 黃桃까지 사 들고 왔다. 기를 때는 苦生이었지만 아들들이 健康하게 살면서 찾아드니 이것이 孫祖요 祖上님들 遺訓에서 늘 말씀하시던 대로 "家世는 孫勢다."라 하신 뜻을 알겠다.

그런데 宗信이네 得男 件이 아직 풀지 못한 宿願이다.

9월 3일(月)

30年만에 國務委員 統一部長官의 不信任案이 國會에서 可決되어 고삐 풀린 南北政策에 制動이 걸리게 되었다. '國民 모두가 參與해야 할 統一政策이 金大中이란 社會主義 信奉者 大統領의 諮議대로' 치달아 끝 가는 데를 모르게 危險한 境地까지 이르더니 하늘 같은 '國民의 輿望'이 無心치 않아서 오늘에야 주춤하는 고비를 맞는 것 같다. 국민의 輿望을 外面하고 金大中과 金正日(北의 金日成의 子息)이 密室(祕密 酬酌) 會談을 諮議的으로 針小棒大 解釋하여 南韓民生을 外面한 채, 北韓에 퍼주기만 해오는 '傲慢放恣한 獨裁 獨善한 僞善者의 蠻行이 이제는 終熄이 되려는지 걱정이다.

국회 의결 결과 148: 119로 통일부장관 불심임안이 可決되었다.

李會昌의 신한국당과 金鍾弼의 自民聯이 합한 결과다. 김종필이란 늙은 狼子가 이번만은 사람 흉내를 냈다. 痛快하다. 傾國之患을 막았도다. 後世 子孫들을 위해서도 무척 잘된 일이다.

2001년 9월5일(수)

늦더위와 늦 가뭄이 겹친 故鄕田園으로 가보련다.

孫子놈들 격려激勵를 해주어야 할 텐데!

둘째 孫女 芝炫이가 自己班의 班長이 되었다니 대견하다.

內者가 뒤늦게 老頃에 들어서 田園의 妙味를 깨달은 것 같다. 健康이 좋지도 않은데 農村의 맑은 空氣와 適當한 勞動이 운동이 되어 몸에 害롭지 않고 '소꿉장난'처럼 뿌린 씨앗이 自然의 順理에 따라 속임 없이 자라는 것을 보고 農心이 무엇인가를 깨달은 것 같다.

힘겹고 짜증 나는 初年 間의 지난 歲月 동안 農事 바라지와는 判異한 맛을 보고 있다. 이번에도 집에 到着하자마자 鼎山 장터에서 사온 암탉 두 마리를 뜰 안에서 花草처럼 기르는데 沒頭하고, 그동안 자라서 붉어진 고추를 거두어서 말리기 시작한다.

9월 6일, 7일

위 텃밭에 옮겨 심은 배추와 直播한 무가 제법 잘 자라고 있기에 灌水하느라 호스를 이어 連結하여 물주기에 바쁜 午後를 보내고 있다. 늦가뭄이 계속되어 가을배미 논의 콩은 汲水가 안 되니 이미 枯死할 정도로 잎이 떨어지고 있다. 政府補助로 파 놓은 灌井은 電力이 弱해서 稼動을 못하여 안타깝다. 自己 負擔金 1/2을 8월 20일에 納

付했는데도 그 無能한 同業蒙利者들의 태만과 無誠意한 行政當局과 韓電側을 督促도 못하고 이리저리 彷徨만 하고 있다.

承五조차 제 일이 山積한 나머지 灌井始動에는 關心이 없다. 오직 '목마른 자가 샘을 파야 한다.'는 俗談과 같이 타들어 가는 논밭 主人인 우리 內外만이 애타게 서두를 뿐이다.

다정(多情)했던 친구(親舊) 조태희(趙泰熙) 군(君)의 부고(訃告)

2001년 9월 8일(日)

낮에 서울에서 尙夏아비의 電話가 걸려왔다. 靑天霹靂 같은 悲報이다. 親舊 趙泰熙君이 別世했다는 消息이다. 내 親舊 中 中學, 大學 同期를 網羅해서 몇 손가락 안에 꼽히는 切親한 동갑내기인데 이게 무슨 變故인가. 漆谷이 故鄕이며 大邱農林을 거쳐 成均館大에 入學한 同期다. 내 先考(아버님) 葬禮에 護喪客으로 芝里谷(지리골)까지 따라온 故友다. 近年來까지도 우리 子息들 婚姻에도 법번히 參與하여 結査를 勸하는 情誼를 보이며 祝賀客으로서는 한번도 빠진 적이 없었으며 其他 同文結集에나 成均館出入에도 恒常 내 곁에는 그 親舊가 있었으며 意氣가 相通하는 眞實된 友人이었는데…….

참으로 서럽기 그지없다. 入院은 3日(二泊)만에 이 살기 좋은 世上을 下直하다니, 內者와 漆谷 葬地로 바로 갈 수밖에 없다. 서울 江南 現代中央醫療院은 距離 日程 等이 不可하였다.

9월 9일(日)

아침 8時에 出發하여 中央高速道路(大邱와 安東)를 타고 多富院에서 左側을 타고 나가 葬地에 닿았다. 애처롭고도 외롭게 흐느끼는 未亡人과 외아들……. 이렇게도 좋은 世上에 어찌 이리도 邁急하게 가는가? 山路도 葬地도 墓穴도 石槨도 잘 닦아놓은 자리였다.

9월 10일(월)

뒤늦게 장대비가 내렸다. 콩, 팥, 녹두 등 밭농사는 버렸지만 晩秧(늦게 모내기)한 논에는 큰 도움이 되었다, 논은 모두 小作을 주었지만 作人이 하지 않으니 내가 나서서 피(稷)사리를 내가 했다. 하루에 한두 번은 가올배미, 지리골 칠성배미의 피를 뽑느라 평생 처음 老農夫가 되었다.

9월 16일(日)

先塋에 벌초하는 날이다. 아우 承原이 分家以來 처음 벌초하러 왔다. 日曜日이라 왔지만 이을 제대로 마치지 못하고 갔다. 나머지 마무리는 늙은 내가 할 수밖에 없다. 마무리를 다 하는데 수일이 걸렸다. 이제 길을 냈으니 잘할 것으로 믿는다.

宗珏이 所任인 三芝角山 三省公 曾祖父 內外분의 묘소는, 責任지는 몫이 다르지만 이 七十老軀가 代役을 할 판이다. 承原 父子와 시작한 일을 마무리하는 것에다 子息 일까지 맡으니 무리가 된다. 恨이라면 老衰해 가는 나의 氣力이다. 남을 믿지 말고 胄孫인 내가 혼자 해도 할 수 있는 큰 일이 아닌데, 나무나 빨리 늙어가고 있다.

9월 19일(水)

오늘로서 三代의 墓所는 말끔히 伐草를 마쳤다. 歲月은 흘러서 時俗이 變해가고 있다. 仙塋을 保護하고 守護하는 것이 조그마한 報本인 孝인데도 이 作業이 負擔스럽게 되고 있다니 온갖 奉祭祀는 將次 어떻게 될 것인지. 남들이 하는 만큼, 아니 最小限의 儀式 範節을 지

키는 外形上의 不倫輩는 免해야 할 텐데……. 後進들에게 어떻게 그
實踐方向을 定해서 引導할 것인지가 課題다.

키는 外形上의 不倫輩는 免해야 할 텐데……. 後進들에게 어떻게 그

實踐方向을 定해서 引導할 것인지가 課題다.

추석명절(秋夕名節)과 떠나가는 우인(友人)들

2001년 9월 27일(木)

秋夕名節에 祭需로 쓰일 과일, 채소, 고구마 등 收穫이 바쁘다. 감 홍시, 배(梨) 10개, 풋대추 한 말, 근래에 처음으로 대추는 한 말을 넘게 땄다. 밤도 많이 따 모았다. 고구마는 子息들 집집마다 조금씩 나눌 만큼은 된다. 늙은 호박도, 고춧가루도, 참깨를 收穫하여 기름 등을 준비했다.

9월 29일(土)

여러 날을 거두고 한 계절을 가꾸고 지켜서 얻은 것은 不過 얼마 안 되지만 그 結果 속에서도 한여름의 가뭄, 봄부터 여름을 지나는 동안의 보람(施肥 등의 管理 農心)이 쌓이고 모여서 얻은(盛意와 勞力, 自然의 造化) 代價이다.

갤로퍼 車에 가득 차게 싣고 서울로 달려가서 茶禮床에 바치고 子息들에게도 골고루 나눠주는 기쁨의 계절이 다가왔다. 비록 收支上으로는 밑지는 赤字의 일이지만 아버님의 體臭가 스며든 故土 田園에서 땀과 노력으로 얻어서 거둔 열매가 아닌가. 서울 집 APT 地下駐車場에 到着한 내 自動車 안에는 可히 寶物船과 같이 온갖 果菜가 실려 있다.

9월 30일(일)

疲勞에 지친 우리 內外에게 마침 休息이라도 하라는 듯이 아침부터 가을비가 내렸다. 그러나 편히 푹 쉴 수는 없다. 다음 날이 年中 最大名節인 秋夕이 아닌가. 故鄕에서 날라 온 짐, 果菜 등을 가르고 나누어서 집안으로 실어 올리며 茶禮床 준비를 봐야 한다.

子息들이 모여들기 전에 나는 아침 일찍 鷺梁津 水産市場으로 달려가서 시물時物로 第一 싱싱한 生鮮 魴魚(통방어) 한 마리와 其他 魚物을 祭床에 올리려고 사왔다.

午後가 가까워지자 애들 六男妹가 해마다 茶禮狀에 進上할 祭需를 사서 어린 것들과 함께 地下車庫에 倒着하여 엘리베이터로 通하는 비상벨 소리가 요란하다.

어린 孫子女들은 잘 자라고 있고 工夫도 잘하는 便이며 容貌도 다 俊秀하여 내가 보기에는 모두 기린아麒麟兒의 龍鳳에 비길 만하다. 內外孫 15명이 모두 건강하게 모였다. 時俗을 따라 多産은 아니지만 막내네만 두고 집에 모두 아들이 있다.

아주 어린 것들을 빼고는 다 祭床 앞에 整然하게 序立할 정도로 컸다. 茶禮나 祭祀란 儀式을 通하여 모듬살이와 家族共同體的 團體生活을 익히며 四寸間의 族兄弟라는 連帶感을 기르는 좋은 幾回로써 美風良俗을 體驗하며 父子祖孫, 叔姪, 從兄弟間의 血脈을 確認하여 돈독敦篤하고 친애親愛하며 和合과 孫勢의 基礎를 다지게 되니, 이 얼마나 敎育的이며 보람 있는 行事인가. 이 어릴 적의 追憶이 將次 成長 後는 물론, 더 나아가 그들 生涯를 두고 더욱더 共同體的 連帶가 굳게 다져질 것이다.

10월 1일(월)

나를 爲始하여 20餘名의 家族이 함께 序立하여 行事하는 茶禮야 말로 경건敬虔한 마음으로 祖上을 받들고 子孫 相互間에도 自己의 職分을 忠實하게 履行함으로써 和睦하고 調和로운 社會生活이 成熟된다. 그런데 이 祖上과 父母에 대한 基礎的 報本之恩을 일러 倫理(倫氣)라고 하는데 우리 모두 잘 알아야 하겠다.

10월 3일(수) 曾祖母님 忌日(諱日)

생질甥姪 경일炅鎰이 찾아왔다. 대구 동생 承原이 腰痛이 甚하여 추석에 오지 못했다고 電話기 왔다. 늘 하는 대로 큰며느리가 갖은 채소와 제수를 장만해 왔다. 과일 등 추석 때 이미 마련해 둔 것들도 많다.

10월 4일(목)

面牧洞 舊屋의 漏水工事를 했다. 숙제를 해결했다. 妻家에 淳友가 得孫을 했단다. 정말 축하할 일이다.

10월 14일(일)

저녁이다. 忙中閑이라 조금은 여유가 있어 喪門 人事로 電話할 여유가 있다. 安東 姨從姪 朴武國을 問喪하였다. 未亡人인 權氏 夫人과 電話했다. 臥龍面 金泰浩 兄 未亡人 南氏 夫人과도 問喪 電話했다.

朴武國의 病死는 내게 通訃가 있어야 했는데 慌忙中이라 缺禮를 했다는 謝過가 있었다. 特別히 敦篤한 사이라 從姪이며 初, 中高, 大學

까지 나보다 1年 後輩로서 조용하고 良順한 才士인데 참 아깝다. 金泰浩兄도 나보다 1年 先輩며 姨叔으로 六寸間이다. 靈安室 喪問은 했으나 未亡人을 親히 아는 터에 傷心으로 入院하여 對面을 못했다. 2個月이 지난 이제사 電話 追跡을 通해 通話했다. 泰浩兄은 참으로 賢人인데 무척 아깝다.

내 周邊에서 척戚이 있는 同年輩로서 出世는 못했지만 모두 類似한 處地에서 大學까지 같이 다닌 三人이 모두 다 나보다 먼저 갔다. 차례대로 朴基周(姑從), 朴武國(姨從嫉), 金泰浩(姨從六村) 등이다. 혼구독립격(昏懼獨立格), 어두운 밤 고리에 홀로 있어 외로운 처지가 되었다.

추수(秋收)하며

2001년 10월 18일(金)

허겁지겁 일을 마쳐 未盡한 곳이 있지만 明年에 보기로 하고 安東故鄕으로 向했다.

여러 날 혼자서 故鄕에 있는 內者도 보고 싶고 故鄕山도 못 미더워 새벽 6時 汽車를 탔다. 面事務所 마당에 세워둔 겔로퍼 自動車를 끌어내어 집으로 향하는 마음은, 그것(面目洞도 舊屋 修理)도 큰일이라 마음이 홀가분하였다.

10월 19일(土)

내자內者도 잘 있고, 전원(田原)도 철 따라 변(變)해가고 있었으며 누렇고 뻘겋게 변해가는 감나무의 홍시는 볼만한 풍경(風景)이었다. 보신용(保身用)으로 사다 놓은 암탉도 두 마리는 40여개(餘個)의 계란(鷄卵)을 낳아서 아내의 좋은 벗이 되어 그동안 나를 기다리고 있었다.

10월 20일(日)

혹독(酷毒)한 여름 가뭄이 끝나자 곧이어 가뭄이 흉작(凶作)으로 대체(代替)되더니 전작(田作)은 볼 것도 없는 정도(程度)이나 답작(畓作)은 할 때가 되니 평년(平年) 이하(以下)이지만 그래도 추수(秋收)할만하다.

소출(所出) 없는 추수(秋收)라도 콩, 팥, 양대, 녹두, 양대 등 거두는 손끝은 바쁘다. 노력(勞力)은 많이 했는데 하늘의 한해(旱害)는 어쩔 수 없다. 그러나 전원(田園)의 채전(采田)은 그런대로 조금씩 거두고 있으니, 안사람의 소득(所得)이 조금은 위안(慰安)이 되어 재미있다고 할 수 있다. 근년(近年)에 드문 가을 거둠을 농촌(農村)에서 보낸 아내의 건강(健康)에는 큰 도움이 되고 있다.

10월 21~26일

아내와 나는 그 옛날 내 어머님께서 사시던 대로 늦가을 농촌(農村)의 풍경(風景)과 바쁜 모습을 그려보는 일주일(一週日)이었다.

밭머리의 해그림자도 바쁜 듯 가는구나. 무 배추 밭머리에 바구니 던져두고 젖 먹는 어린아이 안고 앉은 어미 마음 같은 늦가을 저문 날에도 앞집의 타작하는 소리, 뒷집의 농기계소리, 담 밖 경운기, 트랙터 다닌 소리가 들린다. 이른 새벽부터 밤늦게까지 농촌(農村)의 기계화(機械化) 작업(作業) 과정(過程)이 급도입(急導入) 되면서 한 사람이 광작(廣作)을 할 수 있는 현실(現實)을 보면서 그 옛날 선고(先考)께서 손수로는 대략(大略) 위전원백석(謂田園百石)을 영농(營農)하시던 대와 비교(比較)해 보니 참으로 격세지감(隔世之感)이 난다.

선고(先考) 때에는 모든 작업(作業)이 인력(人力)이요, 수동(手動)이요, 우마(牛馬)요, 등짐으로 보행(步行)으로 어찌 손수 백석(百石)이나 농사(農事)를 하셨을꼬?

10월 27일(토(土)

봄, 온 여름, 가을까지 내외(內外)가 보살피고 가꿔온 혼잡 농사의 결실은 거두어들인 대가(代價)로서야 몇 푼어치에 불과하다. 그 노고(勞苦)와 정성(精誠)이야말로 정말 크다. 거둬들인 것을 감추고, 말리고, 조금씩 나누어 갤로퍼 한 차 가득 싣고 자식(子息)들이 기다리는 서울로 떠나온다. 차안은 사람 탈 곳만 비우고는 다 차게 실었다. 서울까지 무사(無事)히 오고 나니 또 일이 생겼다.

제세(諸世) 공과금(公課金) 납부(納付), APT 관리(管理) 정산(精算) 지출(支出), 종중(宗中) 예금(預金) 관리, 내외(內外) 병(病) 관리(管理)로 큰 자식子息 병원(病院) 진찰(診察) 투약(投藥)

추향(秋享) 문중(門中) 제사(祭祀)와 당내(堂內) 시제(時祭)

2001년 11월 11일(日)

여독(旅毒)을 풀려고 늦잠을 잤다. 고향(故鄉)에서 가구숙모(佳丘叔母)의 忌日이라 전화를 걸어서 추수동장(秋收冬藏) 준비 겸해서 고향 소식을 물었다. 다 無故하다니 좋다. 우리 農事도 打作은 했다고 하니 햅쌀로 천신(薦神) 시제(時祀)는 올릴 수 있겠다. 한창 가뭄이 계속될 땐 식량(食糧) 걱정을 한 적도 있었던 한작(旱作)이었다.

11월 13일(火) 귀향(歸鄉)길

음력(陰曆) 시월 초사일(初四日) 양력(陽曆) 11월 28일은 시사(時祀) 정일(定日)이다, 육대조(六代祖) 以下는 내가 祭主이며, 7代祖~9代祖까지 小文中도 祭를 主管하는 立場이고, 十代祖~十三代(入鄉始祖)까지는 都執禮兼 獻官役을 맡아야 하는 게 나의 現位置다.

告維, 陳設, 祭禮 等을 家風대로 繼承해야 할 責任(책임), 즉 수도전가(守導傳家)를 自任(자임)하는 處地(처지)에 있다.

11월 14일(水)

17일(土)까지 추수(秋收)를 마무리하고 도정(搗精, 쌀 찧기)을 하여 조부모(祖父母) 사위(四位) 시제(時祭)를 준비해야 한다, 증조고(曾祖考) 내외(內外) 위(位) 시제(時祭)는 종각(宗珏)의 담당(擔當)이니 유사(有司) 대행(代行)으로 내가 해야 한다. 모두 3대(代) 육위(六位)는 나와 내자(內者)가 정성(精誠)을 다하여 제수(祭需)를 마련했다.

11월 18일(日)

아침부터 차례대로 제사(祭祀)를 올렸다. 축(祝)에 있듯이 **지묘之墓 기서유역氣序流易 상로기강霜露旣降 첨소봉영瞻掃封塋 불승감모不勝感慕 근이청작謹以淸酌 서수지천庶羞祗薦 세사상향歲事尙饗, 1년에 한 번씩 先塋을 찾아 禮를 올렸다. 말끔히 淸掃墳학고 햇 음식을 정성(精誠)으로 차렸다.

11월 19일(月)

이날부터 콩타작(打作), 감 따기, 채소(菜蔬) 거두기 등 추수동장(秋水冬藏) 겨울 준비와 메주를 쑤어서 달아놓았다. 그 이후로 種根감자, 토란 등을 얼지 않게 묻었다. 이로써 겨울 준비를 마쳤다.

11월 23일(金)

이날부터는 시제時祭에 전념專念했다. 당일當日은 지리골芝里谷 가선대부돈영도정嘉善大夫敦寧都正 칠대조고비위七代祖考妣位, 兵馬節制尉七代祖考妣位 팔대조고비위八代祖考妣位, 구대종조고위九代從祖考位(壇所) 모두 5位 墓所에 제사(祭祀)를 올렸다.

11월 24일(土)

13대조고고代祖考 성균진사成均進士, 12대조고고代祖考 자양처사紫陽處士公, 11대조고고代祖考 장사랑將仕郎 3位

11월 25일(日)

10代祖考 통정대부첨지중추부사通政大夫僉知中樞府使,

9代祖考 통정대부공조참의通政大夫工曹參議

회고(回顧)해보면 선조(先祖)에 대한 제례(祭禮)는 이루 말할 수 없이 복잡(複雜)하고도 다양(多樣)하여 가풍(家風) 가례(家禮)에 다라 조금씩 변형(變形)된 예(例)도 없지 않으나 우리 안동(安東) 지방(地方)의 묘사(墓祀)에 관(關)하여 살펴보면 진친(盡親)이 되는 오대조(五代祖) 이상(以上)은 은전(恩奠)으로, 고조(高祖)까지는 기일(忌日)에 묘전(墓前)과 영전(靈前)에 생시(生時)와 같이 밥(飯)을 주식(主食)으로 한 상(床)을 차리는 서수(庶羞)를 갖춘 것을 은전(恩奠)이라 칭(稱)한다. 이 제상(祭床)을 원칙(原則)으로 하는데, 이 은전 제상(祭床)에 필수(必需) 불가결(不可缺)한 동반(同伴)의식(儀式)이 있는데 이것이 삼헌(三獻)으로 술을 세 번 올리는 차례를 꼭 동반한다.

수(數)를 기준(基準)으로 표시(表示)하면 오대(五代) 진친(盡親)과 가세(家勢), 손세(孫勢)에 불구(不拘)하고 '위축(爲祝), 약례(略禮), 생략(省略), 망각(忘却)으로 조상(祖上)과 부모(父母)는 속여도 좋다거나 속이는 게 당연(當然)하다.'는 관념(觀念), 통념(通念)으로 변천(變遷)되고 잇는 것이 현(現) 시속(時俗)이다.

만(萬)에 하나 오고 가는 길 새에서라도 그 옛적 할아버지께서 말씀하시던 선조(宣祖)의 내력(來歷)을 잊지 않고 회상(回想)하는 기억

(記憶)을 갖는 후손(後孫)이 있는 가문(家門)은 참으로 축복(祝福) 받은 가문(家門)이 아닐까 한다.

우리 가문(家門)의 경우 입향(入鄕) 시조(始祖) 13대(代)는 단설(單設)로 산신(山神)을 따로 차리고, 12대(代)와 11대(代)는 양자를 병설(倂設)하여 단식(單式)으로 한다. 이들 제사(祭祀)는 모두 은전으로 200년(年) 전통(傳統)으로 내려온 시향(時享, 時饗)인데 내년(來年)부터 단배성묘單杯省墓로 격하(格下)될 예정이다.

10대조(代祖)도 반(飯) 없이 단배(單杯)로 지낼 예정이다. 입향시조 성균진사공成均進士公부터 10대조(代祖)까지 정통제례(正統祭禮)가 붕괴(崩壞)되었다. 참으로 한심(寒心)하고 서글픈 일이다. 제향위(祭享位) 3代가 3位에 祭官이 모두 9名뿐이다. 제례(祭禮)가 아닌 폐례지억(廢禮之憶)이다.

11월 26일(月)

연례행사시향(年例行事時享)을 마치고 추수동장(秋收冬藏) 귀경(歸京)하였다.

신년도(新年度) 경작(耕作) 수세(收稅) 건(件)

가올배미와 칠성배미 승(升) 11두락(斗落), 내 주장(主張)은 벼 2,200斤이고, 송홍식과 박창섭의 주장은 8斗落에 190斤으로 2,100斤이다.

서울에 와서 이파트 반상회를 하였다. 종각이 취직 건(件)으로 최열곤(崔烈坤) 교육감과 面談하엿였다. 안동 아마리 땅 도지료(都地料)로 1두락(斗落)에 벼 200근(斤)으로 결정하였다.

11월 29일(木)

선비(先妣, 어머님)의 32주기(週忌) 기일(忌日)이다. 어머님 생시를 회고(回顧)하며 잠시(暫時)나마 명상(瞑想)에 잠겨 호천망극(昊天罔極)을 외쳐본다. 노량진 시장(市場)에서 어물(魚物)을 사 왔다. 나머지는 큰 며느리가 다 준비(準備)를 해왔다. 이상(伊上) 김실(金室)이가 온다고 미리 전화(電話)를 해왔다. 대구(大邱) 아우는 다음날 출근(出勤)해야 한다며 제사(祭祀) 참여(參與) 직후(直後) 회행(回行)했다.

안동(安東) 전답(田畓)은 송홍식(宋洪植)이 1두락(斗落)에 벼 200근식(斤式)으로 경작(耕作)하기로 했다.

12월 1일(土)

면목동(面目洞) 구옥(舊屋)을 답방(踏訪)했다. 수리할 곳이 많다, 영세(零細) 상인(商人)들이니 여러 가지로 어려움이 많다. 2002년 월드컵 축구(蹴毬) 본선(本選) 32개팀 8개조(個組) 편성(編成)이 이었다. 한국은 난적(難賊) 포르트칼, 폴란드, 미국과 한 조다.

종각이 경기대학교(京畿大學校)에 지원하기 위한 관계로 최열곤(崔烈坤) 동문(同文)과 만나기로 했다. 이상(異常)한 일로 정신(精神)이 깜박거릴 때가 잦다. 언억변실증(言憶變失症)이라고나 할까. 이진수(李珍洙), 김태환(金泰桓) 동문 등과 성우회(成友會) 개최(開催)건(件)으로 통화(通話)했다.

12월 4일(火)

승오(承五), 승후(承厚)에게 연락(連絡)하여 지리골 도로(道路) 건(件)과 농장(農場) 경작자(耕作者) 지정(指定) 건(件) 등을 상의(相議)하였다.

부산(釜山)의 고종제(姑從弟) 귀환(貴煥)과 교신(交信)하여 가평(佳坪) 고종형(姑從兄) 노후(老後) 형편(形便) 등을 걱정했다. 정말로 외로운 환과고독(鰥寡孤獨, 홀아비와 과부의 고독)이다.

칠십(七十)오세(五歲)의 늙은 홀아비가 자식(子息)도 곁에 없는데 어찌 홀로 살아갈 것인가. 나외는 내외종간(內外從間)인데 참으로 보기에도, 생각하기에도 편하지 않는 내 마음이다.

승섭(承燮) 동생의 막내아들 종봉(宗鳳)의 혼인(婚姻)이 12월 09일 있었다. 축의(祝儀)를 보내고 현처(賢妻) 전안문(奠雁文)을 보냈다.

성남(城南)에 사는 박기수(朴基洙, 고종8촌 동생)에게 7촌 고모의 문안(問安)을 물었다. 전화로 만주(滿洲)에 가신 진선(晉善) 숙(叔) 소식(消息)도 물었다. 진선 숙(叔)의 질녀(姪女)가 돈벌려고 한국에 와 있다고 했다.

김장하기

2001년 12월 05일(木)

모처럼 만에 內者와 함께 김장을 담갔다. 그 옛날 故鄉에서 어머님 在世時에 김장독을 묻으려고 뒤란 토란 밭에 구덩이를 셋이나 파고 눈비를 피하려 수수 짚으로 엮어서 움막을 지었다. 몹시도 손마디가 굵은 어머님 손끝에서 '짠지 섞은 솜씨 맛'은 애 입맛을 돋우고 내 잔뼈를 굵게 한 잊지 못할 김장 맛이 아니던가.

구부런진 허리춤에 무명치마 꼬리를 다잡아 매시고 부지런히 놀리시던 어머님의 양념 버무리시는 그 늙은 손매 옆에서 아내는 솜씨를 익히느라 부지런히 심부름하며 바빴다. 그러던 옛 시절이 눈에 선하건만 어머님은 가신 지가 벌써 32년이나 되었다. 내자內者도 벌써 이른 한 살(71세)이 된 老婦라네.

고향(故鄉)집 마당 한 켠에서 짠지를 담그던 기억(記憶)으로 오늘과 내일을 서울 청량리(淸涼里) 역전(驛前) 고층(高層) APT 13층(層) 베란다에서 우리 부부(夫婦)가 김장을 담그려 한다.

12월 06일(木)

파, 마늘, 생강 등을 골고루 섞어 다진 다음 옛날 어른들의 솜씨를 흉내 내어 담궈본다.

작으나마 독, 단지에 조금씩 흉내 낸다. 멸치젓, 새우젓도 곁들인다. 이렇게 해서 김장을 담금 줄 모르는 자식(子息)(딸, 아들, 며느리)들에게 조금씩 나눠주려고 한다. 무말랭이 곤짠지 김치도 하고 했다.

12월 07일(금)

종각(宗珏)이 문제를 최열곤(崔熱坤) 형(兄)에게 다잡아 졸라봐야겠다. 아침부터 서둘러야겠다. 종수(宗洙)에게도 증권시황(證券市況)을 물어봐야 한다. 폭등(暴騰)과 폭락(暴落)이 거듭되는 널뛰기 시황(視黃)이다. 잘 모르면서 늙은 나이에 종수 말을 듣고 증권에 투자하여 손해를 보아 큰 걱정이다.

12월 08일(土)

강릉(江陵) 창선(昌善)씨 내전(來電)이 있었다. 대전(大田)에서 영신종친회소식(寧辛宗會開催消息)이었다. 홍성계(洪成系, 고려 때 시조 辛鏡할아버님 자존 중 洪成할아버님 자손들)의 집회주동(集會主動)에 관한 소식이었다. 우리로서는 (動靜)만 살펴보려 한다. 이에 대해 숙고(熟考)해보았다,

대책(對策)으로는 규선(逵善)씨에게 연락(連絡)하여 참석(參席)하도록 했다. 용산(龍山) 대승(大承)씨에게도 연락했다. 회의(會議) 소식(消息)을 전하고 대참(代參)을 지시(指示)했고 모두 수락(受諾)하였다.

12월 10일(월)

지난 일요일 안동(安東) 용상(龍上)동 승섭(承燮) 4촌의 아들 혼인

(婚姻)이 있어 축전(祝電) 겸(兼) 인사(人事)말을 전(傳)했다.

안동(安東) 재건(在建) 족조(族祖)에게 대전(大田) 종회(宗會)에 대하여 전화(電話)를 드렸다. 우리는 불참(不參)할 것을 통보(通報)했다. 대안(代案)으로 대승(大承), 달선(達善)을 파견하기로 했다.

면목(面目)동 채소(菜蔬) 가게 계약(契約)을 갱신(更新)하며 월세(月貰)를 월 20만원으로 했다.

12월 11일(火)

방학동 우리 병원(病院)에 다녀왔다. 혈압(血壓)을 측정(測程)하고 약(藥)을 받아왔다. 도봉동 약수(藥水)에 들러 춥기 전에 약수(藥水)를 길러왔다.

종수(宗洙) 말을 듣고 산 종목種目인 솔빛텔레콤이 하한가(下限價)를 치고 있다. 장차將次 큰 손자孫子상하尙夏 학비로 주기로 한 돈인데 큰 걱정이다. 늙어서 이런 걱정을 사서하다니 무척 후회(後悔)가 된다. 아파트 입주자(入住者) 대표회의(代表會議) 회장(會長)을 맡았으니 책임(責任)이 막중하다. 성실(誠實)히 일하고 적기(適期)에 퇴임(退任)해야 신사(紳士)다운 일이다.

12월 13(木), 14(金)

연말(年末)이라 APT관리에도 할 일 이 참 많다. 무척 바쁘고 고된 날이다. 게으른 노인(老人)네가 동분서주(東奔西走) 이리저리 다닌다.

종신이 청(請)으로 신탁회사(信託會社)에 다녀왔다. 면목(面目)동

구옥(舊屋)을 보수(保手) 수리(修理)했다. 그런데 세입자(歲入者)가 이유(理由)없는 반항(反抗)인지 출입(出入)을 금지(禁止)하여 누수수리(漏水修理) 인부(人夫)를 출입(出入)하지 못하게 한다.

참으로 막된 세상(世上)이다. 전세(傳貰) 들어 사는 사람들이 집주인이 집을 수리(修理)하려면 집에 드나들 수밖에 없는데도, 가게 운영에 방해가 된다는 이유를 댄다. 2층(層) 누수(漏水)로 일층(一層) 천정(天井)에 물이 누수 되고 있다, 겨울에 손보려 하니 더 힘이 든다. 세 들어 사는 동안은 자신의 공간이라는 세입자의 주장(主張)이지만, 개인주의(個人主義) 사조(思潮)의 폐단(弊端)이 아닐까. 한 집에 여러 세대가 사는 다가구(多家口) 공동생활(共同生活)의 상식(常識)을 모르는 사람들이다, 금년(今年) 겨울은 최상(最上)의 혹한(酷寒)이다,

12월 15일(土)

종신의 심부름을 대비(對備)했으나 중단(中斷)했다. 보약(補藥)을 다려 복용(服用)하면서 쉬고 있다. 혹시(或是)라도 장수(長壽) 회춘(回春)을 기대하며 생(生)의 마지막 본성(本性)을 기대해본다.

영하(泳夏) 3부자(父子)와 대부도(大阜島) 소풍(逍風)

2001년 12월 16일(日)

영하(泳夏)네 부자(父子)가 대부도(大阜島) 소풍(逍風) 간다고 우리 내외(內外)를 동행(同行) 요청(要請)하였다. 영하 아비는 장자(長子)의 책임(責任)으로 자주 반찬(飯饌)을 보내와서 효심(孝心)을 발휘(發揮)한다. 큰 자식은 수 기천만원(幾千萬元) 이상(以上) 드는 내 뇌(腦) 수술비(手術費)를 혼자서 다 부담(負擔)하였으며, 실(實) 지금 살고 있는 청량리 APT도 내가 상가(商家)를 잘못 사서 공실(空室)이 될 것인데 큰애 친구(親舊) 검사(檢事)가 건설업자(建設業者)를 윽박질러서 아파트로 보전(保全)을 한 것이다. 또한 입주(入住)항 돈이 없던 차에 큰애가 1억원(億元)이나 주어서 입주할 수 있었다.

영하를 따르는 원하(沅夏)도 따라가고 싶어 한다, 이를 짐작(斟酌)하는 내자(內者)는 이 기회(機會)에 동행(同行) 놀이를 시키고자 원하네 부자를 불렀다, 이렇게 모인 식구(食口)가 삼대(三代) 육명(六名)이 한 차(車)를 타고 종일(終日)도록 나들이를 했다. 대부도 땅이 곧 움직이면 좋을 텐데 그럴 수 있을지?

회로(回路)에는 일산(日山)에 있는 경하(炅夏)네 집에 들러서 모두 10명(名)의 가족(家族)이 고양(高陽) 일산(日山)에서 저녁을 먹고 서울로 돌아왔다. 아들, 손자, 며느리가 골고루 모여서 즐겁게 보내는

시간(時間)이야말로 정말 노령(老齡)에 접어든 우리 내외(內外)에게
는 참 '즐거운' 시간(時間)이었다.

그런데 원하가 목도리 수건을 잃어버려 할애비로서 마음에 걸린다.
아침 일찍 학교에 갈 때는 추워서 어찌할꼬! 새로 사주어야 할 텐데
~

12월 17일(月)

면목(面目)동 구옥(舊屋) 누수(漏水)는 계속되고 있다, 수시(隨時)로
관찰(觀察)해야 한다.

성육회(成六會, 成均館大 6回) 정기총회(定期總會)에 겨우 5명이 참
석하였다. 작고(作故)한 조태희(趙泰熙) 동문(同門)이 관리(管理)하는
계금(契金)을 회원(會員) 상호(相互) 기억(記憶)을 더듬어 140만 원
으로 확인했다, 송추모임 30만원에다 조의(弔儀) 10만 원을 빼나 실
(實) 잔액(殘額)은 100만 원이다. 경과보고(經過報告) 및 회원(會員)
소식(消息)을 통해 보고해야겠다.

12월 18일(火)

암흑(暗黑) 같은 세말(歲末)인가? 철없는 말자식(末子息)의 말을 듣
다가 낭패(狼狽)가 났다. 큰손자의 학비(學費)라 조심조심 돌다리도
두드리며 건너야 하는 세상(世上)인데도, 의심(疑心)없이 과신(過信)
한 아비가 종신의(宗信)의 애비라서 정말 믿어지지 않는다.

설마 하늘이 무너져도 살아날 구멍이 있다고 했는데! 상세(詳細)한
경위(經緯)도 모르고 아들을 믿고 좇다가 부자(父子)가 공망(公亡)하

는 경우가 되지 않을까?

12월 19일(水)

어제의 액운(厄運)이 오늘로 이어져 손해(損害)는 더욱 늘어나고 절망(絶望)이 계속된다. 내 것만 버려지는 것이 적지 않은데 종신이 것은 얼마나 되는지 애가 탄다. 눈 감으면 코 베는 말세(末世)인 줄 모르고 믿는 도끼에 발등이 찍히는구나.

12월 20일(木)

불행중(不幸中) 다행(多幸)이란 말이 있지 않은가. 우리 부자(父子)의 작난(作亂) 어린 자세(姿勢)가 크게 낭패(狼狽)를 보는 줄 알았는데 그 종목(種目)이 급강하(急降下)를 멈춰주어서 아주 큰 손해(損害)는 면(免)했다고 종신이가 실토(實吐)한다. 연말(年末)이 지나면 반등(反騰)할 기회(幾回)를 볼 수도 있다는 설명(說明)에도 불구하고 내 몫은 다 처분(處分)하였다. 주식(株式)이란 인내(忍耐)가 필요(必要)한 노름인가? 정말 아쉽다.

종중사(宗中事)로 강릉(江陵) 창선(昌善)씨와 영월(寧越) 재복(在福)씨와 13일(日) 대전(大田) 대종(大宗) 모임에 대(對)한 회신(回信)으로 연락(連絡)하였다. 달선(達善)씨의 무소신(無所信)한 태도(態度)에 실망(失望)했다. 장차(將次) 정통(正統) 영신(寧辛)의 위상(位相)을 어떻게 수호(守護)할 것인가? 인생(人生)이 백년(百年)은 못 살 것인데, 기록(記錄)과 문자(文字)를 남겨서 후세(後世)에 전(傳)해야 마땅하다. 서업(緒業)을 수호(守護) 전승(傳承)할 인재(人才), 종중(宗中)의 인물(人物)을 어떻게 양성(養成)할 것인가?

사판(私判), 사견(私見)을 떠나서 진정(眞正)한 지식(知識)을 근저(根底)에 깔고 공정무사(公正無私)한 판단(判斷)을 내릴줄 아는 소위(所爲) 박학(博學) 군자(君子)다운 후진(後進)이 나와 주면 얼마나 좋을까.

보학(譜學)을 통(通)해서 경제적(經濟的) 욕구(慾求)를 충족(充足)할 수 있는 방법(方法)이 마땅하지 않은 데에 문제가 있다. 희생봉사(犧牲奉事)가 따라야 한다는 게 문제다.

큰애가 소개(紹介)해준 강남 우리들병원(病院)에 그 동안 지출(支出)한 의료비(醫療費)를 정리(整理)하여 연말(年末) 소득공제(所得控除) 자료(資料)로 사용해야 한다.

12월 22일(土) 동지(冬至)

절후(節候) 중(中) 가장 낮의 길이가 짧은 날이다. 팥죽을 빚어서 부엌신(神)(조왕신)에게 바쳤다. 팥죽 안에 쌀 간데기를 새알이라 했다. 명춘(明春)의 풍작(豊作)을 기원(祈願)하는 농경사회(農耕社會)의 세시풍속(歲時風俗)이다. 동지(冬至)를 양춘(陽春)이 멀지 않았다는 뜻으로 소춘(小春)이라 위안(慰安)하였다.

막내 종신(宗信)에게 광장동(廣場洞) 새 아파트 등기(登記)를 인계(引繼)하였다. 인감(印鑑)도장은 아직 내게 맡겨두고 전세금(傳貰金) 저축(貯蓄) 통장 둘도 내게 두고 갔다.

시들어가는 아휴리(阿休里) 고풍(古風)을 생각하며 명선(明善) 숙(叔)에게 전화(電話)를 걸어 같이 걱정하는 시간을 가졌다. 사촌(四

寸) 승용(承勇)도 문회(門會)가 멀지 않았는데 같이 걱정했으면 좋겠
다.

종수(宗洙)가 받은 희귀(稀貴)한 선물(膳物) 중에서 영덕(盈德) 대게
가 준하(準夏)어미 편(便)으로 왔다, 오랜만에 맛보는 진미(珍味)다.
그 옛날 조부모(祖父母)님, 부모(父母)님 재세시(在世時)에 삼동(三
冬)이면 여러 차례 온 식구(食口)가 모여서 나눠먹던 별미(別味)였는
데 어부(漁夫) 탓은 아니지만 이젠 아주 품귀(品貴)한 해물(海物)이
되었다.

막내(宗信)네도 생굴 석화(石花)과 서해(西海) 참게를 밥반찬용으로
갖다주어서, 노부부(老夫婦)의 입맛을 돋우어주고 갔다.

이렇게 자식(子息)들이 모두 그리 고약한 편(便)이 아니다. 물론(勿
論) 선대(先代)부터 내려오는 가훈(家訓)도 있지만, 타고난 성품(性
品)이 막되지 않아서 효우(孝友)에 관심(關心)을 가지는 편(便)이라
서 부심관(父心寬)이라 하겠다.

12월 24일(月)

그동안 성우회(成友會, 成均館大 同文會) 회장직(會長職)을 맡은 터
라 나름대로 친우(親友)들의 친상(親喪)이니 자녀(子女) 혼인(婚姻)
등(等) 경조사(慶弔事)를 챙기느라 바빴다. 나름대로 정중(鄭重)한
예(禮)로서 조의(弔儀) 부고(訃告) 등으로 종일(終日) 바쁘게 지냈다.
친구(親舊)들이 모두 연로(年老)하여 김태환(金泰桓) 동문(同門)의 자
당(慈堂)의 아침 출상(出喪)에는 가지 않기로 했다. 총동문회(總同文
會) 기금 백만(百萬)원과 성육회(成六會) 기금(寄金) 오십만(五十萬)

원을 냈다.

저전(苧田, 모시밭) 이질(姨姪)이 뇌종양(腦腫瘍)이란다. 큰 병(病)으로 입원(入院)하여 고생(苦楛)하고 있다. 큰 자식(子息, 宗燦)의 배려(配慮)로 당일(當日) 입원(入院)할 수 있게 연(緣)을 대주었다. 동류(同類) 병원(病院)에 근무(勤務)하는 친구(親舊) 의사(醫師) 김(金鐘眞)교수를 동원(動員)하여 여의도(汝矣島) 성모병원(聖母病院)에 입원(入院)시켰다.

12월 25일(火) 예수誕生日

세속(歲俗)이 많이 변천(變遷)하여 한 시절(時節) 소요스럽고도 짜증 나던 크리스마스는 지나가고 제법 조용하고, 또 가족(家族)끼리 모여서 편안히 하루를 쉴 수 있는 날로 변(變)해가고 있으니 다행(多幸)이다.

큰아들 삼부자(三父子)가 왔다. 우리 내외(內外) 늙은이 눈에는 그놈들이 기린아(麒麟兒) 같아 보인다. 함께 저녁 먹으러 같이 가서 외식(外食)을 했다. 입맛에 좋아 손자(孫子)놈들이 즐기는 쇠고기 구이를 먹었다.

저들이 집으로 갈 때는 지난 추절(秋節)에 호주(壕州), 뉴질랜드 여행(旅行) 때 마련해 온 녹용(鹿茸) 7채(200만萬원)를 자손(子孫)들에게 골고루 배분해서 성장(成長)과 정력(精力), 교육(教育), 공부(工夫)에 필요(必要)한 대로 나누어 주려 한 것 중에 삼부자(三父子) 몫을 주었다.

열 손가락 안 아픈 곳이 없지만 서로 후박(厚薄)이 있었다. 큰 자식이 여행비를 거의 다 마련해주었기 때문이다. 살아오며 한 번도 해외(海外)에서 그만큼 돈 들여 사 온 적이 없었다. 살기에 바빠서 그러던 내가 이런 일까지 하다니 늘어간다는 증좌(證佐)이다.

1월 26일(水)

종신(宗信)이네 집에서 온 보약(補藥)을 조금씩 먹고 있다. 종신이 주민등록(住民登錄)을 떼서 분가(分家)시켰다. 종수(宗洙)와 어이없이 떨어진 솔빛텔레콤 주가하락(株價下落)에 대해 상의했다. 오잠(梧岑), 이상(伊上) 동생들과 안부(安否) 전화(電話)를 했다. 면목동(面目洞) 구옥(舊屋)에서는 아직도 누수(漏水)가 계속된다.

고향(故鄕) 문중(門中) 회의(會議)

2001년 12월 30일(日)

종각(宗珏)이네 집을 새로 계약(契約)했다고 한다, 내가 세간 집으로 준 쌍문동 현대아파트를 팔아서 광실(廣室) 48평을 샀단다. 약(藥)을 다려서 종신이네 집에 내외(內外)가 같이 갔다. 공연히 연말 분위기 탓인지 들떠 있다. 내일은 신정(新正) 휴일(休日)에 고향(故鄕) 문회(門會) 참석차(參席次) 가야 한다.

12월 31일(月)

새벽 6時 25분발(分發) 무궁화호(號)로 고향에 왔다.

젊지 않은 나이에 조상(祖上)을 위한 종중(宗中) 모임이고 문회(門會)에 참석(參席)하여 지도(指導)하고자 귀향(歸鄕)을 한다. 새벽 일찍 어두운 길을 떠나는 노인(老人)의 생애(生涯)에는 평생(平生) 공직(公職) 이외(以外)에는 항상(恒常) 종중(宗中)이란 굴레를 벗어나지 못하고 살아온 터이다. 지금도 차가운 새벽길 원로(遠路)인 줄 모르는 듯 안동(安東)으로 간다.

세속(世俗)이 변(變)하여 구습(舊習)과 양속(良俗)은 폐기물처럼 천대받는 풍속으로, 사람도 역시(亦是) 한물간 폐습과 함께 되어가는데도, 자신(自身)을 모르고서 옛날만 여기고 조금이라도 남은 풍습이나 경험이 있으면 그마저 후진(後進)들에게 전(傳)해주려고 하는 진실(眞實)한 일념(一念)으로 문회(門會)에 참석하려 간다.

내 집이다. 꿈에도 그리던 내 집 안태고향이다. 차디찬 냉방(冷房)이지만 훈기 있는 듯, 곧 불을 짚히고 밥쌀을 안쳐서 저녁 준비를 했다. 고맙게도 4촌 승오가 저녁 먹으러 오라고 했지만, 좋은 말로 거절했다. 집에 있는 게 내겐 더 편하기 때문이다. 대구 동생에게도 설로(雪路)에 조심해서 오라고 전(傳)해주었더니, 기꺼이 참석(參席)한다고 했다.

역사(歷史)의 본체(本體)는 정약용(丁若鏞)이 말한 대로 목위유민야(牧爲有民也)이다. 관리(官吏)나 지도자(指導者)는 백성(百姓)을 위해서 있는 것이다. 그 방법으로 현대에 와서는 동도서기(東道西器)라 할 수 있다. 동양(東洋)의 정신문화(精神文化)와 서양(西洋)의 물질문명(物質文明)이 조화(調和)를 이루는데 그 길이 있다 할 수 있겠다.

2002年 1月 1日(火)

음력(陰曆)으로 동짓달(11월) 18일 기사(己巳)

맑고 맑은 아침 해가 동창(同窓)을 비출 때 마당에 나섰다. 뜰 앞에 나와보니 좌우(左右) 산(山)에 깔린 백설(白雪)은 아침햇살과 함께 어우러져 눈부신 서설(瑞雪)로 황홀하다.

참으로 조용하고도 고요한 산촌(山村)의 정(情)을 느끼는 호젓함이다. 이웃에는 앞, 뒤, 옆집에 인기척이 적적(寂寂)하다. 한때는 15가구(家口) 70~80명(名)의 인구(人口)가 상주(常住)하던 선암(仙巖)골인데도 나 혼자만이 골을 지키는 듯하다. 홀로 조반을 마치고 문서(文書)를 닦으러 유사(有司)인 승오(承五) 집으로 가는 도중 87세의 숙부(叔父)를 마을회관(會館)의 경로당(敬老堂)에서 알현(謁見)했다.

종중(宗中)이라지만 6,7명(名)의 집안이 모여서 나름대로 진솔(眞率)하게 숙의(熟議)하는 모습이 계속되고 있다. 안식구(食口)까지 모두 10여 명(餘名)이 고작이다. 예정(豫定)된 일자(日字)에 한정(限定)된 인원(人員)이 모여서 정(情)답게 의논(議論)한다. 박(薄)한 인정(人情)과 물정(物情)으로 수입(收入)은 줄어들고 곡수(穀收)는 점점(漸漸) 감소(減少)되어 위토(位土)의 본의(本意)가 무색(無色)하다. 아직도 19세기 도량(度量)인 구두(舊斗) 한 말에 벼 18근을 쓰고 있다.

지금 우리 문중(門中)은 농경시대(農耕時代)에서 산업사회(産業社會)와 정보지식사회(情報知識社會)을 한 곳에 묶어주어서 뒤범벅이 된 혼란기(混亂期)를 맞고 있다.

개인주의적(個人主義的) 이기주의(利己主義)를 맛본 일부(一部)는 금전(金錢) 이외(以外)에는 안목(眼目)에 드는 게 없다. 한때 기아선상(飢餓線上)에서 고생(苦生)하던 이들은 재산(財産)에 대한 집착(執着)이 대단하다. 궁핍(窮乏)했던 시절이 남의 탓인 것 같지만, 후손들의 탓은 안지만 부친(父親)이 성실하지 못해서 그런 것은 아는지 모르는지 모르겠다.

다행(多幸)이 내 부모(父母)님, 조부모(祖父母)님, 증조부모(曾祖父母)님들은 모두 근검절약(勤儉節約)하시고, 수신제가(修身齊家)하시어 서업(緒業)을 지키고 종본(宗本)의 근원(根源)도 지키셨다. 어려운 가운데서도 종통(宗統)을 지키며 작은집들을 보살피는 기둥이 된 사실들을 일일이 나열할 수는 없지만, 이 사실(事實)을 잘 알고 보은(報恩)하려는 집도 있다. 혹(惑)은 이를 모르고 과객(過客)처럼 지켜보는 집도 있으나 인내(忍耐)로써 대(對)해야 하겠다.

문회(門會)에 참석(參席)한 종인(宗人)들은 대충 옳고 그른 사리(事理)를 판단(判斷)하는 것이 아니겠는가. 여러 과제(課題)들을 이해(理解)하는 쪽으로 가닥을 잡아가고 있었으나 새로 유사(有司)를 맡은 승문(承珉)은 시제(時祭)는 약례(略禮)로 하자하고, 승추(承秋)는 다소 결례(缺禮)되는 말을 했지만 두고 볼 일이다.

1월 2일(水)

혹한(酷寒)이 계속되는 중에 귀경(歸京)하였다. 종호(宗浩)에게 문회(門會) 결과(決科)와 유사(有司) 지명(指名) 사실(事實)도 통보(通報)하였다. 지리골문회(芝里谷門會)는 언제쯤 하는지, 유사(有司)인 안정(安定) 낙선족숙(樂善族叔)에게 전화하였고 택일(擇日) 후(後)에 통보(通報)하겠다고 했다. 왜정(倭政) 때 고향(故鄕)인 구미(龜尾)를 떠나 영주(榮州) 안정(安定)에 정착(定着)한 4종숙(從叔)인 낙선족숙(樂善族叔)은 초등(初等) 교장(校長)을 오랫동안 지냈으며, 자식(子息)들이 모두 성공(成功)한 훌륭한 일가(一家)를 이루었다.

1월 3일(木)

혹한이 계속된다. 우리 부자들이 산 종목은 실패를 거듭하고 있지만, 새해 증시(證市)에도 증시(證市)가 활황(活況)이 계속된다고 한다. 반도체, 자동차, 조선(造船) 3종목에 관심을 둬야 한다고 한다. 경제적(經濟的) 여건(與件)으로 보아 경기(景氣)가 호전(互轉)이 예상(豫想)된다고 한다.

모시밭 정탁(錠卓)이 입원(入院)하여 고생(苦生)하고 있다는 소식이다. 상하 아비에게 연락(連絡)하여 도와달라는 부탁이다. 근기유발(勤機誘發), 환자(患者)의 부모(父母)가 동기(同氣)인데 어찌 고통(苦痛)을 나누지 않을까. 상하 아비가 힘쓰는 모양이다.

뇌종양(腦腫瘍)으로 사경(死境)을 헤매던 이질(姨姪) 조정탁이 상하 아비가 알선(斡旋)한 의사(醫師)의 노력으로 사지(死地)에서 회생(回生)했다는 반가운 소식이 들려온다. 오랜만에 종수네 식구가 와서 찰밥에다 고기구이를 곁들여 잘 먹었다,

1월 5일(土)

금소숙모(琴韶叔母) 기일(忌日)에 아마리 승오(承五) 거동(擧動) 추적중(追跡中)에 지득(知得)한 일이 있다. 승오가 종영(宗暎)에게 제참(祭參)하러 갔다는 소식(消息)을 들었다. 그 집은 손세(孫世)가 좋으니 많이 참석(參席)할 것으로 기대(期待)했는데 종영과 승용(承勇) 등(等)이 승오와의 대화(對話)에서 종소(宗昭)의 삼지소(三芝所, 내 증조부) 소임(所任)을 거절(拒絶)했다는 말은 오간 적이 전혀 없다고 한다. 향후(向後) 어떻게 처신(處身)하는지 볼 일이다.

영산(靈山) 종인(宗人) 신영호(辛泳鎬)란 사람이 신씨(辛氏)의 연혁(沿革)을 알고 싶다며 전화했다. 근일(近日)에 집행부(執行部) 모임 갖기로 했다.

1월 8일(火)

광풍(狂風)이 일어나서 동서해(東西海)에 사고(事故)가 많이 일어났다고 한다.

영주(榮州) 누님께 안부전화(安否電話)를 드렸다. 생신(生辰) 전일(前日)이라 축하(祝賀)와 장수(長壽)를 기원(祈願)하였다.

학성(學成)이 내전(來電)했다. 종통(宗統) 보전책(保全策)을 문의(問議)해왔다.

1, 시중공(侍中公) 계하(系下) 수족(收族) 단결(團結)

2. 서흥부사공(瑞興府使公) 자(子) 팔형제(八兄弟) 후손(後孫) 수합(收合) 단결(團結)

3, 소목(昭穆)에 이의(異義)가 없는 류족(類族)을 수합(收合)하여 여덟 번째 영월신씨(寧越辛氏) 대종보(大宗譜)를 속편(續篇)해야 한다.

우리 계통(系統)이야말로 일계불난(一系不難)한 영신(寧辛)의 정통(正統)임을 과시(誇示)해야 한다. "너는 이 기초(基礎)를 알고 있지 않느냐. 나의 뜻도 잘 알고 있지 않느냐!"라 일러주었다.

맹모삼천지교(孟母三遷之敎), 세간 집 마련, 주식 투자(株式投資) 실패

2002년 1월 9일(水) 맹모삼천지교(孟母三遷之敎)

종신(宗信)) 인감증명(印鑑證明) 2통(通), 주민등록(住民登錄) 등본(謄本) 1통을 뗐다. 알고 보니 즐거운 심부름이었다. 그놈이 제법이다. 제힘으로 평촌(平村)에 32평(坪)집을 한 채 샀다,

지난 가을 이후 종태, 종각, 종신이 다 집을 새로 마련하였다, 그들이 한창 때이니 우리 내외(內外)가 늙을 수밖에! 어채든 좋은 일이다. 모두 내가 세간 집으로 준 집에 그들의 돈을 보태서 집을 마련하였다. 둘째(宗洙)도 벌써 내 도움으로 사당동(祠堂洞)에 45평 아파트까지 마련하였다. 둘째(宗洙)가 살고 있던 대림동(大林洞) 집을 스스로 내놓고 팔아서, 세입자(歲入者)들 문제(問題) 해결(解決)하고 사당동으로 집을 사서 갔다. 대림동(大林洞) 집이 큰 자식(宗燦)과 둘째(宗洙)의 공동명의(共同名義)로 되어 있어, 수입(收入)이 없는데도 세금(稅金)만 낸다고 큰 자식(宗燦)이 늘 불만을 토(吐)했다. 큰 자식(宗燦)은 내 도움 없이 스스로 집을 마련하여 살고 있으니 장(壯)한 일이다.

그런데 큰 자식이 강남(江南)으로 이사(移徙)를 간다. 손자(孫子)들 교육 때문이라 한다. 학군(學群), 학제(學制) 때문에 강북(江北)에서는 좋은 일류(一流) 대학(大學)에 들어갈 수 없도록 된 학군(學群) 편제(編制)가 그 원인(原因)이라 한다.

심(甚)하면 캐나다, 호주(壕州) 등으로 이민(移民)으로라도 조국(祖

國)을 떠나버리는 경우가 흔하다고 하니, 이세(二世) 교육(教育) 열정(熱情)이 너무 과도(過度)한 때문인가, 아니면 필수(必須) 불가결(不可缺)한 생존경쟁(生存競爭)인가?

1월 11일(金)

아침부터 바빴다. 어제 떼어온 인감증명(印鑑證明)과 광장동(廣場洞) 주민등록등본(住民登錄謄本)은 막둥이 집 대금(代金)에 부족(不足)한 융자금(融資金) 대출(貸出) 때문이다. 나이 40도 되기 전에 집을 두 채나 마련할 수 여간한 행운(幸運)이 아니다. 물론 광장동 집은 내가 사주었지만, 그의 직장 기아자동차 주택조합 덕분에 마련할 수 있었다. 해외(海外)에까지 다녀온 그것이 제법이다. 물론(勿論) 자기(自己) 자신(自身)이 착실(着實)하기 때문이 아닐까.

평촌(坪村)까지 가서 전달(傳達)해주고 손녀(孫女)두 놈을 보고 왔다. 대충은 갖추고 살아가고 있으나 한 가지 부족(不足)한 것은 바로 아직 아들놈을 얻지 못한 것이다, 인내심(忍耐心)을 갖고 기다려 보지만 이는 기필(期必)코 달성(達成)해야 할 숙제(宿題)다. 불원간(不遠間)에 성취(成就)하리라 믿는다.

1월 12일(土)

상하(尙夏))네가 강남(江南) 대치(大峙)동으로 이사(移徙)한다. 잦은 이사로 깃털이 닳았겠다.

맹모삼천지교(孟母三遷之教)의 현대판(現代版)이다. 한국(韓國)의 교육정책(教育政策)이 조령모개(朝令暮改)한 탓이 아닐까?

우리 내외(內外)가 같이 큰애가 사는 중계동(中溪洞)으로 갔다. 근(近) 15개월(個月)을 다니지 않은 길이라서 찾기 어려웠다. 이삿짐을 쌓아둔 집안을 이리저리 살피면서 혹시(或是) 훼손(毀損)하거나 없어지는 가재(家財)가 있을까 하여 살피고 지키며 챙기는 게 우리의 의무(義務)는 본심(本心)이었다. 한나절 지나서야 볼일이 끝난 어미가 돌아왔다. 아비와 상하(尙夏)는 그보다 더 늦게야 집으로 돌아왔다. 짐을 싣는 데도 살펴봐야 하는데, 모두가 대충이다. 손이 없으니 어찌할 도리가 없다. 보나 마나 새로 가는 곳에서도 이같이 대충 챙겨서 들어 놓을 것이다.

이사하는 모양이 제대로 하지 못한다. 歲月이 그런 걸 어쩌랴! 그게 세속(世俗)이란다. 집에 올 때는 못다 가져가고 쓸모없으나 아까운 것을 주어서 갤로퍼 한 차 가득 싣고 막둥이 손자 (泳夏)를 청량리 집으로 데려왔다. 저녁에는 큰 손자(尙夏), 큰 손녀(受炫)까지 함께 모아서 저녁 식사를 하고 밤공부까지 시켜서 그 옛적처럼 같이 손자(孫子)들과 함께 하룻밤을 보냈다. 즐거운 밤이었다.

1월13일(日)

아침에 큰 자식이 찾아왔다. 함께 지난밤을 지낸 조손일행(祖孫一行)이 저들 차(車)를 타고 새로 마련된 강남 대치동 새집으로 함께 갔다. 이 지역이 말썽 많은 지가(地價)와 집값이 최상층(最上層) 지역(地域)인 소문난 지역이다. 오래된 건물이지만 나름대로 깨끗하고 위치도 조용하며 구조도 여유 있게 꾸며진 집들이었다. 조금 있으니 둘째, 넷째도 모이게 되었다. 못다 한 이삿짐 정리 정돈도 함께 할 수 있었다. 모이면 좋은 궁리도 나올 수 있다는 옛말의 생활(生活) 지혜(智慧)를 본받을 수 있었다.

함께한 사촌(종반)들끼리도 의가 더욱 두터워지고 좋을 것 같다. 내일(來日)을 대비하여 늦지 않게 헤어졌다. 하룻밤도 함께 자지 못하고 돌아와서 아쉬웠다.

1월 21일(月)

마지막 겨울 대한절(大寒節)이다. 연중(年中) 최혹한(最酷寒)이 계속되는 소한(小寒)과 대한(大寒)이 다 지나가고 보니 마음이 벌써 가볍다고나 할까. 진눈깨비가 계속되고 기온(氣溫)도 영상(零上)으로 상승(上昇)하여 포근하다. 음력(陰曆)으로는 아직 섣달인데 입춘(立春)이 막 다가오고 있다.

부산(釜山)에 살고 있는 고종(姑從) 동생 귀환(貴煥)이 상경(上京)하여 안부(安否) 전화를 했다. 내려가기 전에 우리 집에 다녀가기를 당부(當付)했다.

이질(姨姪) 조정탁이 퇴원했다는 소식이다. 신설동(新設洞) 등기소에 들러 면목동(面目洞) 구옥 등기부등본을 떼 왔다, 종각이가 대출받는 것 때문이다. 농협(農協)에 들러서 대출금액을 참고(參考)로 알아보았다.

1월 22일(火)

상하(尙夏) 아비가 안부(安否) 전화(電話)를 했다. 시골에 문회(門會)에 다녀온 일을 두고 추운 겨울인데 고향(故鄕)이 뭐길래 몸을 돌보지 않고 갔느냐는 말이었다. 장자(長子)로서 당연(當然)하지만 또한 고마운 일이다. 울적할 때면 부모(父母)님이 안 계신 곳이지만 왠지 궁금하여 수화기를 한 번씩 잡아보고 자판(字板)을 눌러보기도 한다. 오늘도 저녁 늦게 승오(承五)한테 안부를 물어본다. 겸(兼)하여 대소가(大小家)의 안부(安否)도 물었다.

1월 23일(水)

혹한(酷寒)이 계속된다. 인노(隣老)들과 장기를 두었다. 종수와 경제상식(經濟常識)을 교환(交換)하였다. 종수의 말에 전혀 수긍이 안 가지만, 경제가 호전(好轉)되어야만 종수와 투자(投資)한 종목(種目)들이 겨우 본전(本錢)이라도 할 것 같다,

며칠 전 희(姬)야가 부탁한 대로 스카이라이프 디지털 방송(放送)(TV)을 예약(豫約)할 수 있는 선전물 포스터 60부(部)를 아파트 2동(棟) 각(各) 세대(世代)에 배포(配布)하였다. 반응(反應)이 있었다. 천우신조(天佑神助)인가. 하느님이 그 불쌍한 것들 식복(食福)이라도 이어주시려고 배려(配慮)하시는 게 아닌가 싶다. 올봄부터 근근(僅僅)히 식복(食福)을 이어주는 일들이 계속 이어진다. 자구다복(自救多福)이라 해도 될는지, 두렵기도 하다. 그저 고마운 마음으로 업무(業務)가 복잡(複雜)하고 까다로운 면(面)도 있지만 돌아오는 심부름을 나름대로 제법 슬기롭게 헤쳐 나가는 게 예사롭지 않은 다행이 아닐 수 없다. 제게 달린 자식들이 대학(大學)이라도 무사(無事)히 마칠 수 있게 될지, 이 아비는 그저 감읍(感泣)할 뿐이다.

1월 24일(木)

종수宗洙 권유勸誘로 한 주식투자株式投資 때문에 고민이다.

인간만사(人間萬事) 새옹지마(塞翁之馬), 구절양장(九折羊腸) 구비도 많구나. 종수(宗洙) 권유로 산 '솔빛텔레콤' 등 주식들이 하한가만 계속되다가 하락을 멈추었다. 될듯하다 가도 감기고, 또 풀리기도 하는구나. 행주에 물 먹이는 심부름꾼도 난데없이 나타나서 속을 썩이는구나. 꾹 참고 기다려 보자구나. 변덕이 요지경 같기도 하다.

1월 25일(金)

내키지 않는 곳인데도 강남(江南)에 희(姬)야네 사는 오금동을 찾는데 무진 고생(苦生)했지만, 결국(結局) 찾기는 찾았다. 자그마한 심부름도 했다. 네 식구(食口)가 묵심(黙心) 같기도 했다, 종수와 같이 걱정했던 볼일도 될듯하다. 저녁에는 종수가 영덕(盈德)대게 두 마리를 가져왔다, 반(半)은 남기고 반은 우리 세 식구(食口)가 뚝딱 해치웠다. 종수는 함께 자고 그 길로 출근(出勤)했다.

막둥이 종신이 인사발령(人事發令)이 났다. 또 인도네시아 타국(他國) 근무(勤務)다. 과장(課長) 승진(昇進)도 겸(兼)했으니 쾌사(快事)라 하겠다.

현대자동차(現代自動車) 정몽구(鄭夢九) 회장(會長)의 인사(人事) 방침은 듣던 대로 범절(凡節) 없이 무지막지(無知莫知)하다. 흡사(恰似) 무모(無謀)하다 못해 사람을 깡패들처럼 다루는 인사(人事)를 서슴없이 자행하고 있다, 참으로 한심(寒心)하고 부끄러운 일이다. 그 훌륭하던 선대(先代) 정주영(鄭周永) 회장의 유지(遺志)를 잊은 채 천하(天下)에 산하(傘下) 직원(職員)의 인권(人權)을 완전히 무시하는 무례(無禮)한 짓을 서슴지 않는다. 무지(無知)한 일도 정도(程度)가 있지 않은가. 인사(人事)가 만사(萬事)라 하지 않았던가! 그래서야 회사(會社)가 잘 운영(運營)될 것으로 믿는지? 해외(海外) 파유(派遣) 사원(社員)을 선발(選拔)해서 보내온 절차(節次)를 마치 실내(室內)의 책상을 옮기듯이 쉽게 하고 있지 않은가, 우리 막둥이 종신이가 해당(該當)되는 일이라고 하는 소리가 분명(分明) 아니다.

4년 전(前)에 폴란드로 발령(發令)나서 떠날 때, 작년(昨年)에 귀국(歸國)할 때, 또 어제 인도네시아로 발령(發令)이 날 때도 연(連) 3회(回)나 인사(人事) 발령(發令) 때 사람을 다루는 일이 최소한(最小限)의 준비를 할 기회도 주지 않는 모습이 참 한심하다.

1월 26일(土)

꽃 꺾어서 주었다가 금방 빼앗아버리는 격이었다. 기아자동차 회사의 인사 발령이 참으로 장난이 심하다. 밤늦게야 첫째, 둘째 자식의 기별로 종신이의 외국출발(外國出發) 소식(消息)이 허사임을 정확히 알게 되었다, 막내의 4인 가족(家族)의 휴식처(休息處)도 알게 되었다. 잠시(暫時)나마 갑갑한 시간이었다. 죄(罪) 없는 내 자식(子息)이 무슨 탈이나 있을까마는 잠시나마 꿈같은 해프닝이었다.

1월 28일(日)

종수의 투자계획(投資計劃)이 파정(破淀) 위기(危機)다. 수하(誰何, 누구)의 권유(勸誘)인가, 어쩌면 위계(僞計)인가. 주식시장(株式市場)

이 이렇게도 상승일로(上乘一路)를 걷는 호기(好機)인데 잘못된 함정(陷穽)으로만 따라가고 있는 것은 무슨 연유(緣由)인가?

종수가 지금(至今)까지 이런 식(式)으로 투자(投資)를 해왔다면 무엇인가 석연(釋然)치 못하다. 무엇인가에 유혹(誘惑) 된 게 아닌지, 그렇다면 큰 손해(損害)를 보아온 게 분명(分明)하다.

내일(來日) 아침에는 종수에게 마음 쓰린 얘기를 해봐야겠다. 다시는 희(姬)야에게 발길을 하지 말도록 재고(再考)하라 해야겠다. 기필(期必)코 석연찮은 사연(事緣)이 있다고 본다.

1월 31일

그제는 아파트 총회(總會)가 있었다. 자동차(自動車) 출구(出口), 지붕, 물막이 등 여러 가지 문제가 많다, 힘써 해보아도 알아주는 이도 없는 무지(無知)한 입주자(入住者)들을 위해 속상해가며 내가 무엇 때문에 회장(會長)이 되어 이런 바보 같은 노인(老人)이 되었는지. 자원(自願)해서 말이다, 의리(義理)없는 무지한 이웃들을 위하여! 젊을 때도 하지 못한 회의(會議)를 맡아본다는 게 정말 만용(晩勇)이 아닌가.

1월 31일(목)

어제 오후(午後)에 장모(丈母)님을 모시러 갔다. 우리 내외(內外)가 순자(順子) 처제(妻弟) 댁(宅)에 계신 어른을 찾아가서 언젠가 겨울 이내에 한 번은 모셔다가 봉양지예(奉養之禮)를 올리는 것이 정의(情義)라 믿고 있었다. 장모님을 모셔 와서 내자(內者)도 나름대로 온갖 것을 찾아가며 구미(口味)를 맞춰드렸지만 체약(體弱)하신 노령(老齡)이라 식욕(食慾)이 없다고 하신다. 저녁엔 처제가 일 나갔다가 돌아오는 길에 우리 집에 찾아왔다. 저녁 식사(食事)를 함께하고 하룻밤을 더 묵을 것으로 알았는데 기어코 어른을 모셔갔다.

생모(生母)가 아니리서 불편하신지 밤늦게 어른을 떠나보내니 우리는 무척 섭섭한 일이 아닐 수 없다. 처남(淳友)를 낳았으니 하실 일은 다하셨는데, 생모가 아닌 게 무슨 상관이 있다. 하도 서두르기에 얼마간의 용돈을 드리고 배웅하였다.

2월 1일(金)

새해 들어 달력이 한 장 지나갔다. 빠른 것이 세월(歲月)이라. 공동 살림살이인 그까짓 APT관리주민자치회장이란 일도 아닌 일 때문에 자작다사(自作多事)도 유분수(有分數)이지 어찌나 일이 많은지 각박(刻薄)한 세태(世態)가 그래서인지 여러 날째 장부(帳簿)를 맞추느라 고생(苦生)한다. 열중(熱中)하여 한 번 가지런히 맞추고 나면 내 손 떠나기를 기다려본다. 욕(辱)도 되고 노말(老末)에 짐도 된다.

종수가 권(勸)해서 한 그 일은 결국(結局)은 큰 손해(損害)로 귀결(歸結)될 전망(展望)인데, 그가 매사(每事)에 이렇게 부실(不實)한 일을 해오고 있었다면 너무도 허무(虛無)한 삶이 아닌가. 왜 이렇게밖에 생각(生覺)을 못하고 있는지? 그렇게 되지 않기를 바라는 내 심정(心情)이 무척 답답하다.

2월 2일(土)

오후(午後)에 세종문화회관(世宗文化會館)에서 열리는 전직(前職) 대통령(大統領) 및 현대(現代) 서예가(書藝家) 백인초대전(百人招待展)에 관람(觀覽)하러 갔었다. 고향(故鄉) 후배(後排) 유천(攸川) 이동익(李東益)씨가 행사(行事)를 주관(主官)하고 있길래 오랫만에 인사(人事)도 나누었다. 이 사람은 도곡동(道谷洞) 돗질 사람으로 고성(固城) 이씨(李氏)다. 현재(現在) 국내(國內)에서는 굴지(屈指)의 대가(大家) 서도인(書道人)이다. 안동중학 때 사촌 승용(承勇)과 동기(同期)이며 향우회(鄉友會)에 관계(關係)하고 성대(成大)에서 한문(漢文) 강의(講義)도 한다고 하니 재주가 놀라운 사람이다,

2월 3일(日)

장인(丈人)어른 기일(忌日)인데 찾아뵙지 못했다. 아마도 유교(儒敎) 식(式)으로 하지 않고 기독교식(式)으로 하니 마음이 내키지 않았다. 처가(妻家)에는 세배(歲拜) 차 설 명절(名節)에나 가봐야겠다.

큰애(宗燦)이가 전화(電話)를 했다. 고향(故鄉) 담장 때문이다. 고향 집 옆으로 길을 넓히면서 담장을 헐어야 하는 문제(問題) 때문이다. 급변(急變)하는 세속(世俗)과 유교(儒敎) 전통사회(傳統社會) 간(間)의 괴리가 너무도 현격(懸隔)하여 고민(苦悶)하는 듯하다. 내가 늙어가니 걱정이 되는 게 종손(宗孫)의 위치(位置)와 소임(所任)이 걱정되는 모양이다.

의진(義晉)이가 공부(工夫)를 잘해줘서 정말 고맙다. 저들 처지(處地)에 학업성취(學業成就) 말고 무엇으로 앞길을 밝힐 수 있을까. 체육(體育), 음악(音樂) 외(外) 전과목(全科目)이 수(秀)라고 하니 좋은 대학(大學) 진학(進學) 길이 보인다. 가상(嘉尙)한 일이다.

영월신씨중앙종친회(寧越辛氏中央宗親會) 회장(會長)과 불효(不孝)

2002년 2월 4일(月) 입춘대길(立春大吉)

오늘 절기(節氣)로는 입춘(立春)이다, 이십사(二十四) 절기(節氣) 중 첫 번 째로 새봄의 시작(始作)을 알리는 날이다. 천상사시춘작수(天上四時春作首), 인간오복수위선(人間五福壽爲先)이라 했다. 하늘에는 사계절(四季節)이 있으니 그 첫 계절이 봄이다. 인간(人間)에게는 오복(五福)이 잇으니 수(壽)가 그 으뜸이다, 동지(冬至)인 12월 21일이 지난 후 45일(日)이 지나면 입춘(立春)이다. 벌써 날씨가 많이 따뜻해졌다. 내 조부님 살아생전부터 해마다 입춘대길(立春大吉) 건양다경(建陽多慶)이라 크게 써서 시골집 큰대문에 써 붙여놓았던 일이 어제 같다.

종인(宗人) 판서공파(判書公派) 신국환(辛國煥, 시조공 33세)씨가 산업자원부(産業資源部) 장관(長官)에 취임하였다. 축하(祝賀) 전문(電文) 및 카드를 아래와 같이 보냈다.

"산업자원부장관으로 입각(入閣)하신 것을 장관(長官)님 자신(自身)과 국가(國家)를 위(爲)한 훌륭한 선정(善政)을 펴시는 기회(機會)로 삼으시기를 충심(忠心)으로 기원(祈願)합니다."

영월신씨(寧越辛氏) 중앙종친회(中央宗親會) 회장(會長) 신승국(辛承國)

지난 2월(月) 1일(日) 자(字)로 두 번째로 입각(入閣)했다. 같은 자리에 중임(重任)된 탁월(卓越)한 인재(人材)다. 정파(政派)를 떠나서 능력(能力)있는 종인(宗人)으로서 예천(醴泉) 이사리(伊泗里, 예천군에 있는 영월신씨 판서공파 집성촌)에 인물이 났다.

2월 5일(火)

종수와 같이 모의(謀議)하던 재(財)테크는 큰 실패작(失敗作)을 큰 손해(損害)를 봤다. APT 용무(用務)로 동분서주(東奔西走)하는 하루였다.

과욕(過慾)스런 자식(子息)사랑이 편애(偏愛)한 결과(結果)를 낳고야 말았다. 종찬(宗燦)에게 내자(內者)는 이 문제를 하소연하며, 또한 희(姬)야가 나쁜 놈들에게 봉변(逢變)을 당한 사실(事實) 등을 오랫동안 통화를 했다. 문제는 내가 희(姬)야에게 권유(勸誘)한 과욕(過慾)스런 부탁(付託)이 도화선(導火線)이 되었다.

종찬과 내자(內者)와 다투는 걸 들었다. 종찬은 아비인 나나, 종수, 종희에게 제발 남의 것을 탐내지 말아야 한다며, 자신이 열심히 노력해서 정직(正直)하게 살아야 한다고 말한다. 이 말이 제 어머니인 내자(內者)에게 심한 말로 들리는 모양이다. 말인즉 종찬의 말이 옳다. 서로 불편(不便)한 말들이 제법 많이 오갔다. 종찬(宗燦)은 나중에 내가 장손(長孫) 상하(尙夏) 학비 주겠다며 가져간 분당(分唐) 아파트 채권값을 돌려받지 못할 것 같아 무척 걱정되는 모양이다.

내자(內者)의 노령(老齡)과 외로움, 소외감(疏外感) 등(等)이 자식(子息)인 종찬에 대(對)한 과도(過度)한 기대감(期待感)이 서로 상승

작용(相乘作用)하여 한 말일 것 같다.

2월 6일(水)

내자(內者)는 오늘도 기분이 좋지 않은 모양이다. 노령(老齡)에 들수록 일소(一笑)일소(一少)를 즐겨야 하는데, 자식 놈들이 가끔 버릇없는 언행(言行)을 한다. 벌써 나이 몇 살인데 저놈들이 정말 양지(養志)의 효(孝)가 참뜻이 무엇인지 아는가. 제 놈들이 잘사는 것이 누구 덕분인지 아는가? 아직도 멀었다. 나는 가끔 맹세한다. 그 어렵던 시절에도 우리 집을 한 번이라도 폄하(貶下)하지 않았고, 무척 떳떳하고 화려한 것 같이 한결같이 받든 내 속을 아는가? 네 놈들은 감(敢)히 흉내 내지 못할 것이다. 나의 조그만 자존심(自尊心)이지만 가풍(家風)이나 종통(宗統)을 해(害)하는 언행(言行)을 죽는 한이 있더라도 하지 않는 것이 내 신념(信念)이며, 특(特)히 아버지, 어머니, 할아버지의 행적(行蹟)과 이력(履歷), 할머니, 할아버지의 행적(行蹟)에 대(對)해서는 아내를 포함한 누구에게도 부정적(否定的)으로 말한 적이 아직은 없다.

아버지 앞에서는 한 번도 누워본 적도 없다, 아버지 앞에서는 말대꾸한 적도 없다. 지금(至今) 자손(子孫)들이 혹시(或是)나 보고 들어서 선계(先系)에 대(對)하여 그릇된 인상(印象)이나 인식(認識)을 심을지 두려워하는 것이 내 신조(信條)요 계명(誡命)이다. 남들이나 객관적(客觀的) 평(評)으로는 어떻게 말하든 간에, 자식(子息)은 부모(父母)와 조상(祖上)의 보살핌으로서 오늘이 있게 된 것을 분명히 시인(是認)하는 자세(姿勢)가 바로 겸양지도(謙讓之道)요 자식(子息)된

도리이다. 자식(子息)들이 성공(成功)하여 남들에게 큰소리칠 수 있
고, 자랑스런 사람이 될 수 있기를 바라고 기도하며 기른 이가 바로
부모(父母)가 아닌가. 그러니 부모 자신이 그 자식에게는 듣고 싶어
하지 않는 말들이 있다.

2월 7일(水)

내자(內者)가 몹시 쇠약해졌다, 안질(眼疾)도 생겼다. 허리가 심
(甚)하게 아프다고 한다. 수술을 해서라도 고통(苦痛)을 치유(治癒)
해줘야 여생(餘生)이 편안(便安)할 텐데, 그래도 운동(運動)이 부족
(不足)하다고 도봉산(道峯山) 약수(藥水)터를 찾았다. 명절(名節) 때
식구(食口)들이 많을 것이므로 식수(食水) 준비(準備)가 유비무환(有
備無患)일 터이다. 모처럼만에 가까운 외식(外食)집을 찾았다.

2월 8일(金)

안과진료(眼科診療)를 받았다. 시작(始作)한 김에 안경(眼鏡)도 돋
보기 겸용(兼用) 원난시조정용(遠亂視調整用)으로 새로 맞추어주고
싶어서이다.

왠지 연말(年末) 세모(歲暮)가 다가오면서 허전한 기분(氣分)이 찾
아온다. 자식(子息)들이 멀지 않은 곳에 살지만 면전(面前)에 고독감
(孤獨感)이 더해간다,

거리에선 반미(反美) 데모 행렬(行列)이 눈에 뜨인다. 공산당(共産
黨)의 찌꺼기와 다름없는 김대중(金大中) 정부(政府)가 김일성(金日
成) 역도(逆徒)의 자식인 김정일을 마치 민족(民族)의 심벌인 양 찬

양하고 마치 미국(美國)이 평화(平和政策)을 방해하는 것처럼 여기
고 있다. 아마도 김대중이 노벨평화상을 타려고 이런 장난을 치는
것 같다. 우리 내외가 종찬이 비용을 대서 스칸디나비아를 여행할
때, 스웨덴에서도 자원봉사자(自願奉仕者)라 하며 김대중에게 노벨
평화상을 주어야 한다고 선전하고 있었던 장면을 봤는데 이와 무관
(無關)하지 않을 것 같다. 이역만리 타국에서 무슨 자원봉사자들이
나와서 여행객들에게 김대중을 칭송(稱訟)한단 말인가?

2월 9일(土)

노량진 어시장(魚市場)에서 설 제수(祭需) 장보러 갔다. 문어, 방
어, 청어, 계 등을 사왔다. 날씨가 너무 차서 간수(看守)하기도 쉬울
것 같아 일찍 제수(祭需)를 봐왔다.

내자(內者)의 세뱃돈도 빳빳한 신권(新券)으로 20만 원을 찾아주어
체면(體面)을 세워주었더니 기분(氣分)이 좋아지는 눈치다.

5일간(日間) 연휴(連休)라서 오늘부터 귀성(歸省)길이 매우 번잡(煩
雜)하다고 한다. 2,000만(萬)이 넘는 민족(民族) 대이동(大移動)이
시작(始作)되었다는 방송(放送) 보도(報道)가 있을 정도다. 고향(故
鄕)과 부모(父母)가 우리 인간(人間) 사회(社會)에 얼마나 정(情)겨운
곳인가를 새삼 깨닫게 해준다.

2월 10일(日)

몹씨도 불운(不運)한 하루였다. APT운영(運營) 때문에 나름대로
노령(老齡)에도 중역(重役)을 맡아서 했건만 무지몽매(無知蒙昧)하다

고나 할까, 그것도 이권(利權)이라 할까 독주(獨走) 전횡(專橫)이나 한 듯이 구설수(口舌數)에 올랐다. 참으로 어처구니없는 욕설(辱說)과 폭언(暴言)도 들었다. 근묵자(近墨者)는 묵자(墨者)라 할까. 천(賤)한 자(者)들의 모임에 뛰어든 내 잘못이다. 애초부터 APT관리(管理)야 어떻게 돌아가든 간여(干與)하지 말아야 하는 일인데! 몇몇 순진(純眞)한 입주자(入住者)들의 권유(勸誘)를 물리치지 못하여 조금씩 들어간 것이 유곡(幽谷)을 벗어나지 못하는 갈등(葛藤)을 겪고 있다. 내 성격(性格) 탓이기도 하다. 무슨 일이든지 일단 손을 대면 철저히 적극적(積極的)으로 해보려는 성미(性味)가 문제다. 이번 명절(名節)을 지나서는 실속 없는 명분(名分)은 벗어던져야 하겠다. 봉사(奉事)도 명예(名譽)도 허사(虛事)다.

2월 11일(月)

음력(陰曆)으로 신사(辛巳)년 십이월(十二月) 삼십일(三十日) 제야(除夜) 섣달그믐날 경술일(庚戌日)이다.

지현(芝炫)이네 식구(食具)가 설바심(설 제수 준비)하러 맨 먼저 왔다. 오잠(梧岑) 남실(南室)이가 묵은세배 전화(電話)가 왔다. 새해에 더욱 건강(健康)하고 안녕(安寧)하란다.

설맞아 차례상(茶禮床) 준비는 며느리들이 도착(倒着)하면서부터 차례대로 시작된다. 모두들 자기분수(自己分數)를 알아서 질서(秩序)있게 준비(準備)하는 모습이다. 한쪽에서는 좁지 않은 52평(坪) 집에서지만 시끌벅적한 손자(孫子)놈들의 장난 놀이가 시작되면서 고함 소리가 나고, 더러는 울음소리도 들린다. 그러나 그놈들의 모임도 이젠 차례가 정연하게 잡혀서 가(可)히 작은 놀이에서 큰 장난에 이르기까지 문명이기(文明利器)인 컴퓨터 다루기에서 시작하여 과학적(科學的) 사고(思考)를 점차(漸次) 높여가는 방향(方向)으로 진행발전(進行發展) 있다, 우리 적인 60여년전(餘年前) 시대(時代) 어린 시절(時節)과 비교(比較)하면 과연(果然) 천양지차(天壤之差)다. 그중(中)에서 큰 놈들은 수준(水準) 높은 공부(工夫)에 이르러 영어(英語), 수학(數學), 과학(科學) 등에 상당(相當)한 수준(水準)에 달(達)하고 있다.

참으로 좋은 세월(歲月)이다, 큰 놈들이 그렇게 서두르고 있으니 어린 것들이 뒤따라 제자리를 찾아서 따라가고 있다, 내 어찌 기쁘지 않을 수 있을꼬! 어린 것들도 다 모양도 준수(俊秀)하고 하는 짓도 그리 둔(鈍)한 것 같지 않다. 지금(只今) 같은 정성(精誠)으로 교련(敎鍊)이 된다면 우리 가정(家庭)에도 괜찮은 수재(秀才)를 기대(期待)할 수 있겠다. 아들들아! 열성(熱誠)으로 교자(敎子)에 힘쓰라. 아는 것이 바로 힘이다.

이렇게 명절(名節)이나 제삿(祭祀)날에 저들 형제, 종반이 자주 모여서 사귀고 배우고 더러는 다투기도 하는 가운데 더불어 살아가는 방법(方法)과 지혜(智慧)를 빨리 익히게 되는 것이니, 그것이 바로 사회적(社會的) 견문(見聞)이 아닌가. 가족(家族)끼리 작은 공동사회(共同社會) 생활(生活)을 경험(經驗)하고 있다.

옛 어른들께서도 이러한 광경(光景)을 보시고 가세(家勢)란 곧 손세(孫勢)라 말씀하셨다. 고독(孤獨)한 손세(孫勢) 집안은 번성(繁盛)한 집안보다 열세(劣勢)일 수밖에 없다. 큰 사돈(査頓) 댁 서학장(徐

學長) 댁(宅)과 둘째 사돈(査頓) 댁인 곽사장(郭社長) 댁(宅)에 전화를 했다.

2월 12일(火) 정조(正朝)

설날 아침이다. 전가족(全家族) 본가 23명(名)에다 외손(外孫) 3명이 건강(健康)한 가운데 맞는 새해 아침이다. 어쩔 수 없이 가고 있는 천증세월(天增歲月)을 맞이하는 인증청년(人增靑年)이라. 이 가운데서 생사고락(生死苦樂)을 겪으면서 살아가는 것이 인생(人生)인지라, 새해를 맞는 감회(感懷)가 크다.

옛날에 인생칠십고래희(人生七十古來稀)라 한 말이 이제 우리 내외에게도 당도(當到)하였다. 언제 벌써 이렇게 많은 연륜(年輪)이 쌓였단 말인가, 두 손 손가락으로라도 한참 세어야 할 세월이 아닌가. 별로 해놓은 일도 없는데 나이만은 적지 않다, 올해도 첫날부터 무언가 해보려고 벼르기는 단다. 하다가 못하면 몸이라도 성해야 할 텐데,

차례상(茶禮床)에 서립(序立)한 가권(家眷)이 남녀합(男女合) 이십(二十) 여명(餘名)이 모두 우리 내외 밑에 딸린 식구(食口)이며, 아쉽게도 대구 아우 네는 이번에는 못 왔다.

헌작(獻酌)이 이루어지는 동안 어린 손자(孫子)놈들이 절을 올리는 모습은 참으로 일취월장(日就月將)으로 의젓하게 자라가고 있다. 예필후(禮畢後)에 음복(陰伏)을 마치고 세배(歲拜) 차례가 되자 손자(孫子)놈들의 말주변 늘이기 연습(練習)겸 실연(實演)이 있었는데 조상(祖上)인 우리 내외(內外)에 대한 문안(問安) 인사(人事)와 저들의 새

해 각오(覺悟)를 발표했다, 중학생(中學生) 4명과 초등생(初等生) 3명이 모두 제법이다. 우리 내외(內外)의 입을 벌어지게 하는 놀라운 각오(覺悟)와 제법 어른스러운 문안인사(問安人事)에는 영재(英才)의 소질(素質)과 기백(氣魄)이 기대(期待)된다. 자랑스럽기까지도 하다. 군계일학(群鷄一鶴)은 넉넉하겠지.

어떤 녀석은 설 돈 배분에 불만 의견을 실토하기도 했다. 학교에 단지 않는 동생들에게 너무 많이 주는 것은 하후상박(下厚上薄)이라고까지 했다. 외손(外孫) 두 놈은 벌써 다 컸다. 한 놈은 제대군인(除隊軍人)이고 한 녀석은 고삼(高三) 진학반(進學班)이다. 흡족(洽足)이란 정액(定額)이 없는 법, 적지 않는 세뱃돈을 골고루 나누어주고 불평(不評)없이 즐겁게 했다. 내자(內者)는 모처럼 며느리 5명(名)에게도 신지폐(新紙幣)로 세배(歲拜) 돈을 나눠주고 있었다. 전일(前日)에서 오늘까지 노령(老齡)의 자씨(姉氏) 두 분과 매씨(妹氏) 두 명에게 모두 전화(電話)로 세배(歲拜) 전화(電話)를 나누었다.

2월 13일 수(水)

노처가(老妻家)에 세배(歲拜)를 갔다. 큰아들과 셋째네 식구(食口)가 모였다. 고령(高齡)의 장모(丈母)님과 처형(妻兄) 두 분, 동서(同壻) 한 분까지 모여서 처가댁(妻家宅) 거실(居室)이 꽉 차는 대성황(大盛況)을 이루었다. 손세(孫世)가 귀(貴)한 집에 처종손자(處從孫子)인 첫 손자가 출생(出生)한 지 두 달째 티 없이 건강(健康)하게 잘 자라고 있었다. 처남내외(妻男內外)와 처질(妻姪)들도 모두 무고태평(無故泰平)한 세환(歲環)이었다.

　고향(故鄕)의 용계숙부(龍溪叔父)와 무선숙(武善叔), 서울 승범(承範), 종기(宗璂) 족질(族姪), 승걸(承杰)형 장남 종태(宗泰), 사선(仕善, 尙學)씨와 통화(通話)했다. 병중(病中)인 강릉(江陵) 창(昌善)씨와 정덕식(鄭德植) 교우(敎友)와도 통화(通話)했다,

내자(內者)의 지병(持病)들

2002년(年) 병술(丙戌) 4월(月) 1일(日) 음력(陰曆) 삼월(三月) 사일(四日) 경신(庚申)

 우수절(雨水節) 이후(以後)로 비다운 해동(解凍)비가 내리지 않다가 오늘은 아침부터 비가 내린다. 새싹을 다칠까봐 보슬보슬 내리는 비는 일모(日暮)가 되도록 내린다. 양(量)은 흡족(洽足)하지 않을 것 같으나 대지(大地)를 적셔서 산화(山火)도 방지(防止)되고 돋아나는 새싹들도 꽃과 잎이 잘 피어날 것 같다. 시작(始作)한 김에 좀더 내려서 하수구(下水溝)의 소통(疏通)을 도와주고 시가지(市街地) 청소(清掃)에도 일조(一助)가 되었으면 좋겠다.

 요즘 재벌(財閥)들의 도덕성(道德性)이 문제(問題)가 되고 있다. Max Weber는 『프로테스탄티즘의 윤리(倫理)와 자본주의정신(資本主義精神)』에서 금욕주의(禁慾主義)와 정직(正直), 근면(勤勉)은 자본주의(資本主義) 발전(發展)의 토대(土臺)라 하지 않았던가. 정주영(鄭周永) 회장(會長)의 후손(後孫)들이 이를 잘 알았으면 한다.

 경주(慶州) 최부자(崔富者)집도 1년(年)에 만석(萬石) 이상(以上) 모으지 말고, 100리(里) 이내(以內)에 굶어죽는 백성(百姓)이 없도록 기민(飢民)을 구제(救濟)해야 한다고 했다. 12대(代) 300년(年) 부자(富者)의 말이다.

4월(月) 2일(日)

어제에 이어 오늘도 오전(午前)까지 비가 이어졌다. 해갈(解渴)에 도움이 많은 감우(甘雨)였다. KBS TV 진품명품(珍品名品) 푸로에서 화접도(花蝶圖)가 1000만원(萬圓)으로 결정되었다. 호접(胡蝶)의 대가(大家) 유품(遺品)으로 일호(一濠) 남계우사(南啓宇寫), 속칭 남나비의 작품(作品)답게 생동감(生動感)이 났다.

다산(茶山) 정약용(丁若鏞)의 피화첩(彼畵帖)은 1억(億)원으로 추정(推定)되었다. 적소(謫所, 귀양 간 곳)에서 임종(臨終)도 못한 채 인편(人便)에 보내온 부인(夫人)의 치마폭에 화첩(畵帖) 명문(名文)을 담아서 아들 형제(兄弟)에게 전(傳)해주었던 작품이다. 윤두서(尹斗緖)의 영정(影幀)은 추정가(追呈價) 2천만(千萬圓)으로 인정(認定)되었다.

배구 경기를 시청했다. 한국(韓國實業排球綜合優勝競技)로 장관(壯觀)이었다. 현대(現代)캐피탈과 삼성화재(三星火災)의 대전(對戰)은 한국배구(韓國排球)의 최고봉(最高峰)을 자랑하는 양(兩)팀 모두 선전(善戰)을 했으며, 승자(勝者)나 패자(敗者)가 모두 혼연일체(渾然一體)가 되어 축하(祝賀)와 위로(慰勞)를 나누는 환호(歡呼)의 파도(波濤)를 일으켰다. 단장(團長), 감독(監督), 코치, 선수(選手), 응원단(應援團)까지.

승자(勝者)와 패자(敗者)는 우승(優勝)과 준우승(準優勝)이며, 수준(水準) 높은 기량(技倆)을 갖었기에 언제나 위치(位置)가 바뀔 수 있는 처지이기에 승패(勝敗) 다음은 서로의 화합(和合)과 협동정신(協同精神)이다. 끝까지 질서(秩序)를 존중(尊重)하는 상위(上位) 팀들

다왔다.

4월 3일(月)

대학병원(慶熙大學) 안과(眼科)에 내자(內者) 안질(眼疾) 수술결과(手術結果) 검사차(檢査次) 오후(午後) 14:30분(分)에 다녀왔다. 제반(祭飯) 요인(要因)이 양호(良好)하게 되고 있으니 3개월(個月) 후(後)에나 한 번 찾아오라고 박인기(朴仁基) 과장(課長)이 말한다.

내일(來日)은 오후(午後)에 큰애 친구가 병원장(病院長, 李松)인 서울성심병원(聖心病院)의 안동기(安東基) 과장(課長) 검진(檢診)이 예약(豫約)되어 있다. 내자(內者)의 골다공증(骨多孔症) 촬영(撮影) 결과(結果)를 살펴보고 결과(結果)에 따라서 MRI촬영(撮影)도 해야 하는지 상하(尙夏) 아비와도 의논(議論)을 해봐야 할 것 같다. 내자(內者)의 허리 용통(腰痛) 증세(症勢)는 예사롭지가 않다.

어머니가 한국인(韓國人)인 미국인(美國人) 하인스 워드가 어머니 나라를 모자(母子)가 함께 방문했다. 그는 미국인들이 좋아하는 럭비풋볼선수(先手)의 최강자(最强者)이다. 이 한국계(韓國系) 미국인의 눈부신 활약(活躍)은 국위선양(國威宣揚)에 큰 도움이 되리라 믿는다.

제주도(濟州島)의 4.3사건(事件)은 당시(當時)로서는 폭동(暴動)이요, 공산당원(共産黨員)들의 반란사건(反亂事件)이었다. 개중(介中)에는 억울한 양민(良民)도 있었지만, 반국가적(反國家的) 폭동(暴動)이 분명(分明)했다. 노무현대통령이 이 위령비(慰靈碑) 제막식(除幕式)에 참석했다.

검찰(檢察)의 현대(現代)그룹 수사(搜査)는 또 재벌탄압(財閥彈壓)의 시작으로 보인다. 참으로 정권(政權)의 횡포(橫暴)는 간악(奸惡)한 망동(妄動)의 수준이다, 삼성(三星), 현대(現代) 다음은 어디일까? 살찐 기업(企業)을 골라잡을 것이다.

4월(月) 4일(火)

내자(內者)의 숙환(宿患)인 요통(腰痛) 진단(診斷)을 위해 MRI를 찍었다. 판단결과(判斷結果) 아주 심(甚)하게 악화(惡化)된 게 아니고 수술(手術)도 가능(可能)할 정도이며 연령(年齡)에 비해서는 양호(良好)한 편이라고 한다. 요통(腰痛)에 효과(效果)가 있는 주사(注射)는 내일(來日)로 미루었다, 경과(經過)를 봐서 약물치료(藥物治療)를 하든지, 수술(手術) 하든지 하기로 숙고(熟考) 결정(決定)키로 했다. 양(量)은 적으나 오늘도 비가 온다. 달러 환율(換率)이 950원으로 수출(輸出)에 먹구름이 낄 것이니, 종수(宗洙) 권유로 사놓은 주식들이 반등하기는 어렵겠다.

청명(晴明), 화난춘성(花蘭春城)하고 만화방창(萬化方暢)한 춘삼월(春三月)

2002년 4월 5일(日) 청명절(淸明節)

날씨가 참 좋다. 화창(和暢)한 봄 날씨가 화난춘성(花蘭春城)하고 만화방창(萬化方暢)한 춘삼월(春三月) 가절(佳節)인데 고향전원(故鄕田園)에 못 가보고 근간(近間)에는 내자(內者)의 숙환(宿患)을 돌보느라 병원출입(病院出入)으로 소일(消日)하고 있다. 오늘은 내자(內者)의 척추신경(脊椎神經) 치료제(治療劑) 주사(注射)를 맞고 왔다, 1대(臺)에 40,800원이다. 내일은 음력 삼월(三月) 초아흐레(初九日)로 내 조모(祖母)님 기일(忌日)이다,

동지(冬至) 후 105일(日) 만에 오는 한식(寒食)날이며 이십사절기(二十四節氣)는 아니지만 명절(名節)날이다, 작년(昨年) 가을 이후(以後) 삼동(三冬) 동안 얼었던 대지(大地)가 녹으면서 해동(解凍)되고 조상묘소(祖上墓所)의 허물어진 부분(部分)과 잔디를 보식(補植)하고 성묘(省墓)를 올리는 개사초(改莎草)날이다. 후손(後孫)이 있고 없음이 판명(判明)되는 날이며 이제부터는 찬밥을 먹어도 되는 계절(季節)이라고 당시(唐詩)에 마상봉한식(馬上逢寒食)하니 도중송모춘(途中送暮春)이라 했다. 돌아가신 내 선친(先親)께서 오언당음(五言唐音) 첫 구절을 읊으시던 일이 떠오른다.

대구(大邱0가 전화(電話)했다. 청명(晴明), 한식(寒食)에 있을 선영(先塋) 성묘(省墓) 및 개사초(改莎草) 행사(行事)에 대(對)한 내용(內

容) 및 일정(日程)을 물어왔다. 가내안부(家內安否)도 묻고 오는 13, 14일(日) 경(頃)에 연락(連絡)하기로 했다.

4월(月) 6일(日) 한식(寒食)날이다.

청명(晴明), 한식(寒食)은 매(每) 연례(年例)대로 양력(陽曆) 4월(月)5일(日) 전후(前後)로 있다. 역법(曆法)에 따라 음력(陰曆)으로는 3월(月) 초순(初旬)이고 한식(寒食)은 동지(冬至)로부터 기산(起算)하여 105일(日) 되는 날이다. 식목일(植木日)도 청명 한식날을 기준(基準)으로 식수적기(植樹適期)를 가려서 해동기(解凍期)에 정(定)했다.

음력(陰曆)으로 3월 9일(木)인 오늘은 명문(名門)인 흥해배(興海裵)씨 출신 내 조모(祖母)님 휘일(諱日)이다. 할머님은 1875년(年)(乙亥)에 출생(出生)하시어 80세에 서거(逝去)하셨으니 수(壽)는 하셨지만, 사녀무남(四女無男)으로 후사(後嗣)는 장질(長姪)인 내 아버님을 입후(入後)하셨다. 종부(宗婦)로서 층층시하(層層侍下)에서 효성(孝誠)도 지극(至極)하시고 봉사(奉祀), 접빈(接賓)에서 빈틈없으신 요조숙녀(窈窕淑女)이셨다. 근검절약(勤儉節約)이 몸에 배인 생활신조(生活信條)로 평생(平生)을 사시며 인내(忍耐)와 화목(和睦)으로 내조(內助)의 규범(規範)이고 후손(後孫)들의 길잡이가 되셨다, 오복(五福)의 마지막 덕목(德目)인 고종명(考終命)을 지켰다.

어느 누가 제 조상(祖上)을 가벼이 여기랴 만은 내 할머님은 우리들의 기억 속에 오래오래 남을 착하신 부덕(婦德)을 가진 할머님이다.

양순(良順)한 여동생 오잠(梧岑) 남실(南室)이가 조모(祖母)님 기일(忌日)을 기억(記憶)하고 전화(電話)했다. 고향(故鄉)의 사촌(四寸) 승오(承五)가 할머니 기일(忌日)을 잊지 않고 전화했다.

4월 7일(金)

봄비가 잦을수록 봄은 더욱 무르익는다는데 오늘 또 비가 내린다고 하니 봄날은 올 것이고 또 갈 것이다. 무정세월(無情歲月)은 약류파(若流波)라 했던가.

친구(親舊) 권기언(權奇彦)의 간곡(懇曲)한 초청(招請)으로 새로 이사(移徙)한 아리랑고개 근처 그의 집으로 물어물어 찾아가서 보행(步行)이 불편(不便)한 그를 오래된 우정(友情)을 더듬어 환담(歡談)을 나누었고 박주(薄酒)도 한 잔 했다. '당내(堂內)에 요절(夭折)하는 도반(道伴)'이 하도 많아서 증조(曾祖), 고조(高祖)의 산해(山害)가 아닌가 하고 면례(緬禮) 즉 이장(移葬)을 생각(生覺)한다는 말도 몇 마디 문답(問答)을 나누었다.

4월 8일(土) 최악(最惡)의 황사(黃砂)

황사(黃砂)가 또 서(西)쪽 중국(中國)에서 날아와 서울 하늘엔 햇빛이 없을 정도이다. 귀향일(歸鄕日)이 가까워서 폐기물(廢棄物)을 모아 차(車)에 싣고 집안 청소(淸掃)도 했다. 내자(內者)는 쉬는 듯, 앓는 듯 고단한지 누워있다. 신문(新聞)에 109년(年) 전(前) 설립된 민족자본(民族資本)인 조흥은행(朝興銀行)이 신한은행(新韓銀行)으로 모이는 등 이합집산(離合集散)이 이루어지는 등 은행(銀行)들의 이야기가 조선일보(朝鮮日報)에 났다. 조흥(朝興)이란 백천귀조(百川歸朝) 백 가지 시내가 조흥으로 모이고, 신한(新韓)이란 조경합신(朝庚

合新) 조흥은 다시 신한으로 합친다고 기사(記事)에 났다.

횡성(橫城) 민족사관고등학교(民族史觀高等學校) 장손(長孫) 상하(尙夏)에게 격려전화(激勵電話)를 했다.

4월 9일(日)

정부(政府)가 똑똑해야 국부유출(國府流出)을 막을 수 있다. 청개구리 같은 노무현정부는 생산(生産) 없는 분배(分配)를 입버릇처럼 외치고 자신(自身)의 측근(側近)에게는 좌익운동(佐翼運動)으로 형벌(刑罰)을 받은 386세대(世代) 무식견자(無識見者) 건달들만 소위(所謂) 코-드가 맞는다고 중용(重用)하고 위인설관(爲人設官)으로 자리를 만들어주고 있다. 이들은 무위도식(無爲徒食)만 일삼고 있다.

론스타라는 외국(外國)사모펀드사(社)가 4조2000억원 시세차익(時勢差益)을 남겼는데도 삼성(三星), 현대(現代), 강남(江南) 잡기 등으로 국민(國民)들의 혈세(血稅) 걷기에만 혈안(血眼)이 되고 있지만, 론스타사(社)에 대해서는 단(但) 100억 원의 동냥세금(稅金)도 부과(賦課)하지 못하고 있다고 한다. 이는 세법상(稅法上) 불찰이다. 론스타는 밤잠을 안 자고 탈세(脫稅)를 연구(研究)하고 있을 게 분명(分明)하다. 근본(根本)이 모자라는 빨갱이 자(者)들이 국민(國民)을 편(便) 가르기만을 본업(本業)으로 하는 대통령(大統領)을 뽑은 것이다. 눈치만 살피는 각료(閣僚)와 공직자(公職者)들은 그 나물에 그 나물처럼 참으로 한심(閑心)하다. 어쩌면 우리 국민(國民)들의 업보일지도 모른다. 공산당(共産黨)에게는 퍼주고 싶은데 이번에는 누굴 잡을꼬? 국익수호(國益守護) 의지가 없는지 외국계(外國系) 기업(企

業)들에겐 공직자(公職者)들이 낮잠을 자는지 세법(稅法) 연구(研究)
도 없는 망국(亡國) 촉진(促進) 정부(政府) 같다. 국가채무(國家債務)
가 248억불(億佛)이나 누증(累增)되고 있다고 한다. 정부(政府)와 민
간(民間) 간(間)에 약육강식(弱肉強食)을 일삼고 있는 노무현 정부(政
府)에 국리민복(國利民福)은 없어 보인다.

4월 10일(月)

전국(全國)이 황사(黃砂) 때문에 큰 혼란(混亂) 치루더니, 오늘은 온
나라에 먼지를 씻을 봄비가 내린다. 양(量)도 적지 않다. 자연(自然)
이란 무궁(無窮)한 조화(造化)라야만 참으로 자연(自然)스럽게 순환
(循環)하는 이치(理致)라는 말을 들 수 있나 보다. 의자(倚子)에 오르
다가 실내(室內)에서 미끄러져 우측(右側) 어깨, 팔, 손목까지 타박
상(打撲傷)을 입어 고통(苦痛)스럽다. 손도 잡쳐졌다. 조심해야겠다.

한국(韓國)의 가족형(家族形) 기업(企業)이 성공(成功)하려면

1) 가족(家族)끼리라도 적절(適切)한 승계과정(承繼過程)을 거쳐야
한다,

2) 효과적(效果的)인 지배구조(支配構造) 시스템으로 투명경영(透明
經營) 체제(體制)를 확보(確保)해야 한다.

3) 기업(企業)하는 시민(市民)으로서 사회(社會)와 끊임없는 대화(對
話)에 적극적(積極的)으로 나서야 한다. 사회(社會)에 공헌(貢獻)하고
기부(寄附)도 하며, 과도(過度)한 물욕(物慾)을 버려야 서로 같이 살
아갈 수 있다.

5.31 지방선거(地方選擧)를 승리(勝利)하기 위해 노무현정부는 표를 얻기 위해서 무소불위(無所不爲)의 힘을 총동원(總動員)하려는 태세(態勢)이다.

1) 통계청(統計廳)을 동원(動員)하여 국가기본(國家基本) 통계(統計)를 조작(造作)한다.

2) 돈을 주어서 가통계(假通計) 여론조사(輿論調査)도 맘대로 한다,

3) KBS, MBC, SBS 등 TV나 라디오 매체(媒體)를 하루 20시간(時間) 동안 무법천지(無法天地)로 부려 먹는다.

2006년 4월 11일(화(火)

내자(內者)와 함께 서울 성심병원(聖心病院)에 갔다. 내자(內者)를 통(通)해서 들으니, 내자의 근육이 비교적(比較的) 양호(良好)한 상태(狀態)라 한다. 골반주사(骨盤注射)를 맞으며 검사결과(檢査結果)를 들었다. 안과장(安科長)은 약물주사(藥物注射)는 중독성(中毒性)이 있어 영구적(永久的)이지 못하고 교정수술(矯正手術)이라야 척추(脊椎)가 바로 선다고 한다.

이만한 정도(程度)일 때, 수술(手術)을 하는 것이 방책(方策)이라는 주장(主張)이다. 수술일자(手術日字)를 예약(豫約)하고 왔다. 너무 고령(高齡)이라 걱정은 되지만 통증(痛症) 없이 직립보행(直立步行)하는 것이 나의 희망(希望)이라 5월9일 경(傾)에 날을 잡았다. 선고기일(先考忌日)에 모여서 자녀(子女)들과 협의(協議)하면 수술(手術)이든 약물(藥物)이든 양단간(兩端間) 결정(決定)이 나지 않을까 생각한다.

춘수만사택(春水滿四澤)과 상하(尙夏)의 자(字) 기봉(奇峯)

2006년 4월 12일(水) 오후(午後) 3시(時) 30분(分)에 고향집에 도착(倒着)하였다.

그리운 고향(故鄕)집에 가려고 오늘 아침에 자동차(自動車)에 짐을 챙겨 실었다. 베란다에 둔 화분(花盆)들도 영양제(營養劑)를 뿌리고 관수(灌水)도 했다, 청소기(淸掃機)의 필터도 교환(交換)하고 복용(服用)할 약도 점검(點檢)했으며 기름값으로 얼마간 준비(準備)하고 국화분(菊花盆)도 5층 정원 층으로 옮겼다. 가을에 오상고절(傲霜孤節)의 기개(氣槪)를 보려고 한다. 마치 하이에나나 전갈 같은 집권당(執權黨) 정파(政派)들이 잡아 재벌(財閥)만 골라잡는 추잡(醜雜)한 꼴을 보기보다 한적(閑寂)한 시골에서 잠시나마 채산조수감충복 음풍음월족창신(採山釣水堪充腹, 吟月吟風足暢神)하며 사련다.

4월 13일(木) 귀성(歸省)

삼동(三冬)을 비워둔 전원(田園)이나 산천(山川)도 누대(累代)가 세거(世居)하던 집도 모두 엄동설한(嚴冬雪寒)을 무사(武事)하게 잘 지내고 삼촌가절(三春佳節) 호시절(好時節)을 맞아 꽃동네로 치장을 하고 주인(主人)을 반갑게 맞이해주었다. 상강절(霜降節)에 떠나간 우리 내외(內外)가 고향(故鄕)땅을 떠난 지 120일(日), 언제 외도 반가운 우리 집이다. 비록 조부모(祖父母)님, 부모(父母)님도 다 돌아가시고 이제는 집에 안 계시지만 이 집을 찾는 나의 마음은 고향을 떠난 지 오래되었지만 내 마음은 어릴 적 그대로이다.

내가 접(接)붙인 감나무는 고목(古木)이 되었고 대추나무는 청년(靑年), 매실(梅實)나무는 방실방실 웃는 청년이로구나. 초목(草木)은 세세년년(歲歲年年) 봄이 오면 싹이 트고 열매를 맺는데 인생(人生)은 한 번 가면 회춘(回春)도 재생(再生)도 소식(消息)이 없다. 한 번 맞은 일생(一生)을 값있게 살아야겠다.

그것 또한 뜻대로 되지 않으니 참으로 한(恨)스럽다, 어찌 나뿐이랴. 일년지계(一年之計)는 재어춘(在於春)인데 늦봄에야 찾아온 고향(故鄕) 집에서 하잘것없는 것이라도 부지런히 생각해서 움직여보고 가야겠다.

4월 14일(金) 조장(造醬, 장 담그기)

내자(內者)는 어제부터 장(醬) 담그기에 열심(熱心)이다. 노령(老齡)에다 정신(精神)도 맑지 못하고 온갖 병(病)치레인데도 대(代)를 이어 주부역할(主婦役割)로 해오던 일이다. 참으로 힘들고 어려운 일을 올해도 꼭 자기(自己)가 해보려고 한다. 책임감(責任感)이 대단(大端)하다. 나름대로 내 조력(助力)이 있었지만, 그런대로 무사히 마무리했으니 고마운 일이다.

그다음으로 정산정일시장(鼎山定日市場)에 갔다. 농협(農協)에 들러 내일(來日) 개사초(改莎草)하려올 아우가 오면 때맞추어 수제(修齊)할아버지(조부님) 모선계(慕先契) 마무리에 헌성(獻誠)할 出捐金(165萬원)도 찾고 또 시내(市內) 청머리재에 있는 잔디 판매상(販賣

商)에 가서 잔디 3평(坪)을 15,000원에 사서 내가 직접(直接) 골라서 사 놓았다. 지난 한식(寒食) 때는 조모(祖母)님 휘일(諱日)에다 내자(內者) 병원(病院) 가는 일이 있어 잔디 보식(補植) 못 하고 오늘에야 준비하게 되었다.

나는 또 때늦은 표고버섯 자목을 작동해서 하산(下山)하는 장장춘일(長長春日) 긴 봄날에도 날이 저물어 서야 손을 씻었다. 노래(老來)에 참 욕심(欲心)이 많아서 자작다사(自作多事)요, 자업자득(自業自得)으로 고생(苦生)을 사서 한다.

4월 15일(土)

어제 해지도록 움직인 노독(勞毒)으로 늦잠을 자고 일어나니 벌써 대구(大邱) 아우 내외(內外)가 도착했다, 곧장 조모(祖母)님 산소(山所)로 두 내외(內外)가 함께 성묘(省墓) 고유(告由)를 하고 개사초(改莎草) 일을 시작(始作)했다. 조금 있다가 멀리서 바라보던 고종형(姑從兄, 朴德煥氏)이 묘소(墓所)로 달려와서 한동안 환담(歡談) 나누고 가시고, 우리는 열심(熱心)히 움직였다. 안으로는 잡초(雜草)를 뽑고 남정(男丁)들은 떼를 입히고 경계석(境界石)을 박고 부산하게 일을 했다. 오후(午後) 3시경(詩境)에 개사초(改莎草) 일을 끝나고서야 집으로 돌아왔다.

4년전(年前)에 기초(起草)했던 조부(祖父)님 수제부군(修齊府君) 모선사안첩(慕先事案帖)을 펴놓고 자식(子息)들 칠종반(七從班)들의 향후(向後) 봉사계획안(奉祀計劃案)을 관람(觀覽)시켰더니 만시지탄(晩時之歎)이지만 원칙(原則)에는 동조(同調)할 것이라 했다. 지금까지 늦은 것은 내 불찰(不察)이라 할 수 있다. 이렇게 늦은 것은 동생이 만득남(晚得男)이라 금지옥엽(金枝玉葉)으로 귀여워하신 탓에 가풍(家風) 전달과 면학(勉學)에는 미진(未盡)하셨고 나 또한 일찍 깨우치지 못해서 후회(後悔)스럽다. 앞으로라도 행렬(行列)을 이루어 더 습득(習得)하리라 믿고 기대(期待)를 걸어본다.

저들 칠종반(七從班)이 한데 어우러져 질서정연(秩序整然)하게 상명하복(上命下服), 형우제공(兄友弟恭) 해나가기를 간절(懇切)히 바라보련다. 생존부모(生存父母)엔 양지(養志)와 효(孝), 서거(逝去)하신 조상(祖上)에겐 제사(祭祀)와 분묘(墳墓)의 수호(守護), 최소한(最小限) 이 두 가지 강목(綱目)만은 군말 없이 공손(恭遜)하게 이행(履行)하기를 바랄 뿐이다.

4월 16일(日)

표고버섯 참나무 자목을 작동해서 하산(下山)을 했다. 작년(昨年)만 여기고 굵고 길게 작업을 했다고 두 불 작업(作業)을 하느라 고생(苦生)이 많았다. 늙는 속도(速度)가 너무도 빠른 것 같다. 내자(內者) 기력(氣力)도 쇠진(衰盡)해 가는 게 역연(亦然)하니 어쩌랴. 저녁에는 아주 곯아떨어졌는데, 도마름 장손 상하(尙夏)로부터 전화(電話)가 왔다. 민족사관고(民族史觀高)답게 이제 졸업(卒業)이 가까워서인지 자(字)를 지어 달라는 청(請)이였다. 손자(孫子)의 자(字)를 지어주는 나의 기쁨이야 용상(龍床)에 올라가는 기쁨이다. 옛적에는 관례(冠禮)를 하면 미성년(未成年)이라도 자(字)를 지어주어서 본명(本名)이나 아명(兒名)을 부르지 않는 풍습(風習)이 있었다. 내가 그놈외(外)에 작은 놈들 자(字)까지 지어주고 죽을는지.

4월 17일(月)

연말(年末)에 세찬(歲饌)을 조금 했지만 병술년(丙戌年) 새해에는 처음으로 숙부(叔父)님을 찾아뵈었다. 귀향(歸鄕)한 지도 5일(日)이나 되었지만 정원(庭園) 설거지를 하다가 노독(勞毒)이 나서 몇 날 늦었다.

어른 기력(氣力)은 좋으시나 이농증(耳聾症)이 심(甚)해서 웃으시기만 하고 대화(對話)는 없었는데, 하직인사(下直人事) 때는 눈시울을 붉히는 모습은 오늘이 처음이었다. 91세(歲)나 되시니 심회(心懷)가 달라지신 것 같다. 오후(午後)엔 앞터 밭에 도라지를 조금 갈았는데, 종자(種子)가 묵은 것이라 발아(發芽)가 어떨지 마음이 찜찜하다,

4월 18일(火) 설해(雪害)가 심(甚)하다.

오늘도 영하(零下) 3도다. 가옥(家屋), 전장(田墻) 주변(周邊)에 오래도록 근(近) 사십년(四十年) 방치(放置)되고 그늘진 잡수목(雜樹木)들을 벌목(伐木)하고 그 간지목(幹枝木)들을 정리(整理)하는데, 여러 시간(時間)이 걸렸다. 선고(先考, 아버님) 재세시(在世時) 이후 잡목(雜木)들이 경계(境界)를 불문(不問)하고 무성(茂盛)하게 자라도록 버려두어 마치 밀림(密林)을 방불(彷佛)하게 되었으니 내가 집 간수(看守) 제대로 못하고 태만(怠慢)하게 한 탓으로 볼 수밖에 없다.

기계(機械)톱이란 힘의 위력(威力)을 실험(實驗)했다. 노경(老頃)이라 힘든 일이었지만 이젠 잡목(雜木)들만 잘 살펴서 베어버리면 일

조침해(日照侵害)는 없게 되리라 믿는다. 그동안 내가 너무 등한(等閑)했다.

4월 19일(水) 4.19의거(義擧) 46주년(週年) 기념일(紀念日)

윗 텃밭을 밭갈이에 편하도록 밭 주위를 다듬었다. 밭머리 양지(陽地)에 심은 죽림(竹林)이 약(約) 삼년(三年) 전(前)부터 아주 무성해졌다. 올해는 제법 쓸 만한 죽순(竹筍)을 기대(期待)했는데 무슨 이유(理由)인지 죽림(竹林) 전체(全體)가 고사(枯死)했다. 다른 집 대밭도 죽엽(竹葉)이 마르기는 했지만, 우리 대밭 같지는 않고 푸른 잎이 보인다. 늦은 밤부터 비가 내리고 있다.

4월 29일(木)

못자리철인데 제철에 맞추어 적기(適期)에 알맞은 비가 내린다. 그러나 전국(全國)에 강풍(強風) 피해(被害)가 크다. 비닐하우스, 산화(山火), 공장(工場) 화재(火災) 등(等)으로 농작물(農作物) 피해(被害) 등과 동해안(東海岸)에 지진(地震)이 5차례나 계속되었다.

침략(侵略) 근성(根性)이 재발(再發)하여 일본(日本)이 독도(獨島) 영해(領海)에서 해저(海底) 측량(測量)을 한다며 의도적(意圖的)으로 침략 행위를 시도하려 한다. 만약 도발(挑發) 때는 일응태세(一應態勢)를 갖추겠다고 정부가 긴장(緊張)하고 있다.

자연재해(自然災害)나 정치(政治) 경제(經濟) 등 국정전반(國政全般)에 걸쳐 재벌탄압(財閥彈壓) 등(等)에서 심상(尋常)치 않은 시국(時局)이다.

분작(分作)없는 적색정권(赤色政權)이 망동(妄動)을 계속하니 곡우절(穀雨節)이 되었는데도 봄 같은 봄날은 간곳없고, 작금(昨今) 양일(兩日)에도 영동지방(嶺東地方)엔 만춘(晚春) 시절(時節)인데도 얼음이 얼고 눈발이 휘날린다고 하나 자고(自古)로 국정천심순(國正天心順)이요, 관청민자안(官淸民自安)이라 했듯이 통치자(統治者)와 그 추종집단(追從集團)들의 오만(傲慢)을 꾸짖는 천기(天氣)가 유례(類例)없이 악화(惡化)되고 있다.

농촌(農村)에서는 못자리 때인데도 철 늦은 추위로 논물을 잡지 못하고 방황(彷徨)하고 있다. 참 별천지(別天地) 기상악화(氣象惡化)가 계속되고 있고, 동쪽 왜(倭)놈들은 독도해역(獨島海域)에 망동(妄動)을 일삼는 무력시위(武力示威)까지 시도(試圖)하고 있으니 참 말세(末世)다.

4월 21일(金)

전장(田墻) 주변에 설거지 정리(整理)를 여러 날째 하다가 팔다리 통증(痛症)이 생겨서 내자(內者)와 함께 정산(鼎山) 면사무소(面事務所)에 갔다. 보건소(保健所)를 찾아 면식(面識)이 있는 의사(醫師)를 찾아 진찰(診察)을 받은 결과(結果) 진통제(鎭痛劑)와 내복약(內服藥) 등 처방(處方)을 받고 채소(菜蔬) 밭에 덮은 검은 비닐 한 필을 구입(購入)해왔다.

때 닌 광풍(狂風)과 저온(低溫)으로 들판에는 농부(農夫)들의 자취를 찾아볼 수 없는 정도인데 자가용(自家用) 덕분(德分)으로 우리 내외(內外)는 편안하게 집으로 돌아왔다.

상하(尙夏)가 원(願)하던 자(字)는 기봉(奇峯)으로 지어서 간단(簡單)한 자(字)의 의미해석(意味解釋)을 곁들여서 횡성(橫城) 민사고(民史高)로 우송(郵送)했다. 그놈이 내게는 더없이 소중(所重)한지라 선조(先祖)와 가문(家門)의 대(代)를 계승(繼承)하고 선휘(先徽, 조상의 이름)를 빛내주어야 한다. 이게 이 늙은이의 간절(懇切)한 소망이다. 나도 그놈을 위해 지아비 돈이지만 좋은 할아버지가 되기 위해 그놈의 학비로 쓸 충분한 자금을 준비한 지가 벌써 10년이 넘었다.

그런데 둘째 종수(宗洙) 권유로 솔빛텔레콤에 투자했다가 아주 망하고 있으니 이를 어쩌나.

그래도 어찌 해보아야 한다.

춘수만사택(春水滿四澤), 하운다기봉(夏雲多奇峯)

추월양명휘(秋月揚明輝), 동령수고송(冬嶺秀孤松) 에서 따온 기봉(奇峯)이다.

4월 22일(土)

독도(獨島) 연안(沿岸) 문제(問題)로 한일간(韓日間) 불협화음(不協和音)이 크다.

해로(偕老)란 같이 늙어간다는 뜻이라 한다, 내자(內者)와 함께 오늘은 조모(祖母)님 산소(山所)에 잡초(雜草)도 뽑고 작년(昨年)에 깨 심었던 밭의 독새풀을 뽑으면서 종일(終日)을 보냈다. 호박 구덩이 5곳을 파서 거름도 섞어 넣었다. 공기(空氣) 맑은 들판에서 햇볕을 쬐며 늙은이들이 같이 지내는 것도 해로(偕老)의 일환(一環)이 아닐지!

4월 23일(日)

어제에 이어 오늘도 조모(祖母)님 산소(山所) 잡초(雜草) 뽑기와 시험(試驗)삼아 검은콩 모종 심기도 해보았다. 깨밭에 오가는 길에 할머님 묘소도 보살피는 일이 되니 일거양득이다. 깨밭의 비닐은 그냥 재활용하고 제초제로 복골 독새풀은 고사시킬 요량이다.

4월 24일(月)

오늘도 내자(內者)와 함께 해로(偕老)하는 기분으로 할머님 산소를 찾았다. 식물(植物) 전멸제(全滅劑) 제초제(除草劑)인 근사미로 물 3두(斗)를 섞어서 독새 밭을 전멸(全滅) 시키는 작전(作戰)을 시작(始作)했다, 비닐은 파열(破裂)되지 않도록 내자의 고운 솜씨로 감싸서 내월(來月) 5월 중순에 깨 파종 때까지는 버텨나갈 작정이다. 억지로 버티는 일이지만 성사가 될는지 모르겠다.

4월 25일(火)

동갑내기 죽마고우(竹馬故友) 신호信鎬) 군(君) 내외(內外)가 찾아왔다. 그는 현대판(現代版) 신농씨(神農氏)고나 할까 과학영농(科學營農)의 수재(秀才)이다. 작년(昨年) 가을 종택(宗宅) 주변(周邊)의 무육(茂育)했던 잡목(雜木)들 때문에 일조(日照) 방해목(妨害木) 제거작업(除去作業)을 의도(意圖)대로 단행(斷行)한 결과(結果) 표고버섯 자목으로 활용(活用)하게 되었다.

종균(種菌)은 고종매(姑從妹) 이재열(李在烈)이 구(求)해주었고 접종(接種)은 강신호(姜信鎬)군(君)이 맡아주어서 뒤늦은 일이었지만 오늘로서 성공적(成功的)으로 마친 것 같다.

대추나누, 단감나무, 은행나무 등도 신품종(新品種)으로 개량접목(改良棧木) 해주어 참 고마웠다. 우리투지증권에 연락하여 신한지주를 매수하였다.

4월 26일(水)

위 텃밭 2골에 감자를 심었다, 승오와 승후가 로타리를 치고 골이랑 지어주어서 보기 좋게 해부니 참 고마웠다. 바깥쪽 3골은 고추를 심어 잘 가꾸어보련다. 한데 내자(內者)가 5월 초에 서울로 올라가면 당분간 못 내려올 것 같아서 생강, 참나물, 도라지 등도 심어보자고 챙겨대니 어제와 오늘엔 일의 능률이 많이 올랐다. 너무 무리해서는 안 되는 일이다.

4월 27일(木)

쪽감나무밭에도 옛적에 하던 대로 시늉을 냈다. 춘불경종(春不耕種)이면 추후회(秋後悔)라고 내자(內者)의 권유(勸誘)를 거절(拒絶O하지 못해서 억지로 시작(始作)한 삽질이 해동갑으로 끝을 냈다. 내일 오전 중에는 비닐 피복(被服)이 끝날 터이니, 서울에 다녀와서는 깨씨를 넣을 것이다.

4월 28일(金)

한국(韓國) 재벌(財閥)의 대명사(代名詞)였던 현대(現代) 정주영(鄭周永) 회장(會長)의 서거(逝去) 이후(以後) 누적(累積)되는 불운(不運)과 손재수(損財數)로 인명(人命)도 잃고 재물(財物)도 가고 형제(兄

弟) 숙질(叔姪) 간(間)의 골육상잔(骨肉相殘) 불화(不和)도 있었지만, 부도덕(不道德)한 정치(政治) 지도자(指導者)인 김대중(金大中)씨의 흉모(凶謀)까지 겹쳐서 그 많은 재물(財物)을 탕진(蕩盡) 당(當)하는 비운(悲運)을 맞는 원통(怨痛)한 가문(家門)이 될까 걱정이다.

적선지가(積善之家) 필유여경(必有餘慶)인데 정회장(鄭會長) 댁(宅)에 왜 길조(吉兆) 찾아오지 않는지. 아들 정몽구(鄭夢九) 회장(會長)의 비자금(祕資金)에도 별다른 재앙(災殃)이 엉켰는지 노무현 정권(政權)까지도 정씨(鄭氏) 가문(家門)을 괴롭힌다.

4월 29일(土)

공권력(公權力)이 재벌(財閥)을 복수적(復讐的) 차원(次元)에서 김대중, 노무현 2대(代)에 걸쳐 연(連)이어 현대(現代)를 목 조르고 있지 않은가? 그 부도덕(不道德)한 위인들이 왜 은혜를 원수로 갚아가고 있는가? 참으로 알 수 없는 속물(俗物)적 졸렬(拙劣)한 발상이 아닌가. 무슨 사원(私怨)이 있단 말인가. 정몽구(鄭夢九) 회장(會長)을 구속(拘束) 수사(搜査)한다니 국부(國富) 유출(流出)로 거지로 살자는 말인가. 비자금(祕資金) 1,200억(億)의 행방(行方)이 수사(搜査)의 핵심(核心)초점(焦點)이라고 하니 열린우리당과 연관된 것은 아닐 것이고, 아마도 한나라당(黨)과 지난번 대선(大選)과 관련(關聯)지으려는 흑심(黑心)이 그들의 본심(本心)이 아닌가 싶다. 독방(獨房)의 정몽구(鄭夢九) 회장(會長)은 무슨 생각(生覺)을 하고 있을까?

오늘은 정산(鼎山) 장(場)이다. 방앗간에 들러서 승오(承五)가 작농(作農)하고 있는 곡수(穀收)를 도정(搗精)했다. 정곡(精穀)으로 쌀

240Kg과 3말(1,000평 답(畓)의 항정곡수(恒定穀收)다.

세전지재물(世傳之財物)이라 전례(前例)대로 받고 있지만 시세(時勢)로 따지면 50년대(年代) 기준(基準)으로 보면 1/6로 감량(減量)된 양(量)이다. 쌀이면 안 되는 것이 없던 시절(時節)은 이젠 옛일이다.

4월 30일(日)

마당 설거지가 거의 끝나고 검은콩(서리태) 모판을 만들어서 모종을 심었다. 서울 다녀와서 때맞추어 콩을 심을 수 있도록 유념해야겠다. 더덕 밭에는 말뚝을 드문드문 박아서 더덕이 손을 타고 넝쿨을 만들 수 있게 했다.

혹시(或是)나 해서 앞산과 감나무밭 밭둑을 자세히 살펴보면서 잃어버린 안경이 애처롭게 기다리다가 생긋 반겨주기를 기대해 본다. 다시 한번 살펴보았지만, 그 안경은 내게 다시 돌아보지 않았다.

다시 온 선고기일(先考忌日)

2006년 5월 1일(月) 선고기일(先考忌日)

잠시 전원생활(田園生活) 시간(時間)을 마치고 선고(先考, 아버님) 휘일(諱日)을 전기(前期)혀서 서울로 가련다.

5월 2일(火) 아침에 출발(出發)하엿다.

내자(內者)의 환후(患候)를 수술(手術)로 회복(回復)하려 한다. 서울 가는 길 새인 와룡(臥龍) 방아간에서 참깨 기름 짜고, 고추장 용 메주 갈고, 고춧가루 빻고 쑥떡 방아도 찧으며 무려 3시간 작업(作業) 끝에 안동(安東) 시장(市場)으로 갔다. 아버님 기제(忌祭) 제수용(祭需用)으로 쇠고기, 방어, 산적용 상어 톰박이, 우족(牛足) 등을 챙겨 싣고 예천(醴泉), 문경(聞慶)으로 중부 내륙고속도로를 경유(經由)하여 여주(驪州), 이천(利川)을 지나서 봄 내음이 향기(香氣)로운 경기평야(京畿平野)를 관통했다. 서울에 오후(午後) 3시(時) 30분(分)에 무사(無事)히 안착(安着)했다. 안경(眼鏡)을 잃어버려서 혹시(或是)나 하고 조마조마한 운전(運轉) 길을 땀 흘리며 주파(走破)했다.

5월 3일(水)

하루를 앞당겨서 왔기에 누적(累積)된 피로(疲勞)를 조금이나마 줄일 수 있었다. 나보다는 내자(內者)가 감당(勘當)할 수 없을 정도(程度)였을 텐데 집안 청소(淸掃)를 어떻게 해냈는지 참으로 고역(苦役)

이었을 터이다. 갖고 온 짐만 다 챙기고 날라 오는 데도 고역(苦役)이었다. 노래(老來)에 이르러서 참으로 못할 일이로다. 시골과 서울 두 살림을 스스로 하는 팔자라 스스로에게 미안하고 거북한 늙은이다.

5월 4일(木)

월여전(月餘前)에 예약(豫約)한 치과(齒科)에 가야 한다. 경희대학(慶熙大學) 치과(齒科)에서 보철(補綴)을 하는 날이다. 내외(內外)가 동행했다. 오전(午前) 수술(手術)을 마치고 돌아와서는 안경(眼鏡) 찾으러 갔다. 약속(約束) 주문(註文)이라 빨리 완성(完成)되어서 일찍 찾을 수 있었다. 검안(檢眼) 내용(內容)이 상세(詳細)했던 대로 결과(結果) 품(品)이 눈에 잘 맞았다. 다시는 분실(紛失)하는 일이 없도록 안경(眼鏡)줄까지 함께 찾아다 놓았다.

왜 이렇게 기억력(記憶力)이 없어졌는지 원 참. 도형(度亨)어미가 와서 고추장 담그는데 도움을 주고 있다. 상당(相當)히 많은 양(量)인데도 모녀(母女)가 협력(協力)하여 큰일인 조장(造醬)을 해냈는데 며느리들은 보이지 않는다. 이게 바로 세속(世俗)이다.

5월 5일(金) 어린이날, 사월초파일 석가탄신일(釋迦誕辰日), 선고기일(先考忌日)

22회(回) 선고휘일(先考諱日)이다. 매년(每年) 찾아오는 날이지만 불효자(不孝子)인 이 몸의 기력(氣力)과 뉘우침은 해가 갈수록 호천망극(昊天罔極)이다. 살아 계실 적에 더 깊이 뜻을 공경(恭敬)해 드리지 못한 죄(罪)가 막급(莫及)할 뿐이다. 아버님 죄송(罪悚)합니다.

오늘도 자보기는 내 성심(誠心)으로 노량진(鷺梁津) 시장(市場)에 다녀왔다. 내자(內者)는 물론(勿論) 자녀(子女) 친손(親孫) 외손(外孫)까지 참제(參祭)에 유성(有誠)하고 대구 동생, 안동(安東) 승오(承五)는 전화(電話)로 표성(表誠)했다. 외손(外孫) 시철(時哲)이 왔다.

시속(時俗)이 하도 복잡(複雜)하게 급변(急變)하나 유덕(遺德)을 기리는 방안(方案)이 묘연(杳然)하다. 애들이 어떻게 자라는 것이 효(孝)에 가까운 것인지?

5월 6일(土) 입하(立夏)

이제부터 여름철에 접어든다. 목화(木化) 심고 깨 심는 계절이 시작된다. 늦은 못자리철로 접어들며 백태(白太) 심고 논둑 콩도 심어야 하며 들깨 묘판도 해야 한다. 참 바쁜 때에 맞추어 알맞은 비인 감우(甘雨)가 내려서 반갑다. 사람도 자연과 같이 사시(四時)가 돌아가며 순환(循環)하며 따라갔으면 좋겠는데 인생(人生)은 그렇지 못하다.

5월 7일(日) 어버이날 전일(前日)이다.

내일이 어버이날이라고 원하(沅夏)네 식구(食口)들이 솔권(率眷)하여 찾아왔다. 선고휘일(先考諱日)날 만나지 못했던 원하와 함께 야외(野外)로 점심(點心)을 먹자고 찾아왔다. 그들이 내의(內衣) 선물(膳物)을 사들고서 삼계탕(蔘鷄湯)집으로 몰려갔다. 오후(午後)에는 서울 사격장(射擊場)으로 가서 공기총(空氣銃) 시사(試射)도 해보고 싱그러운 오월(五月) 녹음(綠陰)과 야외(野外)에서의 영*기를 마음껏 느꼈다. 재롱을 떠는 원하 남매의 거동(擧動)들이 무척 보기가 좋았다.

해 질 무렵에 오는 5월 11일에 보충역(補充役)으로 입대(入隊)하는 의진(義晉)이네 식구(食口)가 찾아와서 육식(肉食)으로 영양(營養) 보충(補充)을 해주었다. 한때는 몹시 미운 행동을 했던 딸이지만 도형(度亨)이가 충실(充實)하고 의진이 또한 착해서 혈육(血肉)의 정(情)을 느끼며 지내고 있다. 다시는 저들의 앞날에 비운(悲運)이 없어야 할 터인데. 포항(浦項)의 생질(甥姪) 정일(貞鎰)이가 내 건강(健康)을 기원(祈願)하는 전화를 했다. 그놈도 참으로 착실(着實)한 놈이다, 누님의 혈육(血肉)인데 끝이 잘 풀려야 할 것인데!

5월 8일(月)

내자(內者)의 병환(病患) 때문에 아침부터 부산하다.

서울 성심병원에 누적(累積)된 내자(內者)의 각종(各種) 자료(資料)와 사진(寫眞)을 정종구(鄭種九)부원장이 모집(募集)하여 모레 차병원(車病院)으로 가져가서 정밀(精密) 검사(檢査)를 한 다음 근본(根本)적인 묘안(妙案)을 찾아보아서 수술(手術) 방법(方法)을 결정(決定)하기로 할 것이다. 사진(寫眞)은 내가 찾아서 보관(保管) 중이다.

처부모(妻父母)도 부모인데 오늘은 장모(丈母)님을 찾아뵈려고 한다. 이문(里門洞)에 전화(電話)를 드렸던바 장모(丈母)께서는 지난 청명절(淸明節)에 장수골로 하향(下鄉)하셔서 근래(近來)에는 시골에 계시는 중이며 처남(妻男)이 오늘 향리(鄉里)로 내려가서 근일간(近

日間)에 생신연(生辰宴) 잡수시려 귀경(歸京)하실 예정(豫定)이라 했다. 연세(年歲)에 비(比)해서 무척 기력(氣力)이 좋으신 것 같아서 다행(多幸)이다.

상하 아비와 상의하여 안양(安養)에 있는 정형외과에 가보려 한다.

노처당(老妻堂)을 찾아서

2006년 5월 11일

음력으로 4월 11일에 처당(妻堂)에 갈 일이 있는 날이다. 장모(丈母)님 생신(生辰)날 전날에 미리 사서 삶아 놓은 문어 한 가리를 싸 들고 아침 7시에 아침 식사상(食事床)을 함께 하려고 이문동(里門洞) 처가(妻家)를 찾았다. 5형제(兄弟) 딸 중에서 아침상(床)에는 우리 내외(內外)뿐이었다.

맏딸은 뇌경색으로 입원(入院)했다가 전일(前日)에 퇴원(退院)하시고 둘째 딸은 시골 저전(苧田)에 계시고 넷째와 다섯째는 점심때와 저녁에 모이기로 되어 있다고 한다. 우리는 낮, 저녁까지 같이했다. 처남(妻男) 순우(淳友) 내외(內外)가 치가(治家)도 잘해서 사는 모양이 좋으며 처질(妻姪) 현식(賢植)이도 일찍 행정고시(行政考試)에 합격(合格)하여 직업(職業)공무원(公務員)이 되었으며 조기(早期) 득남(得男)하여 가운(家運)이 잘 계승(繼承)되고 있다. 자신(自身)의 가환(家患)으로 동기간(同氣間) 폐(弊)를 끼치지 않으려는 이질(姨姪) 영목(寧睦)의 양보심(讓步心)으로 처형(妻兄)의 병환(病患)을 숨겼기 때문에 잠시(暫時)라도 친척(親戚) 간(間)에 상조(相助)할 기회(機會) 갖지 못한 점(点), 서로의 배려(配慮)가 미덕(美德)인지, 내 나름대로는 늙은이의 역할(役割)을 하느라 전화(電話)를 많이 했다.

5월 12일(金)

　과로(過勞)한 탓으로 얻은 통증(痛症)이 병(病)이 될 정도로 심(甚)해지다가 결국(結局)은 병원을 찾았다. 내자(內者)의 진료(診療) 일자(日字)를 의논(議論)하는 겸(兼) 서울성심병원(聖心病院) 안동기(安東基) 박사(博士)의 진료(診療)로 내 견비통(肩臂痛)의 근원(根源)을 알게 되어 처방(處方)에 따른 약(藥) 복용(服用)하고 물리치료(物理治療)도 받게 되어 통증(痛症)은 곧 치유(治癒)될 것 같다.

5월 13일

　어제에 이어 오늘도 연세의원(延世醫院)으로 가서 물리치료(物理治療) 겸(兼) 침(針)을 맞고 왔는데 거의 치료(治療)가 된 것 같다. 소문(所聞)을 따라 여럿이 가는 데를 찾았다가 뜻밖에 효험(効驗)을 본 것 같다. 안동기 박사도 명의(名醫)이지만 젊은 이 의사도 꿩 잡는 게 매(鷹)라고 환자(患者)들이 운집(雲集)하게 된 이유(理由)를 조금은 알 것 같다. 우연인지 잔재주인지 모르겠으나 이번에 내겐 명의(名醫) 역(役)을 했다.

　귀향(歸鄕)길에 신을 농구화(籠球靴) 한 켤레를 준비하고 손수레 짐바 고리도 마련하니 마음이 편안하다. 도형(度亨)이 어미가 저녁 식사(食事) 반찬(飯饌)을 구미(口味)에 맞게 마련해주어서 맛있게 먹었다. 승범(承範) 족제(族弟) 여식(女息) 윤혜(允惠)와 이질(姨姪) 권영목(權寧睦)의 장자 오승(五乘)의 혼담(婚談)이 오간다 하니 기쁜 일이다.

5월 14일

도심(都心)의 오월(五月)이라도 초여름의 싱그러운 녹음(綠陰)은 참 좋은 계절(季節)이라 녹음 향기(香氣) 콧속에 스며든다. 아파트 오층(五層)의 정원(庭園)은 비록 좁지만, 솔 순과 모과꽃이 향기롭고 백화(百花)가 만발(滿發)하였으며 화창(和暢)한 날씨에 기온(氣溫)은 춥지도 덥지도 않은 계절이니 계절(季節)의 여왕(女王)이라 할 만하다.

지금쯤 고향(故鄉) 정원(庭園)엔 백과(百果)가 꽃을 피우고 부귀(富貴)의 상징(象徵)인 모란, 향기(香氣)의 으뜸인 백합(白合), 화려(花麗)의 극치인 작약(芍藥)꽃도 만발했을 터이다.

내일(來日)은 귀향(歸鄉) 예정일(豫定日)이라 오늘 오후(午後)부터 화분(花盆)에 관수(灌水)하고 갖고 갈 준비물(準備物)도 점검(點檢)했으니 일기예보(日氣豫報)만 믿고 노류화(路柳花) 삼아 안전(安全)하게 귀향(歸鄉)길이 오를 것이다.

오늘은 상하(尙夏)가 민족사관고(民族史觀高)에서 대치동(大峙洞) 제 집에 오는 날이라 했는데 네게 찾아오기를 기다렸으나 오지 많았다. 버쩍 마른 그놈의 모습을 보지 못하고 내려갈 것 같다.

조모(祖母)님 산소 관리와 위토(位土)

2006년 5월 15일(月)

날씨도 좋고 계절(季節)도 좋은 때라 언제나 그리운 고향(故鄕) 나들이를 떠나는 길이니 늙은 내외(內外)의 마음은 마치 어린애들처럼 즐겁기만 하다. 오전 10시에 출발하여 오후 2시 30분에 도착(到着)하였다. 고향(故鄕) 전원(田園)은 계절(季節) 따라 변화(變化)하고 있으나 큰 경(傾)은 없다. 대소가(大小家) 집안은 모두 무고(無故)하며 내일(來日)부터는 콩, 깨 등을 경종(耕種)하고 거름 주고, 김매고, 씨 고르는 등 조그만 생산(生産)이라도 해서 몸에 해(害)롭지 않게 지내다가 서울로 가련다. 그런데 지병(持病) 필수(必須)약(藥)을 보따리채 잊고 왔으니 처방(處方)을 받아야 할 일이 생겼으니 참 귀찮다.

5월 16일(火)

잊고 온 고혈압(高血壓) 상비약(常備藥) 때문에 정산(鼎山) 시장(市場) 보건지소(保健支所)를 차았다. 다행(多幸)히도 정산(鼎山)에서 약을 구하게 되었으나 전립선 약(藥)은 안동 시내에 가야 약이 있다고 하여 다음 기회(機會)까지는 참고 견디어야 할 것 같다.

오후에는 작년(昨年)에 심었던 깨밭으로 깨 심으러 내자(內者)와 동행(同行)을 했다. 벌써 30도에 가까운 더위가 찾아온 오후(午後) 24시(時) 경(頃)에 건강(健康)하지도 못한 사람과 일터로 가자니 미안(未安)했지만 어쩌랴! 본인(本人)도 합동(合同) 작업(作業)을 해야 한다는 것을 알기에 쾌(快)히 동행(同行)했지만 정녕 미안했다. 일몰(日沒) 때까지 1/3정도의 깨 심기 작업(作業)을 하고 지친 몸으로 귀가(歸家)하니 강행군(強行軍) 같은 자세(姿勢)였다. 누대(累代) 전래(傳來)하는 땅이라 황전(荒田)으로 버려두기가 선대(先代) 어른들께 죄송(罪悚)스러워 올해까지는 심어보는 게 후손(後孫)된 도리(道理)라 생각하여 안간힘을 썼다. 세속(世俗)이 너무 급변(急變)하여 귀한 농토(農土)가 오히려 짐이 되는 세상이다.

 2006년 5월 18일(木); 밭을 부쳐 먹고도 벌초(伐草)도 안 해주는 세상

 오늘에야 밭 300평 깨 심기가 끝났다, 마음 같아서는 바로 옆 조모(祖母)님 산소(山所)의 잔디밭도 잡초를 뽑아서 잔디를 잘 자라게 해야 할 터인데 날이 저물어 밭일이 끝났으니 묘역 정화는 뒤로 미룰 수밖에 없다. 조모(祖母)님 위토(位土)는 가올배미 옆 파주숙(坡州叔) 집터 밭이지만, 요즘은 세상(世上)이 변(變)하여 밭을 부쳐 먹고도 벌초(伐草)도 안 해주는 세상이 되었다.

 이렇게 한적한 들판이지만 오가는 길목이라서 친사촌(親四寸) 승오, 승낙, 삼종 승우, 고종사촌 가평형님 등이 경운기나 트럭으로 왕래하는 모습을 보며 손짓으로 인사를 나누었다.

5월 19일(金)

 5월 31일 지방선거(地方選擧) 입후보자(立候補者) 등록(登錄)이 마감(磨勘)되는 날이다.

기다리던 단비가 온다. 지난 3일간(日間) 깨 심기는 때맞추어 잘했다, 정산(鼎山) 시장(市場) 장날이다. 발아(發芽)가 안 된 감자, 보식(補植)용 고추 모를 구해서 보식(補植)하고 고구마 묘(苗)도 사서 심었다, 작은집 종질(從姪) 종욱(宗旭)이에게 지리골 조모(祖母)님 산소 용묘(用墓)일과 집 앞, 덤밑 논의 제방(堤防) 보수공사(補修工事)를 맡겼는데 1년 3달이 지나도록 안 하고 있었다. 앞집 세환(世煥)네 집 파옥(破屋)공사(工事)를 하러 왔기에 만나서 다짐을 받았다, 상하(尙夏) 아비도 전화하여 부탁했는데도 약속을 지키지 않았다. 상하 아비에게 일을 부탁할 때는 전화를 잘도 하더니 약속은 안 지키니 문제로다.

5월 20일(土)

알맞은 비가 온 다음 날이라 집 집마다 이종(移種)하기에 바쁘다. 우리 내외(內外)도 앞뒤 밭의 빈 이랑을 메우기에 부산했다. 이제 남은 것은 깨밭 두 군데와 콩밭만 내주 중에 옮겨 심을 예정이다. 내일은 사촌 승오(承五)의 사녀(四女) 초례(醮禮)날이라 예식장(禮式場) 하객(賀客)으로 영덕(盈德)에 찬치 보러 내외(內外)가 함께 가려 한다. 오후(午後)에는 사돈(査頓)인 영해(寧海) 박씨(朴氏)집에서 찬치 음식(飮食)이 왔다고 승오(承五)네 집에 모였다. 떡이랑, 반찬, 과일 등 골고루 보내와서 대소가(大小家) 집안들이 모여 성찬(盛饌)을 나눠 먹었다. 내일 아침 8시 정각(定刻)에 버스로 출발(出發)할 예정이다.

5월 21일(日) 사촌(四寸) 승오(承五) 사녀(四女) 혼례식(婚禮式)

날씨도 맑고 계절은 초여름, 참으로 좋은 때에 동해안(東海岸) 칠보산(七寶山) 기슭 예식장의 〈클리스탈 룸〉으로 아침 8:00에 아휴리(阿休里)에서 집안 식구(食口)들과 이웃 친척(親戚) 등(等) 친지(親知) 20여 명(餘名)이 예식(禮式) 행사(行事)에 축하객(祝賀客)으로 떠났다.

BUS는 혼주(婚主) 집을 떠나 정산(鼎山), 시내(市內), 용상(龍上)을 지날 때까지 점점 늘어나 40승(乘)이 만차(滿車)가 되었다. 새 사돈 쪽도 하객(賀客)이 많은 편이었으며 순조(順調)롭고 질서 있는 가운데 예식(禮式)을 마치고 피로연(披露宴)도 왕복노정(往復路程)도 잘 끝났다. 승오(承五)의 준비와 승후(承厚)의 뒷바라지가 좋았고 차중(車中)의 노래도 춤도 이채(異彩)로웠다. 우리 노부부(老夫婦)도 잘 다녀왔다. 오랜만에 즐거운 하루였다. 대구(大邱) 아우네는 내외(內外)에다 부자(父子)와 손자(孫子)까지 참석했다. 계절(季節)은 소만(小滿)이니 보기가 익어가는 때이다.

5월 22일(月)

길가 밭, 파주숙네 집터에 깨를 심었다. 노약(老弱)의 내자(內者)가 일 욕심이 대단하다. 자식(子息)을 여럿 둔 탓인지 천성(天性)이 검약(儉約)한 탓인지 일을 시작(始作)하면 매사(每事)에 근검(勤儉)하다. 오후(午後)에는 집에서 쉬는 게 좋다고 했는데도 내 의견(意見)을 무시(無視)하고 조모(祖母)님 묘소(墓所) 잔디밭에 무성(茂盛)한 쇠뜨기를 뽑으려 지리곡(芝里谷)으로 가서 1/10도 못 뽑으면서 해

동갑했다. 허리 아픈 노인(老人)네가 앉아서 하는 일이라 해도 풀 뽑기는 쉬운 일이 아니거든 무슨 일 욕심이 그리 많은지! 하기야 파래배미와 길가 밭은 내 조부(祖父) 내외(內外)분 위토(位土)다. 그런데 파래매미는 수몰이 되어 보상을 받았고 길가 밭은 보상을 받지 않았다. 그래서 깨를 심어 먹고 있으니, 내자(內者)도 우리 내외(內外)가 산소 관리를 해야 한다고 생각하는 모양이다. 밭에서 난데없는 한줄기 소나기를 맞았다.

5월 23일(火)

오늘은 나 혼자서 감나무 밭둑에 깨를 심었다, 구덩이는 식전(食前)에 , 모종 심기는 식후(食後) 10:00까지 했다. 내자(內者)는 집에 두고 혼자서 다 마쳤다. 그다음에는 점심밥도 싸서 조모(祖母)님 묘소(墓所)에 무성(茂盛)한 쇠뜨기와 잡초를 뽑아서 잔디를 살렸다. 잔디는 작년에 3차례와 올해 1차례, 모두 4차례를 평당 6,000원에 3평씩 사서 보식(補植) 육성(育成)했다. 매번 쇠뜨기와의 싸움이다. 늙은 우리 내외의 비장(備藏)한 결의(決意)를 우리 남매와 딸린 식구(食口)들이 아는지 모르겠다. 할머님 산소(山所)는 유택(幽宅)이요 안식처(安息處)이며 우리 후손(後孫)들이 성의(誠意)를 다해서 외형(外形)만이라도 소홀(疏忽)함이 없게 모시고 가꾸어야 한다.

5월 24일(水)

오늘은 오전(午前)부터 점심(點心)을 준비(準備)해서 또 조모(祖母)님 산소(山所) 잔디 보식작업(補植作業) 및 잡초(雜草) 뽑기를 하였다. 연일(連日) 덥던 날씨가 우리 내외(內外)가 풀 뽑기 작업(作業)을 하는 정성(情誠)을 살펴서인지 오늘따라 시원한 바람이 불어주어서 수월하게 진도(進度)가 많이 올랐다. 생각 같아서는 내일(來日) 오후(午後)에는 이번 풀 뽑기의 끝을 맺을 것 같다. 앉아서 하는 제초작업(除草作業)이지만 쇠뜨기 풀을 뽑는 것은 참으로 힘든 노동이었다.

　내자(內者)에게는 미안한 일인데도 참여의욕(參與意欲)이 대단(大端)하다. 시(媤)할머니의 자애(慈愛)로움을 느꼈던 옛정(情)을 회상하면서 할머님 산소(山所)의 가다듬는 효성(孝誠)을 보여주어 고마웠다.

5월 25일(木)

　어제의 짐작대로 산소(山所) 정화작업(淨化作業)은 근근히 마무리를 지었다. 쇠뜨기 풀도 대충은 뽑았지만, 곧 또 돋아나리라고 생각하니 좋은 묘안(妙案)이 있으면 좋겠다. 100평이 넘는 묘소(墓所)에 무슨 화초(花草)나 관상수(觀象樹)를 심는 방안(方案)이나 농작물(農作物)이라도 심어서 잡초(雜草)가 번성(繁盛)하지 않게 해야 하겠는데, 아직까지는 쇠뜨기를 잡는 방법(方法)이 없어 보인다.

　위토位土 계戒言

　조상(祖上)의 제향(祭享)을 위하여 적립(積立)한 재화(財貨)나 재물(財物)은 그 이재(理財) 관리(管理)에도 정상적(正常的) 규범(規範)을 준수(遵守)해야 하며, 약탈(掠奪) 감점(强点) 등의 방법(方法)으로 순리(順理)를 이탈(離脫)한 거래(去來)는 조상(祖上) '요료(몫)'를 감손(減損)하는 막급(莫及)한 '패륜(悖倫)'이니 근신(謹慎) 자중(自重)할

지니라. 혹시(或是) 향후(向後) 여사(如似)한 패륜행위(悖倫行爲) 발생시(發生時) 출문(黜門) 제명(除名) 조치(措置) 엄계(嚴戒) 벌(罰)

6月 2日(金)

어제는 동기간(同氣間) 회합(會合)하여 망중한(忙中閑)으로 시내(市內)에서 하루를 즐겼다. 송천(松川) 자씨(姊氏)가 78세(歲)로 수상(壽上)이시고 우리 내외(內外)가 중(仲)이며 오잠(梧岑)이 72세(歲), 이상(伊上) 김실(金室) 69세(歲), 말(末)인 승원(承原)이 61세(歲) 환갑년(還甲年)이다. 대구(大邱) 아우는 창졸간이라 참석(參席)하지 못했으나, 안동(安東) 거주(居住) 4남매(男妹)는 생존(生存)한 대로는 다 참석(參席)했는데, 산야(山野) 움고모(姑母)님(83세)이 귀향차(歸鄕次)에 동참(同參)하게 되어 모두 88명이 해물(海物) 생선(生鮮) 점심(點心)을 함께했는데 즐거웠다.

6月 11日(日)

어제 다시 서울로 왔다. 하향(下向) 때나 상경(上京) 때나 자동차(自動車)에는 언제나 챙길 것들이 무척 많다. 시골에 새살림을 차려야 하니 참으로 복잡(複雜)하다. 챙길 것도, 버릴 것도 많고 약국(藥局)에도 가야 하고 병원(病院)에도 가야 한다. 상경(上京) 도중(途中)에 천둥, 번개 치는 비를 만났다,

오늘 내자(內者)는 목욕탕(沐浴湯)으로 가고, 나는 시골서 가져온 짐도 올려놓고 물걸레질과 다음 병원(病院) 예약 일정(日程)도 챙겨야 하는 등 사는 게 쉽지 않다. 그동안 우편물(郵便物)도 점검(點檢)

을 해보아야 한다. 무거운 짐과 힘 드는 일은 아니라도 노인(老人)의 정신(精神)으로는 태평(太平)하게 잊고 앉아 있을 여가(餘暇)는 없다. 오늘 내 할 일로 풋마늘 2단 제때 사놓고 차 속의 짐도 또 챙겨 올려놓고야 자리에 들었다. 내일(來日)은 일요일(日曜日)이니 일출(日出) 사환생(사(事)還生)이지.

6月 12日(月) 〈참고내용(參考內容)〉

경희(慶熙大) 치과(齒科) 보철(補綴)은 6月 29日(木) 오후(午後) 1:30분(分)에 박선생(朴先生)과 예약(豫約)했다. 내자(內自)의 척추수술(脊椎手術) 퇴원일(退院日)을 기준(基準)으로 해서 전화(電話)로 직접(直接) 통화(通話)했다.

증권(證券) 폭락(暴落)으로 인(因)한 그동안의 결손(缺損)도 점검(點檢)해 보고, APT 6월분(月分) 관리비도 통장(通帳)에 16만(萬) 원을 입금(入金)하고 설탕(雪糖)도 15kg 1포(包)를 매입(買入)해 놓았다. 우리투자증권(投資證券)에 사둔 삼성카드 147주 10,000,000원, 3월분 이자(利子) 110,000원, 4월말(末), 6월 21 부산지하철, 8월(月)에도, 증권 손실 1,600,000원 갈 수도 있겠구나.

내자(內者)의 수술(手術)

2006년 6월 13일

서울성심병원(聖心病院)에 척추수술(脊椎手術) 차(次) 내자(內者)가 입원(入院) 일(日) 오후(午後)9:00를 지나서 입원수속(入院手續)을 끝내고 모든 시험(試驗)을 거쳤다. 거의 종일(終日)도록 혈압(血壓), 당뇨(糖尿), 심장(心臟), 심전도(心電圖), Xray 촬영(撮影) 10여 회(餘回) 등(等)을 조절하고 검사했다. 내자(內者)가 노환(老患)에다 각종(各種) 취약(脆弱)한 점(點)이 많아서 보호자(保護者)로서 다짐을 서명(署名)하는 고비가 자주 있었다. 만(萬)의 하나 불길(不吉)한 경우도 생각할 수 있었으나 진인사대천명(盡人事待天命)하는 내 마음으로 기다려볼 수밖에 없었다. 노령(老齡)에다 허약(虛弱)한 편이 아닌가. 단(但) 자식(子息) 양육(養育)에는 능력(能力)과 애착심(愛着心)이 있는 사람이라 인내력(忍耐力)이 강(强)하다고 생각하지만 혹시(或是)나 하는 내 입장(立場)은 일평생(一平生) 살아오는 동안 천신만고(千辛萬苦) 쌓은 생(生)의 결과(結果)를 보라. 건강(健康)하게 지내보고 싶은 표정(表情)과 애정(愛情)으로 수술(手術)을 결심(決心)하게 된 것이며, 종찬(宗燦) 또한 어머니에 대한 효심(孝心)으로 부모(父母)의 노후(老後)를 봉양(奉養)하고자 하는 것 같다.

위험(危險)한 요소(要素)를 어찌 떨쳐버리나. 본인(本人)의 마음은 어떨까? 가족(家族)의 마음은? 절대적(絶對的)으로 성공(成功)해야 하는 수술(手術)을 믿고 또 믿는 신념(信念)으로 건강(健康)을 지켜내리라.

6월 14일(火)

내자(內者)가 조기상(早起床)하여 샤워 후 병원으로 가서 수술(手術) 준비물을 착용(着用)하고 링겔을 꽂고 금식(禁食) 대기 중에 또 의사(醫師)가 와서 수술(手術)에 대한 미심적(未審的)은 부분을 내게 설명(說明)하고 환자(患者)를 위해서 안도감(安堵感)을 주기 위해 발설(發說)은 못했으나, 나는 속으로 불안감(不安感)이 가중(加重)되었고 복잡(複雜)한 심중(心中)에는 만감(萬感)이 오고 간다. 차라리 내가 아픈 것만 못하다.

오전 10:00에 수레 침대에 실려 병실(病室)을 떠난 아내는 나와 며느리들의 호송(護送)을 받으며 수술실(手術室)로 갔다, 걱정 말고 힘내라는 내 격려(激勵)에 미소(微笑)로 화답(和答)하며 수술실(手術室)로 들어간 늙은 아내는 오후 2:00까지도 소식(消息)이 없었다. 회복실(回復室) 문전(門前)까지는 큰며느리, 둘째 며느리와 내가 듣고 보고 싶어서 분주하게 왕래(往來)했지만 오후(午後) 4시(時)가 지나서야 수술(手術)이 끝나고 회복실(回復室)로 나왔다는 소식(消息)이었다. 설마 그럴 리는 없겠지만 아내의 신체(身體) 조건(條件)은 취약점(脆弱点)이 많아서 회복(回復)이 어려울 수도 있지 않을까 하는 못된 생각이 들기도 하면서 기다리는 내 심정(心情)은 문자(文字) 그대로 일각여삼추(一刻如三秋)였다. 인명재천(人命在天)이라 진인사대천명(盡人事待天命)으로 결과(結果)는 다행(多幸)으로 돌아왔다. 신경(神經) 회복(回復)이 빠르게 진행(進行)되어 결과(結果)도 좋은 것 같았고, 큰애 종찬(宗燦)의 친구여서인지 이송(李松) 원장(院長)과 주치의(主治醫) 안동기(安東基)박사(博士)도 병실(病室)을 찾아와 위로(慰勞)해주었다. 무척 어려운 하루였다. 여자(女子)는 약(弱)해도 어머니는 강(强)하다는 옛말이 기억(記憶)났다. 내 아내는 강(强)했다.

6월 15일(水)

어제는 고통(苦痛)이 심했지만, 오늘 아침부터는 모든 과정(科程)이 순조(順調)롭게 회복(回復)되어 환자(患者)의 상태는 참 좋다. 내 자식(子息)들 이외(以外)엔 처가(妻家)에만 수술(手術) 소식(消息)을 전(傳)했다. 죽만 세 끼 먹고 회복(回復) 보조기(補助器)까지 도착(到着)해서 의사(醫師)의 시범(示範)으로 보조기 착용(着用)을 시험(試驗)해 보았다. 아마리 사촌(四寸) 승오(承五)에게 통보(通報)하였다.

6월 17일(土)

도형 어미가 전날 밤에 병실(病室) 간호(看護)를 맡아서 오전(午前)까지 오줌 받아내기, 죽 먹이기 담당(擔當)했고 별이상(別異狀)이 없었다. 대구(大邱), 오잠(梧岑)에 통보(通報)했고, 큰며느리와 딸이 갖고 온 별미(別味)인 전복죽, 미역국, 쇠고깃국 등을 환자(患者)에게 드리려고 매일(每日) 같이 날라 온다. 기력(氣力)이 회복(回復)되어 오늘 새벽에는 화장실까지 다녀왔다. 차츰 기력(氣力)이 좋다. 오늘 밤에나 내일(來日) 아침에는 스스로 화장실 나들이를 해야 할 텐데 내 기력으로는 아내를 감당(勘當)하기에 부족(不足)할 것 같다.

오늘도 주치의(主治醫)는 보조기(補助器) 착용(着用)을 권유(勸誘)했으나 환자(患者)가 미루기를 요청하여 하루 뒤로 미루었다. 지현이 어미도 전복죽을 쑤어 오는데 각(珏)이네는 아직도 어미가 오지 않았다. 아마도 교직이 바쁜 모양이다.

6월 19일(月)

환자(患者)는 많이 좋아진 상태(狀態)다. 이젠 내자(內者)가 한결 젊어진 기분(氣分)이다. 대소변(大小便)도 보조기만 채우면 동행(同行)과 함께 오고 갈 수도 있고 진통제(鎭痛劑)도 주사(注射)는 그만하고 꼭 필요(必要)할 때만 준다고 한다. 모든 상태(狀態)가 호전(好轉)되고 있다. 간밤에는 도형어미가 수직(守直)하고 상하아비도 퇴근(退勤)길에 들렀는데, 지현 어미가 모녀(母女)가 해온 과일 등을 먹고 상하 대학진학(大學進學) 문제(問題)는 국내(國內)에서 의과대학(醫科大學)에 진학(進學)해보려고 한다고 한다. 어려서 미국(美國)에 가서 영어를 배우느라 고생(苦生)한 효과가 있나 보다.

6월 20일(火)

아침 일찍 6:50분(分)에 병원(病院)으로 갔다. 낮 당직(當直) 간호(看護)는 내 혼자서 하는데, 큰며느리가 요리(料理)를 해오고 우리 집에서는 영계탕도 준비해서 병원(病院)에 오니 고맙게 먹었다. 저녁에는 딸이 와서 수직(守直)을 해주니 나는 편안한 밤을 보냈다. 환자의 경과는 순조롭다.

6월 21일(水) 오늘은 하지(夏至)날이다.

집에서 아침을 때우고 환자(患者) 보러 갔다. 종일(終日)토록 보행기(步行器)에 의지(依支)해서 걷기 운동과 소변길 등을 다니도록 도와주어서 움직이고 걷기 운동을 시킨다. 운동을 많이 해서 척추를 둘러싼 근육들이 튼튼해져서 곧게 서서 보행(步行)할 수 있게 되는 것이 목표(目標)다.

올해 장마가 시작되는 날이라고 한다. 장마 전(前)이나 후(後)에 전원(田園)에 한 번 다녀와야 하는데, 내자(內者)의 독립(獨立) 보행(步行)이 가능(可能)해야 떠날 수 있다. 이상리(伊上里) 김실(金室)이 내자(內者) 환후(患候)에 위안(慰安) 전화(電話)를 해왔다. 우리 상하(尙夏)가 영어(英語) TOPLE시험(試驗)에서 만점(滿點)을 맞았다고 한다.

7월 1일(土)   19일(日)만에 퇴원(退院)

주치의(主治醫) 안박사(安博士)에게 퇴원(退院) 의견(意見)을 냈더니 그렇게 해보자고 쾌(快)히 승낙(承落)을 얻게 되어 오전(午前) 11시경(時庚)에 짐을 꾸려 퇴원수속(退院手續)을 서둘렀다. 수간호사(首看護師)의 조언(助言)도 큰 용기(勇氣)를 주었다. 총 진료비는 2인용(人用) 병실사용(病室使用)을 했지만 생각보다 많아 500만(萬)원에 가까운 비용(費用)을 지불(支拂)했다.

입원(入院) 당시(當時)의 불안(不安)했던 마음은 다 가고 이젠 갱생(更生)하는 기분(氣分)으로 내외(內外)의 마음은 기뻤다. 참 좋은 세상에 태어난 우리 부부(夫婦)다. 자식(子息)들의 도움도, 가세(家勢)

도 모두 여유(餘裕)가 생긴 탓이다. 며느리들이 내자(內者)를 퇴원시켰고 큰애(宗燦)이 생선(生鮮)을 사들고 집으로 퇴근(退勤)했으며 종태, 종각이도 찾아왔다.

서투른 보행(步行)이지만 의지(依支)해서 거실(居室)을 어정거리는 내자(內者)의 모습이 분명(分明) 새삶을 찾은 것 같다.

입원(入院) 기간(其間) 중(中) 문병(問病)은 지친(至親)들과 소문(所聞)으로 전(傳)해 듣고 안부(安否)를 물어온 동기(同氣)들에게도 고마움을 느낀다. 혹시(或是)나 했던 우려(憂慮)는 지나갔으나 속(速)히 운동(運動)으로 회복(回復)하여 고향(故鄕) 정든 집에도 한번 가보고 싶다. 퇴원(退院) 시(時) 원장(院長)이 상하 아비의 친구(親舊)라고 10%를 되돌려주었다. 적지 않은 돈이었다. 종신(宗信)이는 스페인에서 안부(安否)를 했다.

발걸음은 다시 고향故鄕으로

2006년 7월 16일(日)

환자(患者)인 내자(內者)의 병세(病勢)가 조금씩 차도(差度)가 있는 듯하다. 고향(故鄕) 전원(田園)을 둘러보고 싶으나 계속되는 장마로 가보지 못하고 있다. 간밤과 오늘 낮에 전국(全國)이 이번 장마가 최악(最惡)을 맞을 것 같다는 예보(豫報)가 있다. 이미 강원도에서만 27명이 사망하였고, 실종자(失踪者)가 다수 났고 강우량(降雨量)도 엄청나다. 평균 300mm에 이르는 물바다라고 한다.

집중호우(集中豪雨)라는 신조어(新造語)가 최근(最近) 5년(年) 이래(以來) 성행(盛行)하고 있는 데, 300mm 이상도 허다(許多)하다고 한다. 대구(大邱) 아우 네가 비 피해(被害)가 없는지? 앞 베란다에 또 누수(漏水) 현상(現像)이 있다. 집중호우(集中豪雨)에 독거(獨居) 노인(老人)들이 실종(失踪)되는 등 피해(被害)를 입고 있다고 뉴스에 나온다. "늙기도 서러운데 외롭고 사고까지!"

부산(釜山)에서 고종(姑從) 유환(有煥)이 안부 전화를 했다. 착해라! 오늘 밤에 고향 전원이 집중호우에 시달린다고 한다.

7월 17일(月) 제헌절(制憲節)

지난 3일간(日間)은 수해(水害) 천지(天地) 아수라장의 연속이었다. 인명피해(人命被害)로 사망(死亡)과 실종(失踪)이 50명이었다. 이재민(罹災民)이 2,400여명(餘名)이고 가옥(家屋) 파괴(破壞)만 해도 2,600여 채이다.

오늘은 음력(陰曆)으로 병술년(丙戌年) 유월(六月) 이십(二十) 삼일
(三日) 내 조부(祖父)님 수제(修齊) 부군(府郡) 기일(忌日)이다. 근검
(勤儉) 위업(爲業)으로 가세(家勢)를 일으키시고 위선봉사(爲先奉祀)
에 극진(極盡)하신 어른이시다. 내 입신양명(立身揚名)을 바라시던
조부(祖父)님 생전에 만분지일(萬分之一)의 효성(孝誠)도 보답(報答)
하지 못했다. 불효(不孝)를 용서(容恕)하십시오. 조부(祖父)님의 영
혼(靈魂)을 모시는 기제(忌祭)는 미성(微誠)이나마 진심(眞心)으로 공
손(恭遜)히 모셨다. 조부(祖父)님께서는 자식(子息)들에게 누(累)를
끼치지 않으시려 당신의 위토(位土)도 손수 마련하셨다. 파래배미와
가올배미 옆 밭이 조부(祖父) 내외(內外)분 위토(位土)이다.

호우(豪雨) 중에도 큰며느리가 제사 시장을 봐왔다. 자식(子息)이
모여서 제사를 올렸다. 지금 아픈 내자(內者)도 평생(平生) 성심(誠
心)으로 두 조부(祖父)님 제사(祭祀)를 모셨다.

7월 19일(水)

태풍과 장마로 폭우(暴雨)가 겹친 뒤라서 고향(故鄉) 전원(田園)이
보고 싶다. 그동안 환자(患者)인 내자(內者)에게 매달려 있느라 조금
바빴지만, 오늘과 내일은 도형 어미에게 집을 맡기고 서울을 빠져나
갔다. 안동(安東)에 도착(倒着)해서는 우리 마을까지 가는 Bus가 있
어서 쉽게 고향(故鄉)집에 닿았다. 이번 태풍으로 대추, 단감 등 과
목(果木) 4주가 쓰러졌고 감나무 접순(椄筍) 3개는 아주 떨어져 버
렸다. 집안 단장 언덕은 사태(沙汰)가 나서 집 앞 차도(車道)가 두절
(杜絶)되기도 했다. 깨밭 두 군데가 태풍, 폭우 피해(被害)로 쓰러지

고 부러져서 잘 가꾸어 놓은 작물(作物) 피해(被害)가 많다. 그래도 사촌(四寸) 동생 승오(承五)의 보살핌으로 집안이나 들판 농장(農場)의 피해(被害)가 이 정도(程度)로 끝났으니 다행(多幸)이다.

7월 30일(日) 중복(中伏)이다.

올 장마는 기상관측(氣象觀測) 이래(以來) 46일(日)이라는 최장기간(最長期間), 최대(最大) 강우량(降雨量)인 1,050mm의 기록을 세우고 7월 30일에야 끝났다. 어제도 경기도(京畿道) 안성(安城), 평택(平澤) 등에 200mm 이상의 폭우(暴雨)가 내렸다. 봄철에 그렇게 가뭄이 심하더니 장마가 이렇게 오래 갔다.

오늘은 중복으로 더위의 한 복판인 날이다. 하지(夏至)로부터 4경일(庚日)이 된다. 말복(末伏)은 입추(立秋) 다음 첫 경일인 8월 9일이 된다. 여름 더위가 한창 때인 삼복(三伏)에는 개고기탕(狗湯)이나 삼계탕(蔘鷄湯)을 즐겨 먹고 열을 열로 다스리니 이열치열(以熱治熱)이라 한다. 이 고사(古事)를 회상(回想)하며 우리 내외(內外)도 환자(患者)인 내자(內者)의 원(願)이라서 영계(嬰鷄)와 찹쌀 등을 넣고 고와서 영양(營養) 보충(補充)을 겸(兼)해 복(伏) 땜을 했다.

7월 31일(月)

내자(內者)는 수술(手術) 후(後) 처음으로 나들이 했다. 나와 함께 딸도 동행(同行)하여 경희대(慶熙大) 치과(齒科)에 보철(補綴)하러 갔는데, 장애인(障礙人)들이 출입(出入)할 수 있도록 된 병원(病院)이라서 큰 부담(負擔)없이 치료(治療)를 마쳤다. 8월 14일엔 치료(治

療)가 끝날 것이라고 치과(齒科) 의사(醫師)가 말했다.

8월 4일(金)

전세계적(全世界的)으로 폭염(暴炎)이 기승(氣勝)을 부리고 있으며, 특히 온대(溫帶)에서 아열대(亞熱帶)에서 많이 상승했다고 한다. 벌써 여러 주 째 견디기 힘든 더위다. 그 이유(理由)는 빙하(氷河)가 녹고, 대기(大氣)에 이산화탄소와 아황산가스가 차고 태평양(太平洋) 등 해안(海岸)의 원시림(原始林)이 줄어들고 있으며, 양극(兩極)과 고원(高原)의 만년설(萬年雪)이 녹아내리니 지구온난화(地球溫暖化)가 가속(加速)되고 있다고 한다. 어제도 그제도 오늘도 서울의 밤은 열대야(熱帶夜)이다.

내자(內者)의 상태(狀態)는 점점 좋아져서 혼자서 샤워도 하고 부엌도 둘러본다. 환후(患後)가 호전(好轉)이 되니 기분이 좋다. 수현(受炫)이와 상하(尙夏)가 공부(工夫)에 지쳤는지 감기에 자주 걸린다고 한다. 힘에 겨운 공부는 애들 말만 듣지 말고 보신(補身)을 하면서 천천히 하면 좋을 것인데, 애들이 하고 싶어 한다고 그냥 시키는 것 같아서 내 마음에 들지 않는다.

8월 7일(月)

장마와 폭서(暴暑)로 고향(故鄕)이 어떻게 변(變)했는지 궁금하여 전원(田園)을 살피러 간다. 오늘은 참 덥다. 저녁 6시(時)에 고향 집 대문 앞에 안착(安着)했다. 문안에 들어서니 장마 후 내리쬔 폭염(暴炎)에 뜰 안은 마치 시멘트를 바른 것 같다. 실바랭이, 참비름, 도토라지, 개머루 등 잡초들이 우거져 콩밭을 뒤엎고 있다. 위 텃밭의 고추도 폭염(暴炎)을 못 이겨 타래처럼 고개를 틀며 시들고 있으며, 참나물과 도라지는 잡초 속에서 숨어 있지만, 다만 토마토와 가지만은 붉은 열매와 보라색 열매가 주렁주렁 제빛을 뽐내고 있다.

나처럼 서투른 농군은 그나마 경향(京鄕)을 오르내리느라 적기(適期)를 얻은 거의 없다. 들판의 참깨밭은 내년에 소용(所用)할 종자는 되겠지만 식용(食用)으로는 거의 없을 것 같다. 조부(祖父)님 묘소(墓所)의 잔디는 양호(良好)한 상태(狀態)였으며 근방의 대추나무도 열매가 거의 없으나, 지리곡(芝里谷) 조모(祖母)님 묘역(墓域)은 무성(茂盛)한 잡초(雜草) 때문에 봉숭(封崇)을 제외(除外)한 펄에서는 잔디를 찾기가 어려운 정도다.

대차(貸借)해준 답곡(畓穀)은 그런대로 평년작(平年作)이 될 것이며 고생(苦生)한 농민(農民)들의 심정(心情)이 어떠할지 짐작(斟酌)이 간다, 종제(從弟) 승오(承五)의 사과 과수원(果樹園)에도 낙과(落果)가 많아서 수확(收穫)이 감소(減少)될 것 같아 걱정이 많다.

옛말에 "한 달 장마에는 풋 잎도 없으나, 일년(一年) 가뭄에는 곡물(穀物)이 있다."라고 했다. 깨 농사, 고추 농사는 큰 흉년(凶年)을 만난 것 같다.

8월 8일 입추(立秋)에 35도로 열대야다.

8월 9일 말복(末伏)에도 같다.

정원(庭園)의 잡초(雜草) 뽑기, 붉은 고추 따기로 소일(消日)을 한다. 나는 적녹색맹(적(赤)綠色盲)이라 고추 따는 데 어려움이 있다.

8월 10일(水)

더워서 피로(疲勞)에 지쳐 아침 일찍 서울로 출발(出發)했다. 고향 옛날에 안동댐 막기 전에는 강(江)물이 없어도 피서(避暑)할 곳은 되었는데 금년 폭서(暴暑)에는 더위 식힐 곳은 식수(食水)인 수돗물밖에 없다. 늙은 몸을 지내기 힘들어 정(情)든 고향 집을 떠나 서울로 왔다.

8월 11일(金)

60년 지속(持續)된 혈맹국(血盟國)과의 한미동맹(韓美同盟)을 파괴(破壞)하려 공작(工作)하는 노무현 정권(政權)을 규탄(糾彈)하는 국민대회(國民大會)가 서울시청(市廳) 앞 광장(廣場)에서 오후 3시에 열렸다. 전(前) 국방장관(國防長官) 17명(名), 참모총장(參謀總長) 이외(以外) 많은 예비역(豫備役) 군인(軍人)들이 운집(雲集)했다고 한다.

한미연합사(韓美聯合司)의 해체(解體)

주한미군(駐韓美軍) 철수(撤收) 획책(劃策)

한미동맹(韓美同盟) 파괴(破壞) 공작(工作) 저지(沮止) 등을 위한 모임이었다.

음력(陰曆) 칠월(七月) 십오일(十五日)은 세서연(洗鋤宴), '호미 씻는 날'이라 하여 머슴이나 농구(農軍)들의 잔칫날로 피로연(披露宴)이라 할 수 있다. 이날은 7월 7일부터 15일까지 기간 동안 쉬되, 하루를 정해서 잔치를 벌이고 풍악을 울리며 노는 날이다.

용계숙부龍溪叔父 11:00 부음訃音을 승오承五가 전(傳)했다.

2006年 2月 23日(金) 戊子日 正月初六日 午後

정신精神이 맑지 못해서 이상異常해질 때가 잦다. 웬일일까? 종태宗泰에게 보험료保險料 44만萬 원을 신한은행으로 송금送金했다(농협 수표手票로), 김덕상金德相 치과齒科로 진료비 50만萬 원을 송금送金했다. 10만萬 원 수표 5장, 최은자과장 발행發行, 서울 01-110314

상고喪告 용계숙부龍溪叔父 11:00 부음訃音을 승오承五가 전(傳)했다. 음력陰曆 정월正月 6六日, 노환老患으로 고생苦生하시다 지난 2月 6日부터 욱심환후尤甚患候 18일日만에 상촌上村(윗마을) 자택自宅(承洛)에서 별세別世, 안동병원安東病院 영안실靈安室에서 4일四日 매장埋葬 비위妣位 옆으로 가신단다. 오족吾族 150년年 이래以來 최장수最長壽 92세歲를 사셨다. 용상동龍上洞 안동병원安東病院 영안실에서 사일장四日葬을 치를 예정이란다. 당일當日 오후午後 9시時 열차列車로 출발出發하여 익일翌日 새벽 1시時에 안동安東에 도착하였다.

파란만장(波瀾萬丈)하게 사시다가 가셨다. 어려운 가운데서도 자식(子息) 교육(教育)에는 열심히 하셨다. 숙모(叔母)는 사적(私的)으로 내 월삼성(越三姓) 육촌 누님이시다. 다른 숙모님과도 친(親)했지만 용계(龍溪) 숙모와는 또 다른 친분(親分)이었다. 내세(來世)에는 편안(便安)하고 조용히 사시기를 빌어 본다. 이제 내 아버님 동기(同期)들은 모두 세상을 떠나셨다. 다음은 내 차례인가?

3月 4日(日) 陰曆 正月 十五日, 鳶(연) 날리던 날이다.

正月 대보름날로 傳來 名節이다. 원석절元夕節 혹은 원소절原宵節이라고도 한다. 五穀 찰밥으로 용왕신龍王神에게 豊年과 家族의 無病을 祈願하고 家畜과 百果 果實, 木花, 麻 등 모든 農事에 豊年이 들도록 天神에 祈願하는 날이다. 설 때 못다한 人事 및 歲拜, 親戚間을 訪問하고 5~7日 間을 名節로 놀고 쉬는 날이다. 東西, 上下 마을이 줄다리기 試合도 했다.

3月 6日(火) 경칩(驚蟄)이다.

冬眠 겨울잠을 자던 兩棲類, 爬蟲類, 冷血 卵生 脊椎動物들이 깨어나서 허파로 숨을 크게 쉰다. 개구리, 두꺼비, 뱀, 도마뱀 등이 겨울잠을 깨고 봄맞이 나오는 시기가 경칩니다. 겨울잠을 깨고 解冬하는 季節로 雨水와 春分 사이다. 옛말에 雨水, 驚蟄에 大同江 물 풀리고, 情든님 말씀에 내 가슴이 풀린다고 했다. 봄날답지 않게 終日 氣溫이 零下로 내려가서 움츠리고 지내는 하루였다.

3月 12日(月)

면목(面目洞) 미용(美容室) 임대건(賃貸件)은 다녀왔다. 계약갱신(契約更新), 업자선정(業者選定) 가격(價格) 인상(引上) 등(等)을 참고(參考)해야 한다. 기간(其間)은 일년(一年)으로 12개월(個月)이다. 보증금(保證金) 13,000,000원에 월세(月貰) 850,000원으로 5만(萬)

원을 인상하여 결제(決濟)를 마무리했다.

3월 20일

內者가 아들 病院에 가는 날이다. 骨多孔症, 배꼽 胚盤注射 等 治療藥으로 效果가 좋은 注射를 맞으려고 內者는 오늘도 다녀왔다. 빨리 完治가 되면 얼마나 좋을까, 기다리는 마음 懇切하다.

오랜만에 成均館을 찾아서 傳來되는 옛적 儀禮典書를 參考하고자 儒林敎養全書를 求하려 訪問햇으나 그 冊은 發刊이 된 지가 5年이 지나서 求하지 못했다. 擔當者들 말인즉 家庭儀禮, 家族法, 戶主制度 廢止 等 關係法이 整理되어서 專門書籍이 不必要한 歲月이 되어 自己네 成均館의 關心도 疎忽해졌다는 對答이었다. 참으로 寒心한 일이었다.

佛敎界, 儒道會, 其他 宗敎界들의 敎理에 따른 典範을 모두 時代에 맞도록 開發하고 있는데, 언제는 儒敎의 본산인 中國보다 우리 成均館이 더 古典儀禮에 더 밝다고 자랑하더니, 그렇게도 無關心하게 變하고 있다고 實吐를 하는구나.

漢文을 繙譯해서라도 葬喪禮, 祭禮에 關한 最小限의 典禮規範은 存續되어야 하는데, 崔根德
館長은 重任, 再任까지 貪을 내면서 傳統儀禮를 略式禮로라도 開發하는데 怠慢한 게 아닐까.

3月 30日(金)

左側 어깨에 근육통이 再發해서 放鶴洞 우리 醫院으로 갔다. 痛症

治療注射를 맞고 內服藥도 받아왔으며, 歸鄕日이 멀지 않아서 田園 淸掃 때 不便을 없앨 생각으로, 한 번 더 다녀오려고 한다. 큰아들이 開業한 우리 의원이라 쓸데가 많은 우리 집의 主所得源이라 繁昌을 바라는 마음 懇切한 게 우리 內外의 所望이다. 오늘도 病院에는 多樣한 疾病患者가 찾고 있으니 多幸이나, 맞은 편 齒科가 移轉한다는 標識이 붙어 있어 우리 患者가 줄어들지나 않을까 걱정이 된다.

專功科目은 小兒科였는데 出産率이 急激하게 減少하여 副專攻으로 老人, 皮膚, 內科 等까지 擴大하여 患者를 돌보고 있다. 이젠 나이도 많아 가는 子息의 勞苦를 念慮하지 않을 수 없는 게 父母의 마음이다.

3月 31日(土)

汝矣島 國會議事堂 앞으로 宗親會 모임에 찾아갔다. 安東市內로 移建한 望嶽亭(入鄕始祖亭子) 花樹會 서울支部 모임인데, 宗人間 親睦을 敦篤이 하고자 新春에 親睦會를 갖게 된 것이다. 名色이 元老라는 立場으로 招請을 받아서다.

宗人 中에서 福善이란 叔行靑年이 汝矣島에 開業해서 자리를 잡은 듯이 보이니 참으로 기쁜 일이다. 우리 큰 子息 親舊인데 넉넉하지 못했던 그의 父親을 回想하니, 서울 한복판에서 이만한 場所에서 우리 一家끼리 會食宴을 갖게 되니 過去를 알고 있는 내 마음도 참으로 기쁘다. 會長 外에 男女 20餘名이 參席하는 盛饌이며 歡待도 받았다. 望嶽亭 서울花樹會의 無窮한 發展을 바란다. 늙은 類, 老人들이 없어서 외롭고 쓸쓸했다.

이날 저녁 宗泰가 本社로 還歸해서 四月부터 勤務處를 變更했다고 한다. 金融監督院에서 10年餘 派遣勤務를 誠實히 마치고 이제 本庭으로 간다. 向後 發展이 많을 것 같다. 내 子息이지만 心性은 부드럽고 接人에 溫化誠實하며 職務에 勤勉 正直해서 部長을 거쳐 任員의 길도 期待할 수 있을 것 같다. 참 기쁜 消息이 아닐 수 없어, 몇 자 적어보고 內者에게도 알려주려고 한다. 기쁨은 나눌수록 더 커지는 법이라고 했거늘! 경하炅夏란 놈 정신精神 좀 차렸으면 하고, 병하秉夏란 놈 참 활발活潑하여 귀엽다.

선영묘역정화(先塋墓域淨化) 및 벌초(伐草)

2006年 9月 24日 先塋墓域淨化 및 伐草

장구말 五代祖 五代祖 山所 墳墓 封墳 中央의 棺天板 部分 沈下로 末年이나 봄에 加土해야 한다. 오늘은 先塋을 伐草하는 定日이다. 當年 有司는 宗度 外에 副有司로 宗泰, 宗珍인데 종진 대신에 宗旭이가 대신했다. 무도 盛實히 參席하였고, 내 長子 宗燦이 今年에도 記念 타올을 製作 配付하였다.

이날 以後 나는 秋夕 前前日 10月 4日(水)까지 庭園 整理, 果園 가꾸기, 호박 고추 秋收를 마치고 雜豆收穫, 고구마 캐기, 대추 收穫 乾燥 等을 霜降 前에 마무리했다.

10月 4日(水)

아침에 秋夕을 맞을 茶禮 次 서울로 올라왔다. 아직도 完快되지 않은 內者와 함께 返月餘만에 600里 長程을 쉬엄쉬엄 왔다. 茶禮 準備 祭需 等을 마련하여 午後 3時頃 無事히 서울 집에 安着하여 疲勞한 몸을 풀었다.

10月 5日(水)

아침 7時에 朝飯을 하고 鷺梁津 水産市場을 찾아 茶禮祭物(魚物 문어, 고등어, 가을 전어, 조기, 가자미 등 生鮮을 사오고, 午後 들어 큰 子息 內外와 次子 3명, 女息과 外孫 등이 咸集하여 茶禮 準備에 着

手했다. 송편, 果實 等도 準備하고 精肉은 上肉으로 준비하였다. 채소 등은 큰며느리가 예전과 같이 준비해 와서 祭物을 精誠 것 마련하느라 밤이 이슥하였다. 대구에서 아무네는 家屋重修(新築, 영천 청룡면) 때문에 不參하였다. 나는 茶禮 祝文과 紙榜을 준비하며 茶禮 祭物에 빠짐이 없는지 點檢을 完了했다. 各 家率마다 빠짐없이 祭需를 獻誠했다.

宗信이네는 스페인에 파견되어 勤務하고 있어 參席하지 못했다.

10月 19日(木)

오랜만에 4촌 동생 承五가 찾아왔다. 무척 반가웠다. 이웃의 承厚는 每日 만나지만 承五는 近 20日을 못 만나서 그리웠다. 마당에서 屋上까지 內外가 찾아 와 줬다. 들에 가는 길에 모처럼 조용한 짬이 있었던 것 같다. 땅콩은 霜降前에 캐야 한다고, 고추도 베거나 뽑아야 먹을 것이 많다고 일러주고 갔다. 오늘도 아침부터 낮까지 안개가 자욱했고, 우리 內外는 장난삼아 가로등 불 아래에 심은 땅콩이 메주콩보다는 등불 빛에 서리에 덜 탔는지 제법 알이 들었다. 유별난 가을 가뭄만 아니었다면 수확이 참 좋았을 뻔했다. 잘 영글었다.

10月 25日(木)

陰曆으로는 9月 4日, 오늘은 우리 宗珏이 귀 빠진 날이다. 內者가 9月은 내 生日 달이라고 말하다가 서울 집 베란다에 主人을 기다리는 蘭과 菊花, 冬栢 등 花草가 있는데 珏이더러 灌水 좀 하라고 連絡을 하고 孫子 놈들 消息도 물었다. 午後 늦게 7時나 되어 큰 子息이

電話를 했다. 退勤 길이라면서 제 母親의 病患이 어떠한지, 내려올 때 지가 治療해 준 허리 痛症 注射 결과를 물어왔다. 運轉 조심하라고 當付의 말을 한다.

11月 20日(月)

放鶴洞 우리 病院에 內外가 同行했다. 內者는 齒科에서 痛症이 있는 치아를 치료하며 補綴준비를 했다. 尙夏 아비는 內者에게 腰痛 치료에 □果가 큰 胎盤주사를 맞았다. 나는 왼쪽 어깨에 痛症 注射를 맞았다. 子息 자랑 같아서 말하기는 어려우나 내 큰 子息은 可히 名醫에 가까울 정도로 자기 分野에서는 遜色이 없는 醫師다. 博學이요 內實한 工夫꾼이라 하겠다.

面目洞 美容室 店鋪에서 月貰를 4個月이나 미뤄오다가 오늘에야 3個月分 240만원을 納付해서 고맙게 받았다.

2006年 11月 30日(木) 陰曆 十月 初十日

入鄕祖 成均進士 淅林公 13代 慶益公과 宜人 安東權氏

12代祖 紫陽處士 喜叔公

11代祖 將仕郎 휜暄公

10代祖 錦崖先祖 通政大夫 僉知中樞 聖嘉公

9代祖 通政大夫 工曹參議 後東公

入鄕祖, 錦崖先祖만은 恩典(奠, 과일, 고기, 전 등으로 갖춘 제사상)으로 告由하고,

紫陽處士, 將仕郎, 參議公 三位는 酒果脯로 略禮 告由로 하기로 했다.

明年度부터는 略禮, 越禮로 歲一祀 形式만 갖추기로 墓前 臨時總會
를 開催하여 滿場一致로 決議했다. 任員改選은 現會長 '在建 大夫'는
老齡으로 退任하고, 新任 安東會長은 承乙로 推戴하고, 副會長 大承,
總務 勇善로 했다.

入鄕先祖 祭享은 先旺堂 宗孫인 承局이 擔當하였다. 美風良俗은 곧
없어지게 되어 간다. 오늘 吾宗中의 年中最大行事에 參與한 祭冠은
모두 16명으로 光復當時의 1/10에 不過하다.

부동산(不動産) 정책(政策)과 딸자식(子息) 걱정

2007년 2월 7일(水) 일기에서 별지(別紙)로 쓴 일기

노무현 정부 지난 4년(年) 사이 가계(家計) 빚이 200조(兆) 원 넘게 늘어나 총 559조(兆) 원이 되었다. 나랏돈을 물 쓰듯이 하여 국가채무(國家債務)가 늘어났다. 노사간(勞使間) 세력균형(勢力均衡)을 바로잡겠다던 이 정권(政權)의 노조(勞組) 편들기로 키운 대기업(大企業)의 황제노조(皇帝勞組)란 흉측(凶測)한 괴물(怪物)은 다음 정부(政府)가 강제(强制)로 떠안아야 할 시한폭탄(時限爆彈)이다.

국가적(國家的)으로 균형발전(均衡發展)을 시키겠다며 전국(全國)을 헤집어 부동산(不動産) 투기장(投機場)으로 만들고, 허허(虛虛)벌판에 수십조(數十兆) 국민혈세(國民血稅)를 내다 버린 후유증(後遺症)도 다음 정부(政府)가 두고두고 갚아야 할 무거운 짐이다.

이는 다음 정부(政府, 이명박 정부)에 끼칠 더 큰 해악(害惡)으로 다가올 것이다. 우리 사회(社會) 각분야(各分野)에서 성취의욕(成就意欲)과 혁신동기(革新動機)가 사라지고, 국민(國民)이고 기업(企業)이고 나라 전체(全體)가 자신감(自信感)을 상실(喪失)한 잃어버린 오년세월(午年歲月)이다. 다음 정부(政府)는 자신(自身)들이 들고 들어갈 국가운영(國家運營) 청사진(靑寫眞)을 펴보기도 전에 이 정권(政權)이 무너뜨린 나라의 대들보를 다시 세우는 데만 상당(相當)한 시간(時間)과 국력(國力)을 쏟아야 할 것이다.

노무현은 임기(任期)가 끝나도 숨지 말아야 한다. 외국(外國)으로 도망(逃亡)가서도 안 된다.

도형(度亨)이네에게 처음에도 5천만 원이나 들여 전세(傳世)를 마련해주었는데, 또 올라가니 도리없이 올려주어야 한다, 정권(政權)들이 모두 부동산(不動産) 정책(政策)을 서민(庶民)들만 어렵게 펴고 있어 정말 문제(問題)다.

2007년 2月 21日(水)

날씨가 너무 일찍 따뜻해진다. 이상난온異常暖溫, 지구(地球)의 온난화(溫暖化) 현상(現像)이이 수백년(數百年)만에 급속(急速)한 변화(變化)를 일으켜서 대만(臺灣) 해협(海峽)의 어류(魚類)들 제주도(濟州島) 근해(近海) 해역(海域)으로, 제주(齊州) 해역(海域)의 따뜻한 동해안(東海岸)으로 옮겨와서 철이 그른(늦은) 동해로 몰려오고 있다고 한다.

식물(植物)들도 같은 현상(現象)이라고 하나 멀지 않아서 생태계(生態界)에 큰 변동(變動)이 일어날 것이 예상(豫想)되며, 농사(農事)에도 경종법(耕種法)이 달라질 것 같다.

딸자식(子息) 때문에 항상 걱정이다. 이제 늙어서 경제적 능력이 없다. 그런데 처음에도 5천만 원이나 들여 전세(傳世)를 마련해주었는데, 전세금이 올라가니 도리없이 올려주어야 한다. 좌파(左派)나 우파(右派)나 정권(政權)들이 모두 부동산(不動産) 정책(政策)을 서민(庶民)들만 어렵게 펴고 있어 정말 문제(問題)다.

내일(來日)은 도형(度亨)이네 이사(移徙)에 맞춰서 전세금(傳世金) 준비(準備)도 해야 한다. 딸 자식(子息) 하나 시집을 잘못 보내서 힘에 겨운 뒷바라지를 해야 하니 참 버겁게 되었다. 아들들은 그런대로 소문 없이 잘 살고 있는데, 딸 하나가 그렇게도 말썽을 부리고 있어 늦 팔자(八字)가 몹시도 사납게 되어 가네. 나이가 적은 것도 아니고, 참 고달프게 되었네. 이번으로 끝이 나겠지.

도형(度亨)이네에게 처음에도 5천만 원이나 들여 전세(傳世)를 마련해주었는데, 또 올라가니 도리없이 올려주어야 한다, 정권(政權)들이 모두 부동산(不動産) 정책(政策)을 서민(庶民)들만 어렵게 펴고 있어 정말 문제(問題)다.

2007년 2月 22日(木)

의진義晉이 통장通帳으로 30,000,000(삼천만)원을 송금送金했다. 소행所行이야 얄밉지만 자식子息인데 노숙露宿하게 둘 수야 있겠는가. 맞춰주느라 종일終日토록 노신초사勞心焦思였다.

가난함을 뼈저리게 느껴야 성공(成功)을 한다.

참으로 장(壯)한 상하(尙夏)와 서울 망악정(望岳亭) 화수회(花樹會)

2006年 12月 25日(月)

어제 일요일을 맞아 상하尙夏네 가족家族이 찾아왔다. 상하와 어미 아비가 왔다. 尙夏는 참으로 장壯한 일을 했다. 선진국先進國 미국美國에서도 가장 앞서간다는 공과대학工科大學인 칼텍, 캘리포니아 공대工大에 입학入學하게 되었으니 참으로 장壯하지 않은가. 가문家門의 영광으로 경향신문京鄕新聞 등에도 기사記事가 났다고 한다. 尙夏는 민족사관고등학교民族史觀高等學校 2학년學年 때에 벌써 미국美國 고등학교 학력고사學力考査인 SAT필기시험에 만점(滿點)을 받았다. 그뿐인가. 세계적世界的 기업企業인 삼성전자三星電子로부터 졸업卒業 때까지 3만불萬弗의 장학금獎學金도 받게 되었다니, 조상祖上님의 음덕陰德이 계신 것으로 보람된 경사慶事이다. 우리 모두 부단不斷한 노력으로 노룩榮光을 누리자.

오늘 오후午後에 종각宗珏이네 식구食口가 찾아와서 오찬午餐을 함께하고 전기電氣담요 선물膳物도 받았다.

2007年 1月 13日(土)

오늘은 望嶽亭 花樹會의 新年人事會가 있었다. 참으로 뜻깊은 날이다. 白嶽山 앞뜰 서울의 中心地에서 망악정의 주옹主翁이신 절림선조浙林先祖의 후손後孫들이 한자리에 모여 서로 간의 和合과 돈목燉

睦 先祖에 對한 존경심尊敬心을 발휘發揮하고 선양宣揚함으로서 宗中의 전정前程에 무궁無窮한 발전發展을 기대하는 뜻깊은 계기契機가 될 것이다.

회합會合의 기회機會가 거듭될수록 종회宗會의 和合과 단결團結의 度는 언만圓滿하고도 견고堅固해지며 번성繁盛하는 규모規模또한 치창熾昌할 것이다.

回顧해 보면 오늘이 있기까지 吾辛의 서울 모임은 거금距今 一世代 30年 前, 몇몇 宗人들이 會를 만들어서 기금基金도 마련하고 會合도 수년간數年間 지속持續 되기도 했으니 會員 개개인個個人의 사정事情에 따라 이합離合하는 우여곡절迂餘曲折을 겪은 後다.

智感 잇는 第二世代들의 努力으로 오늘이 있게 된 것이니, 在京 望嶽亭 花樹會의 將來는 밝고 遠大하며 吾辛의 정간楨幹모임으로 育成 發展되기를 祈願한다.

1月 25日(木) 內者와 齒科 同行 예정

第一野堂 한나라당 代表最高委員 姜在涉이 新年人事兼 國政計畫 發表 記者會見이 있었다.

1007年 1月 1日 以來 發表한 演說, 政見 및 國政質疑記者會見으로는 처음 듣고 보는 水尊 높은 演說이었다. 그동안 쌓였던 國民들의 胸襟을 시원하게 뚫어주는 明快하고도 믿음이 가는 呼訴였다.

오후 2時에 다니던 齒科에 가서 內者의 틀니 본을 뜨고 우리 醫院에 가서 子息의 醫術로서 얼굴 清掃로 기미, 주근깨, 검버섯을 除去 施術을 받았다. 現代醫術의 發展 程度를 實感하게 하는 機會가 되었다. 그 많던 얼굴의 잡티가 30分 前後해서 말끔히 淸掃되었으며 다음에 한번 더 하게 되면 顔面 觀象은 10년은 젊어질 것이라니 참 놀랍다. 큰 子息의 醫術 水準은 老人病, 알레르기, 成人病 등 副專攻이 많다

1月 27日(土)

王尊姑母(水原白氏宅) 님의 둘째 孫子인 白淳元씨께서 그제 別世하셨다. 乙未生 1919년 生이시니 88歲다. 先外家 곳인 우리 마을(아마리) 故鄕에서 出生하셨고 祖父의 妻家요 父親의 外家인 우리 집에는 자주 來往이 있었고 姻戚間인 우리 집과는 各別한 情誼가 깊었다. 結緣이 100年이 넘는 期間인데도 淳厚한 情은 斷絶되지 않았는데 이젠 더 이상 對面할 수 없게 永訣을 하셨다니 서글프다. 情 들고 낯익은 어른들은 다 떠나시고 젊은이들만 남았다. 歲月이 지나가면 人情도 다 멀어지는 게 自然의 攝理인가 보다. 부디 便安히 가십시오. 冥福을 빕니다.

勤勉節約으로 財物을 뭉았고 積善도 많이 하셨으며, 膝下 子女들도 모두 成功했다. 嗣子 鍾基 男妹는 社會的 地位로나 經濟的 基盤에서 最上類 家庭으로 向上되었으니 祝賀할 일이다. 三星 副會長 李鶴洙, 醫師, 法官, 企業오너 等이다.

1月 29日(月)

安東 望岳亭 花樹會副會長 大善叔(九龍 所在) 방조제위傍祖諸位 묘갈문墓碣文을 해독解讀하여 우송郵送하였다. 방선조傍先祖이자 덕

재공파(德齋公派) 파조, 신천辛蕆 시호諡號 문허文憲, 판밀직부사判密直司事, 박학다식博學多識하였고 安東 안동府使를 지냈으며 한국에 성리학을 처음 도입한 안향의 제자로서, 이진, 권부, 우탁, 백이정, 이조년, 신천 등 소위 6군자 중 한 명이다. 안향 - 6군자 - 이제현 - 이색 - 정몽주로 고려 성리학의 계보가 이어진다.

개경에 최초로 서원을 설립하였다. 우리 부원군파(府院君派) 派祖 신온(辛蘊) 先祖의 백형伯兄이다. 內容의 妙를 살려 정리整理 판독判讀하여 등기발송登記發送하였다. 문화재文化財 지정指定에 필요必要한 소재素材로 활용活用하려고 한다고 함.

1月 31日(水)

벌써 1月 한 달이 다 간다. 陽曆이 한 달 빨리간다, 이제 곧 설이 다가올 것이니, 진짜로 過歲할 날이 다가오니 내 나이도 한 살 더 먹게 된다. 大韓民國은 不動産 共和國으로 집값과 땅값이 世界第一이란다. 딸 子息 하나 있는데 집이 없어서 外孫子들 職場과 學校를 따라 南쪽 奉天洞에서 貰를 살고 있는데, 知覺없는 개구리 大統領의 妄動으로 집값이 暴騰하여 庶民들이 못살게 되었다. 오늘 저녁 度亨이 어미가 쭈그러진 印象으로 아비를 찾아왔다. 딸 子息에게 이미 20年 前에 江東區 明日洞에 국민주택규모 31평 아파트를 사 주었고, 그 후에도 전세를 구해주고 동생들까지 經濟的으로 많이 지원해 주었으나 사위 金家 놈이 몇 번이나 살림을 다 말아먹어서 저 모양이다.

分作없는 자가 政治를 한답시고 不動産 政策을 엉망으로 만들어 집값이 다락같이 높아져서 昨年의 倍나 뛰었다고 한다. 庶民을 조롱嘲弄하는 정권이 어찌 몽민蒙民의 指導者냐?

다시 맞이한 설과 천석고황(泉石膏肓)

2008년 무자(戊子)년 1월 26日음(土), (陰) 12월 19일 을축(乙丑)

날씨는 조금 풀려서 外部活動이 可能해졌다. 道峯山으로 登山겸 소풍으로 藥水湯 汲水를 받으러 움츠리고 있던 運動을 했다. 옛말에 "老人의 健康은 肉補보다는 行補가 좋다.'는 말이 記憶 난다. 祖父님도 그렇게 하셨다. 오는 2月 25日 就任을 앞둔 大統領職 引受委員會에서는 요즈음 不撤晝夜로 10餘年間 시달렷던 自由民主主義의 回生을 위하여 東奔西走하고 있다.

〈中國의 外交〉 노선은 도광양회韜光養晦, 유소작위有所作爲, 빛을 감추고 어두운 곳에서 실력을 배양한다는 뜻이라고 한다.

1月 27日(日)

오늘은 內者도 道峯山 藥水터로 同行을 했다. 每日같이 病자랑만 하던 사람이 무슨 생각이 났는지 물병을 챙겨 모아 배낭 속에 넣으며 自己 지파이를 찾아들고 길을 재촉했다. 중간에서 두어 번 쉬었지만 藥水터까지는 無事히 往復 氣力을 보니 무척 기뻤다. 앞으로 한 번 더 같이 가면 설 명절까지는 生水를 마실 것 같다. 제발 누워서 지내지 말고 衰弱한 病자랑만 하지 말고 산바람, 들바람 쏘이는 活氣 있는 老人이 되기를 바라는 마음 懇切하다.

1月28日(月)

새 정부(李明博 當選人) 機構 縮小案으로 18部 4處를 13部 2處로 하며, 靑瓦臺 重複業務를 統合하고, 總理室은 能率性과 效率性을 提高하며, 各部處는 모든 企業에 대한 政府規制를 撤廢한 방향으로 한다고 한다. 民主化, 開放化, 世界化, 先進化에 목표를 둔다고 한다. Business Friendly한 鄭周永, 李秉哲의 企業家 情神를 따라야 한다.

1月 29日(火)

丈人어른 忌日이 음력 12월 22일이라고 해서 모처럼 만에 妻家에 갔다. 內者와 함께 丈母님 問安겸 祭祀에 참사參祀도 하려고 제수祭需로는 문어와 시골 庭園에서 生産한 대추 3升(되)을 精誠껏 마련하고 韓服 正裝으로 갔다. 89세의 장모님은 氣力이 平安 良好하시며 처상제권妻尙諸眷이 균경均慶하니 多幸이었다. 밤이 늦도록 故 府君의 在 生時 履歷과 德談되 回想하였다. 丈人께서는 勤儉爲業, 부지런하고 아껴 써서 富農 成家하셨다.

生存하는 妻姪들의 生活形便도 稱讚하며 祭禮를 마친 뒤에 妻姪의 乘用車便으로 쉽게 歸家했다. 豊山 居住 周煥氏 永眠 消息을 듣고 生時의 情誼를 생각해서 永訣式에 參席은 못해도 若干의 慰勞金을 妻男便에 傳達했다.

1月 30日(水)

포근했던 날씨가 또 추워졌다. 新聞放送에 시끄러운 財테크 報道에 관해서 자주 出入하던 ''미래에셋 證券社'를 찾아 疑問 種目에 對한

必要措置를 해서 回復을 對比했다. 來月 2月 11日이 換賣日이다. 周易의 掛에 亢龍有悔, 높이 올라간 용은 후회가 있다.

1月 31일(木)

날씨는 조금 溫化해졌다. 집 周圍를 한 바퀴 돌다가 藥局 앞에 내놓은 韓藥 막지 두 자루를 주워서 五層花壇 머리 陽地에 널었다. 시골집 花草와 果樹 밑거름으로 쓰려고 말린다. TV, 라디오, 新聞 등 매스컴에서 國寶扱 財閥 三星의 脫稅 等 犯法疑心 事件의 特別檢察搜査에 關한 記事報道가 넘친다. 참으로 國運이 塞하고 外國들 보기에도 國家의 羞恥다. 全世界의 耳目이 集中되고 있는 三星은 世界가 아는 財閥 20位이며 電子製品 宗主企業이며 韓國의 자랑인데 어찌 그렇게도 못살게 파헤치는고!

신문 칼럼에서는 길흉동래吉凶東來라 하고 있다. 2007년 수출 1,000億佛 輸出을 比較해서 좋은 일(吉)과 凶한 일인 特檢이 같이 왔다고 한다. 그렇게도 많은 財物을 그렇게도 많이 國益에 寄與했으면 足하지, 寶石 좀 모아놓았다고 特檢이라니!

俗談에 子息이 어려울 땐 父母를 찾고, 父母가 어려워지면 子息에게 숨긴다.

2月 1日(金)

歲月은 참으로 잘도 간다. 새해도 벌써 한 달이 흘러갔고 立春이 다가온다. '冬至 後 한 달이 되면 扶杖十里(지팡이 짚고 십 리)를 더 간다.'라는 옛말이 있듯이 해도 노루 꼬리만큼은 길어졌다는 말이다.

歲暮가 다가왔는데 物價는 天頂不知로 上昇한다. 出發當時부터 無能했던 노무현 政府는 끝내 財利만 챙기고 民生을 수수방관袖手傍觀하더니 終末이 다가오니 有終의 美를 거두기는커녕 온갖 핑계를 대고 자리를 떠나 緣故地에서 總選出馬에만 沒頭하고 있다. 참으로 寒心한 者들이다. 금값은 年末 對比 4%을 넘게 올랐고, 生活必需品도 年末보다 3.9%나 올랐다.

합성어 스태그플레이션stagflation= stagnation(경기침체) + inflation(물가상승)

2月 2日(土)

설 장보기로 굴비(조기) 한 두름(10마리)을 샀다. 日本은 새로운 發電으로 太陽光 發電機 生産 工場을 세웠는데, 世界最上技術로 最大施設을 완공하였다. 大阪大學 및 政府가 産學協同

研究所를 세웠다. 韓國에서도 江原道, 慶尙北道 海岸, 麗水 等이 風力 發電 후보지라 한다.

天上三陽近 人間五福來, 來日이 立春節이니 봄철이 다가왔다.

3月 27日(木)

江陵 群善氏(宗會 監事) 來電 長時間 通話, 先祖 侍郎公園追慕事業決算(淸算) 總會 件으로 4月 12日 寧越에서 하기로 함. 次期會長 留任 等과 連續 事業 計劃 및 募金方案 및 駐車場 擴張計劃. 任員選出, 改選謀議 工作, 監事 君善氏의 復案 實吐 內容.

3月 29日 淸涼里 모임에서 討議하고자 함. 宗昌, 慶善, 顯承, 啓承,

大承 等 召集

天錫膏肓(천석고황)

漢醫에서 難治病으로 膏肓을 들고 있음. 膏는 가슴 밑의 작은 비계이고 肓은 가슴 위의 얇은 막으로 이 부위에 생기는 병을 말함. 침을 놓기도 애매한 자리고 고약으로 고치기도 어렵다고 함. 泉石膏肓이란 泉石(자연)을 사랑하는 마음이 너무 지나쳐서 膏肓과 같은 고질병의 상태에 도달함을 말한다.

옛사람들은 속세에서 出世하고 벼슬하는 것보다 한 발짝 물러나 대자연 속에서 사는 것이 더 의미있는 삶이라 여겼던 것 같다. 李退溪先生의 陶山十二曲 中 第一曲에서 "이런들 어떠하며 저런들 어떠하랴/ 草野愚生이 이리 산다 어떠리요/ 하물며 泉石膏肓을 고쳐 무엇하리오"라고 하였다.

No 10826109

성명 : Shin Seung-Gook 성별 : M

연령 : 60

과별 : NS   병실 : NICU

OPERATIVE RECORD

Date   19 94 . 11 . 29   Surgeon Prof. Kim Tae-Sung

1st assistant Dr. Kim Geun-Chang   2nd assistant Dr. Park Bong-Jin

Nurse Nrs. Eun Sun-Ye   Est. Blood loss 50 C.C.

Pre-operative diagnosis

    A-com aneurysm

Post-operative diagnosis

    same as above

Name of operation

    osteoplastic craniotomy and aneurysmal neck clipping

Procedure & findings

Under the endotracheal general anesthesia, the patient was placed on the operating table in supine position with head turned to the Rt. side about 30 degree with Sugita's head fixator. Usual scalp preparation and draping were done. The scalp incision was made on the left F-T area as Dandy incision. The 250ml of 25% solution of mannitol was rapidly administrated. The scalp flap was dissected first and then muscle and fascia were cutted and reflacted with Sugita's flame exception of temporalis muscle insertion site(just below the temporal line). With 3 burr holes, the free bone flap was made and the outer edge of the sphenoid wing was rongeured away as far as possible. Underlying dura was incised in curvilinear shape. The base of the dura was taken up to the bone edge with tension suture. The surface of brain was relatively soft and clean. After puncturing of carotid cistern, large amount of CSF was gushed out and left olfactory nerve, lt ptic nerve and lt. carotid artery were exposed. And optic chiasm was identified, after further retraction. But, left A1 was not visible. After suction of the bilateral zyrus rectus, we identified a portion of aneurysmal sac. The sac was directed to the post-inferior side and adhesed with its neibored Lt. A1 and A2, Lt. Heubner artery. Rt. A2. But right A1 portion was not seen as angiographic findings. We performed carefull dissection around the aneurysmal sac so that the entire anatomical structures were identified. Aneurysmal neck was originated from A-com aretry and neck clipping with curved Sugita's clip. After confirming of non-bleeding of the subdural space, copious irrigation by clear saline was done to wash out subarachnoid and subdural blood. The incised dura was closed watertightly. And beriplast was applied. And then the multiple dura tenting and one central tenting were performed. After epidural bleeding was controlled, the hemovac was inserted on the epidural space. The free bone flap was fixed tightly with wires at 4 points. The muscle layer and external layer were closed.

Drains : Yes / No / Sponge count : Yes / No / Tissue to pathology : Drains : Yes / No

Written by _______________   Surgeon's signature _______________

Continue on otherside

00-38 .   (190mm × 265mm)   경희의료원

* 한국 최초로 지주막하출혈을 수술로 완쾌한 첫 번째 예.
    완치 한

石潭 공께서는 1994년 11월 29일 경희의료원에서 뇌출혈, 지주막하출혈 수술을 받으셨다. 그 이전에는 한국에서는 뇌출혈 수술을 시도할 수가 없었다. 그런데 그해 경희의료원에서 국내 최초로 CT를 들여와서 뇌출혈 부위를 알 수 있게 되었다. 그동안 경희의료원에서는 신경외과 林彦교수님을 독일에 보내서 뇌출혈 수술을 준비하였는데, 마침 그때 돌아오셨다. 임언 교수님 지도하에 金泰成교수의 집도로 수술을 집도하였고, 수술이 성공적이어서 학회에까지 보고 되었다. 아래는 경희의료원 진료기록이다.

2012년 1월 02일 기록에는 그 후유증으로 치매가 와서 고생하신 것을 알 수 있다. 그런 어려운 가운데서도,

2012년 2월 06일에 "장남이 3년 만에 설 때 방문하여, 기분이 좋았다. 기억은 경도(mild)로 저하됨(depressive). 장남이 동생들 공부시켜. 자랑스런 내 아들"이라 기록되어 있다. 아버님 진심을 알게 되어 무척 기쁘다.

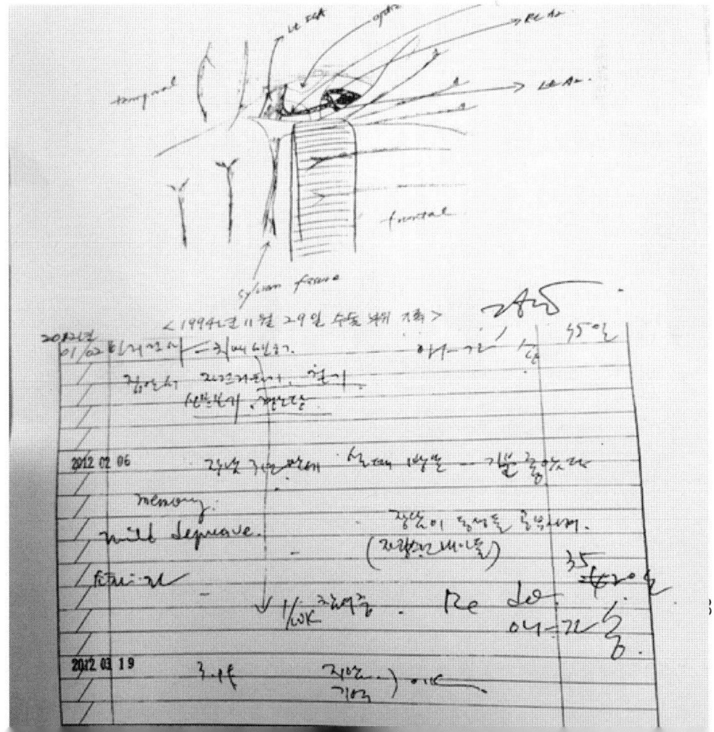

제4부

사진들과 그 시절 가족 얘기들

1946년 6월 石潭公의 월곡초등학교 제6회 졸업식

1946년 6월 홍순남 여사의 와룡초등학교 졸업식

1952년 6년제 안동농림중학교 졸업식, 사진 찍는
날 같이 자취하던 박기주朴基柱 고종형과 졸업식에
늦어서 따로 사진을 찍어서 우측 위에 붙였다고 함

위 사진에는 고종4촌 기주형 모습이 없고, 다른 두
사진에는 기주형 모습이 있다. 두 분은 항상 같이 계
셨다.

1956년 학사모 쓴 石潭 公

1956년 학사모 쓴 박기주
朴基周 고종형, 초, 중고, 대
학 동기동창인 고종사촌 형
이다

졸업식 후 대성전 옆

본관 정문 앞

1956년 성균관대학교 제6회 졸
업앨범 중에서, 좌측 맨 아래는
초, 중, 고, 대학 동기인 경제학과
박기주(朴基周) 고종형으로 대학
때도 창신동에서 같이 자취했기에
졸업앨범에 주소 같다.

1963년 2월 11일(음) 석담(石
공의 부친 죽원竹原 신주선(主
善) 公 회갑 잔치가 열렸다. 잔치
하도 풍성하여 온 동네 사람들
받은 음식으로 2차 잔치를 열었
고 한다.

마당에 차일(遮日)을 치고 회갑
을 차렸다.
둘째 아들 승원(承原) 공은 아직
등학생이고, 손녀 종희, 손자 종
종수, 종태, 종각이 태어난 상태
다. 당시에도 보기 드문 장면이
구경꾼이 많이 모였다.

당시 4형제분, 5자매, 자녀, 조
소생들이 다 모였다. 당시 생존
계시던 石潭의 생가 조부님 仏
在璡 公께서 우측 맨 앞에 앉아
신다. 고인이 되신 분들이 반이
는다.

봄비 오는 날 할아버님 생각

마당 가득 봄비가 내렸다. 살구나무 가지엔 분홍 꽃망울이 다닥다닥 달려 있었고 두엄더미에서는 김이 무럭무럭 올라왔다. 경칩(驚蟄)에 농사지을 물이 넘쳐나니 할아버지는 '춘수는 만사택(春水滿四澤)이로구나'라고 하며 돗자리 짜던 손에서 고드래 돌을 가만히 놓았다. 슬며시 필사본 당음오언(唐音五言)을 펼쳐 "마상봉한식(馬上逢寒食)하니…"를 읊기 시작했다.

비 오는 날이면 할아버지는 돗자리를 엮곤 했다. '달그락 달그락', 고드랫돌 소리를 따라 할아버지의 손끝에서 왕골이 엮어져 격자무늬 고운 돗자리로 태어났다. 상큼한 왕골 풀냄새가 방 안에 가득한 날이었다. 어린 나는 먹 갈고 붓 적셔 신문지 위에 서툰 글씨로 '소년이노 학난성(少年易老 學難成)'을 써 내려갔다. 할아버지는 "이룰 성(成)자 끝에서는 붓끝이 금방 올라가지 말고 힘을 주어 잠깐 쉬었다 올라가야지!"라며 말끝에도 힘을 넣었다.

할아버지는 글 읽기는 즐겼으나 큰 선비는 아니었고 어린 시절 공부하기 싫어해서 생긴 일화도 있다. 십여 대 종통(宗統)을 이으려 백부님께 양자를 가신 할아버지는 일가의 주손(胄孫)이니 독선생(督先生)을 두고 한학을 공부했다. 주변의 기대에도 불구하고 책 읽기가 싫어 견디다 못한 할아버지는 더 이상 공부를 하지 않겠다고 결연히 선언했다. 일제 강점기라 친구들처럼 신학문을 해도 써먹기 어려운데, 구(舊)학문을 배우는 것이 더 싫다고 했다. 손자의 뜻밖의 반항에 당황한 나의 고조부님은 불호령을 내렸다. "공부하기 싫으면 굶거나 하루에 나무 아홉 짐을 해야 한다!" 지엄한 분부 지키려 할아버지는 새벽부터 종일토록 나무 아홉 짐을 했다. 이에 감탄하신 고조부는 "이제 공부는 남들이 무식하다 하지 않을 정도는 했으니 하고 싶은 만큼만 해도 된다."하고 허락하였다.

할아버지는 십 대 후반에 이미 인근에서 가장 힘센 장사(壯士)였다니 학업을 그만해도 집안 어른들로부터 신뢰를 얻었을 성싶다. 장대한 풍모의 할아버지 발에 맞는 고무신은 오일장에서 제일 큰 것이었다. 가슴을 다 덮는 할아버지의 헌헌장부(軒軒丈夫) 수염은 어릴 적 동무들에게 내 자랑거리였다. 서울에서 노년을 보낼 때 수염이 멋진 노인이라고 초등학교 예절교육 행사에 초대받은 적도 있었다. 머슴 둘 데리던 집 장손인 할아버지는 스무 살 무렵 상투를 자르고 수 백 리 밖 울산으로 가출하여 머슴 살이를 했다. 그때 몸이 고달팠지만, 마음은 편했단다. 그러나 기필코 아들을 낳아야 할 할머니가 딸만 낳고 고생하고 있다는 생각이 들자, 곧 집으로 곧 돌아왔다. 할머니는 "베 주우 적삼 입고 집 나가서 핫옷(솜옷) 입고 오셨다."라고 그때를 회고했다.

할아버지가 열두 살일 때 열여섯 살이던 할머니를 만나 백년가약을 맺었고, 평생 금슬이 무척 좋았다. 할머니는 남편이 너그러워 층층시하 시집살이를 잘 견딜 수 있었다고 했다. 말수가 적었던 할아버지지만 내게는 자상했다. 산이나 들에 나가 꼴 베거나 김매며 들풀들의 이름과 쓰임새를 일일이 가르쳐주었다. "할미꽃과 여뀌는 독초이니 절대 소에게 먹이면 안 되느니라." 또는 "여름에 소가 입맛을 잃을 땐 너삼을 여물과 같이 삶아 먹이면 입맛이 돌아온단다”
라고 했다. 나는 이때 알게 된 바랭이, 비름, 쇠비름, 속새, 띠, 도토
라지, 고들빼기, 엉겅퀴 등의 들풀들과 늘 친숙하다.

　할아버지의 나뭇짐은 아주 컸다. 보통 일꾼의 나뭇짐은 대문으로
들어올 수 있었으나 할아버지 것은 둘로 나누어야 했다. 이른 봄 할
아버지 나뭇짐에는 아주 소중한 보물이 섞여 있었으니, 물이 살짝
올라 부끄러운 듯 꽃망울이 부푼 진달래와 분꽃나무였다. 나뭇짐을
뒤져 꽃가지를 골라 병에 꽂아 놓으면 한 달이나 먼저 봄꽃을 볼 수
있었다. 여름이면 나는 할아버지를 따라 시원한 사랑 대청마루로 잠
자리를 옮겼다. 저녁이면 매캐한 모깃불 옆 멍석에 잠든 나를 대청
에 옮겨 당신의 팔을 베이고 재웠다. 할아버지의 지극한 손자 사랑
은 커다란 합죽선 바람으로 내게 전해왔다. 올빼미가 “우후후” 하고
울어대는 한밤에 겁에 질린 나는 할아버지 가슴팍을 파고들었다. 피
를 토하며 울어댄다는 소쩍새 소리도, 등나무 언덕에서 내려오는 으
스스한 사태(沙汰) 소리도 할아버지 곁에 누우면 무섭지 않았다.

　황소 울음소리로 저녁놀이 더 붉은 어느 가을날 누렇게 익은 들판
을 걸어오며 한 말씀이 있다. ‘강산은 만고의 주인이고 인물은 백 년
안에 살다가는 손님(江山萬古主 人物百年客)’이라고 한 그 말뜻을 되
새겨본다. 소를 식구처럼 여겼던 할아버지는 이른 아침마다 쇠죽을
끓였으니 새벽 구들이 늘 따뜻했다. “서걱”하고 무쇠솥 뚜껑 열리는
소리가 들리면 구수한 냄새가 방안까지 퍼져왔다. 볏짚 외에도 시래
기에 콩깍지와 등겨 등을 넣어 정성스레 끓였으니 익은 소여물에서
된장국 냄새 같은 것이 나기도 했다.

고향 마을에서 이웃끼리 다투다가 누가 옳은지 판단해달라고 가끔 할아버지를 찾아올 때가 있었다. 할아버지는 장죽을 물고 지그시 눈 감으며 마치 소리 없이 흐르는 깊은 강처럼 양측의 이야기를 듣기만 한 후 내일 보자고 했다. 감정이 날 땐 일단 기다리며 진정하는 법이라 했다. 다음 날 양측을 따로 만나 말씀을 나누고 나면 그들은 대체로 화해하였다.

내가 고등학교 1학년 때 할아버지는 도립병원에서 뼛속을 긁어내는 수술을 받았다. 농사 철에 무논에서 자주 일하다 보니 새끼발톱 무좀이 뼈로 파고든 거였다. 할아버지는 전신마취 대신에 뼛속까지 완전히 마취하기에는 부족하지만, 통증을 참을 수만 있다면 입원하지 않는 등 편리하다는 설명에 국소 마취를 선택했다. 통통 부은 살을 절개하고 예리한 칼로 뼈를 긁어내는 소리는 "빠각 빠각" 내 귀를 파고들었다. 수술대 위엔 붉은 피가 낭자하였다. 할아버지는 수술이 끝날 때까지 고통을 참으며 조용히 숨만 쉬었고, 당신의 손을 잡은 내가 오히려 파랗게 질려 있었다. 수술을 마친 집도 의사가 이렇게 잘 참는 분은 난생처음이라고 놀랐다. 할아버지는 태연히 "선생님 참 용하십니다"라 답하며 긴 수염을 쓰다듬었다. 삼국지에서 천하 명장 관운장이 태연히 바둑을 두며 독화살 제거 수술을 받은 후, 천하 명의 화타(華陀)와 대화하는 모습이 연상 되었다.

이때 환자를 치료하는 의사의 보람을 알게 된 할아버지는 내게 의사가 되라고 권하였다. 이렇게 내가 의사가 되도록 길을 열어준 분이 할아버지였다. 동생이 태어나자 나는 다섯 살 때부터 할아버님께 맡겨진 후 사랑방에 자는 '사랑방 아이'로 자랐다. 손님들 앞에서 내게 '동몽선습(童蒙先켭)'을 외게 하시곤 흡족해하시던 할아버님 모습이 오늘따라 더 그립다. 할머님을 먼저 보낸 후 열네 해 동안 나는 할아버님 곁에 있었다. 봄비 오는 날 내 마음속 할아버님 자리는 새벽 군불 땐 아랫목처럼 따뜻하다.

(2011년 제7회 보령수필문학상 수상작)

아궁이 앞 할아버지

| 첫 시집 『댑싸리비』 중에서

불이
훨훨 타는데
무쇠 쇠죽솥 아궁이에서 타는데

으흠
가슴을 덮는 흰 수염을 날리는
그곳은
쇠 죽통 앞
사랑방 가마솥 아궁이

시뻘건 불에
옛일들을 던져 넣으면
불이 더 잘 타는데

태울수록 추억은 다시 살아오는데
시뻘건 불 속에서
연지곤지 찍은 열여섯 새색시 기억도
열두 살 어린 신랑 기억도
사모관대 쓰고 다시 살아나오는데

불 속에

온갖 시름들 다 던져 넣어도

아궁이는 더 달라고 입을 크게 벌리는데

*내 조부님은 12살 때, 조모님은 16살 때 혼인하셨다.

(

할머님 산소에서

| 두 번째 시집 『저녁밥 짓는 냄새』 중에서)

초가을 하늘에 걸려

목이 길어진 노란 마타리꽃을 낫으로 벤 후

산소 잔디밭 낫질을 멈추게 하는

타래처럼 꼬이고 꼬인 보랏빛 타래난초

등허리 굽었어도 꼿꼿한 타래난초 모습은

이월 초하루 차가운 이른 새벽 목욕재계하시고

정화수 앞에 꼿꼿하시던 내 할머니 모습이다

생전(生前) 식구들을 위해 때 되면 비시던 소원들,

기묘생, 임신생, 병술생, 을미생, 무탈하고, 일 잘되고, 착하고, 공

부 잘하기를 성주님께 빌 고, 삼신 할머님께 빌고, 길쌈하기, 목화

따기, 백호등 밭에서 녹두 따기, 할아버지 도포 마 름질, 다듬이질,

큰 시루에 시루떡 찌기, 여름날 건진국수 만들기, 청포묵 쑤기, 수수

떡 만들 기….

일생의 소원들을 타래처럼 엮고 엮어

도토리 같은 손마디로 빌고 또 빌어도

여태까지 108개를 다 채우지 못해 올해도 피셨나이까

이제 그만큼 비셨으니

보랏빛 큰 꽃잎 아래

남몰래 숨은 새하얀 작은 꽃잎처럼

편안히 웃으시던 생시 때 모습으로

이제는 홀가분하게 저승에서 편히 쉬시옵소서

눈 오는 날 할머니 생각 / 신종찬

| 수필지 [선수필] 2012년 봄호에 게재된 작품으로 한국문학방송(DSB)에 방영되었고, 곧 〈이달의 좋은 수필〉에 선정되었다.

창밖에 함박눈이 내린다. 눈은 감나무 가지에 흰 시루떡처럼 쌓이고 감꼭지 위에는 커다란 목화송이를 만들었다. 무명 여러 필을 널어놓은 것 같은 텃밭의 논을 보니 무명옷을 즐겨 입던 우리 할머니 생각이 난다. 할머니를 떠올리면 흰머리 흰 얼굴에 '두 손 모아 비는 모습'이다. 소원이 그렇게도 많았던지 정월에서 이월까지 대청에 매일 정화수를 길어놓고 지성(至誠)을 드렸다.

옛날 우리 집에서는 성주, 이월할머니와 삼신할머니를 모셨다. 성주는 두꺼운 한지로 접어 대청마루 고무래 기둥에 따로 매어 모셨고 삼신할머니는 안방 시렁 위 고리짝에 모셨다. 설날 새벽이면 차례 지내기 전에 성주 제사를 지냈다. 대청마루 성주 기둥 앞에 시루떡과 나물, 육포, 어물, 과일과 맑은 술(집에서 담은 동동주)을 차려놓고 할아버님이 절을 하는 것으로 시작되었다. 성주 제사 상차림은 여느 때와 달랐다.

떡은 시루에 담긴 채로, 생선과 과일은 끝만 다듬어 올렸다. 올린 음식을 조금씩 떼 내어 한지(韓紙)에 싼 후, 고무래 공간에 던져 넣으며 소원을 빌었다. 성주란 불교가 들어오기 전부터 있었고 조상신 중에서 가장 으뜸 되는 신이다. 한반도 성주의 고향은 민요 성주풀

이에도 있듯이 경상도 안동 땅 제비원이다.

이월할머니는 매년 이월에 내려와 한 달 동안 집안에 머물렀다. 이월 초하루이면 할머니는 새벽 일찍 일어나 목욕 재개를 한 후 이월할머니께 지성 드렸다. 무릎 꿇은 후 식구마다 태어난 간지(干支)를 적은 한지를 태우며 빌었다. 비는 데는 이력이 나신 할머님은 목소리도 구성지셨다. 내 차례가 되면 "을미 생 우리 맏손자 올 한 해도 무병하고 공부 잘하고 먹고 자고 먹고 자고 아무 탈 없이 지내게 해주시옵소서!"를 세 번쯤 반복했다.

할머니가 이월할머니를 더 정성으로 모시게 된 연유는 마흔여덟에 삼촌을 낳았기 때문이다. 늦둥이가 바위처럼 무병장수하라고 증조모 산소 앞 너래 바위에 팔았고, 때맞추어 그곳에도 간절히 지성을 드렸다. 그때까지 귀한 자식을 위해 바위나 산에 파는 토템의식이 있었다. 삼신할머니가 자손의 생산을 책임진다면 이월할머니는 가정의 건강과 풍요를 책임지는 여신(女神)이다.

내가 초등학교 6학년으로 올라가던 해 정월 대보름날 할머니는 내 손을 잡고 서낭당 뒷산에 올라갔다. 달이 떠오르자 두 손을 모으고 "을미 생 우리 맏손자 올해 중학교 시험에 꼭 붙게 해주소서!"를 계속했다. 그 덕분인지 나는 원하던 중학교에 무난히 합격하였다.

내 고향 동네를 동구에 신선이 놀 만한 큰 바위들이 모여 있다하여 '선암(仙岩)골'이라 부른다. 늙은 느티나무가 뿌리를 내린 선암의 뒷산을 '백호 등'이라 한다. 백호 등에 널어놓은 명대래(목화송이)가 눈처럼 피면 나는 다래끼를 매고 할머니와 다래 밝으러(목화솜을 따는 것)갔다. 목화를 다 수확한 후에도 목화 나무를 베어 양지

바른 곳에 널어놓으면 다 여물지 않은 열매들이 익어 목화송이가 피었다. 이렇게 목화는 죽은 나무에서 다시 한번 꽃이 피었다. 그곳은 앞이 탁 트인 높은 곳이었다. 먼 들판을 바라보며 "나는 크나큰 집에서 자라서 크나큰 집으로 시집왔다."라고 하시던 할머니 모습이 눈에 선하다. 크나큰 집이란 사대봉사(四代奉祀)하는 집이란 뜻이었다. 할머니는 사대봉사 하는 집으로 시집온 것을 언제나 큰 자랑으로 여겼다.

할아버지가 어린 신랑 12살이었고 할머니는 네 살이 더 많은 16살이었을 때 백년가약을 맺었다. 할아버지가 아들이 없는 큰아버지(나의 증조부)에게 양자 왔으니, 할머니는 시조부모 2분과 시부모가 4분(친가와 양가)를 모셨다. 어른들이 아무리 너그러웠더라도 시집살이가 무척 어려웠을 것 같다.

어릴 적 할머니가 친정 갈 때는 날 데리고 가곤 했다. 십 리쯤 산길을 걸어가다가 할머니 친정집인 선외가(先外家) 동네가 보이는 언덕에 이르면 할머니의 어머님 산소가 있었다. 길가에서 멀지 않은 그곳에 들러 두 번 절하고 무언가를 비셨다. 할머니가 기뻐도 슬퍼도 눈물이었던 것은 열두 살 어린 나이에 어머님을 잃었기 때문이라고도 한다.

정 가는 길에 달걀처럼 높고 가파른 고개가 있어 '달걀 재'라고 하며, 굽이치는 낙동강을 따라 은빛 모래사장이 여러 군데 펼쳐져 있었다. 고개를 내려가다가 보면 둘레가 몇 아름이나 되는 마당만 한 반송(盤松)이 위용을 자랑했다. 그 소나무에는 높지 않은 곳에 엉켜진 가지를 바탕으로 깔아놓은 맷방석이 있었다. 그곳에서 호랑이가 개나 아이를 잡아와 먹었다는 얘기를 들었으니, 그 옆을 지날 때면 오싹하여 쳐다보기도 어려웠다. 선외가 집은 오래되기도 하였고 무서웠다. 그 동네에 사는 초등학교 동무들 말로는 밤에 스스로 울어 '귀신 집'이라 했다. 퇴락하여 벽까지 일부 무너진 커다란 집에서 나는 무서움에 떨며 할머님을 꼭 껴안고 잤다. 안동댐으로 수몰될 위기에 놓인 그 집을 지금은 영남대학교 박물관에 보존되고 있다고 하니 언제 꼭 들러보고 싶다.

할머님 손을 잡으면 대나무처럼 굵은 마디에 손가락도 비뚤어져 있었다. 봉제사나 명절 등으로 떡 할 일이 많아서 디딜방아 호박에 찧어서 여러 번 다쳤다고 했다. 손자들 코딱지로 등이 마를 날이 없었지만, 그 많은 손자를 한 번도 귀찮아한 적이 없으셨다. 할머님은 폭풍우 치는 가을날 새벽에 중풍을 맞으셨다. 쓰러진 지 이틀 후 정신이 약간 돌아오자 나를 한 번 보고 싶다고 한다는 소식을 들었을 때, 시골로 가는 마지막 버스는 이미 떠나버렸다. 중학교 3학년이었던 나는 단숨에 사십 리 길을 달려갔다. 노루 꼬리처럼 짧은 가을 해가 떨어진 것도, 산길을 홀로 가는 두려움도 소년에게는 문제가 되지 않았다. 밤중에 낙동강을 건널 때 보름이 가까워 달빛이 훤히 길을 비춰주니 다행이었다.

누워 계신 할머님을 뵈니 눈물을 많이 흘려서인지 퉁퉁 부은 얼굴이었다. 한밤에 도착한 내가 할머님을 부르자 말씀도 못 하시고, 눈물만 더 흘리셨다. 할머니는 나흘 정도 투병하시다가 음력으로 시월 보름날 한 많은 칠십 세의 생을 마감하셨다. 그때 무서리는 벌써 내렸고 발갛게 익은 감이 주렁주렁 달린 뒤란 감나무 밑에서 꽃상여를 만들었다. 나는 그때 상엿소리를 아직도 기억하고 있다.

"간다 간다 나는 간다! 칠십 둘에 나는 간다! 정들었던 선암골아!

너를 두고 나는 간다!"

대학 졸업식에서 부자간

1970년대 초반 부산 광안리 해수욕장

순남 여사는 부친 홍종진(洪鐘振, 1903.4.17.~1882.12.22., 字賢甫, 號鐘善) 공의 셋째 따님으로 태어나 1950년 3월 04일 石潭 公과 혼인하였다. 洪公께서는 충북지사 경남지사 조달청장을 지낸 정해식(丁海植) 4촌 매부에게 사위인 石潭 公을 잘 지도해주도록 부탁했다. 아래 바닷가 사진은 1970년대 초반 정해식 경남도지사 재임 당시 부녀간에 부산을 방문했을 때 찍은 사진으로 보인다.

홍공洪公께서는 와룡면 지내리에 세거하는 남양南陽 홍洪씨 삼괴정三槐亭 주손冑孫으로 근검절약하여 종가(宗家)를 든든하게 세우셨고 매사에 남의 모범이 되셨다.

석담공이 향나무에 직접 쓰고 서각(書刻)하여 처당(妻堂)에 걸어드린 편액. 을사년(1989년) 작품

장남 종찬 폐백 오는 날 면목동 집에서. 홍순우洪淳友 공은 정통 내무 관료로 행안부 고위공무원단으로 퇴임했으며, 녹조근정훈장을 받았다.

홍순남 여사가 평생 간직하고 있는 동생 고3 때 사진

아마도 안동 법원에 다니실 때로 보인다.

충북도청에 다니실 때로 보인다.

막내 아들 종신(宗信), 손자녀, 내외분

손자녀들, 수현, 준하, 경하, 지현

장손 상하(尙夏) 돌 때 찍은 사진이다.

장손 상하, 장손녀 수현, 석담 공

어느 아들 결혼식 때로 보인다.

1993년 9월 장남 박사학위 취득 날이다.

장손 상하 민족사관고등학교 초대

1986/3/2일 장남 종찬 결혼 폐백 장면

수현, 홍순남 여사, 영하

아들 종찬, 홍 여사, 손녀 수현, 딸 종희

목련꽃 당신

| 넷째 고모님 신순화辛順和 여사 영전에 바칩니다. 〈계간문예 문학상〉을 받은 첫 번째 수필집 『서울의 시골의사』에 수록된 작품입니다

출근하자마자 고향에 사는 넷째 고모님의 부음(訃音)을 듣고 종일토록 펜을 잡은 손까지 떨렸다. 당신과 함께했던 순간들이 밀려왔다. 젊은 시절의 새하얗고 통통했던 목련꽃 같은 얼굴이 떠올랐다. 고운 설빔 차림에 윷가락을 던지며 참나무 장작 깨어지듯이 "모야!" 하고 외치던 고모님의 맑은 목소리가 그리웠다. 마지막으로 뵈었을 때 암 투병 중인데도 친정조카 왔다며 반갑게 웃으시던 모습…. 당신의 부음이 더욱 슬펐던 것은 고모를 잃은 상실감에 더하여, 당신의 '일생의 한'을 알고 있기 때문이었다.

초등학교 시절 고향 집 고방에서 주전부리를 찾던 중에 어느 궤짝의 문을 열었다. 그 안에는 오래된 우리 집문서뿐만 아니라 부친, 고모들과 삼촌의 오래된 성적표와 졸업장들이 나왔다. 성적표와 상장 중에 넷째 고모님 것도 있었는데 성적표는 아주 우수하였고 같이 받은 우등상장도 있었다. 그 후 20년이 지나 문득 고모님의 성적표를 새삼스레 떠올리게 하는 계기가 있었다.

내가 마흔이 될 무렵 고향 아주머니 한 분이 진료실로 찾아왔다. 그분 집에서 멀지 않은 곳에 내가 개원하고 있다는 소문을 들었단다. 서울에 이사 온 지 10년이 넘었는데 지척에 고향 친구의 장조카를 두고 몰랐다며 반가워했다. 고모와는 일제 말에 초등학교에 같이 입학하였고 몇 안 되는 여자 동창이란다. 간간이 진료받으러 와서 넷째 고모님과 보낸 초등학교 시절의 소중한 추억들을 전해주었다. 그중에서도 초등학교 졸업식에 있었던 일은 참으로 안타까웠다.

그날도 8.15해방 직후 우리나라 풍속도의 하나였던 눈물의 졸업식이 거행되었다. 답사 차례가 되자 고모의 친구는 우리 고모가 답사하기 기대했는데, 읍내 상급학교에 진학한 다른 남학생이 해서 무척 섭섭했다. 졸업식 노래를 하는 순서가 되어 보내는 가사인 재학생의 1절이 끝나고, 떠나가는 가사인 졸업생의 2절이 시작되자 장내는 온통 울음바다가 되었다.

"잘 있거라 아우들아, 정든 교실아! 선생님 저희들은 물러갑니다. 부지런히……."

졸업식은 끝났지만, 나중까지 남아서 우는 졸업생이 하나 있었다. 넷째 고모였다. 6년 내내 남녀를 불문하고 어떤 학생 못지않은 우수한 성적이었지만 안동 읍내 상급학교에 진학하지 못했기 때문이었다. 당시 우리 집은 큰 부자는 아니었지만, 시골에서 아버님을 서울에 대학까지 보냈으니, 고모님이 중고등학교정도는 갈 수 있었을 것이다. 담임선생님이 아무리 달래도 고모가 울음을 그치지 않았다며 당시 선생님의 말씀까지 전했다.

"사범학교도 충분히 갈 수 있는 아이인데. 너희 집은 충분히 중학교에 보낼 여유가 있는 집인 걸 잘 아는데……."

고모님은 증조부모와 조부모가 계시는 대가족 집에서 2남 5녀 중 넷째 딸로 태어났다. 시집가기 전 많은 식구들과 정이 들어서인지

나이 들어서까지 평생 친정을 '우리 집'이라 하며 친정사랑이 유별났다. 이런 고모님이니 처녀시절 한 말 중에 이런 말이 있다.

"내가 없는 게 뭐 있노. 언니, 오빠, 여동생, 남동생이 다 있지. 생선은 가운데 토막이 좋으나 사람은 가운데가 서럽다."

누구나 태어나고 싶어 태어난 것은 아니지만 나름대로 능력과 갖가지 꿈을 안고서 세상에 왔다. 그러나 아들을 중시하는 유교적 관습에 따라 고모님은 상급학교에 가지 못했다. 오랜 관습으로 내려와 없어지지 않을 것 같던 남녀 차별 문제는, 이제 점차 설 땅을 잃고 오히려 딸을 선호하는 사람들도 많은 시절이 되었다. 고모님에게도 고등교육을 받을 기회가 주어졌다면 어떻게 되었을까? 요즘 태어나셨다면 능력을 제대로 펴고 살 수 있었을 것 같다.

고모님과 초등학교 동창이면서 내 초등학교 은사님인 분이, 교장이 되었다는 소식에 고모님은 반가워하면서도 부러움과 아쉬움에 찬 말을 했다. 그 선생님 아명(兒名)을 부르며 "나도 그 동무보다 못하지는 않았는데… ."

고모님은 아들은 하나지만 딸은 다섯을 두었다. 아들을 바라다가 딸을 많이 낳았다며 무척 섭섭하다고 했다. 그러나 1년 전 입원하신 고모님께 문병차 갔을 때 내 손을 잡으며 딸 자랑을 했다. 귀하게 키우지도 못한 딸 다섯이 모두 효녀여서 행복하다고… .

고모님을 회상할 때 제일 먼저 떠오르는 모습은 언젠가 보았던 감동 치마에 흰 저고리를 입은 처녀 시절 갓 시집온 내 어머니와 같이 찍은 사진이다. 사진 속 고모님은 단아하고 하얀 목련꽃 같았다. 젊은 시절에도 노란 개나리처럼 쉽게 웃음을 터뜨리지도 않았고 붉은 진달래처럼 얼굴이 쉽게 달아오르지도 않았다. 철이 일찍 들었다고 나 할까. 모처럼 친정에 왔을 때 수북이 자란 연한 봄 미나리를 베어 고추장에 비벼 먹으며 역시 우리 집 고추장 맛이 제일이라 했다. 그때 분 바른 코끝엔 땅 방울이 수정처럼 맺혀 있었다.

중학생 때 어느 봄날 토요일 고모님을 뵙고 싶어 고모님 댁에 들렀을 때 바쁜 가운데서도 친정 장조카가 왔다며 금방 한 상 차려주었다. 고모님 사랑이 듬뿍 든 그 밥상 위의 구수하고 매큼한 북어찜이 그립다. 어릴 때부터 보살펴온 정든 조카라 유달리 날 사랑하시던 고모님! 당신 계시는 저승에도 봄이 오고 당신처럼 고운 목련꽃이 피나요?

막내고모님 영전(靈前)에

| 첫 시집 『댑싸리비』 중에서

벗겨진 흰머리가 흐느낀다
가버린 꼬부랑 할머니가 그리워서
조화(弔花) 사이로 보이는 하늘이
유난히 검은 오늘, 밤이 늦어서야 찾아왔다

어릴 적 할머님 말씀에
갓난아기인 내가 울면
가슴에 안았다가, 등에 업었다가,
기저귀를 자꾸만 적시면
서로 기저귀를 빨겠다고
고모님 두 분이 다투셨다는 기억에
나는 울음을 그쳤다가 또 흐느껴 운다

고모님은 날 데리고
친구네로 삼 삼으러 갔다가,
들판으로 달래 냉이 캐러 갔다가,
앞산에 진달래 꺾으러 갔다가

개구리 우는 미나리 논에 들어갈 적에
허옇게 자란 미나리처럼 길던 종아리며,
어린 시절 길게 땋았던 고모님 댕기머리며,
감동 치마 흰 저고리 시렁에 두었다가
친정 오면 갈아입던 고리짝이며,
친정 올 때 풍기던 향긋한 분 내음이
내 눈물 속에 녹아 흐른다

이렇게 가버리시면 난 어떻게 하나
한마디 말도 없이 가버리시면 어떻게 하나
이 꼬부랑 할마씨야, 할마씨야!
고향 아마리에 기와집 새로 지으면
손잡고 하룻밤 꼭 같이 자보자고
약속하며 웃으시던 바보 같은 이 할마씨야!

서울에서 칠백 리를 달려오느라
어둠은 까맣게 내리고
내 벗겨진 흰머리는 흐느끼고
가을 하늘처럼 고운 이를 따라
내 어린 시절도 이제 영영 가버렸네

석담 공 4촌 동생 承貞 공의 약혼식에서

석담 공과 4자매들, 좌로부터 나이 순서

석담 공의 사촌 동생 承勇 공의 부인 예산
숙씨와 사촌 동생 承玟공 내외분. 특히 다
서울에 자리 잡고 있던 承勇 공 내외분은
집이 서울로 이사 왔다고 무척 반겼으며,
이 신림동이라 큰집이 이사 온 면목동이
무척 멀었지만, 제사 때는 하루에 두 번
시기도 했다. 또한 宗燦이 처음 서울에 다
입학시험 때부터 보살펴 주었으며 평생
혜를 잊지 못하고 있다. 從姪인 宗燦의 서
으로 '세상에서 가장 착한 사람'이라고 서
한다. 류마티스관절염으로 무척 고생히
사셨지만, 끝까지 善하게 사셨으니 분명
堂에 가셨을 것이다. 승문 공도 열심이었

장남 결혼 폐백에서 재종숙 武善 공,
사촌 동생 승오, 승낙, 승용

석담 공 막내
고모(南雲爕)

월곡초등학교 운동회날 4형제분. 월곡 초등학교 운동회는
지역 주민들 축제였다.

구옥舊屋 본채 앞에서 재종조부 在文 공, 부친, 孟善 숙부, 太善 숙
부, 鏞善 숙부, 又善 재종숙부. 본채는 5간 겹집인 총 10간 집으로
아주 컸다. 이 외에도 큰 대문이 있는 대문간 채와 방앗간, 뒤주 2개
고방, 방앗간, 마루로 구성된 아래채로 된 ㄷ자집으로 동네에서 제
일 큰 집이었다.

울릉군수 시절 멀리 독도가 보입니다.

의성군수 시절, 새마을학교에서

포항시 부시장 취임식

의성군수 시절 의성향교 명륜당 앞에

독도에서

농지개량조합 총무이사 퇴임식

경남도청 근무 시절
부산 용두산 공원에서
부친과 차남 종수, 3남 종태

장남 결혼식에서
재종숙 武善 공, 사촌 동생 承五 공,
사촌 동생 承洛 공, 사촌 동생 承勇 공

좌측 중간, 1980년 2월 장남 종찬 졸업식에서 조부님과 찍은 사진으로 조부님은 종찬에게 예과 2년 때까지 등록금을 주시는 등 성원과 기대를 많이 하셨다. 그 아래는 종찬의 혼인 때 받은 이바지 음식을 사계, 용계 숙부님께 대접하는 자리였다.

우측 아래는 1975년 대구 남구청에서 서울 내무부로 영전하면서 면목동 181-39에 안동댐 수몰 보상금으로 면목동 집을 사서 이사 온 후, 1976년 여름 서울 대소가 야유회를 북한강 강변으로 갔다. 재종숙 무선, 명선 공 가족들 承姬, 승수, 승립 등이 보인다.

아마도 1972년경으로 보이며, 백호등 공의 조부 在昔 공의 산소 앞이다.

2016년 지리골 입구에 삼안당지하三雁堂之下
여러 조상님을 한 곳에 모신 제단祭壇을 조성하고 가을 시제를 이곳에
서 지내기로 한 이후, 明善 재종숙 장남인 承立 3종동생이 유사를 맡아
가을 시제를 지낼 때인 2020년 추석으로 보인다. 자손들이 많이 모인
참으로 정다운 한때였다.

석담 공의 증조부님 묘소

석담 공 부모님 묘소

측에 안타깝게 일찍 작고한 宗映 從姪

지리골 삼안당파三雁堂派 제단祭壇

2016년부터 지리골 입구 신설한 제단에서 합동으로 시제를 올리고 있다.

제5부

조부님, 부친 한시(漢詩)와 축사들

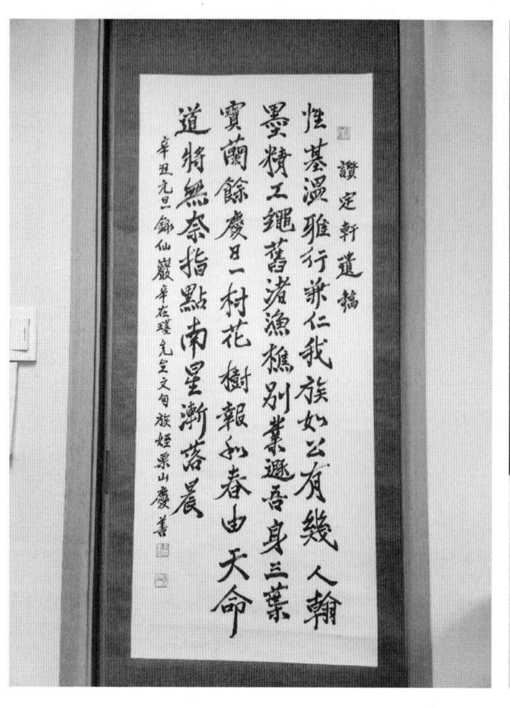 

저 종찬(宗燦)의 생가집 증조부님 (辛在璟.1885.8.23.~1964.

5.23) 字景守, 號仙巖, 증 贈官從仕朗莊陵參奉承政院祕書丞께서 族兄

집안형님이신 定軒遺稿(재호在祜고, 1879년 생, 字 宗建, 號 定軒)에

讚으로 올린 한시다. 제게 천자문을 통해 생후 처음 文字를 가르쳐

주신 증조부님의 글을 대하니, 증조부님을 직접 뵙는 것처럼 존경과

반가운 마음을 금할 길이 없다. 이에 집안 어른 慶善 공에게 부탁드

려서 위 족자를 완성하였다.

性其溫雅行兼仁 我族如公有幾人 성기온아행겸인 아족여공유기인

　성품이 온아하고 행실은 인을 겸했으니,

　족친들 중 공과 같은 분 몇이나 되겠는가.

翰墨精工繩舊渚 漁樵別業遯吾身 한묵정공승구저 어초별업둔오신

　글과 글씨는 정교하고 옛 명필들을 이으셨으나

　별업으로 고기 잡고 나무하며 몸을 숨겼다네.

三葉寶蘭餘慶日 一村花樹報和春 삼엽보란여경일 일촌화수보화춘

　보배 같은 세 아들로 경사스런 날이 남아 있고

　한 마을의 종친에겐 화창한 봄날로 보답했네.

由天命道將無奈 指點南星漸落晨 유천명도장무나 지점남성점낙신

　천명의 도를 따를 뿐 장래는 어찌할 수 없으니

　남쪽별을 가리켜 보면 점차 새벽은 오리라

출계出系 증손曾孫 종찬宗燦 국역(國譯)

石潭 公 先考 周善 公 祭文

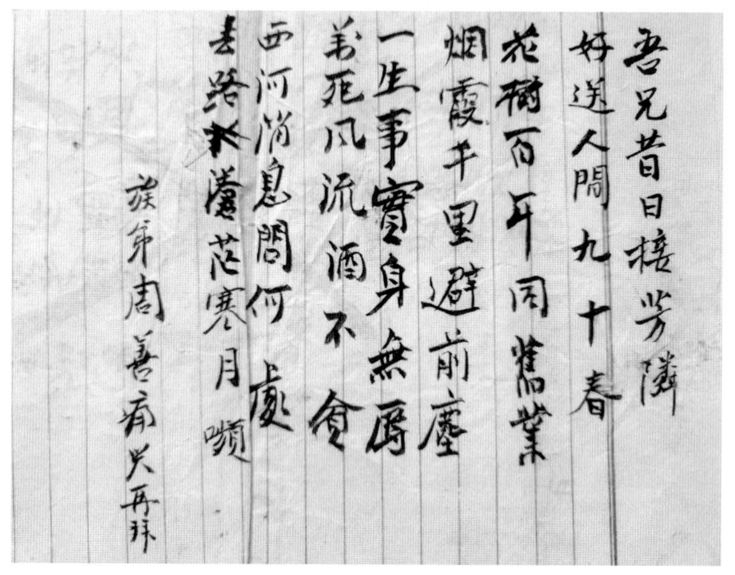

吾兄昔日接芳隣 오형석일접방린

好送人間九十春 호송인간구십춘

花樹百年同舊業 화수백년 동구업

烟霞千里避前塵 연하천리피전진

一生事實身無辱 일생사실신무욕

萬死風流酒不貧 만사풍류주불빈

西河消息問何處 서하소식문하처

春路滄茫寒月嚬 춘로창망한월빙

〈族弟周善痛哭再拜 족제주선통곡재배〉

우리 형님과는 지난날 꽃다운 이웃으로 지냈었지요.

인간 세상에서는 구십 년 간의 수를 하셨고,

평생 동안 문중 일들을 사업으로 함께 일했지요.

길이 자연과 더불어 속세의 진애(塵埃, 속됨)를 피하셨고,

일생동안 하신 일들은 욕됨이 하나도 없으셨다네.

죽는 날까지 풍류를 즐기시며 술을 즐기셨는데,

서하(西河)의 소식(형님의 안부)을 이제 어디에 물어야 하나?

봄 길은 아득한데 차가운 달빛만 찡그리고 있구나.

집안의 아우 주선이 통곡하며 두 번 절 올립니다.

번역(繙譯) (사)한국한시협회 부회장 남해(藍海) 김원동(金元東)

주선周善 公의 유일한 친필 유묵(遺墨)입니다.

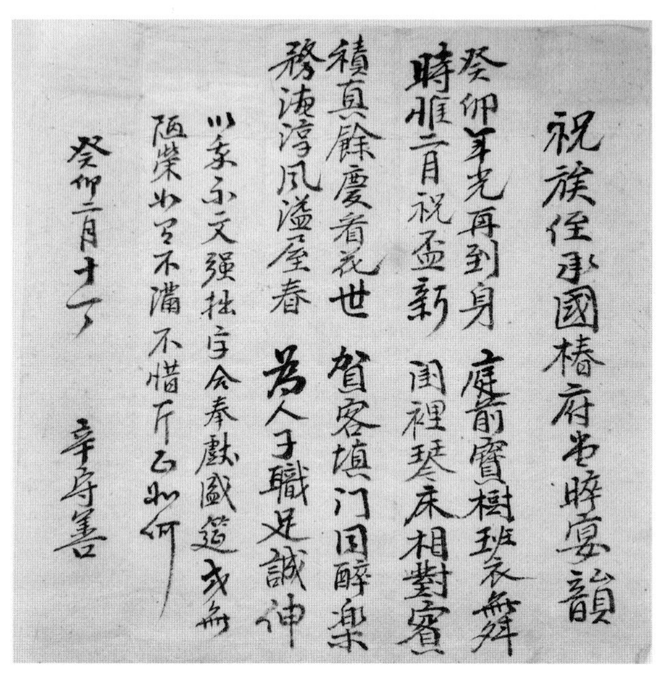

축祝 족질族姪 승국承國 춘부당 椿府堂 취연운晬宴韻

癸卯年光再到身 계유년광재도신	時惟二月祝盃新 시유이월축배신
庭前寶樹斑衣舞 정전보수반의무	閨裏琴床相對賓 규이금상상대빈
積眞餘慶看花世 적진여경간화세	務謙淳風溢屋春 무겸순풍일옥춘
賀客塡門同醉樂 하객전문동취락	爲人子職足誠伸 우인자직족성신

以我不文强拙字合이아불문강출자합 奉獻盛筵봉헌성연

或無陋榮혹무누영 如有不滿여유불만 不惜斤正如何불석척정여하

癸卯계유 2月 11日 辛守善신수선

계묘년의 상서로운 빛이 다시금 몸에 이르니

때는 2월이라 축배의 기분이 새롭구려.

뜰 앞의 귀한 자손들은 색동옷 입고 춤추며 재롱부리고

안방에선 거문고 곁에 두고 내외분이 손님들을 정답게 맞이하네.

참된 덕을 쌓아 남은 경사가 넘치니 꽃구경하듯 평온한 세상이요

평생 겸손에 힘쓰니 그 순박한 가풍이 집안 가득 봄기운처럼 넘치네.

하객들이 문에 가득 모여 함께 취하며 즐거움을 나누니, 자식으로서

직분을 다하여 부모님께 정성 다해 회갑상을 올리니 참으로 흡족해

하도다.

글을 못 하는 나로서 억지로 졸열하게 자모듬이나 해서 성대한 자리

에 받들어 올리니

혹 영광된 자리에 누가 되지 않을지 모르겠습니다.

만약 마음에 들지 않으시면 과감히 수정해 주심이 어떠시겠습니까?

척정斤正 : '도끼로 쳐 내어 잘못을 바로잡는다.'는 뜻으로, 시문(時

文)의 수정(修正)을 청(請)함을 겸손(謙遜 · 謙巽)하게 일러 쓰는 말.

번역(繙譯) (사)한국한시협회 부회장 남해(藍海) 김원동(金元東)

맹선孟善(1910.5.10.~1982.4.12.) 公의 字는 明若이며 호는 岩堂이다. 父親 재기在璂 공은 통정대부通政大夫 종사랑장릉참봉從仕郞莊陵參奉이고 모친은 김녕김씨金寧金氏 부호군 副護軍 규로圭魯 公의 따님이다. 配는 醴川林氏 秉洛公의 따님이다. 일제 초기에 臨東小學校를 졸업한 집안에서 처음 신학문을 공부했으며 周易을 肉交로 할 만큼 학문이 깊었다. 崇祖에 앞장서서 집안의 관혼상제를 주관하였고, 대소가 자손들의 이름을 손수 모두 지었다. 특히 안동댐수몰 때 望嵒亭 정하동 이건을 주도하여 현재에 이르고 있다. 공은 鄕黨의 큰 선비 어른으로 존경받았으며, 관혼상제 등 길사나 흉사에 자문하여 칭송이 자자하였다. 맹선 공은 長姪인 石潭 공을 자식처럼 아끼고 가르쳐서 유부유자猶父猶子였으며, 석담 공이 의성군수 재직 때 돌아가셔서 의성군 구급차로 모시는 등 효도하려 했으며 일생 동안 각별했다.

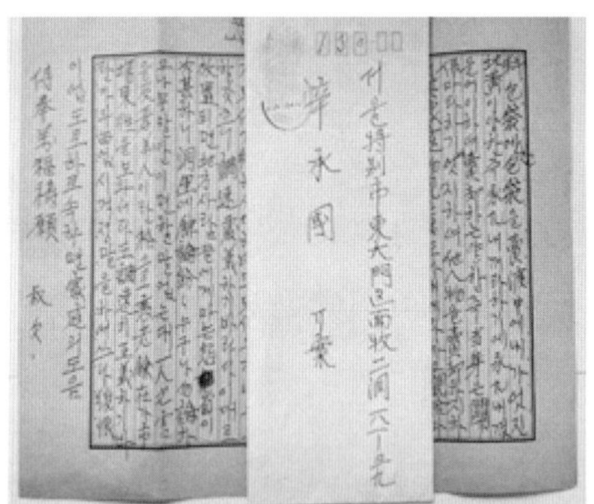

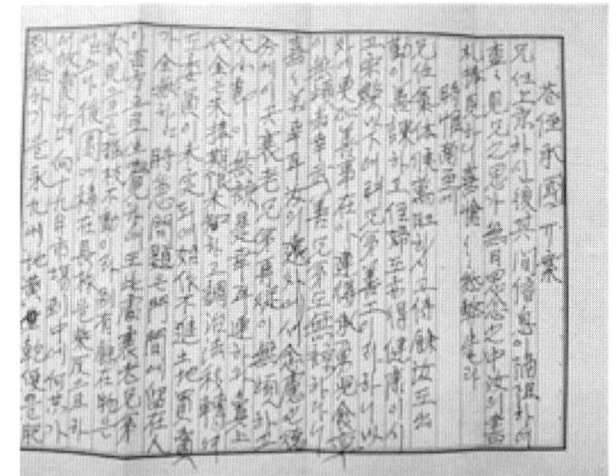

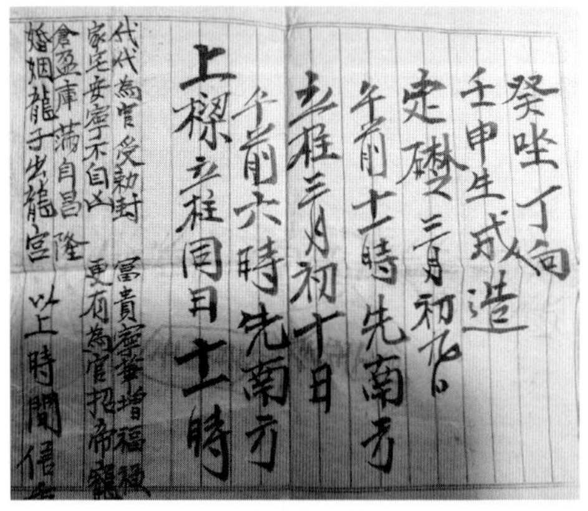

'일인지해一人之害을 반언만인反焉萬人'

맹선(孟善) 큰 숙부(叔父)님 편지(便紙) 1978년 12월 27일(소인)

답질(荅侄, 조카에게 답하노라) 승국(承國) 기안(丌案, 그런 생각이다'란 뜻)

형님(兄任) 상경(上京)하신 후(後) 기간(其間) 신식(信息, 믿을 만한 소식)이 격조(隔阻 뜸하여)하여 사사견형지사(査査見兄之思, 형님을 자세히 뵙고 싶은 생각)가 무일사념지중(無日思念之中, 생각하지 않은 날이 없었던 중에) 여(汝, 너)의 서찰봉견(書札捧見, 서찰을 보니) 희창창(喜愴愴, 기쁘고도 한없이 슬픈) 지폐(紙幣, 편지를 대하고)에 생기(生旡)라(목 매이는구나).

時惟南至(남쪽을 생각하실 적에, 고향 생각)에

형님兄任 기체후氣體候 망왕萬旺(형님 잘 계시온지를 묻고)하시고 餘汝(너 또한)도 출근出勤이 선과善課(결과가 좋고)하고 질부姪婦도 역득건강亦得健康(건강하고)이시고 종찬이하宗燦以下 여러 형제兄弟도 선공善工(공부를 잘한다 하니)이라 하니, 이외以外에 갱가선재更加善在(다시 좋은 일이 있더)아. 연득승용아連得承勇兒食率(이어서 승용의 아이와 식솔들)이 무탈다행無頉當幸(탈이 없어 다행)이다. 무선형제武善兄弟도 무량無諒(별일 없는)하다니 희희만행이喜喜萬幸耳(기쁘고 다행일 뿐이다).

여汝(너)의 원외遠外(멀리 밖에서) 염려지덕분念慮之德分(염려 덕분)에 이곳 쇠로형제재종衰老兄弟再從(늙고 노쇠한 친형제와 재종형제)이 무탈無頉하고 대소절大小節(크고 작은 인척)이 무량시행이 無諒是幸耳(다행하 잘 있을 뿐이다). 연連하와(이어서) 賣上代金(벼를 판 대금)은 미봉기한미지未捧期限未知(아직 받지 못했고 기한도 모르며)하고 조치법이전건調治法移轉件(토지 등기권자가 오래전에 사망하여 임시조치법으로 상속권자에게 간단한 절차로 이전할 수 있게 하는 제도) 위원委員이 미정未定 되어 시작부진始作不進(시작이 잘 안되고) 토지매매土地賣買가 전무全無함.

시급문제時急問題는 문간門間에 유재인留在人(사는 사람)이 백방百方으로 생각生覺하여도 차처쇠로형제此處衰老兄弟(이곳의 쇠한 늙은 형제들) 의견義見(바른 생각)으로는 요지부동搖之不義動이라 별유여재물別有餘在物(별도의 나머지 물건들)은 없으나, 후원後園에 적재장작積財長作(쌓아놓은 장작)을 시회柴灰(땔나무)로 방매放賣(마구 팔아)하며, 향십구일向十九日(지난 19일) 시장市場 (가는) 도중到中에 하모何某(아모개)가 열락烈絡(열심히 말하기)하기를 누구네 지황地黃(한약재의 일종) 건편乾便(말린 것)을 비료포대肥料包袋에 한 포대包袋을 매도賣渡 중中에 내가 어찌 地黃이 양良한(좋은) 즉 누구네 꺼라 하기에, 누구네 것을 어이하여 매각賣却하느냐 한즉, 당신當身은 관계關係마라 하기에 어찌하여 타인물他人物을 매각賣却하느냐 하니,

(내가, 숙부)가 기가정其家庭(그 집) 물견物見(물건)은 모도(무두)가 내(숙부님) 거라 했고, 관습觀拾(관습, 관계) 마라 하기에 상인商人에게 사지 마라 하고, 소관사所觀事(관계되는 일로)로 市場에 들려서 간 후, 매각처분賣却處分 했다기에, 기인其人에게 지서支署에

고발告發할란다 하니, 물견반회物見返回(물건 반환) 주겠다하기에 사계종수沙溪從嫂(석담 공의 재종숙모)와 같이 현물現物 반회返回 이십근二十斤을 십육근十六斤으로 매각賣却된 대금代金을 현물現物 이십근二十斤을 심봉尋捧(찾았다).

즉시即時 부산釜山 누구에게 전화電話하여서 그가 즉래即來하여 물대物對(물건을 대함)했네. 사실事實이 수원수후(상의) 없이 차인此人(이사람)의 시속時速(빠르게)히 하여야 하지 형임하향兄任下鄕(형님께서 고향에 오시면)하신다 하여도 兄任은 감내堪耐를 못할 것 갓흐니 조속처의調速處義하기 바란다.

이대로 방치放置되면 지방地方 사람들에게 마는 원성怨省이 차심此甚하니 동리洞里에 여론분분餘論紛紛(말들이 어지러움). 누구나 물론勿論 하고 나무(남이) 한 말이면 할 말이 업는데, '일인지해一人之害을 반언만인反焉萬人(한 사람의 잘못이 만인에게 돌아온다)'이란 격格으로 쇠로여재衰老餘在(노쇠하여 아직 살아 있는 늙은이)가 시장속성市場束性(시장의 여러 성질)을 보아서라도 조속調速히 정의正義(바르게 처리)하기 바란다. 두서斗西업시('두서없이'의 이두체 차용) 걱정 말을 하였으나 후한後恨(뒤에 한이 되는)이 업도록 하로속하면 가정家庭의 도움(이 될 것이다).

시봉만복도원侍奉萬福禱願(부모님을 잘 모셔서 만복이 깃들기를 기도한다).

음력陰曆) 戊午(1978) 十日月(11월) 二十(이십) 六日(육일) 午三時(오후3시) 숙부叔父

<해설> 이 편지를 부친 날은 양력으로 하면 12월 25일이다. 이 편지를 맹선(孟善) 숙부의 장손자인 종영宗暎 명으로 27일에 부쳤습니다.

맹선(孟善) 큰 숙부(叔父)님께서 얼마나 형님을 공경(恭敬)하고 큰집 일을 자신의 일처럼 돌보셨는지 알 수 있습니다. 예전에 공의 부친께서 시골 큰집에 계실 때, 맹선(孟善) 큰 숙부(叔父)님께서는 별일이 없으면 저녁마다 큰집 사랑에 들러 형님과 세상 이야기 등을 오랫동안 담소(談笑)를 나누신 후 적어도 저녁 10시가 넘어서야 새집(세간 난 작은집)으로 가셨습니다.

여기에 6촌 사계할아버님(沙溪, 又善)도 거의 빠짐없이 오셨으며, 다른 동생(太善)도 자주오셨으나 막내 동생(鏞善) 공은 나이 차이가 많은 탓인지 자주 오시지 않으셨습니다. 며느리인 제(종찬宗燦)의 모친은 저녁마다 막걸리를 걸러서 안주를 곁들여 대접하셨습니다. 거릿마을에 사시던 재종숙(再從叔, 在文 공)께서도 큰댁에 오시면 늘 막걸리를 대접하셨습니다.

종손자(從孫子)인 제(종찬宗燦)가 보기에는 이렇게 의(義)좋은 형제는 없다고 생각합니다. 맹선(孟善) 종조부(從祖父)의 당호(堂號, 宅號)는 금소(琴韶)이다. 일제 초기에 안동 임동소학교를 졸업하시고, 한학(漢學)을 배우셔서 주역(周易)에 통달(通達)하셔서 책을 보지 않고도 외우는 경지인 육효(肉爻)에 이르셨다. 유교(儒教) 예법(禮法)에 따라 관혼상제(冠婚喪祭)를 지도하셨으며, 안동 입향시조 이후 직계와 우리 대소가(大小家) 묘(墓)터를 잡으셨고 자손들의 이름도 일일이 지어주셨다. 또한 신(辛)씨들뿐만 아니라 인근 주민들에게도 혼인(婚姻) 날짜를 택일하는 등 평생 많은 덕을 베푸신 주변이 다 인정하고 존경하는 큰선비이셨다.

1582년 울산에 경상좌도 병마절도사로 부임하셨고, 현재 울산 박물관에 선정비(善政碑)가 있음.

● 석담(石潭) 공은 안동 군청에 다닐 때 안동시 명륜동 335-6번지에 한옥을 지었다.

대지는 샀으나 나무는 아휴리 장구말 선영 앞 적송을 사용했다. 집을 지을 때 주춧돌 놓는 시간과 기둥 세우는 시간, 대들보를 놓은 시간을 큰삼촌이신 맹선(孟善) 공께서 일러주시면서 큰집을 위해 한시(漢詩)로 축하의 기원을 해주셨다.

상량문(上樑文)

癸坐丁向 壬申生 成造, 계좌정향으로 임신생(石潭 공)이 집을 짓는다.

定礎 三月初九日 午前十一時 先南方 초석은 3월 9일 오전 11시 남쪽에서 먼저 놓는다.

立柱 三月初十日 午前六時 先南方 기둥은 3월 10일 오전 6시에 남쪽부터 먼저 세운다.

上樑立柱 同日 午前 十一時 대들보와 기둥 세우기는 같은 날 오전 11시에 거행한다.

代代爲官受勅封대대위관수칙봉,
대대로 벼슬하여 관리에 오르고

富貴榮華增福祿부귀영화증봉록,

부귀영화에다 복과 녹봉이 더하고

家宅安寧不自凶가택안녕불자흉,

집안이 편안하고 흉으로부터 멀어지고

更有爲官招帝寵갱유위관초제총,

거듭 나라의 사랑을 받는 관리가 있으리라

創盈庫滿自昌隆창영고만자창융,

창고와 고방이 가득 차니 절로 융성해지고

婚姻龍子出龍宮혼인용자출요궁,

훌륭한 집안과 혼인하니 훌륭한 자손이 나리라!

以上時間信重이상시간신중, 이상으로 시간을 잘 지켜야 한다.

해설 장남 宗燦

아버님 장례 후에 친구분 이기하(李起夏) 선생님으로부터 받은 편지

신종찬 선생(先生)에게

우선 초면(初面)이지만 친한 친구의 자제이기에 말을 놓아 말하는 것을 양해해 주기 바라네. 자네가 보내준 서책(書冊)을 잘 받았음을 알리네.

얼마 전(全) 외국관광(外國觀光)을 다녀왔더니 서책(書冊)이 와서 기다리고 있더군. 참으로 놀라웠어. 의학 공부를 하면서 언제 문학(文學)에까지 손을 뻗쳐 그리 위대(偉大)한 작품집(作品集)을 내서 나에게까지 보내주었나. 자네가 부탁한 대로 성육(成六, 성대 6회 동기회) 등(等), 등(等), 김정헌(金正憲)에게 전달(傳達)했더니 12월 26

일 토요일(土曜日) 정기총회(定期總會)에서 전(傳)하기로 결정(決定)하였음을 통고(通告)하는 바일세. 전화번호(電話番號)를 알려주게. 우리 전화번호(電話番號)는 Tel. 010-3070-4052, 02-3158-4052.

　　여불비전당(餘不備傳当, 마땅히 예를 다해야 하나 그렇지 못했음). 이기하(李起夏)

*편지의 내용이 이러하여 제(宗燦)가 즉시 전화를 드렸고, 이후에도 몇 번 연락을 드려서 제가 보낸 제 수필집 『안동 까치구멍집으로 가는 길』 10권을 아버님의 친구분들에게 전달했다고 하셨습니다.

이루 2026년 1월 14일에 위 전화번호로 다시 전화를 드렸더니, 따님이 받은 후 이기하선생님 부인을 바꾸어 주셨습니다. 부인께서는 이기하 선생님께서 2024년 9월에 작고하셨다고 하여, 제가 너무 늦어서 송구하다는 말씀을 드렸습니다. 아버님의 유고집이 완성되면 한 권 보내드리려 합니다. 이 글을 쓰는 제 마음은 아버님과 그 친구분들 생각에 한없이 슬프고 안타깝습니다. 너무 늦어서 송구합니다.

동생 承原 공과 제수 박순희 여사

내 형님 석담(石潭)선생 회고록〈回稿綠〉
출간을 축하하며

장종카(宗燦)가 고맙게도 형님의 회고록을 출간 한다며
글을 부탁하기에 勞을 즐거지만 내가 살아온 회고록 비슷한
글로 축사를 대신하려고 한다 내가 살아온 얘기가 형님과
우리 집안을 이해하는데 도움이될 성 싶다. 내 나이도 벌써
팔순을 넘겼으나. 아기 오래된 옛 기억들이라 중요한 일 외에는
많이 잊어버린것 들도 많다.
나는 첫 남매중 막내로 시골에서는 부유하게사는 가정에
축복 받으며 태어났다. 놀랍게도 모친은 마흔여덟살에
저를 낳으셨다. 어릴적 내가 홍역등으로 자주아프니 잘
자라라고 석출(石出)이라는 아명도 지어주셨다.
초등학교는 약2Km 되는 거리를 걸어서 다녔다. 공부는
저학년 때는 1등 앉는 2등을 하였으나 4학년때 부터는
노는데 정신이 팔려서 3~4등으로 밀려났다.
시험으로 산동중학교에 입학하여 공부를 열심히 하려고
마음먹었고 또 열심히 하였다. 그러던중 이질〈痢疾〉에
걸여서 2개월 동안 학교에 못 다녀서 성적이 떨어져 중간
정도 하였다. 공부 못 한다고 형님께 혼이난 적도 있었다.

1

안동고등학교에 진학하여 졸업후 대학에 진학하려
하였으나, 뜻을 이루지못하고 고향에서 정미소를 운영하며
사과 농사도 지었다. 나여든 모친의 늦둥이로 태어나서
부모님 권유로 군에도 가기전인 21세에 결혼 하였고,
22세에 공군에 시험치서 합격후 입대하였다. 입대전에
만딸을 두었으며, 군복무중 휴가기간에 안타깝게도
모친이 운명 하셨으니, 부모님께서 저를 일찍 결혼시킨
이유가 다 있었음을 알수있다. 군복무를 마치고 시골에서
농사를 지었다. 내가 고등학교 시절 형님께서 사과나무를
심어 놓아서 사과농사도 크게되었다.
부친이 분가(分家 안동말로는 세간 난다고 함) 해서는
논농사와 밭농사를 나름대로 열심히 했다.
특히 당시 정부에서 장려하던 벼품종인 통일벼을 재배
하여 안동군에서 면단위 "다수확왕"으로 선정되어 안동
군수 표창도 받았다.
1974년 안동댐 수몰로 안동시내로 이사해서 살았다.
3년동안 여러가지 직업에 종사하였으나 여의치 않았다.
고심하던 중에 형님의 도움으로 1977년 4월 공군 군무원으로
늦은 나이인 32세에 취직하여 30년간 생활 하였다.

Z

그동안 아들 두명이 태어나서 다섯 식구가 박봉으로
숫가가 서려웠다. 다행히도 집사람이 살뜰하게 살림하여
그럭저럭 생활을 유지하였다.
직장생활은 성실히 하여 입사 동기생 18명중 맬리
헤쳐여 9급에서 6급까지 5년만에 승진하였다.
5급 사무관(事務官)도 1차 시험은 합격 하였으나.
최종 심사과정에서 여력 부족으로 실패하였다.
정년퇴직 후 전원생활을 꿈꾸며 영천시 청통면
원촌리에 전원주택을 지어 4년간 생활하던 중
친구의 권유로 블루베리 묘목 생산에 도전하였다.
15년간간이나 했으니 적지 않은 세월이며 그런대로
소득도 있었고 보람도 있었다.
지금까지 팔십평생을 도리켜보면 내 생활신조는
"남에게 도움은 못 주더라도 피해는 주지말자" 라는
신조로 살아왔다고 자부한다. 지금까지 집사람의
알뜰한 살림살이로 3남매를 키웠으며, 남에게
자랑할 수는 없지만 주어진 조건에서 나름대로는
충실한 삶을 살려고 애써왔다. 다만 평생 살면서
후회되는 일이 한가지 있다. 삶기에 바빴다고는

3

하지만, 자식들 한테 관심이 부족했고 때로는 자애롭지
못했던 점이다. 만약 다음 생에도 왔다면 진정 자애롭고
자상한 아버지가 되고싶다. 다른 자식들과 손자 식구가
모두 건강한데 최근에 안타깝게도 큰며느리 건강에 문제가
있어 큰 걱정이다, 이병만 완쾌될 수 있다면, 내 인생의
큰 오점이 없어 진다고 하겠다. 완쾌될 수 있도록 조상
님들과 신령님에게 늘 빌고싶다.

이 책에는 심항조 이후 제문이나 족보에 관한 내용등
우리 조상님들 내력(來歷)이 상세히 실려있다고 하니
집안 사람들이나 장래 후손들이 모두 읽어 봤으면
좋겠다. 크게 자랑할 집안은 아니지만, 내가 아는
바로는 대대로 조강절약 하고 자식들 교육에는
다른 집안보다는 관심이 많았다고 본다.
주변의 비슷한 처지의 다른 집안보다는 일찍부터
자식들을 상급학교에 많이 진학시켰다. 한 개인이나,
집안이나 모두 잘한것도 부족한 점도 많을 터이다.
없는일을 일부러 꾸며서 억지로 집안 자랑할 필요는
없고, 사실대로 말하고 글로 남겨야 한다고 늘
장조카에게 말해 왔다. 그래서 좋은점은 배우고

4.

나쁜점은 스스로 고치면 후대에는 더 좋은 집안이 된다고 본다. 나도 내 자식들에게 못 했지만 앞후 후손들은 자식들에게 자애(慈愛)로운 부모가 되었으면 좋겠다.

한가지 덧붙이면 내가 아는 한에서는 주손(冑孫)이 아닌 지손(支孫)으로서 우리 집안에서 가장 모범이 되신분은, 내 생가(生家) 조부님인 미동(美洞) 할아버님과 큰숙부인 금소(琴詔) 숙부님 아시다시 부자(父子)분은 큰집을 세우는데 모범을 보이신 분이다. 큰집과 주손이 항상 옳을 수는 없다. 큰집과 주손이 부족하고 잘못하면 잘되도록 도와주고 스스로 참여하며 모범을 보여야 하는게 지손된 도리일성 싶다. 그래야 주손도 발전 할 것이다. 그런데 근래에보면 큰집이 마음에 들지 않거나, 잠시 서로 불편하다고 "조상님들과 싸운적도 없는데"도 조상님을 자주 외면하는 사람도 있다. 우리모두 미동 할아버님과 금소 숙부님 께서 늘 참여하고 상의하며 행동으로 큰집을 도왔던 일을 본받아야 할 성 싶다. 갈수록 살아보니 나부터 우리 대소가 사람들 처럼, 부지런하고 뭐든지 열심히 하거나, 서로 대화하고 타협하는 능력이 부족해 보인다.

5

집안에서 부터 잘해야 자손들이 타협하고 솔선수범하는 지도력을 배워 사회의 지도자가 될 수 있다고 생각한다.

내가 태어났을때 형님은 이미 열다섯 살이나 되셨으니 형님과는 여러 면에서 한세대 이상 차이가 났다.

다시한번 내형님의 회고록 출간을 축하하며, 형님과 함께했던 지난 날들과 이미 고인(故人)이 되신 조부모님, 부모님, 누님들과 정답게 지냈던 고향을 그려본다.

주손(胄孫)으로서 평생 봉제사하고 늘 장산을 지키기위해 큰일을 하는 장조카 내외와 종손자들도 모두 건강하고 훌륭한 삶을 살기 바란다.

2026년 1월 20일

承原

외갓집을 생각하며

먼저 큰 외삼촌 유고집을 큰 외사촌 오빠가 내신다니 정말 반갑고, 축하의 말씀을 드립니다. 큰외삼촌께서는 외갓집에 제가 놀러 가면, 문어 좋아하는 아이 왔으니 문어 많이 주라고 하신 말씀이 떠오릅니다. 제가 농지개량조합에 다닐 때 외삼촌께서는 총무이사님으로 계셨는데, 용돈도 가끔 잘 주시고 항상 좋은 말씀도 많이 해주셨습니다.

"현숙아, 서울은 참 살기가 좋은 곳이란다. 너는 월급만으로 살아갈 생각을 하면 안 되고. 투자를 잘해야 한다."라고 하셨습니다. 또한 그때까지 외삼촌 내외분은 항상 우리 엄마를 무척 안타깝게 여겼습니다. 외삼촌께서는 "그때 내가 어리고 힘이 없어서 어른들의 꺾지 못하였다."라고 하셨습니다. 어른들의 뜻이란 초등학교 때 최고 우등생이었던 우리 엄마를 상급학교에 진학시키지 못한 일입니다. 우리 엄마보다 학교 성적이 뒤처졌던 남학생들도 사범학교 등 상급학교에 진학했기 때문입니다.

오라버니, 저는 고추냉이를 보면 큰외삼촌이 생각이 납니다. 포항 부시장으로 계실 때 제가 고등학생이었는데, 큰외삼촌께서 사주셔서 산골 소녀가 바닷가에서 회를 처음 먹어보는 날이었습니다. 외삼촌께서 고추냉이를 가리키며 "이거 먹어보렴!"이라 하시기에, "네" 하고 답하며 멋모르고 먹었습니다. 먹자마자 눈물을 많이 흘렸던 기억이 지금도 잊을 수 없습니다. 나중에야 장난으로 저를 놀리셨다는

것을 알았습니다. 아직도 겨자를 보면, 늘 외삼촌과 같이 제 기억에
자리를 잡고 있습니다. 제게는 큰외삼촌과 외숙모님께는 감사드려
야 할 일들이 무척 많습니다.

2026년 2월 16일 생질녀 남현숙 올림

문중토지에 대한 확인 및 결의사항

조상의 음덕으로 문중 토지들을 백여 년 이전부터 이어오고 있으며, 그 동안 이를 각 산소에 따라 각기 별도 문서에 기록하며 관리를 해왔다. 향후 그 소유권과 관리를 명확하게 하기 위해 아래와 같이 묘소 위치, 위토 지번 및 명의자를 상세히 해둘 필요가 대두되었다. 이에 안동시 예안면 기사리 일원에 소재한 영월(寧越) 신(辛)씨 부원군 파(派), 절림공파, 삼안당(三雁堂) 지하 묘소들 위치, 문중 토지 및 그 내역들을 아래와 같이 정리하고, 2016년 1월 10일 문중회의에 참석한 이들의 서명으로 이를 다시 확인한다. 선대(先代)와의 관계 표시는 주손(胄孫)인 종찬(宗燦)과의 관계로 표시하며, 각기 문토에 대한 권리는 각각의 선조 후손에게만 있다.

1) 8代祖(지리골) 산소: 기사리 산7-1호 약9256평 (구룡, 풍기파, 宗燦 3명 공유)

기사리 906번지 전(辛宗來 용산할배 손자, 昌夏 공동 명의):

지리골 큰산소 豫東. 後東 지하 공동 위토

안동김씨 할머니위토: 기사리 1010번지 전(田) 663m²/201평(지르마재) (宗燦 名)

2) 7대, 6代祖(장구소 양대) 산소: 기사리 산297-1 6762평 (宗燦 名)

위토: 기사리 884번지 전 1,759m²/532평 (宗燦 名)

기사리 903번지 전 1,382m²/419평(承厚, 昌夏 공동 名)

기사리 57번지(능시골) 답 366평(승후, 승낙)

3) 5代祖父(용두소) 산소: 기사리 산218호 79.3m²/24평 (宗燦 名)

위토: 기사리 372번지 전 483m²/146평(承國 名)

5代祖母(음터) 산소: 미질리 산205-3호 397m²/120평 (宗燦 名)

4)高祖父母(삼지각산) 산소: 기사리 산7-1호 약9256평(宗燦 名)

위토: 기사리 910번지 답 1,177m²/356.6평 (承國 名)

5)曾祖父(백호등) 산소: 기사리 298 임야 2,436m²/738평(承國 名)

위토: 기사리 파래배미(824번지 답321평 舊 宗燦 名, 수몰지구이나 경작 가능)

曾祖母(지리골 입구) 산소: 기사리 882번지 전 367m²/111.2평(承國 名)

위토(기사리 278-1번지 전379평, 가올배미 논머리 밭, 承國 名)

6)祖父母 산소(지리골): 기사리 산7-1호 약9256평(宗燦 名)

위토: 기사리 가올배미(823번지 803평 舊 宗燦 名, 수몰지구이나 경작 가능)

戒言
祖上의 祭享을 위하여 積之한 財貨나 財物은 그 理財 管理에도 正常的 規範을 遵守해야하며 掠奪 强点等의 方法으로 順理를 離脫한 去來는 祖上의 料를 減損하는 莫及한 悖倫이니 謹愼 自重할 지니라
或是 向後如似한 悖倫行爲發生時 黜門除名措置爲嚴戒罰

제6부

족보 서문(序文)과 전래(傳來)
금석문(金石文) 원고(原稿)들

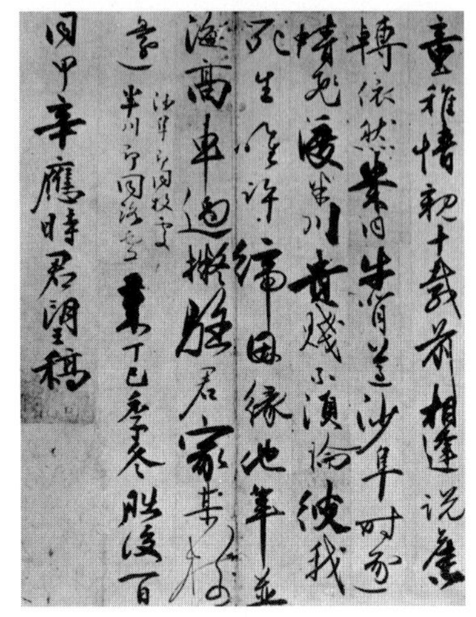

겸제 정선의 백악산도 寧越辛氏 世居地, 舊 망악정, 구 망악적 앞 石潭 公

白鹿 辛應時先生 친필, 망악정 앞 석담 공, 이건 후 現 정하동 망악정

영월(寧越) 신씨(辛氏) 부원군파(府院君派), 시중공파(侍中公派), 병사공파(兵使公派), 진사공파(進士公派) 세계(世系)

보상(輔商, 17세) 선조께서 8명의 아드님이 모두 등과登科 하여 신가팔용(辛家八龍)이라 함

⑴장남 응종(應宗18세, 문과급제, 부사)⇒경문(慶門19세)

　⇒희승(喜承20세), 희윤(喜胤20세)

⑵차남 응기(應基, 18세, 무과급제, 8道 兵使): 아드님 2명 두셨고,

　1)장남 경현(慶賢19세): 무과급제, 현감(縣監) 역임(歷任), 현재 후손들이 제천 지방에 거주

　2)둘째 아드님이 안동 입향시조 경익(慶益, 初諱 慶立, 19세, 進士)公,

　명종13년(1548)년生, 字는 직항直恒, 호는 浙林, 4명의 아드님 두심,

경익(慶益) 公께서 안동 입향(入鄕) 후 세계(世系)

1. 안동 입향 시조 절림공 경익慶益(시조始祖 정의공貞懿公 19세世)

　　(산소가 원래 절강에 산소가 있었으나 수몰로 현재는 와룡면 가류동 싸리골에)

1)첫째 아드님 희곤喜昆(20세, 구룡 종파, 산소 구룡리에 있으며 정

자와 제실이 있음)

2)둘째 아드님 희숙喜淑(20세, 우리 先祖, 산소 싸리골, 자양처사)

3)셋째 아드님 희만喜晩(20세, 영양 청기면)⇒경(暻, 21세)

4)넷째 아드님 희수喜洙(20세, 봉화 물야면)⇒역(暘, 20세)

*둘째 아드님 희숙喜淑(20세, 우리 先祖, 산소 싸리골, 자양처사) 公

〈1〉외동아들 두심 暄暄(21세, 산소는 싸리골에, 벼슬은 장사랑)

  (1)첫째 아드님인 성무聖武(22세입향시조 경익慶益 선조의 삼촌이신 백록(白鹿) 응시(應時) 공의 후손으로 양자 가심)

  인조 경진(1640년) 생, 가류동 망당산 잣재(尺峙)산소, 號 금간錦磵 4형제(23세)를 둠 智東(子 顔復) 亨東(子 休復 숙종 신유 1681년생) 利東(무후), 行東 (子 修復 숙종 경오 1690년생)

  *보상(輔商, 17세) 공 3남 응시(應時, 18세) 백록선생, 조선 4대문장가, 아드님 한 분으로 경진(慶晉, 19세) 공: 부제학, 대사헌, 임진왜란 때 서애(西厓)선생 종사관

    ①희손(喜孫, 20세): 2분 아드님

    ②희업(喜業, 20세): 4분 아드님 중 셋째 후(日厚, 21세)

    ⇒성무(聖武, 22세, 당숙에게 양자)

  (2)둘째 아드님인 성가聖嘉(22세, 우리 할아버지, 산소는 서낭당 큰 산소)

    6형제를 두셨음, 우리는 5째 아드님 후동後東의 자손

    (A)예동豫東(23세, 지리골 단소壇所, 산소를 실전하여 가묘로

모심)

①아들 희복禧復과 손자 경녕敬寧를 두셨으나 이후 후손이 없음

(B)이동(以東), (C)정동(丁東), (D)시동(師東), (E)후동(後東) (F)은동(殷東)

(E)후동後東(23세, 서낭당 聖嘉 할아버님 산소 우측에 공조참의 工曹參議 비碑가 있음)

字 惇仲, 1661년 현종2년. 配 의성 金씨 1655년생, 아들 3형제를 두셨음

①추복攀復 ②계복繼復: 후손이 있으나 산소를 모시지 않음

③상복詳復: 24세, 우리 할아버지로 지리골 큰 산소, 양자 가심

아드님 직영直寧(종6품 兵馬節制尉)고, 그분의 자제가 3분인데

a, 석삼錫三(25세, 구룡 용산할배네, 承局아제, 宗來)

b, 석래錫來(25세, 영주 안정 교장할배네, 承晩아제, 宗贊)

c, 석만錫萬(25세, 아마리 宗燦)

*문제의 발생은 (E)후동後東(서낭당)의 3째 아드님인 ③상복詳復(23세, 우리 할아버지로 지리골 큰 산소) 선조가 백부에게 사후 양자 가면서 발생하였다. 아마도 예동 선조 부자분이 영조 때 이인좌李麟佐의 난(戊申년 난)에 연루된 것으로 구전되고 있음.

(A)예동豫東(지리골 단소壇所) 선조로 양자를 가신 후에 발생했음.

양자 안 가고 남은 형들 후손이 (E)후동後東(서낭당) 선조를 모시지 않아, 친親할아버지는 묵고 양養할아버지만 모시니, 할 수 없이 주로 석만錫萬(아마리 宗燦) 후손들이 (E)후동後東(서낭당) 선조를

모시게 되었음. 하여 늦었지만, 이제라도 첫째 손자(석삼錫三)는 그대로 두고, 둘째(석래錫來)와 셋째(석만錫萬)를 데리고 셋째 아드님인 ③상복詳復 선조가 생부를 모시도록 족보에 기록함. 향후 제례에 3형제 파가 모두 참석하되, (A)예동豫東 선조의 주손(冑孫)은 종전대로 석삼錫三 후손(종래)이 하고 (E)후동後東(서낭당)의 주손은 석래錫來 선조의 후손(승만承晩)이 맡는다.

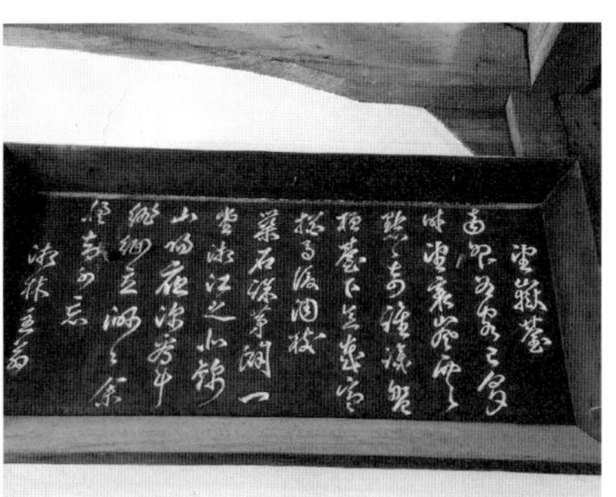

좌상, 直提學 閔丙承 書

우상, 判書 尹用求 書

좌중, 望岳臺 漢詩

우중, 望岳亭 移建記, 李家源 撰 石潭 辛公 書

좌하, 前參奉李中轍記 撰 書

「望嶽臺망악대」

指點其遺墟拾斑(지점기유허섭반)

유허지를 오르고 올라 얼룩진 그곳에(이때 拾은 오를 섭)

荊敗草之中又築(형패초지중우축)

가시나무 망가진 풀밭에 또 세우노라.

臺而表之其拾春(대이표지기겹춘)

축대 표면에 번갈아 봄이 왔고(이때 拾은 거듭 겹)

秋雨露之際尤有(추우로지재욱유)

가을에는 비와 이슬이 더욱 이웃하였다.

怵惕之心登其臺(출척지심등기대)

두렵고도 두려운 마음으로 그 축대에 올라

而叙懷焉鳳麓之(이서회언봉록지)

봉황의 기슭(궁궐)의 회포(기억)를 펴보노라면

矗矗仰百世而彌(촉촉앙백세이미)

우뚝하게 높이 솟아 더욱 높아 보이고

高漢水之而洋洋(고한수지양양)

높고 큰 강물은 넘치고도 또 넘치는구나.

절림浙林공 14代孫대손 종찬宗燦 국역(國譯)

止窩遺稿(지와유고, 성묵誠黙 방조傍祖, 구미 종태宗泰 族兄 고조부 문집) 중에 있는 글을 옮겼고. 한글 해석은 부족하나마 제가 해보았습니다.

이 글은 성균진사成均進士이셨던 안동 입향시조이신 절림공淅林公 할아버지 경익慶益 선조께서 고향인 서울 대은암大隱嵒아래(현재 청와대 자리, 겸제 정선의 한양 팔경도에 남아 있음)에서 안동으로 임진왜란으로 피난 와서 월곡면(현 예안면) 절강리에 사시면서 고향을 그리며 망악대望岳臺를 축조하고 고향이 그리울 때면 올라가 대궐 옆에 살던 대를 그리며 지은 한시(漢詩, 七言律詩)입니다.

경익慶益 입향시조님의 부친(유식하게는 선고先考라 함, 돌아가신 부친을 考라 함)은 팔도에 병마절도사(요즘으로 치면 군단장)를 지내신 응기應基 선조先祖님이시고, 이분의 부친(先考)는 서흥부사瑞興府使를 지낸 보상輔商 공公이십니다.

영월(寧越) 신씨(辛氏) 대종보(大宗譜, 2000年 庚辰) 발문(跋文)

국가(國家)에서는 국사(國史)를 편찬(編纂)하여, 그 나라의 세운흥망(世運興亡)과 문물제도(文物制度)의 성쇠(盛衰)를 알게 하여 위정자(爲政者)의 귀감(龜鑑)이 되게 하는 것이요, 각(各) 씨족(氏族)에서는 족보(族譜)를 통(通)하여 시조(始祖)로부터 뻗어 내린 파계(派系)의 종지(宗支)와 훈공덕업(勳功德業)의 현회(顯晦)가 자세(仔細)하며 번연(蕃衍)된 후손(後孫)들도 그 종횡선후(縱橫先後)의 서차(序次)를 살펴보면, 부자(父子)에서 군신(君臣)으로 형제(兄弟)에서 동포(同胞)가 있으며, 효우(孝友)하는 방법(方法)과 인서(仁恕)하는 풍도(風度)는 모두 그 집안의 가성(家聲)이 어떠하냐에 따라 나타나니 이 얼마나 족보(族譜)가 소중(所重)한가를 알게 한다.

우리 신씨(辛氏)는 본관(本貫)이 영산(靈山), 영월(寧越)로 분관(分貫)되어 있으나 예로부터 그 조상(祖上)은 같은 뿌리라고 전(傳)해온다. 그 뿌리는 원래(元來) 중국(中國) 하(夏)나라 때 계왕(啓王)이라고도 하고, 고신(高辛)의 후예(後裔)라기도 한다. 『性貫考參照』에는 처음 신(莘)이란 성자(姓字)를 그 후손(後孫)들이 초두(艹)를 버리고 신씨(辛氏)로 성(性)을 삼았으며 중국농서(中國隴西, 屬縣寧州) 현(縣)에서 위씨(衛氏) 곽씨(霍氏) 이씨(李氏)와 더불어 천여년(千餘年)을 뻗어나면서 장상(將相)이 무리 지어 났고 그 이름이 죽백(竹帛)에 뚜렷하여 중원(中原)의 현족(顯族)이 되었으며 당(唐)나라 천보년간(天

寶年間)에 신시랑(辛侍郎)과 엄시랑(嚴侍郎) 두 분이 신라(新羅)에 사신(仕臣, 波斯樂)으로 왔다가 중국(中國)의 사정으로 돌아가지 아니하고 시랑공(侍郎公)의 후손(後孫) 일부(一部)가 지금의 영월(寧越, 奈城)을 관향(貫鄉)으로 삼은 적이 천여년(千餘年) 전(前)이라, 그동안 충효(忠孝)한 사적(史績)들이 금석(金石)에 빛나니 이른바 삼한갑족(三韓甲族)보다 더 오래된 명문고족(名門古族)임이 분명(分明)하다.

우리 신문(辛門)의 보첩(譜牒)은 명문고족(名門古族)답게 진시(趁時) 여말(麗末)에 수보(修譜)했다는 기록(記錄)이 여러 곳에 전(傳)하고 있으나 누경병선(累經兵燹)하느라 소멸산질(消滅散佚)되고 현존(現存)하는 가장 오래된 족보(族譜)는 숙종(肅宗) 무자(戊子, 1708年)보(譜)로서 영월영산(寧越靈山) 합보(合譜)이다. 그 이래(以來)로 계사보(癸巳譜, 1713년), 병신(丙申譜, 1716년), 갑진보(甲辰譜, 1720년) 등 삼차(三次)에 걸쳐 증보(增補) 속간(續刊)된 후 이백년간(二百年間)은 양관(兩貫)이 각각 별보(別譜)를 해오다가 태사선조(太師先祖, 四世) 심묘복원(尋墓復元)을 계기(契機)로 을묘년(乙卯, 1937年)에 합보속간(合譜續刊)이 있었으며 광복(光復) 후(後)에는 단기간(1956~79년)에 3회의 속간(續刊)이 더 있어 영월영산(寧越靈山) 합보(合譜)는 모두 7회나 되지만, 명실상부(名實相符)한 대동보(大同譜)라 이르기에는 아쉬움이 많았다.

안타깝게도 양관합보(兩貫合譜) 때에는 징신(徵信)할 사료(史料)가 부족한 탓인지 편수주간측(編修主幹側)의 편벽(偏僻)함 때문인지 "분관내력(分貫來歷) 및 상계서차소목(上系序次昭穆)의 혼미(昏迷)

등(等)"으로 양관간(兩貫間)의 의견(意見)이 상위(相違)되어 누차경정(累次逕庭)이 있었고 상호 불신감마저 누적(累積)된 내력(來歷)이 구보서(舊譜)의 서(序)와 발문(跋文)에 개탄(慨嘆)으로, 때로는 고충(苦衷)과 여한(餘恨)으로 역역(歷歷)히 게재(揭載)되어 전(傳)하고 있음을 읽을 때 2백 년간 영산(靈山), 영월(寧越)이 각각 별보(別譜)를 하게 된 연유(緣由)를 감지(感知)하게 된 후손들로서 어찌 안타깝고 송구(悚懼)스런 감회(感懷)가 없으랴.

세정(世情)은 변하여 우리의 전통문물(傳統文物)이 이질문화(異質文化)인 서풍(西風)과 과학문명(科學文明)의 이기(利器) 앞에 밀려서 부동표류(浮動漂流) 하는 때를 만났다고는 하나, 유구(悠久)한 보법(譜法)의 유습(遺習)만은 오히려 새로운 면모(面貌)로 그 인식(認識)이 제고(提高)되어 우리 곁을 지키고 있는 게 현실(現實)이다. 옛 문헌(文獻)과 사료(史料), 기록류(記錄類)의 모탐외(蒐探外)에 보첩편수(譜牒編修)의 과학화(科學化) 전산화(電算化) 등(等) 새로운 조명(照明)을 받아 그 탐구여건(探究與件)이 호전(好轉)되고 있음은 어찌 단순(單純)한 우연(偶然)이라 할 것인지, 우리 신문(辛門)에서는 3백여 년째 무자보(戊子譜) 이래 누적(累積)되어 오고 있는 선대여한(先代餘恨)을 까맣게 잊은 채 양관합보(兩貫合譜)만을 서두르는 것은 전례(前例) 답습(踏襲)인지 보법(譜法)의 상도(常度)인지를 알지 못하겠다.

당면(當面)한 급선무(急先務)는 의문(疑問)으로 누적(累積)된 상계(上系)의 사실구명(史實究明)이다. 마땅히 먼저 천할 바를 모르는 선후도착(先後倒錯)이 아니고 무엇인가. 이는 오늘을 살아가는 우리들이 솔선발천(率先發闡) 해야 할 사명(使命)이요 책무(責務)이거늘 선조(先祖)께서 부지런히 개척(開拓)하사 후(厚)히 배식(培植)하신 근원(根源)을 수확(收穫)만 하고, 이어갈 후진(後進)에게 계적(啓迪)하지도 않음은 중본추원(重本追遠)의 도리(道理)를 잊은바 계술(繼述)의 단절(斷絶)이 되는 것이다.

보첩(寶牒)이란 그 종족(宗族)의 소자출(所自出)을 밝힌 지고지선(至高至善)의 보록(寶錄)이요, 씨족(氏族)의 여망(輿望)과 성력(誠力)이 합치(合致)된 결정(結晶)이지 편수(編修)만을 거듭하는 인쇄물(印刷物)은 단연코 아니다.

상계(上系) 비조(鼻祖)에서 하계(下系) 운잉(雲仍)에까지 정연(整然)한 계대(系代) 소목(昭穆)과 씨족(氏族) 전유(專有)의 득성연원(得成沿原), 국가사회(國家社會)에 기여(寄與)한 공훈(功勳), 덕업(德業), 효열선행(孝烈善行) 등(等)이 번연(蕃衍)된 손록(孫錄)과 함께 사실(事實)되고 엄정(嚴正)하게 수록(收錄)되어 세전(世傳)하는 것이, 보법(譜法)의 본의(本義)라고 할진대 우리 신문(辛門)의 보첩(寶牒)은 미진(未盡)한 바가 많아서 뜻있는 후진(後塵)들의 성력(誠力)과 발천(發闡)을 기다린 지가 오래이다. 우리 영신(寧辛)은 그동안 많은 사료(史料)와 징신문적(徵信文籍), 금석문(金石文) 등(等)을 탐색(探索)하고 수처수집(隨處蒐集)하여 사려(思慮)깊은 논증(論證) 연찬(研鑽)을 거쳐 적년길거(積年拮据) 편수(編修)한 별록(別錄) "상계리정안(上系釐正案)"을 마련함은 후래(後來)를 대비(對備)한 예손(裔孫)들의 중본추모지도리(重本追慕之道理)이며 때를 기다린 유념(留念)이었으니 이 어찌 가상(嘉尙)하지 아니한가. 마침 재작년(再昨年, 戊寅) 초

(初)에 양관(兩貫) 대종회(大宗會)에서 때 이른 합보결의(合譜決議)가 있었음을 계기(契機)로 우리 영신(寧辛)은 전사(前事) 합보(合譜) 때마다 경험(經驗) 한 바, 경정사(逕庭事)를 상기(想起)하여 다시는 그릇된 전철(前轍)을 반복(反復)하는 오류(誤謬)가 없도록 합보(合譜) 부간측(主幹側, 집행부)과 충분(充分)한 협의(協議)를 거쳐서 "상계리정안(上系釐正案)" 심의(審議)를 전담(專擔)할 편모위원회(編募委員會)의 심의결과(審議結果) 채택(採擇)될 내용(內容)대로 금번(今番) 양관(兩貫) 합보(合譜)를 편모완성(編纂完城)함으로써 누백년(累百年)째 미루어온 선대(先代)의 유한(遺恨, 春秋傳疑)을 말끔히 해민(解悶)하여 종중(宗中)과 후손만대(後孫萬代)의 앞날에 대동단결(大同團結) 화합(和合)을 기약(期約)하는 천재일우(千載一遇)의 호기(好機)로 삼고자 갈망(渴望)하던 종의(宗議)는 마침내 근지(謹摯) 숙연(肅然)한 분위기(雰圍氣) 속에서 시작(始作)되었다. 그러나 기대(期待)했던 환희(歡喜)도 일순간(一瞬間)에 무산(霧散)되도 뜻밖에도 회의장(會議場)은 돌변(突變)하여 명분(名分)도 대안(代案)도 없는 군색(窘塞)한 변명(辨明)과 상궤(常軌)를 벗어난 언동(言動)으로 격화(激化)되어 의안(議案) 설명(說明)을 방해(妨害)하고 회의주재자(會議主宰者)의 통제력(統制力)마저도 실종(失踪)되어 제안자(提案者)의 의안설명(議案說明)이 끝나기도 전에 회의(會議)는 중단(中斷), 산회(散會)되고 기약(期約) 없는 지연술(遲延術)에 막혀서 암울(暗鬱)하고도 분격(憤激)할 이년여(二年餘) 세월(歲月)이 허송(虛送)되었다.

그동안 여러 경로(徑路)를 통하여 대좌(對坐), 대화(對話)를 모색(摸索)해 보았으나 그분들의 대답(對答)은 한결같이 양관(兩貫) 합보(合

譜)의 상계(上系, 1~9世)는 사유여하(事由如何)를 막론(莫論)하고 직전(直傳) 신유보(辛酉寶)를 기준(基準)으로 한 글자도 "이정불가원칙(釐正不可原則, 고칠 수 없다는 원칙)"이란 억지 주장(主張)만 반복(反復)하며 이른바 요주고슬(膠柱鼓瑟)로 일관(一貫)하다가 한결 더 무례(無禮)한 주장(主張)으로 3백 년이래 전승(傳承)되어 온 우리 영신(寧辛)의 정명항렬자(定名行列字)마저 폐지(廢止)하고 세수(世數)로 대체(代替)하지고 한다. 그들이 지령(指令)까지도 정비(整備)하지 못한 항렬(行列) 없는 범절(凡節)에 우리 영신(寧辛)까지도 함께 따라 폄하(貶下)되자는 발상(發想)으로 이어지더니, 마침내 수단요령(收單要領)마저도 계파(系派)와 혈연(血緣)에 관계(關係)없이 지역별(地域別) 합동(合同) 종친회(宗親會) 위주(爲主)로 일괄수단(一括收單)을 순회(巡廻) 독려(督勵)하여 순진(純眞)하고도 몽매(蒙昧)한 우리 영신(寧辛) 종인(宗人)들을 의구대동(依舊大同)이란 명분(名分)으로 현혹(眩惑)하여 동파간(同派間), 근친간(近親間)에 이산납단(離散納單)으로 보법(譜法)의 기강(紀綱)을 문란(紊亂)하기에 이르렀다. 그도 부족(不足)하여 종론(宗論)에 따라 종의(宗議)의 구심점(求心點)을 찾으려는 우리들 영신동종간(寧辛同宗間)에 이간책(離間策)을 써서 영신중앙종회(寧辛中央宗會) 창립(創立)마저도 훼단(毁短) 하기에 거침이 없었다. 이와 같은 일련(一連)의 비상도적(非常道的) 편파적(偏頗的) 종무처결(宗務處決)이 양관대종회장(兩貫大宗會長)의 진의(眞意)인지 중간집행부(中間執行部)의 자의전횡(恣意專橫)에서 비롯됨인지를 알고자 직접(直接) 상면(相面)을 원(願)했으나, 이루지 못하고 끝내는 작년(昨年, 1999년) 9월(月) 초(初) 양관합보(兩貫合譜) 편

집위원회(編輯委員會) 전체회의(全體會議) 석상(席上)에서 대종회장(大宗會長)에게 전달(傳達)하는 우리 영신(寧辛)의 입장(立場)을 낭독전파(朗讀傳播)하고 그 원문(原文)을 집행부(執行部, 事務總長)에 위임(委任)하여 대종회장(大宗會長)의 회신(回信)을 간망(懇望)한 지도 벌써 삼계절(三季節)이 지났다. 참으로 참담(慘憺)한 정경(情景)이요 억색(臆塞)할 일이다.

　같은 뿌리에서 돋아난 류족(類族)으로서 때로는 장파운운(長派云云) 자처(自處)하던 그들이 무슨 할 말이 더 있겠는가. 우리 영신(寧辛)의 애타는 입장(立場)을 한 번이라도 역지사지(易地思之)해 본 적이 있었는지를 조용히 반문(反問)한다. 이제 더 울민(鬱悶)하고 자저(趑趄)만 하랴. 조상(祖上)의 상세계소목(上世系昭穆)에 오류(誤謬), 와전(訛傳)이 판명(判明)되었으면 절차(節次)에 따라 이정(釐整)하는 것이 조상(祖上)을 숭배(崇拜)하고 근원(根源)을 중(重)히 여기는 숭조상문(崇祖尙門)의 도리(道理)이며, 예손(裔孫)들은 상호(相互) 면권(勉勸)하고 솔선(率先) 참여(參與)하여 종족(宗族)의 정통(正統) 내력(來歷)과 후손(後孫)들의 번연(蕃衍) 실태(實態)를 기록(記錄)으로 남겨두는 것이 수보(修譜)의 본의(本義)가 아니고 무엇이랴. 애써서 밝힌 우리 영신(寧辛)의 정통세계(正統世系)를 부지보전(扶持保全)하는 적기(適期)를 맞아 만시지탄(晚時之歎)은 있으나마 뜻있는 첨종(僉宗)이 순모(詢謀)하여 두려운 마음으로 우리 영월신씨(寧越辛氏)만의 대종보편수(大宗譜編修)를 창의(倡議)하게 되니 울분(鬱憤)과 감개(感慨)가 무량(無量)하다. 우뚝한 정간(楨榦)을 갖지 못한 우리 영신(寧辛)으로서 명문(名門古族)으로서 체면유지(體面維持)는 고사

(姑捨)하고 종의(宗議)의 구심점(求心點)마저 완비(完備)하지 못한 채 "더 이산(離散)되기 전에 수족(收族)에 급급전념(汲汲專念) 하느라 얼룩진 보첩(寶牒)이 되었지만, 비극반태(否極反泰) 순리(循理)를 쫓아 상계리정안(上系釐正案)을 정통(正統)으로 봉심추립(奉尋追立)하였으니 누백년(累百年)만에 성취(成就)한 추모(追慕報本)의 도리(道理)이며 선대조령(先代祖靈)께옵서 음우(陰佑)하신 바 종덕지후(種德之厚)라 믿는다." 이번 수보(修譜)에 참여한 제종(諸宗)은 세원고족(世遠孤族)한 종족(宗族)이지만, 그 원근(遠近)과 친소(親疏)의 구분(區分)이나 규모(規模)와 절목(節目)의 자세(仔細)함에 소홀(疎忽)됨이 없도록 편제(編製)하고 특(特)히 혼미(昏迷)했던 상계서차소목(上系序次昭穆)이 요연(瞭然)하게 밝혀져서 백세(百世)가 일실(一室)이요 억만종인(億萬宗人)이 한 뿌리에 귀속(歸屬)되니 근심지무(根深枝茂)의 원리(原理)를 따라 효제(孝悌)하는 마음이 유연(油然)히 솟아나게 될 것이며, 지구촌시대(地球村時代)의 무한경쟁사회(無限競爭社會)를 맞아 숭조목족(崇朝睦族)하고 광전유후(光前裕後)하던 문풍(門風)을 전승선양(傳承宣揚)하여 자신(自身)의 계발(啓發)과 더불어 문운(門運)이 울연창대(蔚然昌大)하는 계기(契機)로 삼기를 기대(期待)하는 바이다. 난산(難散納單)으로 실기(失期)한 종파(宗派)와 국토분단(國土分斷)으로 명안(名案)을 함께하지 못한 종인(宗人)들의 후일(後日)을 염려(念慮)하여 32世까지 영신첨종(寧辛僉宗)이 무루수록(無漏收錄)된 세계도(世系圖)를 권이(卷二)에 실어 돈목지의(敦睦之誼)에 가름하며 영월대동보(寧越大同譜)로서 손색(遜色)없는 책면(冊面)을 구성(構成)하는데 성력(誠力)을 다했지만, 원래(元來)가 비재천

식(菲才淺識)이라 부족(不足)함이 너무 많았다. 이번 경진보(庚辰譜) 보역(譜役)에 시종협력(始終協力)하신 영월신씨중앙종회(寧越辛氏中央宗會) 임원제위(任員諸位)와 편찬위원회(編纂委員會) 역원(役員) 및 실무(實務) 제원(諸員)의 근고(勤苦)에 감사(感謝)하오며, 끝으로 적년길거(積年拮据) 연구편수(硏究編修)한 신씨반만년사(辛氏半萬年史)를 기저(基底)로 금보(今譜) 상계리정안(上系釐正案)을 성안(成案)한 족손(族孫) 학성군(學成君)의 노고(勞苦)를 칭찬(稱讚)하고, 면려(勉勵)를 당부(當付)하며 사료고거(史料考據)에 미진(未盡)한 부분(部分)이 있거나, 새로운 사실(事實) 고증(考證)이 확인(確認)될 경우 영월신씨중앙종회(寧越辛氏中央宗會)를 통(通)한 지감(智鑑) 있는 종인(宗人)들의 발천보충(發闡補完)을 기다리며 이번 경진보(庚辰譜) 전질오권(全帙五卷)이 편수(編修)된 경위(經緯)와 의의(意義)를 밝혀두는 바이다,

 서기(西紀) 이천년(二千年) 경진(庚辰) 유하절(榴夏節)

 영월신씨중앙종회(寧越辛氏中央宗會) 부회장(副會長) 겸(兼) 종보편찬위원장(宗譜編纂委員長)

 정의공(貞懿公) 삼십이세(三十二世) 승국(承國) 근식(勤識)

국역(國譯) 및 정서(定書) 장자(長子) 종찬(宗燦)

〈兵使公 應基 先祖 송덕비〉

최근 울산 중구에 위치한 울산 왜성의 출입문 주변에 대한 조사를 실시할 기회가 있었다. 왜성은 우리의 아픈 역사가 담겨있는 유적이라 왠지 썩 다가가기 쉽지 않은 문화재로 인식돼 왔다. 생각의 전환이랄까 조금만 달리 생각해 보면 왜성은 일본인들이 필요에 의해 만든 시설이고 정치적으로도 그들의 입장이 반영되어 있지만 과연 그 유적 자체를 축조하는 과정과 거기에 담긴 노력과 고통은 과연 그들만의 것이었을까 싶어진다. 우리 땅에 존재하는 아픔의 역사현장 그곳에도 우리 민초들의 눈물과 땀이 배어있을지도 모른다는 생각을 발굴 내내 떨쳐버릴 수가 없었다.왜성 조사를 하면서 양국의 병사들이 겪었을 1597년 그 겨울의 칼날 같은 추위와 치열한 생존의지가 떠올라 눈물겨운 느낌마저 들었다. 그해와 그 이듬해 두 차례의 울산성 전투(도산성전투)가 있었던 현장에서 우리는 무엇을 찾아야 했을까. 출입문의 위치와 형태를 충위로 확인하고 정확한 구조를 밝히기 위해 조심스럽게 조사가 진행되었다. 문지는 상하 두 개의 층으로 확인되었고 정유재란 당시 층인 하층과 상평통보 등이 출토된 이후 층으로 구분할 수 있었다.

▲ 울산왜성 동문지 확 출토 사진 (절도사신공응기선정비).

 정유재란과 관련이 있는 하층에서는 성문 축조 당시의 구조물인 확
돌이 동서에서 확인되었는데 그 중 하나가 그동안 설왕설래했던 역
사적 정황들을 한 번에 해결해 줄 명확한 증거를 제시해 주고 있었
다. 문을 걸기 위한 확돌 중 동쪽 확돌이 다름 아닌 조선시대 절도사
의 선정비였고 거기에 구멍을 뚫어서 사용하였던 것이다. 선정비 전
면에는 '節度使辛公應基善政碑', 후면에는 '萬曆十三年 乙酉十二月'
라고 새겨져 있다. 선정비의 주인인 신응기(辛應基)는 청주와 나주
의 병마절도사를 지낸 분으로 울산병영성에도 절도사로 다녀간 것
으로 추정할 수 있다. 그동안 몇 차례 경상좌병영성을 조사하면서
성벽 곳곳에 석재가 빠져 있고 급하게 보수한 흔적들을 확인할 수
있었다. 병영성의 석재들이 왜성 축조를 위해 쓰였다는 이야기도 역
사적 정황으로 그동안 잘 알려져 있었다. 그런데 이번 왜성 발굴 조
사에서 선정비에 구멍을 뚫어 사용한 확실한 물적증거 하나가 떡하
니 발견되어 더 이상의 추측도 고민도 필요 없게 되었다. 비록 마음

아픈 우리 역사의 현장이지만 거짓 없이 보여주는 역사적 정황과 증거가 참으로 고마운 순간이었고 퍼즐을 맞추듯 서로 이어져 있는 우리의 지난 역사들이 더욱 애잔하게 느껴지는 유적이었다.

이 선정비는 현재 울산 역사박물관에 보존되어 있다.배은경 울산발전연구원 문화재센터장 배은경, 경상일보, KSILBO

우리 부원군(府院君) 파 계통도

석(辛奭)의 아드님이신, 윤형(辛尹衡)의 아드님이신, 신보상(辛輔商, 서흥부사, 문과급제) 8형제를 두셨는데 모두 과거에 급제하여 온 나라를 놀라게 하였고 신가팔용(辛家八龍)이라 했습니다. 신응종(辛應宗 문과 급제) 신응기(辛應基, 우리 할아버지, 조선 명종 때 무과급제, 안동 입향시조 경익慶益의 부친) 신응시(辛應時 명종 때 문과급제, 청백리, 시호 文莊, 전라도 관찰사, 홍문관부제학, 아들 경진慶晋도 청백리)

兵馬節度使 辛應基 公 15代孫 종찬宗燦 정서 및 해설

進仕公諱慶益墓碣銘진사공휘경익묘갈명(입향시조)

恭惟我列聖相承治化隆洽士皆名義是尙世多潔好古獨行之君子近古浙
林辛公

공유아열성상승치화융흡사개명의 시상세다결호고독행지군자근고
절림신공

是己遺榮不仕制行洶備傳述鄕士大夫之口稱爲隱者也公姓辛氏諱慶益
字眞桓浙林其號也籍寧越

시기유영불사제행 순비전술향사대부지구칭위은자양 공성신씨휘경
익자진환절림기호야적영월

　삼가 생각하면, 우리나라 역대 열성(列聖)조들을 이어받아 나라를
잘 다스려(治化隆洽), 선비들은 모두 명예와 의리를 숭상하였다(士
皆名義是尙). 세상에는 청렴하고(潔), 옛것을 좋아하며(好古), 독립적
인 삶을 사는(獨行) 군자가 많았다. 가까운 옛적(近古)에 절림(浙林)
신공(辛公) 또한 벼슬을 포기하고(遺榮不仕), 덕행을 스스로 갖추어
(制行洶備) 살았다. 그의 덕행은 지방의 선비들 사이에서 전해졌으
며, 은자(隱者)라 칭하였다. 공(公)의 성은 신(辛)씨, 이름은 경익(慶
益), 자는 진환(眞桓), 호는 절림(浙林)이며 본관은 영월(寧越)이다.

鼻祖諱仲碩高麗侍中有諱廉望重當世恭愍壬辰錄燕山隨從功又以洪州
牧佐平紅巾賊

비조 휘중석고려시중유휘겸망중당세공민왕임진록연산수공우이홍

주목좌평홍건적

賜翊贊功臣號官密直副使有諱喜入本朝官漢城尹生諱回鳳城君事以文
章登司馬

사익찬공신호관밀직부사 유휘희입본조관한성윤생휘회봉성군사이
문장등사마

辛氏의 뛰어난 조상(鼻祖)는 중석(仲碩)公이며 고려 시대 시중(侍
中)을 지냈다. 조상 중 렴(廉)공이 있었으며 당시 명망이 높았고, 고
려 공민왕을 수행하여 임진년에 연산(燕山)에서 공을 세웠다. 또한
홍주(洪州)에서 홍건적(紅巾賊)을 평정한 功으로 익찬공신(翊贊功臣)
과 밀직부사(密直副使) 벼슬을 받았다. 조상 중 희(喜)공은 조선조에
들어와 한성윤을 지냈다. 그의 아들 회(回)공은 봉성군(鳳城君)에 봉
해졌으며, 문장(文章)으로 사마시(司馬試)에 급제하였다.

公以嘉靖戊申十一月二日生於漢城之白嶽山下大隱巖舊第賦性淸忠耿
介不以物累其心

공이가정무신십일월이일생어한성지백악산하대은암구제 부성청충
경개불이물누기심

早襲仲父白鹿公之訓大肆力於學文辭宏放長陵乙酉進士無意要路慨然
以武陵鹿門爲蒐裘之計

조습중부백록공지훈대사력어학문사굉 방장능을유진사무의요로개
연이무릉녹문위수구지계

公은 가정(嘉靖) 무신년(戊申, 1548년) 11월 2일, 한성(漢城) 백
악산(白嶽山) 아래 대은암(大隱巖) 옛집에서 태어났다. 성품이 맑고

(淸), 충직하며(忠), 강직하여(耿介), 세속적인 물질에 마음을 얽매이지 않았다(不以物累其心). 일찍이 중숙부 백록공(白鹿公)의 가르침을 받아, 학문에 힘쓰며 문장이 넓고 활달하였다. 1585년(乙酉), 장릉(長陵)에서 진사시에 합격했으나, 벼슬길에 뜻이 없어, 세상의 부귀영화에 연연하지 않고(慨然), 무릉(武陵, 이상향)과 녹문(鹿門, 은둔처)을 찾아 은거할 뜻을 세웠다.

舟下南撒卜築於永嘉浙江石川之勝又卜於桃木村之龜湖誅茅爲悅景棲息之所日與漁樵相對以每當
주하남교복축어영가절강석천지승우복어 도목천지구호주모위열경서식지소일흥어초상대이매당
佳時名節追慕先墓不禁怵惕之心仍賦詩自述曰
가시명절추모선영불금출척지심잉부시자술왈

　배를 타고 남쪽으로 내려가, 영가(永嘉) 절강(浙江)리 석천(石川)이 아름다워 거처를 정했다. 후에 도목촌(桃木村)의 구호(龜湖)에 또다시 거처를 정하여, 초가를 지어 아름다운 경치 속에서 살았다. 매일 고기 잡고(漁)와 나무하며(樵) 지내며, 때때로 좋은 시절(佳時)과 명절(名節)이 오면, 감회에 젖어 조상의 묘를 찾고 싶어 슬퍼하는 마음을 금하지 못했다. 이에 스스로 시부詩賦를 지어 자신의 심정을 말하였다.

南州爲客己多時/望裏嵐雲點點奇/誰識盤桓臺下意/歲寒猶有後調技
남주위객기다시 망이람운점점수기 수식반항대하의 세한유유후조기

남쪽 땅에 떠도는 객(客)이 된 지도 오래되었고,

바라보니 산안개와 구름이 점점이 기이하다.

누가 알겠는가? 내가 대(臺) 아래 머무르는 뜻을

날이 추워져도 나의 뜻은 여전히 남아 있음을.

又徜徉於浙江之北錦山之陽有詩曰夜深看斗徘徊立㴱匕余懷却不忘

우상양어절강지북금산지양유시왈 야심긴두배회입 묘비여회각불망

之句盖叙其之業之蘊畜自道者也

지순개서기지업지온축자도자야

또한 절강(浙江) 북쪽, 금산(錦山)의 남쪽에 거닐며, 다음과 같이 읊었다.

깊은 밤 별들을 바라보며 서성이니, 멀리 떠나온 내 마음이 아득하다.

이는 그의 삶과 쌓은 학문적 업적을 스스로 말(道)한 것이다.

卒于癸丑十月二十日享年六十六葬于安東府浙江里墨洞負坎之原配安東權氏基夏之女有婦德閨門

졸우계축시월이십일향년육십육 장우안동부절강리묵동부감지원배안동권씨기하지녀 유부덕규문

正淑育四子喜昆喜叔自號紫陽處士喜昆生四子贈晾萬嚏喜叔生一子宜將仕郎 會子聖命京子聖一

정숙육사자희곤희숙자호자양처사희곤생사자증양만련희숙생일자의장사랑 회자성명경자성일

萬子聖任聖喆連子聖麟聖彦聖觀 宜生二子聖武號錦澗出后次聖嘉以壽

聖至通政階僉知中樞府事

 만자성임성철연자성린성언성관 의생이자성무호금간출후 차성가

이수성지통정계첨지중추부사

 以下內外孫繁不盡錄

 이하내외손번불진록

 절림공은 계축년(癸丑, 1613년) 10월 20일, 향년 66세로 졸(卒)했고, 안동부 절강리 묵동(墨洞)의 언덕에 묻혔다. 부인은 안동 권씨(安東權氏)로, 기하(基夏)공의 따님이며, 부덕이 있어 가정을 잘 다스렸다. 네 아들을 두었으며, 희곤(喜昆)과 희숙(喜叔) 등이다. 희곤은 스스로 자호(字號)를 '자양처사(紫陽處士)'라 했고, 네 아들을 두었으며, 노후에에 증직(贈職)이 내려졌다. 희숙(喜叔)공은 이(宜)라는 한 아들을 두었으며 장사랑(將仕郎)에 올랐다. 후손들은 성령(聖命), 성일(聖一), 성만(聖萬), 성임(聖任), 성철(聖喆), 성린(聖麟), 성언(聖彦), 성관(聖觀), 호가 금간(錦澗)으로 양자를 간 성무(聖武), 성가(聖嘉)는 통정대부(通政大夫)인 중추부첨지(中樞府僉知)를 지냈다. 그 외에도 내외손들은 번거롭게 기록하지 않는다.

 公之後孫用善以狀來乞銘墓 怜余匕今萬慮如空何能揄揚公行 誼以窃惟公潔德貞操可爲緇不磷怜

 공지후손용선이장래걸명묘 령려비금만려여공하능유양공행 의이절유공결덕정조가위 치불린검

 世者也觀其詩文托意寓言又非遺世而獨行者

 세자야관기시문탁의우언 우비유세이독행자

절림공의 후손 용선(用善)공이 비문을 지어 달라고 요청하였다. 나는 지금 만 가지 걱정으로 공허하니, 어찌 공의 행적을 다 칭송할 수 있겠는가? 그러나 생각건대, 공의 깨끗한 덕성과 굳은 절개는 세속에 더럽혀지지 않는 본보기가 된다. 그의 시와 문장을 보면, 세상을 떠나 홀로 살았던 게 아니라, 자연 속에서 마음의 집을 짓고 말하며 살았음을 알 수 있다.

高宗六十三年丙寅(1926)六月旅大呂五日

고종육십삼년 병인　6월여대려5월

嘉義大夫行承政院都承旨經筵參贊官 驪興 閔丙承 撰

가의대부행승정원도승지경연참찬관　여흥 민병승 찬

진성眞成 이동흠李東欽 근서謹書

절림浙林공 14代孫대손 종찬宗燦 국역(國譯)

望嶽亭記(망악정기)

 조선 선조 때 지어진 망악정을 1917년에 중수(重修)한 기록에 붙여 축하는 글

 洛江上下亭臺樓閣之以人名者顧何限而或逸以不傳有如人之沉晦者以
興廢存亡之有數其間以然歟
 낙강상하정대루각지이인명자고하한이혹일이 부전유여인지침회자
이흥폐존망지유수기간이연흥
 抑因雲仍不振肯構無人之致歟 억인운잉진긍구무인지흥

 낙강(洛江) 강 상하에 있는 정자와 누각들 가운데 사람의 이름을 붙인 것이 얼마나 많겠는가. 그러나 그 가운데 어떤 것은 세상에 전하지 않고 사라져 버려 마치 사람처럼 세상에 드러나지 않은 채 묻혀 버린 것과 같다. 그것은 흥하고 쇠하며 존재하고 사라지는 것이 모두 운명에 달려 있기 때문인가? 아니면 구름처럼 흩어지고 다시 일어서지 못하는 까닭이, 그것을 세우려는(肯構) 사람이 없었기 때문인가?

 今桃木村龜湖里有望嶽亭舊亭址卽宣祖時浙林辛公諱慶益遺芬剩馥地
之也公自先世世居漢師白嶽
 금도목촌구호리유망악정구정지즉선조시절림신공 휘경익유분잉복
지지야 공자선세세거한사배악

山下以簪組爲箕業而負才穎悟見理明達慨然慕張舍人之志操

산하이잠조위기업이부재영오견리명달 개연모장사인지지조

　지금 도목촌(桃木村) 구호리(龜湖里)에 있는 망악정(望嶽亭)은 예전 정자의 터로, 선조 때 절림(浙林) 신공(辛公) 경익(慶益)의 유덕이 남은 향기로운 자취의 땅이다. 신공은 대대로 한사(서울) 백악산 아래에 살았으며, 벼슬을 집안의 업으로 삼고 남달리 뛰어난 재능(才穎悟)과 통찰력을 지녔다. 그는 늘 사인(舍人, 벼슬아치)의 뜻을 흠모하여 벼슬길에 뜻을 두었으나

及登上庠無意名塗買舟南下卜居　于是城市之塵焰　己邈園林之淸趣自適誓將遯世无憫

급등상상무의명도매주남하복거 우시성시지진염기 기묘원림지청취자적서장돈세무민

　상상(庠, 학교, 성균관)에 오른 뒤에는 명예나 관직(名塗)에 뜻을 두지 않고 배를 사서 남쪽으로 내려와 이곳에 자리를 잡았다. 그는 도시의 번잡함을 멀리하고 정원의 맑고 고요한 풍취 속에 스스로 만족하며, 장차 세상과 인연을 끊고(遯世) 걱정 없이 살겠다고 다짐하였다.

而或春和景明秋風慘憺之時則又不免離鄕懷古之思矣　遂築臺後崗而名其室曰望嶽　賦詩寓意

이혹춘화경명추풍요표지시즉우불면이향회고지사의　수축대후강이명시실왈망악 부시우의

그러나 봄이 화창하고 경치가 밝을 때나, 가을바람이 갑자기 불어올 때면, 어쩔 수 없이 고향을 떠나 옛일을 그리워하는 생각을 피할 수 없었다. 마침내 뒤 언덕에 대를 짓고(築臺後崗) 그 방의 이름을 '망악(望嶽)'이라 하고, 시부를 지어 뜻을 담았다.

歲代浸遠鳳去臺空幷與其題詠遺文而蕩失龍蛇兵燹風月江山之外愈恨
杞宋無徵奠居子孫雖布列是
세대침원봉거대공병여기제영유문이탕실 용화병선풍월강산지외유
한기송무징전거자손수포시례
里尋常所羹墻感慨者己不能矣
리심상소갱장감개자기불능이

세월이 흐르자 봉황(절림공)은 떠나고 빈 정자만 남아, 그가 남긴 시문과 글도 모두 흩어지고 말았다. 안타까운 점은 전쟁으로 인한 화재로 바람과 달빛, 강산 이외에 제사 지내며 살았다는 증명할 자료가 남아 있지 않다는 점이다. 그 자리에 사는 자손들이 마을 곳곳에 흩어져 있지만, 늘 이 업적(羹墻)을 보며 감회를 느낄 사람조차 이제는 없다.

乃於丁巳秋鳩材燔瓦就其臺起亭 突几零合綿力縱難克期竣切規制奢麗
意其前 人所不逮如以其眺
내어정사추구재번와취기대기정 돌구영합면력종난극기준정규제사
려의기전　인소불체여이기조
望雲物而爲言則大江橫前明沙繞外漁歌櫓聲隱隱相聞而姸媚峰巒櫛北

村落對案而

 망운물이위언즉대강횡전명사요외어가노성은는상문이 연미봉만즐
북촌락대안이

　그래서 정사년(丁巳년, 1917년) 가을, 재목을 모으고 기와를 구워
내고 대 위에 정자를 중수(重修)하였다. 여러 사람이 힘을 모았고 완
성은 어렵고 더딘 일이었지만, 설계는 오히려 옛 정자보다 더 웅장
하고 화려했다. 이곳의 경관을 이야기하자면, 큰 강이 앞을 가로지
르고, 맑은 모래가 바깥을 에워싸며, 어부의 노래와 놋소리가 은은
하게 들려온다. 아름다운 산봉우리들이 북쪽으로 빗처럼 솟아 있고,
마을은 탁자 앞에 앉듯이 펼쳐져 있다.

臨膝林中之香月下之喨乃花與禽之自在助景也徘徊顧望白嶽之峨峨矗
矗依舊若漂渺萬疊矣

 임슬림중지향월하지려내화여금지자재조경야 배회고망백악지아아
촉촉의구방표묘만첩이

　바로 앞 숲속의 향기, 달빛 아래 새들 울음소리, 모두 꽃과 새가 자
연스럽게 풍경을 돕고 있다. 그 속에서 배회하며 (옛고향의) 백악산
의 높고 우뚝한 아름다운 자태를 회고하니, 마치 예전처럼 아득한
안개 속 만 겹의 물결처럼 떠다닌다.

　＊설명: 재건된 망악정의 아름다움과 뛰어난 자연경관이 묘사된다.
글쓴이는 단순히 건물만 중수(重修) 복원한 것이 아니라, 옛 정취와
풍경을 함께 되살리려 한 노력을 보여준다.

惟願諸君困此棟宇之新益究貽謨之實使賢祖之遺風餘教不墜在人聲聞
漸達

유원제군곤차동우지신익구태모지실사현조지유풍여교불추재인성
문점달

　오직 바라건대 여러분들은 이 새 정자에서 조상들이 남긴 뜻을 더
욱 깊이 따르고 연구하여, 현명한 조상의 풍속과 가르침이 사람들
사이에서 끊어지지 않고, 그 명성이 점차 널리 알려지는 것이다.

則斯亭也何但爲一家所尊於是焉過時之廢乃知今復興之兆而後昺更振
亦可執契也

즉사정야하단위일가소존어시언과시지폐내 지금복흥지조이후곤갱
진역가집계야

　그렇다면 이 정자는 어찌 한 집안만이 기리는 것이겠는가? 예전에
는 폐허가 되었지만, 지금 다시 일어나는 조짐을 보이니, 후손이 일
어남으로써 결의를 떨칠 수 있지 않겠는가.

耶是役之終始主幹不殫煩來請記者公十二代孫用善而　通敏謹飭可與徒
事也逐樂而並書之以示其申

야시역지종시주간불탄번래청기자공십이대손용선이　통민근칙가여
도사야 수락이병서지이시기신

勤成立之意云爾　旂蒙亦奮若暮春節　前參奉　李中轍　記

근성립지의운이 전몽역구약모춘절　전참봉 이중철 기

　이 정자의 중건을 주도하고 처음부터 끝까지 수고한 사람은 신공
의 12대 손인 용선(用善) 공이다. 그는 총명하고 신중하며 삼가는

사람으로 함께 일을 할 수 있는 자이다. 이에 기뻐하여 글과 함께 글씨를 써서 그가 부지런히 힘써 이룬 뜻을 나타냈다.

旌蒙亦奮若暮春節 前參奉李中轍記

전몽역분약모춘절 전참봉이중철기

전몽(旌蒙, 자호)이 또한 감격하여, 늦봄에 前 참봉 이중철이 기록하다.

*이중철(李中轍): 조선 말기 안동 지역에서 활동한 문신이자 의병.

본관은 진성(眞城). 자는 중원(仲圓), 호는 효암(曉庵). 할아버지는 이휘정(李彙廷), 아버지는 이만유(李晩逌), 어머니는 의성김씨(義城金氏)로 승지를 지낸 김용락(金龍洛)의 딸이다. 묘소는 원당(元塘) 앞산인 효잠산(孝岑山) 병좌(丙坐)의 언덕에 있다.

이중철은 어려서는 족부(族父)인 이만각(李晩慤)에게 배웠으며 뒤에 서산(西山) 김흥락(金興洛)의 문하에 들어가 학문을 크게 성취했다. 두 스승의 문하는 시와 문장의 뜻과 의미가 엄숙하며 그윽하였다. 또 이돈우(李敦禹), 류건호(柳建鎬), 류필영(柳必永) 등과 교유하며 주로 시사(時事)에 대한 의논과 상제(喪祭)에 관한 문목 등을 논의하였다. 1895년 을미의병 때 안동의병의 참모가 되어 활약하였으며, 1902년 도신(道臣, 도지사)의 천거로 혜릉참봉(惠陵參奉)에 제수되기도 하였다.

1910년 가을 이만도(李晩燾)가 망국의 한으로 자결하려 할 때 같이 죽으려 하였으나 "군도 죽는다면 사문(斯文)은 어찌 하겠느냐?"

라고 만류하여 단념하고 더욱 학문에 전념하였다. 1913년에 도산 서원(陶山書院) 원장이 되어 『도산급문록(陶山及門錄)』을 간행하였다. [저술 및 작품] 문집으로 『효암집(曉庵集)』이 있다. 문집 중 잡저 「기제부제단합설무이변(忌祭祔祭單合設無異辨)」은 정주(程朱)와 퇴도(退陶)의 설을 인용하여 제례에 대해 논하고 있으며, 편지글 「서시아질급제손(書示兒姪及諸孫)」은 사람이 되는 도리를 밝혀 선행(善行), 독서, 봉사(奉祀), 책선(責善)하는 요점을 자질과 여러 손자들에게 훈계하고 있다.

[출처] 한국학중앙연구원 – 향토문화전자대전
절림浙林공 14代孫대손 종찬宗燦 국역(國譯)

望嶽亭實紀序망악정실기

詩曰自古在昔先民有作溫恭朝夕執事有恪又曰似續妣祖築室百堵爰居爰處笑爰語先以商周之

시왈자고재석선민유작온공조석집사유격 우왈사속비조축실백도원거원처소원어잠이상주지

有天下也而玄鳥巨人之詑子孫不諱至登之歌詠而以致不忘此三代仁厚之也

유천하야이현조거인지선자손불휘지등지가영이이치불망차삼대인후지야

시경에 이르기를, "예로부터 옛 선민들은 일을 시작 할 때에 온화하고 공손하였고, 아침저녁으로 직무를 수행할 때 정성을 다하였다."라고 하였다. 또 "조상과 어머니의 유업을 이어받아 집을 짓고, 많은 벽돌을 쌓아 거처하며, 웃고 말하였도다."라고 했다. 이것은 곧 상(商)나라와 주(周)나라가 천하를 차지하게 된 까닭이며, 현조(玄鳥)와 거인(巨人) 같은 신화적 시조로부터 이어진 자손들이 이름을 숨기지 않고 오히려 노래하여 찬양하며 그 은혜를 잊지 않았던, 삼대(三代)에 걸친 인후(仁厚)한 풍속을 잘 드러냈다.

永嘉之府東龜尾里有望嶽亭故上舍浙林居士寧越辛公諱慶益之遺躅也

영가지부동구미리유만악정고상사절림거사여월신공휘경익지유탁야

영가부(永嘉府) 동쪽의 구미리(龜尾里)에는 '망악정(望嶽亭)'이 있다. 이는 본래 상사(上舍, 성균관 진사를 말함)에 다닌 절림거사(浙林居士) 영월(寧越) 신(辛)씨, 휘(諱) 경익(慶益) 공의 유적(遺跡)이다.

公素巨於京之白嶽山下大隱巖洞世以榮顯名龍蛇亂避地

공소거어경지백악산하대은암동세이영현명용사난피야

于此築臺楣北望寓桑梓之思作詩二絶而遺之

우차축대미북망우상재지사작시이절이유지

공께서는 평소에 서울 백악산 아래에서 큰 근거지를 두고 살았으며, 대대로 이름을 떨친 명문가였다. 임진왜란(용사난·龍蛇亂)이 일어나자, 이곳으로 피란하여, 북쪽을 향해 대(臺)를 세우고, 고향(상재·桑梓)에 대한 그리움을 담아 시 두 편을 남겼다.

今已四白載而土居諸雲仍猶莊誦之不衰易臺而亭之揭原韻于楣上鄕人士多和之者

금이사백재이사거제운잉유장송지불쇠역대이정지 게원운우미상향인사다화지자

지금 이미 사백 년이 흘렀지만, 지역에 사는 여러 사람들이 여전히 그 시를 장중히 읊으며 그 감흥이 사라지지 않았다. 마침내 대(臺)를 정(亭)으로 증수하고, 원래의 시 운(韻)을 현판에 새겨 걸자, 고을 선비들이 이에 화답하여 시를 짓는 이들이 많았다.

因以樑頌墓文及修契名帖等合爲一局名之曰望嶽亭實紀

인이량송묘문급수계명첩등합우일국명사왈망악정실기

이에 양송(樑頌, 칭송의 기준이 되는)의 묘문, 수계(修契, 여러 문
중의 사람들이 매년 모여 계契를 맺기로 함) 명첩(수계한 분들의 이
름을 기록한 문서) 등의 자료를 모아 하나의 책으로 엮고, 그 이름을
망악정실기(望嶽亭實紀)라 하였다.

使裔孫在珩問序文於予予與辛雅有舊蒙所難拒 사예손재연문서문어여
여여신아유구몽소난거

후손 재형(在珩) 공(公)이 나에게 서문을 부탁하였고, 나는 신씨 가
문과 평소 친분이 깊어 이를 마다하기 어려웠다.

因竊惟辛氏之於祖先執事溫恭築室笑語庶幾有合於詩人之意
인절유신씨지어조선집사온공축실소어서기유합어시인지의

이에 감히 생각하건대(여러 말들을 생각하고), 신씨 집안은 그 조
상 대대로 성실히 할 일을 잘 수행했고, 온화 공손했으며, 집을 짓고
웃고 말하는 풍속이 시경의 뜻에 부합한다.

以又以其遺詩印布以廣之亦登之歌詠而以致不忘者也其爲仁厚豈以古
今有間然哉

이우이기유시인포이광지역등지가영이이치불망자야기위인후기이
고금유간연재

또한 그가 남긴 시를 인쇄하여 널리 퍼뜨리는 것도, 곧 조상에 대
한 찬양과 기억을 잊지 않으려는 일로, 이는 예부터 지금까지 변함
없는 仁厚함을 드러내는 일이 아니겠는가.

噫若使公回軫於亂靖之後典守舊址克紹前光則圭冕烜赫必不讓於漢師之誰誰

억약사공회진어란정이후전수구지극초전광즉규면훼역필불양어한사지수수

 오호라, 만약 절림공께서 전란 후에 다시 돌아와 예전의 자리를 지키고 조상의 빛을 잇는 데 힘썼더라면, 그 공적은 반드시 한양의 큰 인물들 누구와도 견줄 만하였으리라.

巨室而于孫之寢微不振莫非地避身隱遹追先志故也難若可恨

거실이우손지침미부진막비지피신은휼추선지고야난약가한

 그러나 명문가의 후손들이 점차 쇠락하여 부진한 것은, 그들이 땅을 피해 몸을 숨기려는 조상의 뜻을 따르려 했기 때문이니, 안타깝고도 한스러운 일이다.

然顧今日山河異昔磎谷易處舊時之白嶽門閭屢變爲三桑徃劫而一區

연고금일사하이석계곡역처구시지백악문여루변위삼상왕겁이일구

 그런즉 오늘날에 돌이켜보면, 산천은 옛날과 다르고, 계곡과 지형도 변하여, 옛날 백악산 아래의 문루도 여러 번 바뀌어서, 이미 먼 옛날의 일(한 곳의 뽕나무가 세 번 죽은 만큼 오랜 세월)이 되고 말았다.

浙林尙有嘉遯遺韻豈可以一時榮貴槩量於百世淸風也哉 予故以是爲辛

氏賀因書于卷端

절림상유가돈유운기가이일시영귀개량어백세청풍야재　여고이시
위신씨가인서우권단

　그러나 절림(浙林, 구미촌)에는 아직 아름답게 은거하던 자취와 남
은 운치가 있으니, 어찌 일시적인 영화와 부귀로 백세에 전할 맑은
기풍을 평가(隳量)할 수 있겠는가? 이에 나는 이 글을 신씨 집안에
대한 경하의 뜻을 담아 이 책의 서문을 쓰노라.

歲重光大淵(1924년) 獻蠟月下澣(섣달 하순) 宣城(선성이씨) 李會春
謹序
절림공浙林公 14대손代孫 종찬宗燦 국역國譯

望嶽亭 釋菜禮 告由文

恭惟府君故家賢孫晟世隱淪早登壁沼聲望紛繽簪纓家世不求要津南徙

遠寓洛江之濱耕山釣水野服山巾敦本務實貽我後人孝友爲家忠信于身墜

落先德屚孫不振幸於年前嶽亭重新追慕曠世倐如隔晨日吉辰良用薦精

禋雲孫咸集齊會衿紳陟降如在微誠粗伸　　全州 柳萬植 謹撰

望嶽亭 釋菜禮 告由文 망악정 석채례 고유문

恭惟府君故家賢孫 晟世隱淪早登壁沼 聲望紛繽簪纓家世不求要津

공유부군고가현손 성세은륜조등벽소 성망분빈잠영가세불구요진

공경히 생각건대, 부군(府君, 절림공, 돌아가신 분을 높여)은 본래
명문가의 어진 후손으로서,

세상의 속됨을 피해 숨어 지내시다가 일찍이 벽소(壁沼: 고상한 경
지)에 오르셨고,

명성과 덕망이 널리 떨쳤으나, 벼슬길이나 높은 자리를 구하지 않
았다.

南徙遠寓洛江之濱 耕山釣水野服山巾敦本務實

남사원우낙강지빈 경산구수야복산건돈본무실

남쪽으로 이주하여 멀리 낙동강 가에 머무르시며, 산을 일구고 물
고기를 낚으며,

평민의 옷차림과 산건(山巾: 은자의 복장)으로 근본을 돈독히 하고

실천에 힘쓰셨다.

貽我後人孝友爲家 忠信于身 墜落先德屠孫不振

이아후인효우위가 충언우신 추락선덕잔손부진

우리 후손에게는 효도와 우애로 가문을 이루었고, 몸소 충성과 믿음을 지켰지만,

선조의 덕은 점차 쇠하고, 미약한 후손은 그 뜻을 드높이지 못하였다.

幸於年前嶽亭重新 追慕曠世倏如隔晨日

행어년전악정중신 추모광세숙여격신일

다행히도 지난해에 망악정을 다시 세우고, 아득한 세월을 거슬러 선조님을 추모하오니,

마치 새벽과 저녁이 갈라진 듯, (먼 옛날이) 금방 다가온 듯합니다.

吉辰良用薦精禋 雲孫咸集齊會 衿紳陟降 如在微誠粗伸

길진량용천정인 운손람집제회 금신척강 여재미성조신

좋은 날을 택하여 정성을 다해 제례를 올리니, 구름처럼 많은 자손들이 모여

예복을 입고 오르내리며 조상께 예를 드리오며, 작은 정성으로 조신하는 마음입니다.

全州 柳萬植 謹撰 전주 유만식 삼가 짓다.

유만식선생은 월곡면 주진동 삼산리 출신으로, 독립운동가 동산東
山 유인식柳寅植선생의 동생으로, 부친 유필영(柳必永) 선생의 차남
이다. 집안이 모두 독립운동가이다.

절림浙林공 14代孫대손 종찬宗燦 국역(國譯)

「望嶽移建記」(망악이건기)

粤昔先韓中葉有浙林居士寧越辛公慶益世居浰師之白嶽山趾大隱巖洞
簪組文學爲世所稱

월석선한중엽유절림거사영월신공경익거세열사지백악신지대은암
동 잠조문학위세소칭

옛날 조선 중엽에 절림거사 신공 경익이라는 분이 있었으니, 본관
은 영월이고 백악산 아래 대은암동(大隱巖洞)에 대대로 살았다. 세
거한 그분들은 열사(浰師, 맑은 벼슬아치)로 벼슬과 문학으로 세상
에 이름난 분들이었다.

宣祖乙酉進成均進士然性本耿介無意世路瑟然南下愛安東府浙江石川
之勝仍止居焉

선조을유진성균진사영성본경개 무의세로슬연남하애안동부절강석
천지승잉지거언

경익公은 선조 을유년(1585년)에 성균관 진사에 급제하였으나, 성
품이 강직하고 세속의 길에 뜻이 없었으므로, 고요히 남쪽으로 내려
가 안동부의 절강(浙江) 석천(石川)의 아름다움을 사랑하여 그곳에
머물렀다.

又築室於桃木村之龜湖題其室以望嶽 瞻望白嶽大領橫天雲霞縹緲愛而
不見

우축실어도목촌지구호제기실이막악 첨망백악대령홍천운하표묘애
이불견

　또한 도목촌(桃木村)의 구호(龜湖)리에 집을 지어 '망악(望嶽)'이라
불렀다. 백악산을 바라보고자 하였지만, 하늘을 가로지르는 큰 산봉
우리들과 안개구름이 아득하여 볼 수 없었다.

乃爲七言詩二絶以瀉其流難咸慨之懷 日興老漁樵山歌水調互爲問答以
卒其歲焉
　내위칠언시이절이사기류난함개지회 일흥노어초신가수조호위문답
이졸기세언
　이에 그는 칠언절구 두 수를 지어 그 애달픈 마음을 풀었고, 하루
하루 늙은 어부와 나무꾼의 삶을 즐기며 산속 노래와 물소리로 서로
교감하며 세월을 보냈다.

至韓社旣屋後丁巳後孫亭以扁額仍行釋菜之禮住歲甲寅因安東湖堰堤
工事水潡于亭
　지한사기옥후정사후손정이편액잉해석채지례주 세갑인인안동호언
제공사수엄우정
　세월이 흘러 대한민국에 이르러 사당이 낡아지고 갑인년(甲寅,
1974)에 안동호 댐 공사로 정자가 물에 잠기는 것을 피해 정사년(丁
巳, 1977) 후손들이 정자를 옮겨 편액을 걸었고 석채례(釋菜禮: 유
교 제례)를 계속 이어갔다.

乃移建于今南先面亭下里位置於映湖樓歸來亭之間見洛於是歲夏曆七月望事旣集

내이건우금남선면정하리위치어 영호루귀래정지간견낙어시세하력칠월망사기집

이에 지금의 남선면 정하리에 망악정을 이전하여, 영호루(映湖樓)와 귀래정(歸來亭) 사이에 자리를 잡고, 낙강(洛江)이 내려다보이는 그곳에서 음력 7월 보름날에 이건을 마쳤다.

後孫前義城守承國齋望嶽亭實紀曁移建原委責記於家源

후손전의성수승국제망악정실기기 이건원위책기어가원

의성군수를 지낸 후손 승국이 망악정의 실기와 이건의 내력을 정리하며 이가원(李家源)에게 기록을 부탁하였다.

嗚呼大隱巖固洌上之名園以京華文學賢豪之士莫不携酒相尋風流韻事無代可乏

명호대은암고열상지명원이경화문학현호지사 막불휴주상심풍류운사무대가핍

아, 대은암은 원래 열상(洌上)의 이름난 정원으로, 서울의 문사들과 훌륭한 인사들이 술병을 들고 찾아오던 곳이니, 그 운치 있고 멋진 풍경은 어느 시대에나 부족함이 없었다.

前時和李容齋朴翠軒南止亭之輩芳躅宛在然逮其終也靜躁異途走肖爲王老樹風哀氣象慘黷豈不悲哉

전시화이용재박취헌남지정지배방촉완재연체기종야 정조이도주초
위왕노수풍애기상참담기불비재

옛날에는 이용재(容齋는 號, 李荇), 박취헌(翠軒은 號, 朴誾), 남지
정(止亭은 호, 南袞) 같은 이들이 시를 주고받으며 풍류를 즐겼고(조
선 중기의 文士로 이름이 높았으나 모두 史禍를 당함), 그 자취가 생
생하다. 그러나 고요하던 세상이 갑자기 이상해져서 결국에는 주초
위왕(走肖爲王, 중종 때 趙光祖를 제거하기 위해 趙자를 풀어서 왕이
된다고 모함한 말)늙은 나무가 바람에 우는 듯한 쓸쓸하고 참담한
모습이 되었으니, 어찌 슬프지 않겠는가.

意者浙翁亦嘗目擊其實事深有感於貞黷榮華蛻知枯蟬辟地於荒間寂
寞之濱
의자절옹역상목격기실사심유감어정독영화태지고선피지어황문 적
막지빈
아마 절림 노인 또한 그 현실을 눈앞에서 목격했기에, 화려함의 덧
없음을 깊이 깨닫고 껍질 벗은 매미처럼 황량한 곳 외진 곳에 거처
를 정한 것일 것이다.

仍以永嘉爲井洲故鄉而白嶽大隱可望而不可遽到則題扁居室以示不忘
之意其之志亦可悲也
잉이영가위정주고향이 백악대은가망이불가급도즉제편거실이시불
망지의기지지지역가비야
하여 영가(永嘉)를 고향처럼 여기고, 백악산 대은암은 바라만 볼

수 있을 뿐 쉽게 닿을 수 없어 집의 현판을 '망악'이라 하여 잊지 않
겠다는 뜻을 남겼으니, 그 뜻 또한 슬프다 하겠다.

己丁丑西曆一九九七年歲暮 前儒道會總本部長 學術院會員 文學博士
眞城李家源 謹記

기정축서력일구구칠년세모 전유도회총본부장 학술원회원 문학박
사 진성이가원 근기

  서기 1997년, 정축년 말 유도회 총본부장, 한국학술원 회원, 문학
박사 진성(眞城) 이가원이 삼가 기록하다.

          後孫 承國 謹書

          후손 승국이 삼가 쓰다.

          절림공浙林公 14대손代孫 종찬宗燦이 국역國譯

紫陽處士辛公墓碣銘 並書 자양처사신공묘갈명 병서(싸리골 큰 산소)

維安東某方幾里紫谷之麓 , 有負亥而封者若堂斧然 , 處晶系系衆塚之間 , 歲久易失 , 而居者尙指

유안동모방기리자곡지록 유부해이봉자약당부연 처뢰계계중총지간 세구역실 이거자상지

點咨嗟曰 此故紫陽處士辛公之藏也 豈公有遺愛鄕井自歟

점자차왈 차고자양처사신공지장야 기공유유애향정자흥

 안동의 어느 지역에서 수리 떨어진 곳, 자곡(紫谷) 골짜기에 있는 무덤이 있는데, 엎드린 듯 한 봉분이 있어 마치 당부(堂斧) 모양이다. 논밭과 무덤들 사이에 자리하고 있어, 세월이 오래 지나 그 위치를 잃기 쉬우나, 지금도 그곳 사람들은 여전히 손가락으로 가리켜 말하곤 한다.

 이곳은 옛날 자양처사 신공(辛公)의 묘지다. 공의 고향 사랑이 있어서 사람들이 이렇게 기억하는 것이 아니겠는가?

今其諸孫用善相茅 , 且慮舊碣漫漶盆無以爲久達圖 , 更鳩功伐石 , 属余銘之。

금기제손용선상모 차려구갈만환익무이위구달도 경구공벌석 속여명지

 오늘날 그 자손 용선 공이 묘소에 띠를 덮고, 옛 비석이 마멸되어

더는 오랫동안 전할 수 없음을 염려하여, 다시 힘을 모아 돌을 다듬어 세우고, 나에게 비문을 지어달라 청하였다.

按公諱喜叔 , 字曰叔蘭 , 紫陽則其自號也。寧越辛氏 , 出自高麗侍中仲碩 , 世襲圭組 ,

안공휘희숙 자왈숙난 자양즉기자호야 영월신씨 출자고려시중중석 세습규조

至本朝 文莊公應時益大而顯 , 世稱白鹿先生。公其嫉孫也。

지본조 문장공응시익대이현 세칭백록선생 공기질손야

공의 휘는 희숙(喜叔)이고, 자는 숙란(叔蘭)이며, 자양(紫陽)은 그의 자호(自號)이다. 영월 신씨는 고려 시대 시중 중석(侍中 仲碩) 공으로부터 유래하였고, 대대로 벼슬을 이었다. 조선조에 이르러 문장공 응시(文莊公 應時)에 이르러 더욱 번성하고 현달하여, 세상에서는 그를 '백록선생(白鹿先生)'이라 불렀다. 자양공은 그 문장공의 종손자(嫉孫)이다.

高祖諱尹衡進士靑丹察訪贈吏曹參議, 曾祖諱輔商文科瑞興府使, 贈吏曹判書, 祖諱應基武科 ,

고조휘윤형진사청단찰방 증이조참의 증조휘보상문과서흥부사 증이조판서 조휘응기무과

北兵使, 考慶益成均進士 , 耿介有遯世志 , 自漢師之白嶽山南 踰領至州之龜湖而止焉 , 置亭署之

북병사 고경익성균진사 경개유돈세지 자한사지백악산남 유령지주

지구호이지언 치정서지

曰望嶽 , 用寓懷土之情 왈망악 용우회토지정

　고조부는 윤형(尹衡)이며, 진사로서 청단(靑丹) 찰방을 지냈고, 사후에 이조참의에 증직되었다. 증조부는 보상(輔商)으로, 문과에 급제하여 서흥부사를 지냈고, 이조판서에 추증되었다. 조부는 응기(應基)로, 무과에 급제하여 북병사를 지냈다. 부친은 경익(慶益)으로, 성균관 진사이며, 강직하고 은둔의 뜻이 있어 한양(漢師)에서 백악산 남쪽에 살다가 구호(龜湖)에 정착하여, 그곳에 정자를 짓고 '망악(望嶽)'이라 이름 지어 고향을 그리워하는 마음을 담았다.

　妣權氏安東人基夏女　公生宣祖戊子三月十八日　早襲庭訓　壯歲游屋場 , 屢中解額而竟不第

비권씨안동인기하녀 공생선조무자삼월십팔일 조습정훈 장세유옥장 누중해고이경불제

結廬芒碭山中　自晦而歿　實孝宗壬辰九月二十五日也

결려망당산중 자회이몰 실효종임진구월이십오일야

　어머니는 안동 권씨 기하(基夏) 공의 따님이다. 공은 선조 무자년(1588) 3월 18일에 태어났다. 일찍부터 아버지의 가르침을 이어받고, 장년에는 여러 곳을 다니며 학문에 힘써 과거에 여러 번 응시하였으나 관직에 오르지는 못하였다. 마침내 망당산(芒碭山) 속에 초막을 짓고 은거하다가 세상을 떠났으니, 효종 임진년(1672) 9월 25일이다.

配張氏亦安東人 , 其考曰德甫 生卒皆先公 丁亥丙戌其年 而其日則五月十五 八月十日也

배장씨역안동인 기고왈덕보 생종개선공 정해병술기면 이기일즉오월십오 팔월십일야

葬與公同原而爲下 장여공동원이위하

부인 장씨(張氏)도 안동 사람으로, 부친은 덕보(德甫) 공이다. 장씨는 공보다 먼저 세상을 떠났으며, 정해년과 병술년에 세상을 떠났고, 그 날짜는 5월 15일과 8월 10일인데, 신공과 같은 언덕에 묻혔으며, 아래쪽에 안장했다.

子暄將仕郞 孫聖武出 爲文莊公玄孫 聖嘉僉中樞 曾孫 聖武男 智東亨東利東行東

자훤장사랑 손성무출 위문장공현손 성가첨중추 증손 성무남 지동형동이동행동

聖嘉男豫東以東丁東師東後東殷東 玄孫以下蕃不書記

성가남에동이동정동사동후동은동 현손이하번불서기

아들 훤(暄)은 장사랑을 지냈고, 손자 성무(聖武)는 문장공의 고손(高孫)으로 출계 하였다.

손자 성가(聖嘉)는 첨중추(僉中樞)를 지냈으며, 성무의 아들들은 지동, 형동, 리동, 행동이고,

성가의 아들들은 예동, 이동, 정동, 사동, 후동, 은동이다. 그 아래 후손은 번창하여 기록하지 않는다.

而至今十有餘世 振振未己 將大其門 則公且非善積于躬而福歸于後者
歟 公墓左岡十餘武

이지금십유여세 진진미기 장대기문 즉공차비선적우궁이 복귀우후
자여 공묘우강십여무

別設神位壇 每歲亨祀 無時瞻拜 不于墓而必于壇者 蓋不忍蹂衆塚之意
也 辛氏忠厚之風

별설싱위단 매세향사 무시첨배 불우묘이필우단자 개불인유중총지
의야 신씨충후지풍

可以觀感矣 가이관감의

　지금까지도 10여 대가 지나도록 후손들이 번성하고 있다. 그 가문
이 크게 융성하게 되었으니, 공이 선행을 몸소 실천하여 그 복이 후
손에게 돌아간 것이라 하지 않겠는가? 공의 묘 왼쪽 언덕 10여 보
되는 곳에 따로 제사 지내는 단이 마련되어 있다. 매년 제사를 지내
고 수시로 참배하지만, 직접 무덤 앞이 아니라 그 단에서 예를 올리
는 것은 여러 무덤을 밟는 것을 차마 할 수 없다는 뜻이다. 신씨 가
문의 충직하고 두터운 풍속은 감동으로서 느껴볼 만하다.

銘曰紫谷之原風水孔靈銘云可徵此焉永寧 명왈자곡지원풍수영명운가
징차언영녕

　명문(銘文)으로 말하노니 자곡의 들판, 그 풍수는 참으로 신령하
니, 이 비문이 그것을 증명하도다. 이곳에서 영원한 평안을 누리소
서.

通政大夫 祕書院丞 兼任太醫院少卿 原任 奎章閣直閣 德殷 宋奎憲 撰

통정대부 비성원증 겸임태의원소경 원임 규장각직각 덕은 송규헌 찬

眞城 李東欽 書刻 진성 이동흠 서각

13代孫대손 종찬宗燦 국역(國譯)

금간공묘갈명錦磵公墓碣銘(잣재산소)

公諱聖武字文魚號錦磵性辛氏寧越人 上祖諱仲碩高麗侍中逮哉 明宣祖
有諱應時號白鹿

공휘성무자문어호금간성신씨 영월인 상조휘중석고려시중체재 명
선조유휘응시호백록

文章德行爲世所重官大司成副提學 贈吏判諡文莊 享文會書院 於公高
祖

문장덕행위세소중관대사성부제학 증이판시문장 향문회서원 어공
고조

  공의 휘는 성무(聖武)요, 자는 문어(文魚)이며, 호는 금간(錦磵)이
다. 성은 영월 신씨(辛氏)다.

  윗대 조상인 중석(仲碩) 공은 고려의 시중(侍中)을 지냈고, 조선 선
조 때의 응시(應時) 공은 호가 백록(白鹿)이며 문장과 덕행이 뛰어나
세상 사람들이 존경하였으며, 대사성, 부제학을 역임하였다. 이조판
서에 추증되었고, 시호는 문장(文莊)이며 문회서원(文會書院)에 배
향되었는데 공의 고조다

曾祖諱慶晉號丫湖歷史局銓郎大司憲贈左贊成 祖諱喜業行郡守仁祖戊
辰錄寧社勳一等贈左承旨

증조휘경진호아호역사국전랑대사헌증좌찬성 조휘희업행군수 인조
무진록녕사훈일등증좌승지

考諱厚文行夙著不幸早世妣完山李氏晉山君某之女繼妣居昌愼氏英吉
之女

고휘후문행숙저불행조세비완산이씨진산군모지여 계비거창신씨영
길지여

　공의 고조부는 경진(慶晉) 공인데, 호는 아호(丫湖)이며, 역사국 전
랑(銓郎)과 대사헌을 지냈고, 사후에 좌찬성으로 추증되었다. 조부
희업(喜業) 공은 행 벼슬로 군수였으며, 인조 무진년(戊辰)에 영사공
신(寧社功臣) 1등으로 녹훈되었고, 좌승지에 추증되었다. 부친은 후
문(厚文) 공은 일찍부터 행실이 뛰어났으나 불행히도 일찍 세상을
떠났다. 비는 완산 이씨로 진산군(晉山君)의 따님이다. 계비는 거창
신씨(居昌愼氏) 영길(英吉) 공의 따님이다.

崇禎庚辰正月七日生　公天姿粹美才志不凡早竪脚跟於名利之外築室于
望嶽亭左爲養閒講讀之所

숭정경진정월칠일생 공전자수미재지불범조견각근어 명리지외축실
우 망악정좌위양한강독지소

引進後學 授受不捲事親誠孝 備至處族盡其敦睦性喜施與大有時望

인진후학 수수불권사친성효 비지처족진기돈목성희시여대유시망

　공은 숭정(崇禎) 경진년(1640년) 정월 초이렛날 태어났으며, 타고
난 자질이 순수하고 아름다웠고, 재주와 뜻이 남달랐다. 일찍이 명
리(名利)를 초월한 삶의 발판을 세우고, 망악정(望嶽亭) 왼편에 거처
를 짓고 한가로이 독서하고 학문을 강론하였다. 후학들을 이끌고 가
르치는 데 힘썼고, 결코 미루거나 게을리하지 않았다. 부모를 섬김

에 있어 진실하고 효성스럽게 하였으며, 가문과 친척들 사이의 화목을 다하는 데에 힘썼다. 성품은 베풀기를 좋아하였고, 세상 사람들로부터 큰 명망을 얻었다.

肅廟朝以壽升通政階 戊戌三月四日卒 享年七十九 是年月日葬于府東臥龍面羽谷洞尺崎艮坐之原

숙묘조이수승통정계 무술삼월사일졸 향년칠십구 시년월일장우 부동와룡면우곡동척치간좌지원

配淑夫人安東權氏棨之女 生四男長智東次亨東利東行東 智東一男顏復二男軾寧和寧嘉善同樞

배숙부인안동권씨계지녀 생사남장지동차형동이동행동 지동일남안복이남식녕화녕가선동추

休復二男篤寧恭寧 修復一男就寧 內外孫曾多不盡錄

휴복이남독영공영 수복일남취녕 내외손증다부진록

공은 숙종 때 장수하여 통정대부(通政大夫)로 승진하였다. 무술년 3월 4일(1698년)에 세상을 떠났으며 향년은 79세였다. 이해 이달 이날에, 안동부 동쪽 와룡면(臥龍面) 우곡동(羽谷洞)의 척치 간좌(尺崎 잣재, 艮坐)의 원지(原地)에 장사 지냈다. 배우자는 숙부인 안동 권씨(安東權氏) 권계(權棨) 공의 따님이며 아들 넷을 두었다. 장남은 지동(智東), 차남은 형동(亨東), 삼남은 이동(利東), 사남은 행동(行東)이다. 지동의 아들은 안복(顏復)이고 그 아들 식녕(軾寧)과 화녕(和寧)인데 화녕은 가선대부(嘉善大夫) 동지중추부사(同知中樞府事)를 지냈다, 휴복(休復)의 이들은 독녕(篤寧)과 공녕(恭寧), 수복(修復)

의 아들은 취녕이다. 내외 손자와 증손이 매우 많아 모두 다 기록하
지 못한다.

於乎公以超諸之才勵志劬工 以與起斯文爲己任 雖未施用於世 人爵之
後 豈非天爵所修之致耶
어호공이초제지재려지구공 이흥기사문위기임 수말시용어세 인작
지후 기비천작소수지치야
曰公之九代孫用善 以公墓道麓牲之文謬囑 顧此老耄 何敢當是托 而追
念 丫湖先生當辰巳之亂
왈공지구대손용선 이공묘도녹생지문류촉 고차노모 하감당시탁 이
추념 아호선생당진사지란
從事於吾先祖文忠公 體府幕與共勤勞 責以世誼 不敢終辭 謹因來狀 隳
括如右 繼之以銘 銘曰
종사어오선조문충공 체부막여공근노 책이세의 불감종사 근인래장
은괄여우 계지이명 명왈

아, 공은 남다른 재능으로 스스로를 단련하고 힘써 일하며, 이 나
라의 사문(斯文, 유학) 일으키는 것을 자신의 임무로 삼았다. 비록
세상에 크게 쓰이지는 못했으나, 인간이 주는 벼슬 너머로 하늘이
주는 덕망과 인격을 갖춘 것이 아니겠는가. 공의 9대손 용선(用善)
공이 공의 묘제에 바칠 제문을 나에게 잘못 부탁하였으니, 이 늙은
내가 어찌 감히 감당하겠는가. 그러나 옛일을 생각하며 묘비에 아래
와 같이 기록한다. 아호 선생(丫湖先生)은 임진왜란과 정유재란 때,

나의 선조 문충공(文忠公, 서애 西厓 柳成龍선생)을 따라 체찰사부
(體察使幕, 전시사령부)에서 함께 일하며 노고를 함께하였고, 세대
간의 의리(세의 世誼)를 다해 끝내 그 책임을 저버리지 않았다.이에
따라 이 내용을 정리해 기록하고, 뒤이어 명(銘)을 덧붙인다.

 孝根于性 百行以修 學裕於己 四敎是崇 尺峙之原 衣履在中 我銘不慁
宇壤與同
 효근우생 백행이수 학유오가 사교시숭 척치지원 의력재중 아명불
새 우양여동

  효는 본래 성품에 뿌리를 두고, 모든 행실은 이를 통해 닦는다. 학
문은 스스로에게 충실하였고, 네 가지 가르침(사서, 예의, 효, 충 등)
을 받들어 우러렀다. 척치(와룡면 잡실 망당산 뒤 잣재)의 원지에 묻
히셨고, 입고 신은 모든 것이 함께 하였다. 이 비문을 부끄럽지 않게
새겨, 높은 이들과 나란히 하도록 하였다.

          國子生 豐山 柳道龜 謹撰　尹用求 判書 書刻
          국자생 풍산 류도구 근찬　윤용구 판서 서각

          절림浙林공 14代孫대손 종찬宗燦 국역(國譯)

錦崖辛公墓碣銘금애신공묘갈명(서낭당 큰산소)

嗚呼人之行藝不講扵世者乆戾盖聞以載道道也者孝悌忠信日用常行之
事古人所以持之於身以施之

명호인지행예불강어세자 구려개문이재도도야자효제충신 일월상행
지사고인소이지이어신이시지

邦家者也不此之講而一惟勢利之孳孳則何有扵聖賢之書哉若乃辛公錦
崖銳志之士而能然乎公諱聖

방가자야불차지강이 일유세리지자자즉하유어성현지서재약내신공
금애에지지사 이능연호공휘성

嘉字丕賢寧越人也鼻祖諱仲碩高麗門下侍中屢傳以入本朝有諱熹漢城
尹諱回捷司馬鳳城都事諱益

가자비현영월인야비조휘중석 고려문하시중창전이입본조유휘희한
성윤 휘회첩사마봉성도사휘익

調司醞署直長諱奭修義副尉贈僕正諱尹衡察訪贈吏議諱輔商文科府使
寬厚長德爲政清靜歷典七邑

조사온서직장휘석수의부위증업정 휘윤형찰방증이의휘보상문과부
사관후장덕위정청정 역전칠읍

皆有聲績贈吏判諱應基出爲北兵使卽公之高祖也曾祖諱慶益號浙林長
陵朝進士操行淸愼耿介

개유성적증이판휘응기 출위북병사즉공지고조야증조휘경익호절림
장릉조진사 조행청신경개

公自漢師移居永嘉龜湖里謀一堅築舍而居之顔其堂曰望嶽寓之故山意
也祖諱喜叔號紫陽處士

공자한사이거영가구호지모일견축사이 거지안기당왈망악우지고산
의야 조휘희숙호자양처사

考諱暄潛德不仕將仕郎妃月城崔氏副正有敬之女公以崇禎癸未八月
十三日生稟性淳悉自志學錄

고휘훤잠덕불사장사랑비월성최씨부정유경지여 공이숭정계미팔월
십삼일생 품성순실자지학록

之年己知事親敬長灑掃應對之節而隨伯兄錦磵公讀書養閒菴潛心篤志
講質疑義不勞教督伯氏語

지년기지사친경장쇄소응대지절이 수백형금간공독서양한암참심독
지강질의의 불노교독백씨어

人曰吾弟卽東坡之有卯君也友愛旣篤和樂且湛事親極其志物之養所友
必與直諒之人日誦朱子家訓

인왈오제즉동파지유묘군야 우애기독화락차담사친극기지물지양소
우필여직량지인 일송주자가훈

反韓昌黎送符文暇日逍遙乎釣魚之磯徃來於雲之壠相忘形骸於八紘
之外矣明陵盛際與其兄並以

반한창려송부문가일소요호 조어지기왕래어운지롱상망형해어팔굉
지외의 명릉성제여기형병이

壽職陞資除僉樞癸卯十二月十二日卒享年八十一葬于安東府東紫谷里
先旺堂負坎之原配榮州余氏

수직승자제첨추계묘십이월십이일졸향년필십일 장우안동부동자곡

리선왕당부감지원배영주여씨

澈之女也育六男曰豫東以東丁東師東後東贈工曹議殷東豫東男禧復以
東男朝復丁東有三男大復

철지여야 육육남왈에동이동정동사동후동증공조의은동 후동남희복
이동남조복정동유삼남대복

進復世復師東男三復後東三男摯復繼復祥復殷東三男來復道復泰復禧
復男敬寧朝復男用寧

진복세복사동남삼복후동삼남추복계복상복 은동삼남래복도복태복
희복남경영조복남용영

大復男五寧進復男七寧世復二男徠寧采寧三復男胤寧摯復男基寧
繼寧男望寧祥復南直寧來復三男

대복남오령진복남칠영세복이남래영변영 삼복남윤영추복남기영계
복남망영상복남직영내복삼남

翰寧烈寧紫寧道復男敏寧泰復男尙寧以下內外孫曾玄繁不盡公之事行
也處家內循循孝悌讀書

한영열영자영도복남민영태복남상영이하내외손증현번부진 공지사
행야처가내순순효제독서

以孜孜禮樂吾夫子嘗言惟孝友兄弟於有政者求之於世卓絶難覯今讀公
之狀庶幾有焉後承之昌阜於

이자자에악오부자상언유효우형제어유정자구지어 세탁절난구금독
공지장서기유언 후승지창부어

來者將至無窮則德厚流光其不在玆乎然則公之講道者由心得以自然由
堅守以幾化以彼之志不用於

래자장지무궁즉덕후류광기부재차호 연즉공지강도자유심득이자연
유견수이지기화피지지불용어

世無所施設可慨也己公之傍裔孫用善請余文以鋕基不得以抗顔爲辞
仍書公大致遂爲之銘銘曰

세무서시설가개야 기공지방예손용선청여문이성기부득이항안위사
잉서 공대치수위지명명왈

孝悌爲仁其用不窮得乎天者厚而旨聖謨之慈同澹思冥黙結元暢
於豊隆後有讀者庶諗

효제위인기용불궁득호천자후이지성모지 욕동 담사명목결원창어풍
융후유독자서고

高宗六十三年丙寅之月旅大呂五月嘉義大夫吏曹參判兼同知經
筵成均館春秋館義禁府事

고종육십삼년병인지월여대려오월 가의대부이조참판겸동지경연성
균관춘추관 의금부사

奎章閣直提學侍講院檢校輔德驪興閔丙承撰 眞城李東欽書刻

규장각직제학시강원검교 보덕여흥민병증찬 진성이동흠서각

오호라, 사람의 행동과 예절을 세상에서 오랫동안 강론하지 않으면
그릇되기 쉽다. 널리 듣건대, 도(道)는 행실과 학문을 통해 전해진다
고 한다. 이 도란, 곧 효도, 형제간의 우애, 충성, 신의 같은 일상생
활 속에서 실천하는 덕목이며, 옛사람들이 이를 몸소 지켜서 나라
와 가정에 실천했다. 이러한 도를 강론하지 않고, 오직 권세와 이익

을 좇는 데만 열심이라면, 어찌 성현들의 책이 존재할 이유가 있단 말인가? 만약 신공 금애(辛公 錦崖)와 같은 뜻을 굳게 세운 인물이라면, 어찌 다를 수 있으랴. 공의 이름은 성가(聖嘉)이고 자는 비현(조賢)이며, 본관은 영월(寧越)이다.

뛰어난 조상 이름은 중석(仲碩)으로, 고려시대 문하 시중을 지냈으며, 그 자손이 여러 대에 걸쳐 조선 왕조에 입조하여 벼슬을 했다. 조선왕조에서 한성윤(漢城尹)을 지낸 희(熹), 첨사마(捷司馬)를 지낸 회(回), 봉성도사(鳳城都事)를 지낸 익조(益調), 사온서 직장(司醞署直長), 의부위(義副尉), 부정(僕正)으로 추증된 석수(奭修), 찰방 윤형(尹衡)은 이의(吏議, 이조참의)로 추증되었고, 문과에 급제한 보상(輔商)은 부사(府使)를 지내며 너그럽고 덕이 두터우며, 다스림에 청렴했고 고요하여 일곱 고을의 고을 수령을 역임했다. 모두 평판이 좋아서 이판(吏判, 이조판서)으로 추증되었다. 아들 응기(應基)는 북병사(北兵使)를 지냈으며, 곧 금애공의 고조이다.

증조는 이름이 경익(慶益), 호는 절림(浙林)이며, 장릉 시험에서 진사에 올랐고, 그 행실은 맑고 삼가며 강직하였다. 공은 한사(漢師: 한양)에서 옮겨와 영가(永嘉) 구호리(龜湖里)에 아사해서, 집을 지어 정착하고 그 집의 당호를 '망악(望嶽)'이라 했는데 이는 옛 고향 산에 대한 뜻을 담았다. 조부는 희숙(喜叔)으로, 호는 자양(紫陽)이며 처사(은둔한 학자)였고, 부친은 훤(暄)으로, 은덕을 숨겨 벼슬하지 않았으며, 장사랑(從九品)에 임명되었고, 부인은 월성 최씨로, 부정 유경의 따님이다.

공은 숭정(崇禎) 계미년(癸未, 1673년) 8월 13일에 태어났으며, 품성이 순하고 정직하였다. 학문에 뜻을 둔 나이부터 이미 부모를 섬기고 웃어른을 공경하는 도리를 알고 있었고, 주변 정리나 대화 같은 예절도 스스로 익혔다. 백형인 금간공(錦磵公)을 따라 독서하고, 양한암(養閒菴)에서 학문에 전념하며 의심 가는 점은 스스로 연구하고 토론했으니, 따로 가르칠 필요도 없었다. 백형은 사람들에게 말하기를, "내 아우는 마치 소동파(東坡)가 묘군(卯君, 소동파의 동생, 지극히 형을 따랐고 명문장가)을 두었던 것과 같다."라고 하였다.

형제간의 우애는 깊고, 화목하고 즐거움이 넘쳤으며, 부모를 섬기는데 모든 정성을 다하였다.

의식(衣食)을 준비하는 데에도 정성을 다했으며, 사귄 벗은 반드시 바르고 성실한 인물들이었다. 날마다 주자(朱子)의 가훈을 외우고, 한창려(韓昌黎)의 '부문을 전송하는 글(送符文)'을 되풀이해 읽었다. 한가한 날이면 강변 낚시터를 거닐고, 구름 낀 언덕을 오가며 세속을 잊고 자연과 하나 되는 삶을 살았다.

명릉(明陵: 숙종의 계비 인헌왕후 능)의 성대한 잔치에서, 형과 함께 수직(壽職: 고령자의 명예직)을 받았으며, 자리를 올려 첨추(僉樞)로 제수되었다. 계묘년(癸卯, 1783년) 12월 12일에 세상을 떠났으며, 향년 81세였다. 안동부 동쪽 자곡리(紫谷里) 선망당(先旺堂)의 북쪽 언덕에 장사 지냈다.

배(配, 부인)는 영주 여씨(榮州余氏)로, 여 철(余澈) 공의 따님이다. 슬하에 육남(六男)을 두었으니, 예동(豫東), 이동(以東), 정동(丁東), 시동(師東), 후동(後東) 공조참의 추존, 은동(殷東, 공)이다. 예동의 아들은 희복, 이동의 아들은 조복, 정동의 세 아들은 대복, 진복, 세복, 사동의 아들은 삼복, 후동의 세 아들은 추복, 계복, 상복, 은동의 세 아들은 내복, 도복, 태복이다.

희복의 아들은 경녕, 조복의 아들은 용녕, 대복의 아들은 오녕, 진복의 아들은 칠녕, 세복의 두 아들은 내녕, 채녕, 삼복의 아들은 윤녕, 추복의 아들은 기녕, 계복의 아들은 망녕, 상복의 아들은 직녕, 내복의 세 아들은 한녕, 은녕, 자녕, 도복의 아들은 민녕, 태복의 아들은 상녕이다. 그 외 내외손들은 번잡하게 다 기록하지 않는다.

공의 삶과 행실은, 집안에서 질서 있고 효도하며 우애하니, 학문을 부지런히 닦았고, 예절과 음악에 정통하였다. 공자께서도 말씀하시기를, "형제간의 우애와 효도를 정치하는 사람에게서 구하라"고 하셨는데, 세상에서는 참으로 보기 드문 일이니, 지금 공의 행장을 읽노라면, 거의 이에 가깝다고 하겠다. 후손들이 이를 이어받아 번창하고, 그 복이 무궁한 미래까지 이어진다면, 두터운 덕이 빛을 발하는 것이 이 때문이 아니겠는가. 공이 도(道)를 강론한 것은 마음에서 우러난 자연스러운 행실이었으며, 이를 굳게 지키고자 하여 삶을 스스로 변화시켰다. 그러나 그 뜻이 세상에 크게 쓰이지 못하고 펼쳐지지 못한 것은 안타까운 일이다.

기(己: 나)는 공의 방계 후손인 용선(用善) 공이 나에게 글을 청하였기에, 감히 사양하지 못하고 공의 삶의 큰 줄거리를 기록하고, 끝에 묘갈명(墓碣銘)을 지었으니 그 명(銘)은 이와 같다: "효도와 우애는 인(仁)의 바탕이요, 그 쓰임은 다함이 없도다. 하늘로부터 받은 바를 실천함은 두텁고 참되며, 성인의 계책과도 그 뜻이 같도다. 마음을 비우고 깊이 생각하며, 고요하게 근본을 이어, 그 인덕이 널리 퍼지니, 후세의 읽는 이가 혹 깨달음이 있으리라.”

고종 63년 병인년 5월, 여대려(옛날 간지)에서 이 글을 지었으며, 가의대부, 이조참판, 경연 동지, 성균관·춘추관·의금부사, 규장각 직제학, 시강원검교 보덕(輔德) 여흥 민병승(閔丙承)이 글을 짓고, 진성 이동흠(李東欽, 香山 李晩燾 선생의 장손, 독립유공자) 공이 쓴 글을 새겼다.

금애(錦崖) 공(公)의 11대손(代孫) 종찬(宗燦)이 국역(國譯)

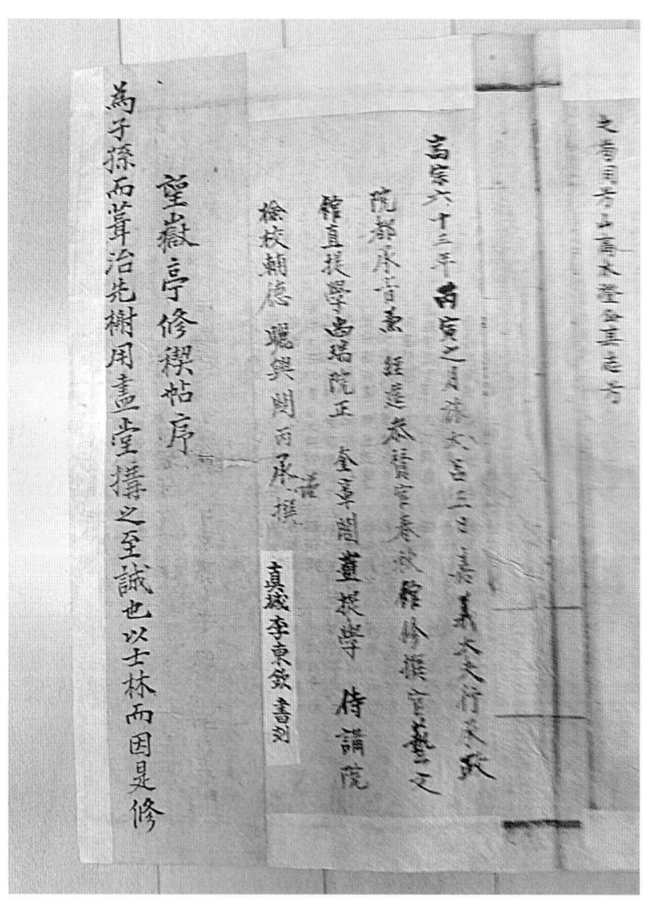

선고금석문원고첩(先世金石文原稿帖) 目錄

1)望嶽亭記: 前參奉 眞城 李中轍 公 撰, 書

2)浙林辛公墓碣銘: 奎章閣 直提學 驪興 閔丙承 公 撰, 眞城 李東欽 公 書刻

3) 望嶽亭修契帖序: 豐山 柳東濬 作, 眞城 李秀杰 精書

4) 錦磵辛公墓碣銘並書: 國子生 豐山 柳道龜 謹撰, 尹用求 判書 書刻

5) 錦崖辛公墓碣銘: 奎章閣 直提學 輔德 驪興 閔丙承 公 撰, 眞城 李東欽 公 書刻

6) 亦悅齊辛公墓碣銘並書: 奎章閣 直提學 德殷 宋奎憲 撰, 尹用求 判書 書刻

7)學生辛公行狀: 成均館 教授 德水 李商求 撰

8)樂善堂辛公墓碣銘: 奎章閣 直提學 輔德 驪興 閔丙承 公 撰

9)樂善堂寧越辛公濟集之墓: 尹用求 判書 書刻

10)望嶽亭 修契 通文

　이 선고금석문원고첩(先世金石文原稿帖)은 모두 필사본 친필이다. 여기에 수록된 원고를 지은(撰) 분이나 글씨를 직접 쓰신(書刻) 분들은 구한말에서 일제 초기까지 당대의 고관이나 안동 지방을 대표하는 명문가 출신 선비들이었다. 이분들은 한결같이 친일(親日)하지 않았으며 독립운동을 지원한 분들이고, 독립운동 서훈자님들도 다

수 계신다. 향후 문화재 지정을 추진해 볼만한 충분한 가치가 있다
고 본다.

 이 서첩을 주도하신 분은 집안 어른이신 用자善자 할아버지셨고
상당한 노력과 비용이 들었을 것으로 추측된다. 그러나 금애시공묘
갈명(錦崖辛公墓碣銘: 奎章閣 直提學 輔德 驪興 閔丙承 公 撰, 眞城 李
東欽 公 書刻)처럼 用善 公의 직계가 아닌 우리 직계는 우리 집안에
서 비용을 부담했다고 한다. 왜냐하면 다시 우리 집도 머슴을 둘 둘
정도로 재력이 있었기에, 큰집인 用善 公 할아버지께서 다 부담하지
않았을 것으로 본다.

후동後東 선조先祖 이하 삼대三代 제단祭壇 비문碑文

이곳은 뒤로는 등왕산登旺山이 솟아 있고 좌로는 옥녀봉玉女峰이 우로는 三支角山이 엄호하는 거연巨然한 곳이다.

영산영월신씨靈山寧越辛氏 시조始祖는 신경辛鏡 공公이라는 분으로 1107년 정해생丁亥生이며 고려高麗 인종仁宗 때 학사學士를 지내셨다. 그 7세손世孫인 온蘊공公께서 공功을 세워 영월부원군에 봉해져 본관이 영월寧越이다. 이 분의 자제 중석仲碩공公께서 고려 문하시중門下侍이셨기에 우리는 시중공파侍中派라 한다. 시중공侍中公의 손자 희熹공公께서 조선조朝鮮朝에 입조하여 한성판윤漢城判尹을 역임하셨고 그 5세손인 17세世 서흥부사瑞興府使 보상輔商공公의 아들 8형제가 모두 과거에 급제하여 온 나라를 놀라게 했다. 그중 차남 응기應基공公께서 무과武科에 급제하여 7道에 걸쳐 병마절도사兵馬節度使를 역임하셨기에 후손인 우리는 병사공파兵使公派 파이다.

병사공의 차남인 성균진사成均進士 호號 절림浙林 경익慶益공公께서 안동 절강리에 정착하셨다. 절림公의 4대代孫 후동後東 선조先祖의 증손曾孫인 석래錫來 석만錫萬 후손들이 뜻을 모아 제단을 조성하였다

2023년 04월 일 후손 대표 승만承萬 종찬宗燦

의학박사 수필가 시인 宗燦이 글 지음

芝窩公墓碣銘(지리골큰산소)

嘉善大夫敦寧都正 寧越辛公之墓 가선대부돈영도정 영월신공지묘

配貞夫人 坡平尹氏 祔後 배정부인 파평윤씨 부후

嘉善大夫敦寧都正辛公之墓碣銘 竝書 가선대부돈영도정씬공지묘갈명 병서

公諱祥復字應之號芝窩姓辛氏寧越人始祖諱鏡諡貞懿四世諱夢森高麗明宗朝寶門閣大

공휘상복자응지 호지와성신씨영월인시조휘경시정의사세휘몽삼 고려명종조보문각대

提學檢校太師靈元府院君四世諱至和入宋登第爲典敎令翰林學士禮部員外郎生四男第

제학검교태사령원부원군사세휘지화입송등제위전교령 한림학사예부원외랑생사남제

三諱蘊忠肅朝封寧越府院君始貫鄕寧越二世諱熹入本朝漢城判尹有諱輔商府使 贈吏判

삼휘온충숙조봉영월부원군시관향영월이세휘입본조한성판윤유휘보상부사 증이판

〈후면〉

生八男第二諱應基歷七道兵使生二男第二諱慶益號浙林宣祖乙酉進士自漢師來居永嘉

생팔남재이남응기역칠도병사 생이남제2남휘경익호절림선조을유

진사자한사래거영가

龜湖里築望岳臺以寄懷鄉之心有自題詩於公爲六祖也高祖諱喜淑號紫陽曾祖諱暄

구호리축망악대이기회향지심유 자제시어공위육조야 고조휘휘숙호자양증조휘훤

祖諱聖嘉號錦厓僉知中樞 考諱後東贈參議妣淑夫人義城金氏以肅宗庚寅生公于龜湖

조휘성가호금애첨지중추 고휘후동 증참의비숙부인의성김씨 이숙종경인생공우구호

里資禀穎悟性幼端懿淸以不激介而不矯操守之工著於日用事親先以養志表稞融澈念怒

리자품영오성유단의청 이불격개인불교조수지공저어일용 사친선이양지표과융철염노

不形于辭氣罵詈不及于婢僕榮貴浮雲勤儉踐履茶飯壽陞嘉善敦寧都正以己亥十一

불형우사기매리 불급우비복영귀부운근검천리차반수승가선돈영도정이기해십일

月十三日考終于寢享年七十葬于月谷阿休里芝里谷未坐原配眞夫人坡平尹氏生二男直

월십삼일고종우침 향년칠십장우월곡아휴리지리곡미좌 원배진부인파평윤씨생이남직

寧璜寧直寧男錫三錫來錫萬璜寧男錫六錫三男舜淳淥錫來男湕錫萬男湶涏錫六男潚舜

영황영직영남석삼석래석만 황영남석육석삼남순형록석래남건석만
남견정석육남추순

男象集淳男周集興集敏集誠集淥男用集觜集泰集浹男允集滉男逸集涏
男善集實集大集

남상집순남주집흥집민집성집록남용집자집태집 건남윤집견남일집
정남선집실집대집

湫男洛集餘多不書記嗚乎今去公之世將二百禩矣嘉言懿行之可傳者宜
不止此次而巾行無

추남락집여다불서기 명호금거공지세장이백사의가언의행지가전자
의불지차차이건행무

徵舊碣之所載太畧可勝歎哉曰公六世在璟示余行狀亟懇以誠固辭不護
系之銘曰

미구갈지소재태략가승탄재일 공육세재기시여행장극간이성고사불
호계지명왈

定彼芝崗與號共有繩武編來菟裘驚佑鐫玆貞玟永界垂綏
정피지강여호공유숭무편래토구 즐우전자정민영계수수

   傍裔孫방예손 龍善용선 謹撰근서　八世孫팔세손 承國승국
謹書근서

　공의 성함은 상복이며 자는 응지, 호는 지와로 영월신다. 시조 성
함은 경이고 시호는 정의다.

　정의 공의 4세 몽삼공은 고려 명종 때 보문각 대제학, 검교태사령
원부원군이셨다. 몽삼공의 4세 지화공은 송나라에 들어가 과거에

올라 전교령한림학사 예부원외랑을 지내셨다. 지와공의 4형제 중에서 셋째 아드님인 온공께서 충숙왕 때 영월부원군에 봉해져서 관향 영월의 시작이다. 온공의 2세인 휘공께서 조선조에 들어와 한성판윤을 지내셨고 이후 보상 공께서 부사를 지냈고 증 벼슬로 이조판서이셨다. 보상 공께서 8형제를 두셨는데 그중 둘째이신 응기공께서 7도에 걸쳐 병사(兵使)를 지내셨고, 그 둘째 아드님이신 경익 공께서는 호가 절림이고 선조 을유년 진사이시다. 절림공이 한양에서 안동부 구호리에 오셔서 망악대를 짓고 의지하며 고향을 그리는 시를 남기셨는데 공의 6대조이시다.

공의 고조부의 성함은 희숙이고 호는 자양이시다. 증조부님 성함은 훤(暄)이시다. 조부의 성함은 '성가'이시고 호는 '금애'이시며 첨지중추를 지내셨다. 부친 성함은 '후동'이시고 증 공조참의를 지냈고 모친은 숙부인 의성김씨다. 숙종 경인생인 공은 구호리에서 태어나셨다.

공은 타고난 바탕이 뛰어나게 영리하고 슬기로우셨고, 성품은 어릴 때부터 단정하고 아름다워 청아하여 남의 말에 격하게 끼어들어 고치려 하지 않았다. 날마다 매사의 드러나는 일에 지조를 굳건히 지키고 부모를 섬김에 먼저 뜻을 받들어 지극한 효도를 다했다. 한편으로는 보리를 끓여 봉양하였지만, 생각이 맑아 노여워도 말과 얼굴빛이 밖으로 나타나지 않고 욕하고 꾸짖는 것이 비복(여종과 남종)에게까지 미치지 않았다. 부귀영화를 뜬구름처럼 여기고 근검을 몸소 실천하는 것이 다반사였으며 수를 하여 벼슬이 가선돈영도정(嘉善敦寧都正)에 이르렀다.

기해년 11월 13일 향년 70세에 침상에서 돌아가셨고, 장례는 월곡면 아휴리 지리골 미좌에 지냈으며 부인의 묘는 위쪽에 있다. 비위(부인)는 진부인 파평윤씨며 직영, 황영 두 아드님을 두셨다. 직영은 석삼, 석래, 석만 세 아드님을 두셨고, 황영은 아들로 석육을 두셨다. (이하 후손들 내역은 해설을 생략한다.)

오호라! 지금 공께서 세상을 떠나신 지 2백 주기가 되어 가도록 제사를 모셨으니 아름다운 말과 행적이 전해지는 것은 마땅하다(제 조모님인 도계댁 할머니가 매혼埋魂 제사를 지내고 , 그후 더 이상 기제사를 지내지 않음). 여기에만 그치지 않았으나 그다음으로는 일상생활에 징험할 만한 일들이 모두 사라져서 옛 묘갈에 기재됨이 소략함을 한탄할 뿐이다. 어느 날 공의 6세손 재기在璣(제 생가집 증조부님) 공이 내게 행장을 보여주며 정성스레 삼가 간청하여 고사하였으나 뜻을 이루지 못해 이에 명을 빚어 새긴다.

"여기 지초의 언덕에 묘소를 정하여 함께 부르며 함께 있으며 선조의 업적을 이어서 엮어

내려오니 은거할 곳을 정하여 도와주니 이에 아름다운 돌에 새겨 길이 편안히 드리우도다."

傍裔孫방예손(방계 후손) 龍善용선 謹撰근서　八世孫팔세손 承國승국 謹書근서

역(國譯) 및 정서(定書) 9세손(世孫) 종찬(宗燦)

이 비(碑)는 석담 공이 30대 초반에 쓴 글씨다.

寧越辛氏 三雁堂派 祭壇을 세우면서

생각 깊은 사람은 물을 마실 때도 그 근원이 어딘지를 생각한다고 했습니다. 이에 우리의 근원을 간략히 밝혀 적습니다. 우리 영산영월신씨靈山寧越辛氏의 시조始祖 할아버님은 신경辛鏡이라는 분으로 고려 예종睿宗 2년 1107년 정해생丁亥生으로 중국 북송北宋에서 학사學士로 귀화한 분이십니다. 송宋나라 고종8년 경술년(1130)에 시랑侍郎 황제 호위관 자격으로 고려에 입국하여 남으셨습니다.

그 칠세손七世孫인 온蘊 할아버님께서 공功을 세우셔서 영월부원군에 봉해져 우리의 본관이 영월이 되었습니다. 이분의 장남 중석仲碩중석 선조께서 문하시중門下侍中(국무총리)셨기에 우리는 시중공파라고 합니다. 고려의 충신이었기에 조선조의 개국에 반대하여 숨어지내시다가 17세손인 보상輔商 할아버님의 8형제가 모두 과거에 급제하여 온 나라를 놀라게 했으며 차남인 우리 할아버님 응기應基께서는 무과에 급제하여 7도道에 걸쳐 병마절도사 병사공兵使公 통정대부通政大夫를 역임하셨기에 우리는 병사공파입니다

안동安東에는 병사공의 차남이신 성균진사成均進士 절림공浙林公 경익慶益 할아버님께서 절강리에 정착하셨으며, 구미촌으로 이사 와서 直寧 先祖께서 純祖 때 안동부安東府에서 從六品兵 馬節制位이 武班이라는 호적단자가 전해오고 있습니다. 1886년 무진戊辰년 봄 '삼월 삼진날' 삼(麻)씨 갈 무렵 일집逸集 할아버님께서 구미를 떠나 농사짓기 좋은 아마리로 조부님과 부친을 모시고 이사 오셨습니다.

우리는 결코 훌륭한 조상님들을 자랑만 해서는 아니 될 것이고 스스로가 자랑스러운 조상 되려 힘써야 할 것입니다. 오늘날 사람이 자랑스럽게 된다는 것은 꼭 높은 벼슬로 남의 우두머리가 되는 길만은 아닐 것입니다. 그보다는 가족이 화목하고 각자의 본분에 충실하게 겸허하고 정직하게 살며 평범한 일상에서 사회에 보탬이 되게 사는 것이, 진정 훌륭한 삶일 성싶습니다. 허황되지 않고 진실하게 살다 보면 공덕이 쌓여 훌륭한 자손이 나왔던 사실을 이미 역사에서 보았습니다.

후손들이 효도하고 훌륭하게 되길 바란다면 자식의 잘못을 나무라기에 앞서 부모가 먼저 행동으로 모범을 보이고 자식의 소질을 살려 부족하더라도 먼저 칭찬하여 용기를 북돋워 줘야겠습니다.

이곳 지리골 일원은 삼안당三雁堂 석만錫萬 할아버님 후손들이 땀 흘려 농사짓고 나무하고 소 먹이던 곳입니다. 이 제단 뒤 왼편 시무나무와 으름덩굴 아래 논을 시답始畓이라 하는데 등왕산登旺山 너머 구미에서 아마리로 이사 와서 살림을 처음 일구기 시작한 논이라는 뜻입니다. 이 논 왼편으로 등왕산 꼭대기까지에 걸친 속은지르골 산은 구미에 살 때부터 보유한 산으로, 이 산에서 가세가 넉넉지 못할 때는 밭을 일구었으며 지리골 큰산소(상복祥復, 직영直寧)가 모셔져 있고 그 산 너머에는 조손祖孫 간인 두 분 안동김씨安東金氏, 김녕김씨金寧金氏 할머님이 모셔져 있는데 훌륭한 자손이 난다고 했습니다.

이 산이 동쪽으로 뻗어 내린 멧부리에 모신 할아버님(기묵璣默 고조부) 묘소는 방아공이 모양 살괴바우라 하며 자손들의 식량이 늘

풍부하다 하며, 그 우측 아래로 이 할아버님의 할머님 경주이씨慶州李氏와 장손 주선周善 할아버님 합장묘와 셋째손자 태선太善태선 할아버님 쌍분 묘가 있습니다.

이 제단 뒤쪽 도목 오미골에는 식묵植默 할아버님 묘소가 있으며 속은지리골에는 제문在文재문 할버님 내외분 묘소와 아드님 무선武善 공의 묘소가 있고, 그 가까이에 인묵仁默 할아버님 내외분 산소와 그 아드님인 재길在吉 할아버님 내외분 산소가 있습니다

제단 좌측 산이 옥녀봉玉女峰이고 옥녀 산신山神이 빗 등을 놓아두는 소중한 곳이 바로 이 자리라고 합니다 이 산 너머 용머리 산소 할아버님逸集께서 구미에서 아마리로 이사 오신 분이고 그 가까이에 차남 할아버님(成默) 묘소와 기사2리 너덜바우에 할머님의 묘소가 있습니다. 이 제단 바로 앞 서낭재 너머에 조상님들이 사시던 서낭골이 있고 서낭재 너머에 북쪽에서부터 용선庸善 할아버님 내외분 쌍분이 있으며 그 아래에 재동在東 할아버님의 배配 김녕김金寧金씨 할머니 묘소가 있고 서낭재 끝에는 재석在昔 할아버님께서 생시에 즐겨 오르시던 이 언덕에 묘를 모셨습니다

이 제단 건너편 우측 장구말에 삼안당묘소가 있으며 그 앞으로 그 아드님 내외분 쌍분과 건너 등에 할머님安東權氏 묘소가 있고 그 건너편 봉우재 아래 높은 곳에 묻히신 在基재기 할아버님께서는 손수 천자문을 가르치신 자손들이 이곳에서 하는 일들을 일일이 보고 계십니다

봄비에 땅김이 올라올 때면 이 제단 옆으로 지게 지고 거름 실은 소를 몰고 가는 할아버님들의 발길에 달아 길바닥 돌들이 반들거렸

습니다. 봄이 깊어 다락논에 모내기하고 감자 심고 수수 심으러 간 할아버님들에게 새참 날라주시느라 우리 할머님들의 발이 부르트셨습니다.

삼지각산 노란 생강나무 꽃도 지고 분홍 참꽃도 지고 도라지꽃 필 때 뻐꾸기 찾아와 즐거이 노래했지만 서낭골 우리 조상님들은 고된 농사일로 허리를 펴며 노래 대신 후유하고 한숨을 쉬셨습니다. 보릿단 지고 이리로 지나가다 감자 캐 배 채우셨고 어린 날 도랑에서 가재 잡고 큰지르골 잔등에 소 먹이러 왔다가 저무는 가을 해처럼 누런 깻잎 따서 향기 짙은 보리밥 쌈 싸 드시던 기억도 생생하실 겁니다. 살기도 바쁘신데 알뜰히 조상 위토 사고 상석 놓고 망주 세우고 서리 내린 들길 걸어 지리골 큰 산소에 시사 지내시려 두루마기에 도포 입고 헛기침 하며 오르시거나 추운 겨울에 나무하러 다니시던 길이 바로 이 길이옵니다.

춘궁기에 조상님들이 덜 익은 보리로 쑨 죽을 드셨기에 쟁기 힘없어 소등에 쟁기를 싣고 간 적도 있다 합니다. 농한기 겨울이면 집안을 일으키려 허리춤에 조밥 주먹밥 달고 영해에서 채거리까지 이백여 리 삯짐 지러 떠나셨던 기묵璣默 재석在昔 두 할아버님의 비장한 각오라면 세상에 못 할 일이 없을 것입니다. 이렇게 알뜰히 사셨기에 흉년에 우리 집에서 식량 구했던 영양 청기 등의 조문객들이 기묵璣默 할아버님 장례에 가선대부嘉善大夫 만장萬丈으로 칭송해온 일은 어떤 높은 벼슬보다 더 자랑스럽습니다

우리는 자식도 되고 부모도 됩니다, 효경孝經에 부자자효父慈子孝, 부모가 자애로워야 자식이 효도하고, 문위인부問爲人父 왈티 관

혜이유례寬惠而有禮 '묻건데 사람의 아비가 된다함이 무엇이뇨? 답하건데 자식에게 관대하고 은혜를 베풀며 예의에 어긋나는 행동을 하지 말아야 아비다.'라 했습니다. 부자유친父子有親 부자간에 누구보다 친해야 하고, 신뢰로 서로 존중해야 가문을 이어갈 수 있을 겁니다

지금 제가 부족하나마 주손冑孫으로서 성심을 다하려 하지만 향후 주손이 올바르지 못할 때는, 뜻있는 후손 누구라도 앞장서서 주손을 바르게 이끌고 가문을 이어줄 것을 간곡히 부탁합니다.

2016년 4월 三雁堂 7世孫 의학박사 수필가 시인 冑孫 宗燦

通德郎三省辛公墓碣銘 幷序 통덕랑삼성신공묘갈명 병서

義城吾鄕也辛斯文承國來 守是鄕以治聞焉居常欽仰矣 己巳春袖其曾祖
通德郎公行錄

의성오향야신사문승국래 수시향이치문언거상흠앙이 기사춘수기
증조통덕랑공행록

내 고향인 의성에 신씨 선비 승국 공이 군수로 오셔서 늘 공경하고
우러러보며 살았는데 기사년 봄에 그분의 증조부 통덕랑 행록을 옷
소매에 넣어왔다.

枉請墓道之文雖不敢當 義不可辞謹按 公諱璣默初諱漢默字幾玉號三省
性辛本寧越

왕청묘도지문수불감당 의불가사근안 공휘기묵초휘한묵자기옥호
삼성 성신본영월

와서는 묘지문을 처하기에 비록 감당하기 어려우나 의리상 핑계가
불가하였다. 공의 휘는 기묵인데 처음에는 한묵이었고, 자는 기옥이
며 호는 삼성이고 영월신씨다.

始祖諱鏡號巖谷謚貞懿 高麗 仁宗朝門下侍郎平章事 四世諱夢森 明宗
朝寶門閣大提學

시조휘경호암곡시정의 고려 인종조문하시랑평장사 사세휘몽삼 명
종조보문각대제학

시조의 휘는 경이고 호는 암곡이며 시호는 정의로 고려 인종 때 문하시랑 평장사였다. 그 4세 휘 몽삼 공은 명종 때 보문각 대제학을 지냈고

檢校太師靈元府院君 九世諱蘊 忠肅王朝封寧越府院君始貫寧越 生諱仲碩匡靖大夫門下侍中

검교태사영원부원군 구세휘온 충숙왕조봉영월부원군시관영월 생휘중석광청대부문하시중

검교태사 영원부원군이었다. 9세 휘 온 공은 충숙왕 때 영월부원군에 봉해져 관향 영월이 시작되었고 그 아드님 휘 중석은 광청대부문하시중을 지냈다.

至孫諱熹入朝鮮朝漢城判尹歷 四世諱輔商府使贈吏判 生諱應基歷七道兵使

지손휘희입조선조한성판윤역 사세휘보상부사 증이판생휘응기역칠도병사

그 손자는 휘가 희인데 조선조에 입조하여 한성판윤을 지냈고 그분의 4세 휘가 보상인데 부사를 지냈으며 증 이조판서였고 아드님 휘 응기 공은 7도에 걸쳐 병마절도사를 지냈다.

生諱慶益號淅林 宣祖乙酉進士 自漢城來居 永嘉龜湖里 築望嶽臺以懷鄉之情於 公爲十代祖也

생휘경익호절림 선조을유진사 자한성래거 영가구호리 축망악대이

회향지정어 공위십대조야

이 분의 아드님인 경익 공은 호는 절림이고 선조 을유년 진사였고 한성에 사시다가 안동 구호리에 오셔서 망악대를 쌓고 고향을 그리워하셨는데 공의 10대조이시다.

高祖諱直寧曾祖諱錫萬祖諱涀　考諱逸集壽通政大夫　妣淑夫人安東金氏相祿女以

고조휘직영증조휘석만조휘견　고휘일집수통정대부비숙부인 안동김씨상록여이

고조부는 휘는 직영이고 증조 휘는 석만이며 조부 휘는 견이고 부친 휘는 일집인데 통정대부였고 모친은 안동김씨 상록 공의 따님이시다.

哲宗辛亥九月二十三日生公于禮安面龜湖里　第自幼純正有異質愛學不煩敎督

철종신해(1851년)구월이십삼일생공우예안면구호리　제자유순정유이질애학불번교독

철종 신해년 9월 23일 생인 공 또한 예안면 구호리에서 태어났다. 다만 어려서부터 순수하고 바르며 남달리 배우기를 좋아하고 번잡하지 않고 세밀하게 가르치시며

能曉旨義及長見　家勢淸寒　不可專意學問　晝耕夜讀不避艱苦　每事以悅親心

능효지의급장견 가세청한　불가전의학문주경야독불피간고매사이
열친심

능히 깊은 뜻과 장점을 알아차렸다. 가세가 넉넉하지 않아 공부에
만 전념할 수 없어 주경야독하며 어려움과 가난을 피할 수 없었으나
매사에 친히 열심이었다.

爲主勤儉家業生計稍潤　封禪竭盡其誠　敎子義理嚴正在宗門閭里之事莫
不用意周幹

위주근검가업생계초윤봉선갈진기성　교자의리엄정재종문여리지사
막불용의주간

부지런하고 아껴서 가계가 점차 윤택해지자 정성으로 제사를 모셨
으며 자식 교육은 의리와 엄정으로 했고 문중이나 향리의 일들을 두
루 맡아보기를 거절하지 않았다.

治家仁厚之德　處鄕淳朴之風公爲信條也　晩年閑養自適熙熙有林泉之樂
蔭通德郞

치가인후지덕처향순박지풍공위신조야　만년한량자적희희유림천지
락 음통덕랑정축

어짊과 덕으로 집안을 다스리고 향리에서는 순수하고 꾸밈없는 것
이 공의 신조였다. 만년에는 한가롭고 여유 있게 보내며 자연을 즐
기며 보냈으며 통덕랑이 되셨다.

丁丑六月十二日葬考終于寢享年八十七阿休里上竹田後原三芝角山內

酉坐外辛坐

　정축유월십이일장고종우침향년팔십칠아휴리상죽전후원삼지각산
내유좌외신좌

　정축(1937)년 6월 20일 침상에서 돌아가셨으며 향년 87세이셨다.
아휴리의 윗 대밭마을 삼지각산 언덕 안으로 유좌 밖으로 신좌에 장
사지냈다.

配恭人慶州李氏弼重之女有婦德庚戌十月十五日生己巳八月十八日卒
享年八十墓乾位左麓巳座

　배공인경주김씨필중지녀유부덕경술시월15일생 기사년팔월십팔일
졸향년팔십묘건위좌록사좌

　부인은 경주이씨 필중 공의 따님이시고 부인의 덕이 높았으며 경술
(1850)년 10월 15일 출생이며, 기사(1929)년 8월 18일에 향년 80
세로 돌아가셨고 묘는 남편 좌측 기슭 미좌이다.

育二男在昔在璊從仕郞莊陵參奉承政院祕書丞在昔育四女無男以在璊
長男周善爲嗣

　육2남 재석재기종사랑장릉참봉승정원비서승 재석육사녀무남 이재
기장남주선위사

　재석, 재기 두 아드님을 키우셨는데 재기 공은 벼슬이 종사랑 장릉
참봉 승정원비서승에 이르렀고 재석 공은 4녀 무남이라 재기 공의
장남 주선 공으로 대를 이었다.

女適英陽南奎燮密陽朴武昌平海黃泰秀忠州池成鎭在璂男周善出孟善太善庸善

여적영양남규섭밀양박무창평해황태수충주자성진 재기남주선출맹선태선용선

재석 공의 따님들은 영양 남규섭, 밀양 박무창, 평해 황태수, 충주 지성진 공에 시집을 갔고, 재기 공의 장남 주선 공은 양자를 갔고, 맹선, 태선, 용선 공이 있다.

女適密陽朴昇煥英陽南雲燮周善男承國郡守副理事官承原女適安東金文鎰安東金昌年

여적밀양박승환영양남운섭주선남승국군수부이사관승원 여적안동김문일안동김창년

재기 공의 사위들은 밀양 박승환, 영양 남운섭 공이다. 주선 공의 장남 승국 공은 부이사관으로 군수를 지냈으며 차남은 승원 공이고 사위들은 안동 김문일, 안동 김창년,

金海金東鎭英陽南重煥金海金華榮孟善男承奎承勇承昰承貞女適密陽朴原淑安東權赫東

김해김동진영양난중환김해김화영맹선남승규승용승하승정 여적밀양박원숙안동권혁동

김해김동진, 영양 남중환, 김해 김화영이다. 맹선 공의 아들은 승규, 승용, 승하, 승정이고 사위는 밀양 박원숙, 안동 권혁동이다.

太善男承五庸善男承燮承洛承秋承玟女適漢陽趙榮杰星山呂春東餘不
盡錄名係

태선남승오용선남승섭승락승추승문 여적한양조영걸성산여춘동여
부진록명계

태선 공의 아들 승오, 용선 공의 아들 승섭, 승낙, 승추, 승문, 사위
한양 조영걸, 성산 여춘동이며 그 아래는 기록하지 않는다.

爲之銘曰 溫溫其德懇懇其情 以勤以孜先業 丕承救窮恤貧閭里 咸稱天
報其仁子孫熾昌

위지명왈 온온기덕간간기정 이근이자선업 비승구궁휼빈여리 함칭
천보기인자손치창

그 명(銘)을 지으며 이르기를 "그 덕은 훈훈하고 그 정은 정성스럽
였으며 선대의 사업을 부지런히 크게 이어 계승하고 향리의 가난한
사람들을 궁휼히 여겨 구휼하니 모두가 칭하기를 '하늘이 그 仁을
보답하여 자손이 번창하였도다."하였다.

芝山之原衣履之藏 春露秋霜星移世經 貞珉以豎幽績 煌煌可期百世不
泐不荒

지산지원의이지장 춘로추상성이세경 정민이건유적 황황가기백세
불갈불황

지산의 언덕에 무덤을 쓰니 봄가을 이슬 서리가 내려 세월이 지나
가도 곧은 옥돌 비석을 세워 그윽하게 이어 가니 휘황하게 빛나서
가히 백세도록 다하지 않음을 기약할 수 있도다.

西紀一九九七年丁丑正月 日 謹竪

成均館副館長大邱鄕校典敎 眞城 李壽洛

冑孫 承國 謹書

　제(宗燦)의 5代祖 용머리 할아버님 때 가세가 기울어, 봄에 굶어서 쟁기질 힘도 없어 소등에 쟁기 얹어가서 논밭을 갈았다고 하더군요. 그러니 얼마나 가난했는지 짐작이 갑니다. 하지만 영해 바닷가로 소금 삿짐 져서 품삯으로 논밭 사서 집안을 일으켰다 하더군요. 그 후 근검절약으로 점차 나아졌습니다. 어느 흉년에 식량이 없어 인근에서 굶어 죽는 사람들이 많아 영양군 청기면에서까지 식량을 구하러 우리 집에 와 나무바가지, 나무 방티 등과 식량을 바꾸어서 갔고, 고조부께서 돌아가셨을 때는 만장(挽章)이 백 개가 넘었고, 가선대부(嘉善大夫)라고 제문을 써온 사람들도 수타 있었다고 합니다.

　그 후 벗어나 후손들이 상급학교에까지 다니 게 된 것은 모두 이 할아버지 덕분이라고 생각합니다. 나중에 자세한 내용은 제가 책으로 남기려고 합니다. 이 비(碑)에 이름이 있는 분들은 마땅히 이 할아버님께 감사드려야 하겠습니다.

국역(國譯) 및 정서(定書) 현손(玄孫) 종찬(宗燦)

修齊處士 辛公 墓碣名수제처사신공묘갈명

公諱在昔 初諱在碩 字景文 號修齊 性辛貫寧越 始祖諱鏡號巖谷 高麗仁宗朝門下侍郎

공휘새석초휘재석 자경문호수제 성신관영월 시조휘경호암곡 고려인종조문하시랑

 공의 휘는 재석在昔이고 처음 휘는 재석在碩이며 자字는 경문이고 호號는 수제修齊다 영월신씨며 시조는 경鏡이란 분으로 호는 암곡이며 고려 인종 때 문하시랑이셨고

平章事諡貞懿, 四世諱夢森 明宗朝 寶文閣大提學檢校太師 靈元府院君, 九世諱蘊

평장사시정의 사세휘몽삼 명종조보문각대제학검교태사 영원부원군 구세휘온

 평장사로 임금이 내린 시호諡號는 정의貞懿다. 그분의 4세손인 몽삼夢森 공은 명종 때 보문각 대제학 검교태사셨으며 영원분원군이셨다. 8세 성함 온蘊 공公께서

忠肅王朝 封寧越府院君 始貫寧越 生諱仲碩 匡請大夫門下侍中 至孫諱熹入朝鮮朝 漢城判尹歷

 충숙왕조 봉영월부원군 시관영월 생휘중석광청대부문하시중 지손휘희입조선조 한성판윤역

충숙왕 때 영월부원군에 봉해져 관향이 영월이다. 아드님이 성함이 중석仲碩인데 광청대부 문하시중이셨다. 이분의 손자 성함 희熹 공께서 조선조정에 들어가서 한성판윤을 지내셨다.

四世諱輔尙府使 贈吏判生八男皆及第 第二諱應基 歷七道兵使 生二男
第二諱慶益
사세휘보상부사 증이판 생팔남개급제 제이휘응기 역칠도병사 생이
남제이휘경익

이분의 4세인 부사府使를 지냈고 증贈이조판서인 성함 보상輔尙 공의 8형제가 모두 급제하였고, 그 중 둘째 아들 응기應基 공께서 7도에 걸쳐 병마절도사를 지내셨다. 그 둘째 아드님이 경익慶益 공인데

號淅林 宣祖乙酉進士 自漢城來居永嘉龜湖里 築望岳臺卽不忘白岳之
義於 公爲十一代祖也
호절림 선조을유진사 자한성래거영가구호리 축망악대즉불망백악
지의어 공위십일대조야

호는 절림이시고 선조 을유년에 진사가 되셨고 서울에 사시다가 안동 구호리에 오셔서 서울 백악산을 잊지 않으려 망악대를 쌓으셨는 바로 수제修齊 공의 10대조이시다.

高祖諱錫萬 曾祖諱況 祖諱逸集壽通政大夫 考諱璣默通德郎皆隱德不
仕 妣恭人慶州李氏

고조휘석만 증조휘견 조휘일집수통정대부   고휘기묵통덕랑개은덕
불사 비공인경주이씨

　공의 고조의 휘는 석만錫萬이시고 증조 휘는 견況, 조부 휘는 일집
逸集이신데 노년에 통정대부通政大夫를 받으셨고 부친 휘는 기묵璣
默인데 벼슬은 없었지만 덕이 높아 모두들 통덕랑通德郎으로 받들
었고 부인은 공인恭人 경주이씨人慶州李氏로

　弼重女有婦德 高宗乙亥三月八日生 公于安東禮安面阿休 第自有仁厚
之性典雅之風

　필중녀유부덕 고종을해삼월팔일생 공우안동예안면아휴　제자유인
후지성전아지풍

　부친 성함은 필중弼重이며 부인으로 덕이 높았고 고종 을해년 3월
8일에 태어나셨다. 다만 스스로 인후한 성품과 법도에 맞는 너그러
움이 있었으며

　愛學不煩教督能曉旨義及長 家貧不得專讀 務稼力穡隨分 做工以不墜
緒業 爲心家計稍潤

　애학불번교독능효지의급장　가빈불득전독 무가력색수분 주공이불
추제업　위심가계초윤

　배우는 것을 좋아하고 번잡하지 않고 세밀하게 가르치며 깊은 뜻
과 장점을 능히 깨달았다. 집안이 빈한하여 독서에만 전념할 수 없
어 농사일에 힘쓰며 분수에 순응하며 공부하여 시작한 일은 공부하
여 시작한 일은 중도에 그만두지 않았으며 가계는 점차 윤택해지게

되었다.

敎一弟盡力盡誠使之出世 官至莊陵參奉承政院祕書丞 且厚於施典見人
교일제진력진성사지출세 관지장릉참봉승정원비서승 차후어시전
견인

 하나뿐인 아우를 진력을 다해 가르쳐 출세하니 벼슬은 장능참봉
승정원비서승에 이르렀고 또한 남을 베푸는데 후하여 궁한 사람을
보면

窮之必捎錢穀救恤耕之際居民不種稼給與種子 行旅賓客不絶於門 閭里
鄕堂無不敬 服欽艷以
 궁지필소전곡구휼경지제거민불종가급여종자 행여빈객불절어문여
리향당무불경 복흠염이

 돈과 곡식을 덜어서 구휼 하였으며 봄에 경작할 때에 씨 뿌릴 종자
가 없으면 종자를 나누어 주었고 문전에는 여행하는 빈객의 접빈이
끊이지 않아 동리와 향당에서 공경하여 따르며 부러워하지 않는 사
람이 없었다.

戊戌六月二十三日考終寢享年八十有四 葬于阿休里仙巖谷白虎登壬坐
무술유월이십삼일고종침향년팔십유사 장우아휴리선암곡백호등임
좌

 무술년(1958) 6월 23일 주무시던 중 향년 84세로 임종하셨고 장
지는 아휴리 선암골 백호등 좌향 임좌에 장사를 지냈다.

配興海裵氏秉贊有婦德 生乙亥六月二十一日 卒甲午三月十日享八十
墓芝里谷中坪庚坐

배흥해배씨병찬유부덕 생을해유월이십일일   졸갑진삼월십일향팔
십 묘지리곡중평경좌

  부인은 흥해배씨인데 병찬 공의 따님으로 부인으로서 덕이 있었으
며 을해년(1875) 2월1일 생이고 갑오년(1954) 3월 10일 임종하셨
고 묘는 지리골 한가운데 경좌다.

育四女無男 祕書丞在璂男周善爲嗣 女嫡英陽南奎燮密陽朴武昌平海黃
泰秀忠州池成鎭

육사녀무남 비서승재기남주선위사   여적영양남규섭밀양박무창평
해황태수충주지성진

  4명의 딸을 낳으셨고 장조카(周善)로 후사를 이었고 딸들은 영양
남씨 규섭, 밀양박씨 무창, 평해황씨 태수, 충주지씨 성진 등에게 출
가하였다.

周善二男五女 男承國郡守副理事官 承原 女嫡安東金文鎰安東金昌年
金海金東鎭

주선이남오녀 남승국군수부이사관   승원 여적안동김문일안동김창
년김해김동진

  주선 공은 2남5녀를 두었는데 장남 承國 군수 부이사관, 차남 承
原, 딸들은 안동김씨 문일, 안동김씨 창년, 김해김씨 동진,

英陽南重煥金海金華榮 南奎燮男在郁朴武昌男泰煥貴煥有煥 黃泰秀男
喜魯鳳魯龍魯

영양남중환김해김화영 남규섭남재욱 박무창남태환귀환유환 황태
수남희로봉로용로

  영양남씨 중환, 김해김씨 화영 등으로 출가하였다. 남규섭은 재욱,
박무창은 태환, 귀환, 유환, 황태수는 희로, 봉로, 용로 등의 아들들
을 두었다.

承國男宗燦醫學博士宗洙宗泰宗珏經濟學博士宗信 女嫡義城金性銖 承
原男宗河宗直

승국남종찬의학박사종수종태종각경제학박사종신 여적의성김성수
승원남종하종직

  장손자(承國)는 의학박사인 종찬, 종수, 종태, 경제학박사 종각, 종
신 등의 아들과 사위 의성김씨 성수를 두었다. 손자(承原)은 아들 종
하, 종직과

女嫡慶州崔鐘美여적경주최종미 玄孫以下不盡錄현손이하부진록
사위 경주최씨 김종미를 두었으며 현손이하는 다 기록하지 못한다.

令孫承國將修公墓儀以所撰行錄示余以請願刻之文 承國曾守義城之日
以善治聞焉
  영손승국장수공묘의이소 선행록시여이청원각지문 승국증수의성
지일이선치문언

공의 손자 승국씨가 장차 묘역을 보수하고 선행록을 보여주며 이를 비에 새길 글을 청원하였다. 승국씨는 일찍이 의성군수였고 선치를 베풀었다는 말을 들었다.

以修文廟補風化深所欽艷之餘義不可辞因壯而畧除世系

이수문조보풍화심소흠염지여의불가사인장이략여제세계

　문묘를 꾸미고 풍속과 교화를 개선함으로써 공경하고 부러운 나머지 의리로 사양할 수 없어 인하여 장엄하게 누대의 계통은 생략하고

爲之銘曰　溫溫其德懇懇其情　以勤以孜先業　丕承救窮恤貧閭里　咸稱天報其仁子孫熾昌

위지명왈 온온기덕간간기정 이근이자선업　비승구궁휼빈여리 함칭천보기인자손치창

　그 명(銘)을 지으니 " 그 덕은 훈훈하고 그 정은 정성스러웠으며 선대의 사업을 부지런히 크게 이어 계승하고 향리의 가난한 사람들을 궁휼히 여겨 구휼하니 모두가 칭하기를 '하늘이 그 어짐에 보답하여 자손이 번창하였도다.'라고 하였다.

芝山之原衣履之藏　春露秋霜星移世經　貞珉以竪幽績　煌煌可期百世不渴不荒

지산지원의이지장　춘로추상성이세경 정만이수유적　황황가기백세불갈불황

　지산의 언덕에 무덤을 쓰니 봄가을 이슬 서리가 내려 세월이 지나

가도 곧은 옥돌 비석을 세워 그윽하게 이어 가리니 휘황하게 빛나서
가히 백세토록 다하지 않음을 기약할 수 있도다.

西紀 一九九七年丁丑正月　日 謹竪

成均館副館長大邱鄕校典教　眞城 李壽洛　謹撰

胄孫　承國　謹書

국역(國譯) 증손(曾孫) 종찬(宗燦)

선암仙岩 영월신공寧越辛公 송덕비頌德碑

　公의 諱는 재기在璣이고 자字는 경수景守이며 호號는 선암仙岩이다. 公의 윗대는 여기 다른 碑에 상세히 나와 있다. 公의 조부는 휘諱 일집逸集이며 號 옥산玉山으로 수직壽職으로 통정대부通政大夫 첨지중추부사僉知中樞府事를 지냈으며 부인은 안동김씨安東金氏 상록相祿 公의 따님이다. 부친은 諱 기묵璣默이고 字 기옥璣玉이며 號 삼성三省이고 부인은 경주이씨慶州李氏 필중弼重 공의 따님이다. 두 아드님을 두셨고 장남은 諱 재석在昔 字 경문景文 號 수제修齊다. 차남인 公은 1885년 8월 23일 기사리棄仕里 308번지에서 태어났고 부인은 김녕김씨金寧金氏 부호군 副護軍 규로圭魯 公의 따님이다. 슬하에 4남 주선周善·맹선孟善·태선太善·용선庸善을 두셨다. 公의 형님 在昔 公이 아들이 없어 가법家法에 따라 공의 맏아들 周善 公을 양자로 하여 奉祀孫을 이었다. 公은 어려서부터 학문을 좋아하였고 총명하여 부친과 형의 기대를 받으며 인근 구계서원龜溪書院에서 공부하였고 통정대부通政大夫 종사랑장릉참봉從仕郎莊陵參奉 승정원비서승承政院祕書丞을 제수받았다. 公은 효심이 극진하여 6대조 상복祥復 公 행장行狀 자료를 모아 비를 세우는 등 숭조崇祖 일에 앞장섰다. 형님을 진심으로 공경했고 在昔 公도 우애로 아우를 대해, 형우제공兄友弟恭의 모범이라 칭송받았다. 출계出系한 周善 公의 생가출입生家出入을 신중하게 하여 가법家法을 지켜려 힘을 다했고 周善 公도 이에 잘 따랐다. 周善 公은 군수郡守 副理事官 승국承國과 승원承原 2남을 두었다. 仙岩 公은 특별한 일이 없으면 매일 저녁 큰집에 들러 아버지와 형에게 문안드렸으며, 이런 전통은 둘째 아드님 孟善 公까지 이어졌다. 孟善公은 臨東小學校를 졸업하고 周易을 肉爻하는 수준의 선비로 집안과 鄕黨의 큰 어른으로 칭송받았으며 종손자인 내게도 큰 가르침을 주셨다. 仙岩公은 옳고 그름을 밝히는 용기인 호연지기浩然之氣를 배양하여, 늘 몸가짐을 바로 해 신독愼獨했고 항상 배우는 자세로 우일신又日新했다. 신문명新文明과 신학문新學問에 관심이 많아 서울에 자주 드나들었으며, 경부선 철도를 타고 황해도 배천白川의 문회서원文會書院과 서흥부사瑞興府使 보상輔商 선조묘소도 몇 번 참배했다. 仙岩 공은 1964년 5월 23일 (음) 노환으로 향년 80세에 서거逝去했으며, 묘墓는 기사리 벼루골 봉우재 아래 갑좌甲坐다. 공은 적지 않은 글을 남기셨으나 소실되었고 다만 집안 형님 재호在祜 公의 정헌유고定軒遺稿에 올린 글이 남아 있다. "性其溫雅行兼仁 我族如公有幾人 성기온아행겸인 아족여공유기인, 성품이 온아하고 행실은 인을 겸했으니, 족친들 중 공과 같은 분 몇이나 되겠는가/ 翰墨精工繩舊渚 漁樵別業遯吾身 한묵정공승구저 어초별업둔오신, 글과 글씨는 정교하고 옛 명필들을 이으셨으나 별업으로 고기 잡고 나무하며 몸을 숨겼다네/ 三葉寶蘭餘慶日 一村花樹報和春 삼엽보란여경일 일촌화수보화춘, 보배 같은 세 아들로 경사로운 날이 남아 있고, 한 마을의 종친에겐 화창한 봄날로 보답했네/ 由天命道將無奈 指點南星漸落晨 유천명도장무나 지점남성점낙신, 천명의 도를 따를 뿐 장래는 어찌할 수 없으니 남쪽 별을 가리켜 보면 점차 새벽은 오리라"는 훌륭한 시를 남겼다. 내가 초등학교 이전부터 외우고 있는 "天地之間 萬物之衆 惟人最貴"로 시작하는 童蒙先習도 증조부이신 公께서 천자문을 가르쳐주신 후에 가르쳐주셨다. 이런 교육을 공의 손자들 모두에게 하셨으며, 낮에는 밭 갈고 밤에는 책 읽는 모범을 보이셨다. 세상에서 인간이 가장 중요한 이유는 삼강오륜三綱五倫이 있기 때문이라는 생가生家 증조부님의 가르치심이 안 계셨다면, 오늘의 나는 없을 거라는 음수사원飮水思源의 뜻으로 삼가 비를 세웁니다.

2026년 3월 일   의학박사•수필가•시인 출계出系 증손 宗燦

죽원처사竹原處士 영월신공지비寧越辛公之碑(석담石潭 공公의 선친先親)

    공公의 휘諱는 주선周善이며 字명여明余 호號 죽원竹原이다. 신씨辛氏 시조始祖의 휘諱는 경鏡이며 시호諡號는 정의貞懿이고 고려高麗 인조仁宗 때 금관자광록대부문하시중평장사官金紫光祿大夫門下侍郎平章事를 지냈다. 7세世 휘諱 온蘊께서 영월부원군寧越府院君에 봉封해져 영월신씨寧越辛氏의 시조始祖다. 12세世 휘諱 희熹께서 조선조朝鮮朝 한성판윤漢城判尹을 지냈다. 17세世 휘諱 보상輔商께서 사마시司馬試 후後 부사府使를 지냈고, 그 8남男 중中 둘째 응기應基께서 7도道에 걸쳐 병사兵使를 지냈다. 이분의 次男인 성균진成均進士 경익慶益께서 안동安東 구호리龜湖里로 입향入鄉했다. 그 5세손世孫 휘諱 후동後東께서 증공조참의贈工曹參議를 지냈고 배配는 숙인淑人 의성김씨義城金氏며 공公의 8대조代祖다. 공公의 7대조代祖의 휘諱는 상복詳復이고 호號는 지와芝窩며 가선대부돈영도정嘉善大夫敦寧都正을 지냈고 배配는 파평윤씨坡平尹씨다. 6대조의 휘諱는 직영直寧이고 호號는 일도一道이시며 행行 안동부安東府 종육품從六品 병마절제위兵馬節制尉을 지냈고, 배配는 숙인淑人 안동김씨安東金氏 율律 공公의 따님이며 조부祖父는 절충장군折衝將軍 만추萬秋 공公이고 외조부外祖父는 진성이웅眞城李雄 공公이다. 공公의 5대조代祖는 휘諱 석만錫萬이며 배配는 안동권安東權씨다.

    죽원竹原 공公의 증曾祖의 휘諱는 일집逸集이며 호號 옥산玉山이고 수직壽職으로 첨지중추부사僉知中樞府事를 지냈고 配는 安東金氏氏며 5형제를 두셨는데 長男인 公의 祖父 諱 기묵璣默이고 號三省이며 配는 慶州李氏 弼重공의 따님으로 2男을 두셨다. 장남長男이신 公의 선고先考는 휘諱 재석在昔 字경문景文이고 호號수제修齊며 配는 흥해배씨興海裵氏 병찬秉鑽 公의 따님이다.

기묵璣默 공의 次男인 公의 生父 諱 재기在璂 공은 종사랑장릉참봉승정원비서승從仕郎莊陵參奉承政院祕書丞을 지냈으며 配는 김녕김씨金寧金氏 부호군규로副護軍圭魯 公의 따님이다. 公은 계유癸卯(1903)年 2月11日 아휴리阿休里에서 在璂公의 長子로 태어났다.

在昔公은 4女를 두셨는데 英陽南奎燮 密陽朴武昌 平海黃鍾模 忠州池成鎭이다. 재기在璂 공公의 4男2녀女는 周善•孟善•太善•庸善•密陽朴朝煥•英陽南雲燮이다. 公의 선고先考께서 아들이 없어 가법家法에 따라 장조카로 代를 이었다. 公은 어려서 독선생督先生을 두고 學文을 배웠으며 타고난 효심孝心에다 성의誠意를 다해 봉제사奉祭祀했고 종통宗統을 계승繼承하고 근검勤儉으로 가계家計를 넉넉하게 했다. 1984年4月8日에 서울 면목동面目洞에서 향년享年 팔십이세八十二歲에 돌아가셔서 아휴리阿休里 산7번지山七番地 삼지각산三芝角 조비묘계하오좌祖妣墓階下午坐에 건곤위합장乾坤位合葬하였고 망주상석望柱床石이 있다. 配는 영양남씨두진英陽南氏斗鎭 公 따님 봉월여사奉月女士고 당호도계당號道溪며 己亥(1899)年 8월 18일에 태어나 1970년 10월 16일 돌아가셨다.

죽원竹原 공은 금슬琴瑟이 좋아 2男5女를 두었다 長男 承國 공은 成均館大學法學科卒 義城郡守•浦項副市長 등 副理事官을 지냈으며

室은 남양홍종진南陽洪鍾振 공의 따님 순남順南이고 5男1女를 두었
는데 長男 宗燦 慶熙大學校醫科大學卒 醫學博士·專門醫·敎授이며 아
내 徐正玉은 第4代民議院達成徐仁秀의 따님이고 2男1女를 두었는
데 長男 尙夏 서울大醫學專門大學院卒 美國內科專門醫 아내 金智慧
서울大醫學專門大學院卒 美國內科專門醫고 次男 泳夏는 延世大學校
醫科大學卒 서울아산병원 內科, 女受炫 서울大 디자인학學博士 敎授
남편은 竹山安孝詳으로 서울工大卒이다.

　次男 宗洙는 아내 郭淑妍 1男1女 準夏·芝炫 3男宗泰는 첫아내權盛
子 둘째아내吳珠年 2男 炅夏·秉夏다 4男宗珏 經濟學博士·公認會計士
·敎授 아내 申東喜 敎育學博士·敎授 1남1여 沅夏·宙炫이다 5男宗信
아내 金賢珉 2女姃炫·奇炫이고 딸宗姬 사위 義城金性洙 아들 度亨·
義晉이다.

　竹原公의 次男 승원承原은 자 희서字希序 호 제암號齊岩이며 아내
는 번남潘南 박우양朴禹陽 공의 따님 순희順姬며 2男1女 長男宗河
아내 柳廷和 2男奎鉉·珍鉉 次男宗直 2女采河·采珉 딸秀正 사위慶州
崔鍾美 2男1女 星龍·勝鎭·惠眞이다.

　조부님은 십 대 후반에 이미 인근에서 젤 힘센 壯士로 장대한 풍모
風貌이셨고, 오일장에서 제일 큰 고무신이 발에 맞았다. 조부님 나
무 한 짐은 보통 사람 두 짐이었고 대통령을 외모로 뽑는다면 내 조
부님이라고도 했다. 가슴을 다 덮는 조부님의 헌헌장부軒軒丈夫 수
염은 어릴 적 동무들에게 내 자랑거리였다. - 長孫 宗燦 제7회 보령
수필문학상 작품 중에서

公의 차남 承原 비용으로 장손 詩人 宗燦이 글을 지어 이 碑를 세웁
니다.

2024년 02월 25일
국역(國譯) 및 및 정서(定書) 장손(長孫) 종찬(宗燦)

〈 안동, 영주, 봉화, 예천 일대 영월 辛氏 3파〉

1)판서공파 신내옥(辛乃沃) 후손들: 안동시 서후면 태장에 후손들 거주

일죽재一竹齊 신내옥(辛乃沃) 先生 (1525, 중종 20~1616, 광해군 8)

본관 영월(寧越). 자는 계이(啓而) 호는 일죽재(一竹齋) 만호(晚號)는 양정재(養正齋). 1558년(明宗 13) 식년(式年) 성균진사(成均進士)에 壯元하였으며, 영월읍지에 보면 영월읍 흥월리(興月里)에 태어났고, 퇴계(退溪) 선생에 뜻을 두어 안동(安東)에 이주(移住)하였다고 되어 있음. 공(公)의 성품은 순수(純粹)하고 덕(德)과 기(器)가 굉심(宏深)하며 일찍 퇴계(退溪) 이선생(李先生)의 문인(門人)이 되었다. 덕(德)을 듣기 좋아하고 성리학을 깊이 연구하였고 학문이 대진(大進)하고 문장(文狀)이 뛰어났다. 풍암(楓菴) 문위세(文緯世), 윤강중(尹岡中)과 함께 명옥대(鳴玉臺)에서 퇴계(退溪)선생을 모시고 문하생들과 교우했는데 퇴계선생께서 기문을 지어라 하시고는 제공 이름을 돌에 새기도록 명령하셨다. 겸암(謙菴) 류운룡(柳雲龍, 류성룡의 형) 학봉(鶴峰) 김성일(金誠一) 송암(松菴) 권호문(權好文, 서후면 솔밤권씨 중시조) 선생들과 도의(道義)로 강마(講磨)했다. 좌승지(左承旨)에 증직되었다. 저서(著書)에 문집(文集)이 있다.

아버지는 충좌위 첨지중추부사를 지낸 신중곤(辛仲坤), 어머니는 정부인(貞夫人) 광주김씨(光州金氏)이다. 퇴계(退溪) 이황(李滉)의 가

르침을 받기 위해 안동 서쪽의 거진으로 이주하였다가 다시 낙양촌(洛陽村, 현 안동시 수하동)으로 이주하였다. 4명의 아들을 두었는데, 대과에 2명, 무과에 1명, 막내는 진사였습니다.

저술 및 작품: 문집으로 『일죽재집(一竹齋集)』이 있으나 독립된 문집으로 간행되지 못하고 아들 신홍립(辛弘立)의 『추애집(秋厓集)』과 신의립(辛義立)의 『죽옥집(竹屋集)』을 함께 묶어 『낙양세고(洛陽世稿)』로 간행되었다.

*신홍립(辛弘立): 1558(명종 13)~1638(인조 16). 조선 중기의 문신·학자.

본관은 영월(寧越). 자는 공원(公遠). 호는 추애(秋厓). 아버지는 진사 신내옥(辛乃沃)이며, 어머니는 영양남씨(英陽南氏) 충순위(忠順衛) 남구수(南龜壽)의 딸이다.

생애 및 활동사항: 성품이 인후하고 문장을 좋아하여 1582년(선조 15) 사마시에 합격하고, 유운용(柳雲龍)·권호문(權好文)에게서 사사하여 그 연원(淵源)을 이어받았다. 1612년(광해군 3)에 문과에 급제하여 홍문관교리(弘文館校理)를 거쳐서 춘추관기사관(春秋館記事官)이 되고 외임으로 무안(務安)·용인(龍仁)의 수(守)를 역임하였다. 뒤에 고향으로 돌아와서 가훈(家訓)을 전수하며, 김용(金涌)·김집(金集)·김응조(金應祖) 등 동문(同門) 40여 명과 회합해 스승인 권호문 선생을 재사하면서 제문을 작성하는 등 스승에 대한 추모의 정성을 다하였다. 저서로는 『추애유집(秋厓遺集)』이 있다.

2)판사공파 신담(辛聃), 신홍조(辛弘祚) 후손들 : 퇴계의 생질(甥姪)
이다. 신홍조의 모친은 퇴계의 이복누이로 의성 김씨(義城金氏) 소
생이고, 부친은 신담이다. 본관은 영월(寧越), 자는 이경(而慶), 호는
이계(伊溪) 또는 고촌(高邨)이다. 벼슬은 습독관(習讀官)을 지냈다.

*임청각 고성이씨 이증공의 사위가 영월신씨

세종 때 좌의정을 지낸 고성이씨 이원(李原, 1368~1429)의 여섯
째 아들인 안동 입향조 이증(李增, 1419~1480)은 아들 6형제를 두
었는데 둘째 이굉(李浤, 1441~1516)이 문과에 급제한 것을 비롯하
여 6형제 모두 생원진사시에 합격하였다. 평택현감을 지낸 장자 이
평(李泙)의 아들 5형제는 맏아들 이윤(李胤), 둘째 이주(李胄), 다섯
째 이려(李膂)가 문과에 급제하였으며 셋째 이전은 진사시에 합격하
여 출사하고 넷째 이육도 안기도찰방에 나가는 등 크게 영달하였다.
이증(李增)공의 사위가 영월 辛氏라고 기록되어 있음.

《영호루映湖樓에 걸려 있는 신천(辛蕆) 선조先祖님의 한시漢詩》

고려 충숙왕 때 문신文臣 호號는 덕제德齊
안향安珦선생의 수제자로 당시 고려의 개경에 처음으로 서원書院
을 설립함.
유학자儒學者로 영주 순흥 소수서원 유학儒學 도통도道統圖에 상세
히 나와 있음
안동부사를 지냈으며 본관은 영월寧越, 판밀직사사判密直司事

此樓佳致設無多(차루가치설무다)

이 루의 아름다운 경치 말해서 무엇하리

摘勝探奇莫我加(적승탐기막아가)

나보다 명승을 더 탐내는 이 있으리요?

百里桑陰藏野店(백리상음장야점)

기나긴 뽕나무 숲속엔 술집도 있고

四山松翠護官家(사산송취호관가)

사방 솔숲이 관가를 둘러쌌고

江頭雨暗連天草(강두우암연천초)

강가에 비 개니 하늘에 닿은 풀빛

巷口燃濃出屋花(항구연농출옥화)

연기 짙은 담장 어귀 담장위로 솟는 꽃

只解登臨如默默(지해등임여묵묵)

만약 누에 올라 한 수 읊지 못한다면

詩人沒彩也如槎(시인몰채야여사)

시인으로 광채 없음은 삭정이와 다르랴

출계出系 후손 종찬宗燦 국역(國譯)

이 현판은 고려 때부터 영호루에 걸려 있었으나, 1934년 7월 23일 낙동강 대홍수가 안동시 시내市內 전체를 휩쓸게 될 때 소실된 것을, 석담石潭 공이 안동시에 건의하여 다시 걸어 놓게 되었다.

*족보에는 이렇게 되어 있으나, 아주 오래전부터 안동의 3파는 항상 같은 파派라 여겼으며, 족보 수단도 같이 하며 서로 내왕이 많았고 아주 친하였다. 안동지 기록을 비롯한 여러 곳에 일죽재一竹齊 신내옥(辛乃沃) 선생이 퇴계선생을 흠모하여 영월에서 안동에 처음 오셨을 때 지금의 하임하下臨河인 낙양촌洛陽村에 있는 가까운 일가에 머물렀다가 서후면 태장으로 이사 가서 정착했다는 기록이 있다. 또한 구전으로 우리 집안이 수해로 망한 낙양촌 신승지辛承旨 집안의 후예後裔이나 모든 것이 홍수로 떠내려가서 근거를 잃게 되었다고 한다. 이런 사실도 안동지에 기록되어 있다. 또한 입향시조 경익慶益공의 초휘初諱(처음 이름)이 경입慶立이었던 것을 보면, 일죽재一竹齊의 아드님들과 '입立자 항렬'로 같고 시대도 비슷하다. 또한 입향시조께서 안동에 오실 때 배를 사서 강을 따라 내려왔다고 했으니, 판서공파가 많이 사는 영월에서 배를 타고 내려오셨다고 볼 수도 있다.

최근까지 위에 열거한 사실들을 소상히 알고 계셨던 일죽재(一竹齊)의 후손인 승희(承禧, 字範九, 號鶴浩, 1886~1960) 공께서 오랫동안 우리 집에 내왕하시며 같은 집안으로 우의(友誼)를 돈독(敦篤)히 한 사실이 있다. 범구(範九) 공의 증손인 도흠(道欽, 안동문회원 감사)씨도 이 사실을 잘 알고 있는 바이다. 따라서 우리 집안은 원래 안동의 다른 두 집안과 같이 판서공파였다가 부원군파로 양자 갔을 수도 있다는 추측을 해본다. 또한 최근 밝혀진 바에 의하면 덕제공도 영월파이며, 우리도 덕제공 후손이라고 한다. 더 자세한 고증이 필요해 보인다.

망악정과 망악정실기 등 안동시 문화재 신청 과정들

망악정실기 표지

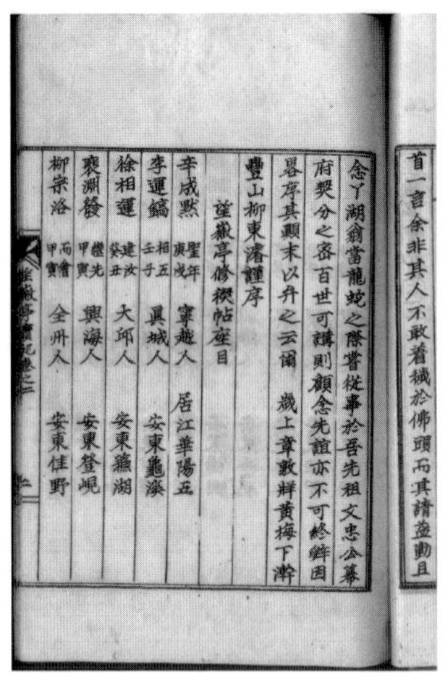

망악정 수계첩 좌목

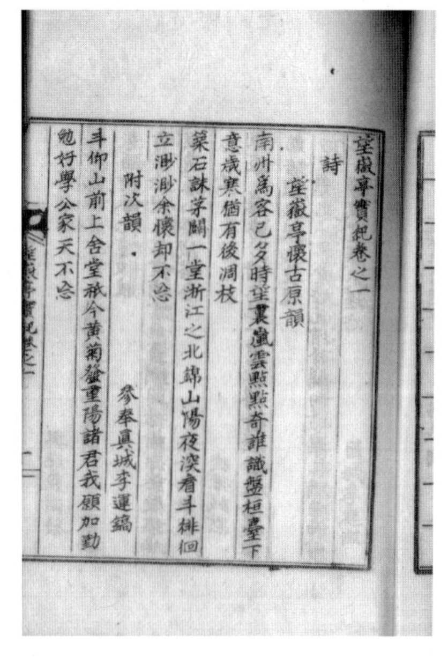

망악정 회고懷古 운시韻詩, 얄후 여력이 있으면 이 시들을 국역하여 책으로 냈으면!

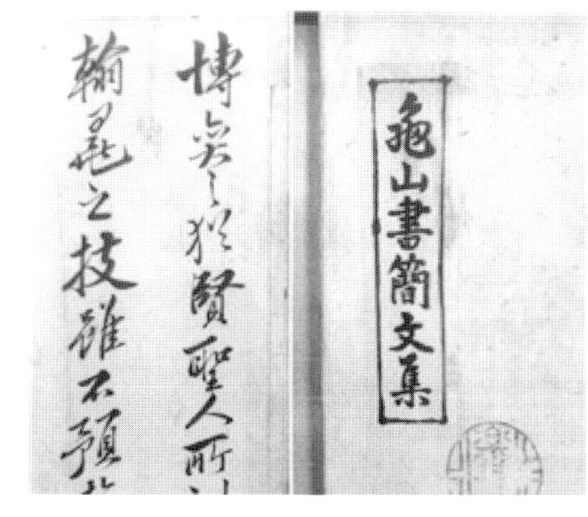

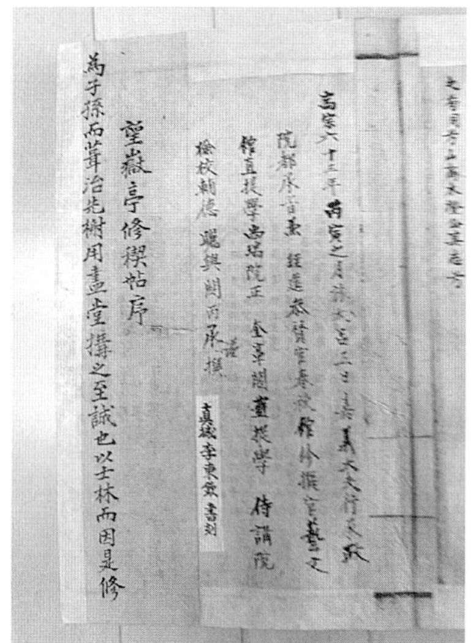

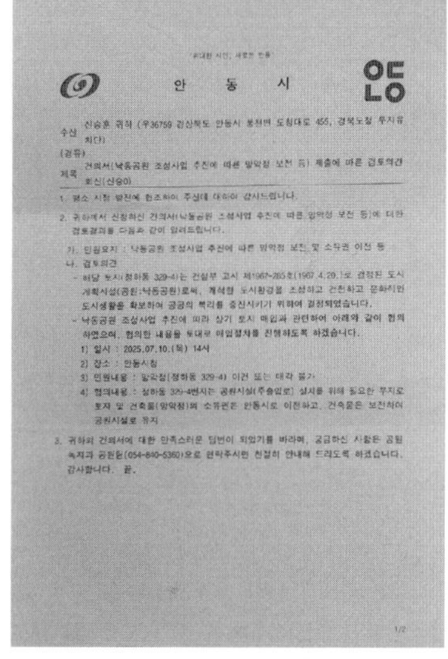

위에서 좌에서 우로, 선세금석문원고첩,
구산서간문집, 의병장 이만도 선생 손자로 독립유공자 당시 도산서원 원장 이동흠(李東欽)선생 친필 금애공(錦涯, 싸리골할배) 묘갈명, 안동시에서 망악정을 매입하여 공원 안에 보존 관리해준다는 공문. 권기창시장 면담 당시 승호, 종찬, 시장, 승국 화수회 회장, 승훈 (2025년 07월 10일)

〈망악정望嶽亭 안동시 공원 내 수용보전 과정과
문화재 지정 신청 과정〉

　2025년 4월 09일(日) 저 종찬(宗燦)은 실로 오랜만에 안동시 정하동 망악정 춘제(春祭) 석채례(釋菜禮)에 참석하였다. 나는 안동시에서 영호루 지역을 공원으로 만들기 위해 망악정을 수용하려 한다는 정보를 미리 알고 있었다. 이 사실을 제례에 참석한 후 신승국 화수회 회장님 등으로부터 확인하였다. 이날 문중 회의에서 안동시에서 이전할 좋은 땅을 마련해 주고, 망악정도 이건(移建)해 주기 이전에는, 절대 수용에 응할 수 없다는 결론을 내렸다.

　내가 고등학교 2학년 때인 1972년 가을, 내 종조부이신 맹선(孟善) 공께서 나를 데리고 새로 이건한 망악정에 가셔서, 망악정 앞 밭을 가리키며 이런 말씀을 하셨다. “원래 이 밭은 우리 문중에서 사기로 했었다. 그런데 어떤 못난 후손이 구미촌에 있던 문중 밭 보상금을 자신의 이름으로 있었다고 일부를 주지 않아서 못 샀다며, 나중에 사야 한다.”라고 하셨다. 또한 웃으시며 “네가 앞으로 돈 벌어서 사면 좋겠다.”라고 하셨다. 나는 속으로 부족하지만, 장래에 내가 그럴 만한 사람이 되었으면 좋겠다고 생각하였다. 맹선(孟善) 종조부님은 향리(鄕里)에서 이름 높은 선비였으며, 지관(地官)이셨다. 현재의 망악정 터를 정하고 이건을 주관하셨다. 결과를 놓고 보면 제 종조부님께서 정말 미래를 내다보시는 명지관(名地官)이셨음을 알 수 있다.

나는 권기창 안동시장과 안동중 선배이고 김형동의원과는 안동고등학교 선배라, 사적으로도 부탁하고 공식적으로도 민원으로 우리 문중의 뜻을 전했다. 나는 망악정실기, 진사공비문, 구산서간(龜山書簡), 선세금석문원고첩(先世金石文原稿帖) 등 집안에 내려오는 한문으로 된 전적(典籍)들을 국역(國譯)하는 과정에서 이 전적들의 진가(眞價)를 알아볼 수 있었다. 여기에 글을 실은 분 중에 지금까지 밝혀진 바로는 독립 유공자가 11분이나 되었고, 그 외에도 모두 당시 안동 지방을 대표할 만한 가문의 선비들이었다. 참으로 놀라웠다. 나는 망악정(望岳亭) 건물, 망악정실기(望岳亭實記), 구산서간(龜山書簡), 선세금석문원고첩(先世金石文原稿帖)을 안동시 지정문화재로 지정해 줄 것을 안동시와 안동문화원에 청원하고 추진하였다.

그러나 문화재 지정 심사 과정에서 망악정은 이건 과정에서 원형 훼손이 많다는 이유로 지정을 받지 못했다. 망악정실기(望岳亭實記), 구산서간(龜山書簡), 선세금석문원고첩(先世金石文原稿帖)은 안동 국학진흥원에 기탁이 되어 있는 점 등의 이유로 나중에 별도 추진하기로 하고 일단 중지한 상태이다.

백여 년 전에 망악정을 중수하고 망앙정실기, 구산서간, 선세금석문원고첩을 편집 발간하신 구미의 용선(用善) 방조(傍祖)님께 진심으로 감사드린다. 이 할아버님께서 가문의 역사에 빛나는 일을 하지 않으셨다면 우리 문중의 위상이 오늘과 같지 못했을 것은 분명하다. 아마리 우리 집에 자주 오셨으며, 제 생가 증조부님과 아주 친하셔서 두 분이 문중 일을 주도하셨다고 한다. 특히 용선 방조님께서는 재력, 학문, 언변이 모두 뛰어나신 분이라고 들었다. 이 할아버님의 증손자 대하(垈夏) 족질(族姪) 부자(父子)께도 감사드린다.

한편, 권기창 안동시장께서 2025년 7월 10일 안동시청으로 우리 문중 대표들을 초청하여 다음과 같은 약속을 해주었고 이를 문서로도 확인해 주었다. 이 자리에는 신승국 화수회 회장, 신승호 전 서울지방철도청장, 신승훈 경상북도 투자유치단장과 내가 동석하였다. 시장의 약속 요지는 다음과 같다. "안동시에서 망악정을 그 자리에 두고 유지 보수해 주는 조건으로 정자와 대지를 수용하며 보상금을 지급한다." 우리 문중의 의사를 전적으로 수용해 준 권기창 안동시장님께 거듭 감사의 말씀을 드린다.

비록 문화재 지정의 꿈을 이루지 못했지만, 우리 문중의 정자와 전적을 안동 지역 사회와 관계기관에 각인시키는 중요하고도 성공적인 성과가 있었다. 보상금도 약 3억 7천만 원을 받게 된다고 한다. 안동시 공문에 있듯이 망악정을 그 자리에 두고 공원을 조성하며 향후에도 시에서 영원토록 보존 관리해 준다고 하니 이보다 더 큰 경사는 없을 성싶다. 다만 문화재로 지정되지 못한 점은 향후에 추진해야 할 과제로 보인다.

또한 심의 과정에 도움을 주신 안동시문화원 권석환 원장님과 종인(宗人) 신도흠(辛道欽) 감사님께도 감사드린다. 신승국 화수회 회장님과 회장단 여러분, 경상북도 투자유치단장 승훈 아제님이 아주 열심히 하셨다. 또한 종석 아우, 승호 아제님 등 여러분들도 많이 애쓰셨다. 아래는 처음 안동시장님께 보낸 전자 민원이다.

～～～～～～～～～～～～～～～～～～～～～～～～～～～～

존경하는 권기창 안동시장님께!(시장님께 드리는 전자 민원)

역사와 전통이 깊은 자랑스러운 우리 고장 안동은, 시장님의 밝은 시정으로 나날이 발전하고 있습니다. 모두 현명한 권시장님의 시정 덕분이라고 생각합니다.

다름이 아니오라 우리 문중은 최근 안동시에서 공원 조성을 목적으로 정하동 소재 망악정 부지를 수용하겠다는 공문을 받았습니다. 가능한 한 시정에 협조하는 것이 시민이나 출향인의 도리라고 생각하나, 아래와 같은 사유로 이에 응할 수 없다는 점을 헤아려 주시기 바랍니다.

영월신씨寧越辛氏 부원군파府院君派 시중공파侍中公派, 안동 소재 진사공파進士公派 문중門中이 비록 한미(寒微)하지만, 망악정은 우리 문중의 상징으로 구심점이며 자존심이기도 합니다. 안동시에서 공원을 조성하기 위해 망악정 부지를 수용하겠으니 응하라는 안동시의 요구를 수용할 수 없는 사유는 아래와 같습니다.

1) 국가사업인 댐공사(1974년 완공)로 인하여 원래 위치에서 현재 위치로 이건 할 당시에 유신정권 정부는 국가사업이란 명분으로, 민의를 들어보지도 않고 일방적으로 강행하여 제대로 된 보상도 받지 못했습니다. 당시는 유신 사태로 사회 분위기상 이의를 제기할 수도 없었습니다. 그리하여 부족하나만 후손들의 성금으로 이건 했기에, 이건하기 전보다 다소 위축된 상태입니다.

그런데 2025년 현재 또다시 안동시에서 필요하다고 옮기라 한다면, 망악정과 우리 영월 신문(辛門)에 너무 가혹한 조치로 보이며,

우리 후손들은 선조들의 정신적 구심점인 망악정을 지켜내지 못한다면 자괴감은 아주 깊을 겁니다.

 2) 문중에서 굳이 현재 망악정 자리를 택하여 이건한 이유는 단순히 풍광이 좋은 거연(巨然)한 곳이기 때문만 아니고, 아래와 같이 우리 영월 신문(辛門)과 아주 깊은 연고가 있기 때문입니다.

 영호루와 인접한 곳에 같은 향(向)으로 서 있는 영호루에는, 고려 때 안동부사를 지낸 시호(諡號)가 문헌(文憲)인 신천(辛蕆) 선조(先祖)의 시(詩)가 걸려 있습니다.

 현재 망악정 바로 뒤에는 안동 충혼탑이 있습니다. 여기에 봉헌된 분들 중 6·25동란 때 안동 전투에서 장열하게 전사한 신일선소령도 계십니다. 고 신소령님은 일제강점기 때 일본 큐수(九州)제국대학을 졸업한 의사로, 의사직 대신에 국방경비학교(육사전신)을 졸업하고 군문에 투신하여 고향을 지키려다가 전사한 분입니다, 신소령님은 당시로서는 최고의 엘리트로 장래가 무한한 우리 문중의 자랑이셨습니다.

 이런 역사적 연고로 현재 망악정과 이 정자가 위치한 장소는 단순히 오래된 목조건물이 위치한 곳이 아닙니다. 다른 곳으로 대체할 수도, 하기도 쉽지 않은 곳입니다.

 3) 안동지방에 정자를 중심으로 한 수계첩(修禊帖)들이 많이 있겠지만, 나라를 잃어버린 직후에 수계(修禊)하여 망악정실기에서처럼 망악정기, 진사공 묘갈명, 석채고유문(釋菜告由文), 상향축문(常亨祝文), 수계첩서(修禊帖序) 등을 근서(謹書) 하거나 수계명첩(修禊名帖)에 기록된 많은 분들이 의병 활동이나 독립운동으로 서훈을 받은

분들입니다. 안동지방은 조선 최초로 계회도(契會圖)를 남길 만큼 수계첩들이 많지만, 독립유공자님들이 직접 짓고 쓴 글들이 이렇게 많은 예는 드물 것으로 보입니다. 그러므로 안동시 문화재로 등재하고 보존할 가치가 충분히 있다고 사료 됩니다.

4) 망악정으로 다른 곳으로 이전할 것이 아니라, 현재 위치에 그대로 존치 시키고 더욱 가꾼다면 이 또한 아주 의미 깊고 공원 조성 취지에도 맞을 것으로 사료 되어, 첨부파일과 함께 이 청원서를 드립니다. 감사합니다.

2025년 06월 30일   辛 宗 燦 드림

망악정望嶽亭, 부속 현판懸板, 『망악정실기望嶽亭實記』 문화재 신청서

제목: 문화재 지정 신청 사유

존경하는 안동시장님과 문화재 지정 심사위원님들께!

영월신씨寧越辛氏 부원군파府院君派 시중공파侍中公派, 안동 소재 진사공파進士公派 문중門中은, 아래와 같은 사유로 안동시 정하동 329-4번지 소재 망악정望嶽亭(첨부자료 1, 이하 자료) 건물과 이 정자亭子의 외부 현판懸板(자료 1), 정자의 내부 현판(자료 2), 「망악정 기문記文현판(자료 3)」, 『망악정실기望嶽亭實記(자료 5, 복사 파일로 제출)』, 「망악정이건기望嶽亭移建記 현판(자료 4)」 총 5건을 '안동시 지정 문화재'로 지정해 주실 것을 정중히 신청합니다.

우리 안동은 '한국 정신문화의 수도'라 자부하고 있으며, 특히 유교문화를 계승하고 발전시킨 주역이기에 추로지향(鄒魯之鄉)이라 하고 있습니다.

안동의 우리 영월신문(寧越辛門)도 비록 한미(寒微)하지만, 안동지방의 여러 명문(名門)과 교류하며 지금까지 유교문화의 전통을 이어온 지가 벌써 4백 5십여 년이 되었습니다. 이런 전통의 중심에는 안동 입향시조인 성균진사(成均進士) 경익(慶益, 호 浙林) 공(公)을 모신 망악정(望嶽亭)과, 망악정에서 지금까지 매년 2회 거행하고 있는 석채례(釋菜禮 告由文, 자료 6)가 있습니다. 이런 일련의 과정을 거행하기 위해서는 망악정과 이에 관련된 기록 유산들이 존재하기 때문입니다. 그러므로 망악정은 경치 좋은 곳의 단순한 정자가 아니라, 우리 문중의 정신적 구심점이며 자존심이라고도 할 수 있습니다.

우리 문중이 향후에도 소중한 안동의 자랑인 전통 유교식 제례 문화를 이어갈 수 있도록, 망악정과 망악정의 관리동도 공원에 어울리는 건물로 유지해 주시길 간곡히 부탁드립니다.

첫째, 망악정 정자 건물 자체입니다. 원래는 안동군 월곡면 도목리 구미촌에 있었으나, 안동댐으로 인한 수몰을 피해 현 위치로 이건 하였습니다. 이건 당시 유신정권 시대라 국책사업이란 명목으로 제대로 보상도 받지 못하여, 후손들의 성금으로 어렵게 이건 하였습니다.

이 건물은 약 450년 전 영월신씨 절림(浙林) 공(公)이 건립한 정자입니다. 외부와 내부에 각각 〈望岳亭(자료 1, 2)〉이라는 현판이 있는데, 조선 고종 때 이조, 예조 판서를 지낸 석촌(石村) 윤용구(尹用求) 공이 썼습니다. 또한 내부에 참봉, 도산서원 원장이었고 독립 유공자이신 이중철(李中轍) 공이 직접 짓고 쓴 망악정기(자료 3)가 있습니다.

또한 이건기(移建記, 자료 4)는 1972년 이건 후인 1977년에 퇴계 후손 국학자 이가원(李家源) 박사가 짓고 의성군수(義城郡守)를 지낸 후손 승국(承國) 공이 썼습니다. 현재 망악정은 영호루를 지나면 우측에 작은 골이 있고 바로 이 입구에 낙동강을 바라보며 북향으로 자리 잡고 있습니다.

이 정자는 정면 3칸, 측면 2칸의 겹처마 팔작지붕 건물입니다. 중앙에 2칸의 마루를 꾸미고 우측에는 앞뒤로 방을 만들었는데 가운데 분합문을 설치하여 하나의 공간으로 이용할 수 있도록 하였으며, 좌측 뒤편에는 방을 두고 전면은 마루를 꾸몄습니다. 건물의 전면에는 분합문을 달아 외부와 구분하였으며 밖에는 툇마루를 꾸미고 난간을 달았습니다.

이 정자의 일반적인 정자와 다른 특징은 세 가지가 있습니다.

첫째는 북향이라는 점이고, 둘째는 난방시설이 없는 보통의 정자와 달리 대청 우측에 구들을 놓고 난방시설을 하여 겨울에도 따스한 방에서 글을 읽을 수 있도록 한 점입니다. 셋째는 중앙 대청의 남쪽 벽 상단에 환기장치를 한 구조입니다.

망악정 중건기重建記인 망악정기望嶽亭記(1917년, 參奉 李中轍 記幷書, 자료 3)에 의하면 망악정을 이때 신축한 것이 아니고, 이미 4백여 년 전부터 있었던 망악대望嶽臺를 이때 중수重修하였기에 "옛 정자보다 더 웅장하고 화려했다(奢麗意其前)"라 하고 있습니다. 또한 절림공浙林公 묘갈명墓碣銘(嘉義大夫行承政院都承旨經筵參贊官驪興 閔丙承 撰/眞成 李東欽 謹書, 先世金石文原稿帖, 7)에 의하면, 망악정으로 중수하기 전에 있었던 망악대는 절림공이 처음 지을 때 일반적인 다른 정자와 달리, 절림공의 고향인 한양을 향해 북향(北向)인 이유와, 임진왜란으로 절림공이 어지러운 세상을 피해 조용한 이상향을 찾아 나서는 경위를 설명하고 있습니다.

또한 망악정 정자 내부 현판을 쓴 윤용구 공은 일제가 대한제국 국권을 찬탈하려 하자, 이에 항거한 대신(大臣)으로 당시 백성들의 신망이 높으신 충신이었습니다. 기록에 의하면 1895년 을미사변 이후로 법부·탁지부·내무부 등 대신에 십수 회 배명(拜命)받았지만 취임하지 않고 서울 근교의 장위산에 은거하면서 '장위산인'이라 자호(自號)하고 서화와 거문고, 바둑으로 자오(自娛)하며 두문불출, 세사를 멀리하였다고도 합니다. 또한 한일합방 후 일본 정부에서 남작을 수여하였으나 거절하여 백성들의 칭송을 받았다고 합니다.

 둘째, 망악정기望嶽亭記(자료 3)입니다.

 망악정 대청에 걸려 있는 망악정기는, 당대의 안동 최고 선비인 명필 이중철(李中轍)선생이 직접 지은 명문장이며 친필입니다. 이중철선생은 진성이씨眞城李氏 퇴계退溪 후손으로 향산響山 이만도李晩燾선생 밑에서 의병 간부로 활동한 독립 유공자입니다. 그러므로 「망악정기望嶽亭記」 또한 문화재로서 보존 가치가 높을 것으로 보입니다. 1910년 가을 이만도선생이 망국의 한으로 자결하려 할 때 같이 죽으려 하였으나 "군도 죽는다면 사문(斯文)은 어찌하겠느냐?"라고 만류하여 단념하고 더욱 학문에 전념하였다고 합니다. 이중철 공은 1913년에 도산서원(陶山書院) 원장이 되어 『도산급문록(陶山及門錄)』을 간행했고, 문집으로 『효암집(曉庵集)』이 있습니다.

 셋째, 「망악정실기望嶽亭實記(자료 5) 」제1권과 제2권입니다. 이 서책에 시문詩文을 기고(寄稿)한 분들은 당시 안동 유림을 대표하는 선비들이며, 독립운동으로 서훈까지 받은 민족 지도자들도 아주 많습니다. 이렇게 훌륭한 분들이 동시에 망악정계望嶽亭禊에 수록된 『망악정실기』도 문화재로 보존할 가치가 있다고 사료됩니다.

「망악장실기서(望嶽亭實紀序 歲重光大淵 1924년, 獻蜡月下澣섣달하순, 宣城 李會春 謹序)」로 시작하는 이 서책(書冊)은 안동댐 수몰 전까지 계원을 보충하고 기록도 증보(增補)를 계속하였습니다.

『망악정실기』 제일권(第一券)의 목록(目錄)은 상계(上系), 망악정운(望嶽亭韻), 낙성운(洛城韻), 회고운(會詁韻), 망악정기(望嶽亭記), 상량문(上樑文), 석채례고유문(釋菜告由文), 상향축문(常亨祝文), 묘갈명 병서(墓碣銘 並書)입니다. 제2권은 수계첩서(修禊帖序), 수계명첩(修禊名帖), 발(跋)의 순서로 시작하는 전형적인 수계첩의 형태를 취하고 있습니다.

1) 망악정운, 낙성운, 회고운에 따라 당시 안동을 대표할 만한 각 문중의 선비들을 안동 김(金)씨, 안동 권(權)씨, 진성(眞城) 이(李)씨, 풍산(豐山) 류(柳) 씨, 고성(固城) 이(李)씨, 광산 김(金)씨, 의성(義城) 김(金)씨. 선성(宣城) 이(李)씨, 흥해(興海) 배(裵)씨, 재령(載寧) 이(李)씨, 순흥(順興) 안(安)씨, 무안(務安) 박(朴)씨, 낙안(樂安) 오(吳)씨 등을 망라한 차운시(次韻詩)들과 절립공 후손들의 차운시(次韻詩) 백여 편 실려 있습니다. 여기에 수록된 시문(詩文)과 작자(作者)들은 당대에 이름이 높은 선비님들로 작품도 우수하고, 작자들 면모도 대부분 독립운동을 음양으로 지원했던 분들입니다. 지면이 허락하지 않아 다 옮길 수는 없으나, 독립운동 서훈자가 수두룩하여, 차후에 국역하여 책을 출간하려 합니다.

2) 「망악정기서望嶽亭記序(序)」는 진성(眞城) 이중철(李中轍) 공이

직접 짓고 직접 써서 근기(謹記)했습니다.

3) 상량문(上樑文)은 후손 재우(在佑) 공이 근송(謹頌)했습니다.

4) 「석채례고유문(釋菜告由文, 자료 6)」은 전주(全州) 류만식(柳萬植) 공이 근찬(謹撰)했습니다. 류만식 공은 파리장서 의거의 주역이었던 서파西坡 류필영柳必永 공의 차남으로, 형은 독립운동가 동산東山 류인식柳寅植 선생이십니다.

5) 「상향축문(常亨祝文)」은 후조당(後凋堂) 종손(宗孫)인 광산(光山) 김종구(金鍾九) 공(1892~1972, 響山 李晩燾 선생의 사돈)이 근찬(謹撰)하였습니다.

6) 절림공(浙林公) 「묘갈명墓碣銘, 자료 7」은 규장각직제학시강원검교보덕奎章閣直提學侍講院檢校輔德 여흥驪興 민병승閔丙承 공이 찬(撰)하고 이동흠(李東欽) 공이 근서(謹書, 자료10)했습니다.

이동흠 공의 본관은 진성(眞城)이고, 조부는 1910년 대한제국이 멸망하자 단식 순국한 향산(響山) 이만도(李晩燾)선생이며, 부친(父親)은 파리장서의거(제1차 유림단 의거)의 주역으로 활동한 이중업(李中業)선생입니다. 이동흠선생은 사후(死後)인 1980년 대통령표창, 1991년 건국훈장 애족장이 추서되었습니다.

7) 「수계첩서(修禊帖序)」는 양진당(養眞堂) 종손(宗孫) 독립 유공자 풍산(豊山) 유동준(柳東濬) 공이 (謹序)하였습니다. 류(柳) 공은 경술국치에 절식(絶食) 순절(殉節)하신 독립 유공자 유도발(柳道發) 선생의 둘째 자제로 주손(冑孫)댁으로 출계(出繼)하였습니다.

8) 「수계명첩(修禊名帖)」은 망악정수계첩좌목(望嶽亭修禊帖座目)으로 시작하여 승지(承旨)를 지낸 족친(族親) 성묵(成黙) 공, 구계성

원(龜溪書院) 원장 진성(眞城) 이운호(李運鎬, 의병, 독립운동 서훈자) 공 등 무려 523명이 수록되어 있습니다.

9) 발문(跋文)은 후손 재형(在珩) 공이 근식(勤識)하였습니다.

10) 망악정계(望嶽亭稧)를 완성하는 과정에서 1920년경에 안동군 임북면 도목리 구미촌 후손 용선(用善) 공이 주동이 되어 각 문중의 대표들과 주고받은 당시의 편지가 『구산서간집(龜山書簡集, 자료 9)』에 모두 보관되어 있습니다.

넷째, 「망악정이건기(望嶽亭移建記, 자료 4)」

이 이건기(移建記))에서 안동댐으로 수몰되는 것을 피해, 1974년 안동시 월곡면 도목촌(桃木村)의 구호(龜湖)리에서 안동군 남선면 정하리로 이건(移建) 하였다 하고 있습니다. 또한 1977년에 후손들이 편액을 걸고 석채례(釋菜禮)를 계속 이어 나가서 지금에 이르고 있습니다. 정자의 향도 예전과 같이 절림공의 세거지였던 서울을 바라보며 북향이라 하고 있습니다.

이 이건기를 지은 분은 퇴계 14세 손이며 당시 한국을 대표하는 한문학(漢文學者)이며 전유도회총본부장(前儒道會總本部長) 학술원회원(學術院會員) 문학박사(文學博士) 진성(眞城) 이가원(李家源)선생이며, 현판 글씨는 의성군수를 지낸 후손(後孫) 승국(承國) 근서(謹書)로 되어 있습니다. 세월이 지나면 이 현판 또한 보존 가치도 높아질 것으로 보입니다.

다섯째, 현재 정하동 망악정이 위치한 자리의 역사적 특수성과 이

전이 불가한 이유

영월신씨(寧越辛氏) 부원군파(府院君派) 시중공파(侍中公派), 안동 소재 진사공파(進士公派) 문중(門中)이 비록 한미(寒微)하지만, 망악정은 우리 문중의 상징으로 구심점이며 자존심이기도 합니다. 안동시에서 공원을 조성하기 위해 망악정 부지를 수용하겠으니 응하라는 안동시의 요구를 수용할 수 없는 이유는 아래와 같습니다.

1) 국가사업인 댐공사로 인하여 원래 위치에서 현재 위치로 이건할 당시 유신정권 정부는 국가사업이란 명분으로, 일방적으로 강행하여 제대로 된 보상도 받지 못했으나 유신정권인 당시 사회 분위기에서 이의를 제기할 수도 없었습니다. 하여 부족하나만 후손들의 성금으로 이건을 완성했기에, 원래 이건 하기 전에는 있었던 한옥 행랑채를 이건 하지 못하는 등 이건 하기 전보다 다소 위축된 상태입니다.

그런데 또다시 안동시에서 필요하다고 옮기라 한다면 망악정과 우리 영월 신문(辛門)에 너무 가혹한 조치로 보이며, 우리 후손들은 선조들의 정신적 구심점인 망악정을 지켜내지 못한 자괴감은 아주 깊을 겁니다.

2) 현재 망악정 자리로 이건한 이유는 단순히 풍광이 좋은 거연(巨然)한 곳이기 때문만 아니고, 아래와 같이 우리 영월 신문(辛門)과 아주 깊은 연고가 있기 때문입니다.

영호루와 인접한 곳에 있는 같은 향(向)으로 서 있는 영호루에는, 고려 때 안동부사를 지낸 시호(諡號)가 문헌(文憲)인 신천(辛蕆) 선조(先祖)의 시(詩)가 걸려 있습니다.

현재 망악정 바로 뒤에는 안동 충혼탑이 있습니다. 여기에 봉헌된 분 중 6·25동란 때 안동 전투에서 장열하게 전사한 신일선소령도 계십니다. 고 신소령님은 일제강점기 때 일본 큐수(九州)제국대학 의과대학을 졸업한 의사로, 의사직 대신에 국방경비학교(육사전신)을 졸업하고 군문에 투신하여 고향을 지키다가 전사한 분으로, 그동안 우리 문중의 자랑이었습니다.

이런 역사적 연고로 현재 망악정과 이 정자가 위치한 장소는 단순히 오래된 목조건물이 위치한 곳이 아닙니다. 다른 곳으로 대체할 수도, 하기도 쉽지 않은 곳입니다.

3) 안동지방은 선비들이 조선 최초로 계회도(契會圖)를 남길 만큼, 정자를 중심으로 한 수계첩(修禊帖)들이 많이 있습니다. 그러나 나라를 잃어버린 직후에 수계(修禊)하여인지, 망악정실기에서처럼 망악정기, 진사공 묘갈명, 석채고유문(釋菜告由文), 상형축문(常亨祝文), 수계첩서(修禊帖序) 등을 찬(撰), 병서(並書) 하거나 수계명첩(修禊名帖)에 기록된 시문(詩文)들을 올리신(撰) 분들처럼, 이렇게 많은 이들이 의병 활동이나 독립운동으로 서훈을 받은 예는 드물 겁니다. 그분들이 직접 글을 짓(撰)거나 쓰셨고(謹書), 이 글들이 서책이나 현판으로 보존되어 있습니다. 그러므로 안동시 문화재로 등재하고 보존할 가치가 충분히 있는 귀중한 자료라고 사료 됩니다.

4) 망악정으로 다른 곳으로 이전할 것이 아니라, 현재 위치에 그대로 존치 시키고 더욱 가꾼다면 이 또한 아주 의미 깊고 공원 조성 취지에도 맞을 것으로 사료 됩니다.

첨부 자료

① 망악정望嶽亭 및 외부 현판(첨부자료 1)

② 망악정望嶽亭 내부 현판懸板(자료 2),

③ 「망악정기문記文(자료 3)」 현판

④ 「망악정이건기望嶽亭移建記(자료 4)」 현판

⑤ 서책 복사 파일『망악정실기望嶽亭實記(자료 5)』

⑥ 「원문 및 국역 석채례 고유문(자료 6)」

⑦ 「원문 및 국역 진사공 묘갈명(자료 7)」

⑧ 「원문 및 국역 망악정 이건기(자료 8)」

⑨ 『구산서간집(龜山書簡集, 자료 9)』

⑩ 절림공묘갈명/閔內承 讚, 李東欽 謹書)

2025년 6월 30일에 이와 같은 전자민원(첨부자료 2)을 안동시장에게 제기하였고

2025년 7월 10일 문중대표 4인(신승국 화수회 회장, 신승호, 신승훈, 신종찬)과 권기창 안동시장과 안동시청 시장실에서 만나서 아래와 같은 결론에 도달하였습니다. 시장님의 답변 내용을 간추리면 아래와 같습니다.

1) 망악정 자료를 검토한 결과 망악정은 안동의 문화적 전통과 역사성으로 보아, 보존 가치가 충분함으로 망악정을 이전하지 않고 현재 그 자리에 그대로 보존한다.

2) 향후 망악정을 영구히 공원 안에 두고, 안동시에서 공원 관리에 포함하여 관리동까지 제대로 갖추고 관리한다.

3) 다만 망악정과 망악정이 위치한 대지는 안동시에서 행정절차에

따라 수용하고 보상한다.

결론:

　안동시에서도 위에 설명한 대로 망악정에 대한 자료를 검토한 결과 역사적, 문화적 가치를 인정하여, 망악정을 이전하지 않고 신설하는 공원에 현재대로 보존하기로 했습니다.

　귀 안동시 문화재 선정위원회에서도 위에 제시한 건물과 문서에 대해 충분한 검토를 해보시고, 부족한 점이 있으면 보완을 요구하시면 우리 문중에서는 최선을 다해 답할 준비가 되어 있습니다. 부디 역사와 전통에 빛나는 우리 안동 문화에, 한미(寒微)하지만 우리 문중도 동참할 수 있게, 망악정과 위 문건들을 〈안동시 지정문화재〉로 지정해 주실 것을 간곡히 부탁드립니다.

2025년 8월 일

영월신씨寧越辛氏 府院君派 侍中公派 進士公派 화수회 회장 신 승 국

進士公 14代孫 宗燦 謹撰

문화재 지정 신청 사유 및 안동시 망악정 보존 결정 과정

존경하는 안동시장님과 문화재 지정 심사위원님들께!

영월신씨寧越辛氏 부원군파府院君派 시중공파侍中公派, 안동 소재 진사공파進士公派 문중門中은, 아래와 같은 사유로 안동시 정하동 329-4번지 소재 망악정望嶽亭(첨부자료3-1, 이하 자료)과 이 정자亭子(자료3-1)의 외부 현판懸板(자료3-2), 정자의 내부현판(3-3), 「망악정 기문記文현판(자료3-4)」, 『망악정실기望嶽亭實記(자료3-6)』, 「망악정이전기望嶽亭移轉記현판(자료3-5)」, 『선세금석문원고첩先世金石文原稿帖(자료3-10, 11)』, 『구산서간집龜山書簡集(자료3-7, 국학진흥원 위탁)』 등을 '안동시 지정 문화재'로 지정해 주실 것을 정중히 신청합니다.

우리 안동은 '한국 정신문화의 수도'라 자부하고 있으며, 특히 유교문화를 계승하고 발전시킨 주역이기에 추로지향(鄒魯之鄉)이라 하고 있습니다.

안동의 우리 영월신문(寧越辛門)도 비록 한미(寒微)하지만, 안동지방의 여러 명문(名門)과 교류하며 지금까지 유교문화의 전통을 이어온 지가 벌써 4백 5십여 년이 되었습니다. 이런 전통의 중심에는 안동 입향시조인 성균진사(成均進士) 경익(慶益, 호 浙林) 공(公)을 모신 망악정(望嶽亭)과, 여기에서 지금까지 매년 3회 거행하고 있는 석채례(釋菜禮 告由文, 자료 3-8)가 있습니다. 이런 일련의 과정을 거행하기 위해서는 망악정과 기록 유산들이 존재하기 때문입니다. 그러므로 망악정은 경치 좋은 곳의 단순한 정자가 아니라, 우리 문중의 정신적 구심점이며 자존심이라고도 할 수 있습니다.

우리 문중이 향후에도 소중한 안동의 자랑인 전통 유교식 제례 문화를 이어갈 수 있도록, 망악정과 망악정의 관리동도 공원에 어울리는 건물로 유지해 주시길 간곡히 부탁드립니다. 절림공은 안동 권(權)씨 기하基夏(와룡면 절강리 望湖亭, 복야공파) 공의 따님과 사이에 4남을 두셨습니다.

첫째, 망악정 정자 건물 자체입니다. 원래는 안동군 월곡면 도목리 구미촌에 있었으나, 안동댐으로 인한 수몰을 피해 현 위치로 이전하였습니다.

이 건물은 약 450년 전 영월신씨 절림(浙林) 공(公)이 건립한 정자입니다. 외부와 내부에 각각 〈望岳亭(자료 3-2, 3)〉이라는 현판이 있는데, 조선 고종 때 이조, 예조 판서를 지낸 석촌(石村) 윤용구(尹用求) 공이 썼습니다. 또한 내부에 참봉, 도산서원 원장이었고 독립유공자이신 이중철(李中轍) 공이 직접 짓고 쓴 망악정기(자료 3-4)가 있습니다. 또한 이건기(移建記, 자료 3-5)는 1974년 이건 후인 1977년에 퇴계 후손 국학자 이가원(李家源)박사가 짓고 의성군수(義城郡守)를 지낸 후손 승국(承國) 공이 썼습니다. 현재 망악정은 영호루를 지나면 우측에 작은 골이 있고 바로 이 입구에 낙동강을 바라보며 북향으로 자리 잡고 있습니다.

이 정자는 정면 3칸, 측면 2칸의 겹처마 팔작지붕 건물입니다. 중앙에 2칸의 마루를 꾸미고 우측에는 앞뒤로 방을 만들었는데 가운데 분합문을 설치하여 하나의 공간으로 이용할 수 있도록 하였으며, 좌측 뒤편에는 방을 두고 전면은 마루를 꾸몄습니다. 건물의 전면에는 분합문을 달아 외부와 구분하였으며 밖에는 툇마루를 꾸미고 난간을 달았습니다.

이 정자의 일반적인 정자와 다른 특징은 세 가지가 있습니다.

첫째는 북향이라는 점이고, 둘째는 난방시설이 없는 보통의 정자와 달리 대청 우측에 구들을 놓고 난방시설을 하여 겨울에도 따스한 방에서 글을 읽을 수 있도록 한 점입니다. 셋째는 중앙 대청의 남쪽 벽 상단에 환기장치를 한 구조입니다.

망악정 중건기重建記인 망악정기望嶽亭記(1917년, 參奉 李中轍 記 幷書, 자료 3-4)에 의하면 망악정을 이때 신축한 것이 아니고, 이미 4백여 년 전부터 있었던 망악대望嶽臺를 이때 중수重修하였기에 "옛 정자보다 더 웅장하고 화려했다(奢麗意其前)"라 하고 있습니다. 또한 절림공浙林公 묘갈명墓碣銘(嘉義大夫行承政院都承旨經筵參贊官 驪興 閔丙承 撰/眞成 李東欽 謹書, 先世金石文原稿帖, 첨부3-11, 12)에 의하면, 망악정으로 중수하기 전에 있었던 망악대는 절림공이 처음 지을 때 일반적인 다른 정자와 달리, 절림공의 고향인 한양을 향해 북향(北向)인 이유와, 임진왜란으로 절림공이 어지러운 세상을 피해 조용한 이상향을 찾아 나서는 경위를 설명하고 있습니다. 이 묘갈명을 쓴 분은 독립 유공 서훈자인 퇴계 후손 이동흠(李東欽) 공입니다. 이동흠 공의 친필도 『善世金石文原稿帖, 자료 3-11, 12』에 수록하여 보관하고 있습니다.

참고로 이동흠(李東欽)선생(1881~1967)은 본관이 진성(眞城)이고, 조부는 1910년 대한제국이 멸망하자 단식 순국한 향산(響山) 이만도(李晩燾)선생이며, 부친(父親)은 파리장서의거(제1차 유림단 의거)의 주역으로 활동한 이중업(李中業)선생입니다. 이동흠선생은 사후(死後)인 1980년 대통령표창, 1991년 건국훈장 애족장이 추서되었습니다.

또한 내부 망악정 정자 현판을 쓴 윤용구 공은 일제가 대한제국 국권을 찬탈하려 하자, 이에 항거한 대신(大臣)으로 당시 백성들의 신망이 높으신 충신이었습니다. 기록에 의하면 1895년 을미사변 이후로 법부·탁지부·내무부 등 대신에 십수 회 배명(拜命)받았지만 취임하지 않고 서울 근교의 장위산에 은거하면서 '장위산인'이라 자호(自號)하고 서화와 거문고, 바둑으로 자오(自娛)하며 두문불출, 세사를 멀리하였다고도 합니다. 또한 한일합방 후 일본 정부에서 남작을 수여하였으나 거절하여 백성들의 칭송을 받았다고 합니다.

둘째, 망악정기望嶽亭記(자료 3-4)입니다.

망악정 대청에 걸려 있는 망악정기는 당대의 안동 최고 선비인 명필 이중철(李中轍)선생이 직접 지은 명문장이며 친필입니다. 또한 그가 붓으로 쓴 친필 「망악정기(자료 3-11, 12)」도 있습니다. 이중철선생은 진성이씨眞城李氏 퇴계退溪 후손後孫으로 향산響山 이만도李晩燾선생 밑에서 의병간부로 활동한 독립 유공자입니다. 그러므로 「망악정기望嶽亭記」 또한 문화재로서 보존 가치가 높을 것으로 보입니다. 1910년 가을 이만도선생이 망국의 한으로 자결하려 할 때 같이 죽으려 하였으나 "군도 죽는다면 사문(斯文)은 어찌하겠느냐?"라고 만류하여 단념하고 더욱 학문에 전념하였다고 합니다. 이중철 공은 1913년에 도산서원(陶山書院) 원장이 되어 『도산급문록(陶山及門錄)』을 간행했고, 문집으로 『효암집(曉庵集)』이 있습니다.

셋째, 「망악정실기望嶽亭實記(자료 3-6) 」제1권과 제2권입니다. 이 서책에 시문詩文을 기고(寄稿)한 분들은 당시 안동 유림을 대표하는 선비들이며, 독립운동으로 서훈까지 받은 민족 지도자들도 아주 많습니다. 이렇게 훌륭한 분들이 동시에 망악정계望嶽亭禊에 수록된 『망악정실기』도 문화재로 보존할 가치가 있다고 사료됩니다.

「망악장실기서(望嶽亭實紀序 歲重光大淵 1924년, 獻蜡月下澣선달 하순, 宣城 李會春 謹序)」로 시작하는 이 서책(書冊)은 안동댐 수몰 전까지 계원을 보충하고 기록도 증보(增補)를 계속하였습니다.

『망악정실기』제일권(第一券)의 목록(目錄)은 상계(上系), 망악정운(望嶽亭韻), 낙성운(洛城韻), 회고운(會詰韻), 망악정기(望嶽亭記), 상량문(上樑文), 석채례고유문(釋菜告由文), 상형축문(常亨祝文), 묘갈명 병서(墓碣銘 並書)입니다. 제2권은 수계첩서(修禊帖序), 수계명첩(修禊名帖), 발(跋)의 순서로 시작하는 전형적인 수계첩의 형태를 취하고 있습니다.

1) 망악정운, 낙성운, 회고운에 따라 당시 안동을 대표할 만한 각 문중의 선비들을 안동 김(金)씨, 안동 권(權)씨, 고성(固城) 이(李)씨, 광산 김(金)씨, 흥해(興海) 배(裵)씨, 재령(載寧) 이(李)시, 순흥(順興)

안(安)씨, 무안(務安) 박(朴)씨, 낙안(樂安) 오(吳)씨 등을 망라한 차운시(次韻詩)들과 절림공 후손들의 차운시(次韻詩) 백여 편 실려 있습니다. 여기에 수록된 시문(詩文)과 작자(作者)들은 당대에 이름이 높은 선비님들로 작품도 우수하고, 작자들 면모도 대부분 독립운동을 음양으로 지원했던 분들입니다. 지면이 허락하지 않아 다 옮길 수는 없으나, 독립운동 서훈자가 수두룩하여, 차후에 국역하여 책을 출간하려 합니다.

2) 「망악정기서望嶽亭記서(序)」는 진성(眞城) 이중철(李中轍) 공이 직접 짓고 직접 써서 근기(謹記)했습니다.

3) 상량문(上樑文)은 후손 재우(在佑) 공이 근송(謹頌)했습니다.

4) 「석채례고유문(釋菜告由文, 자료 3-8)」은 전주(全州) 류만식(柳萬植, 파리장서의거의 주역이었던 서파西坡 류필영柳必永 공의 차남, 형은 독립운동가 동산東山 류인식柳寅植 선생) 공이 근찬(謹撰)했습니다.

5) 「상향축문(常亨祝文)」은 후조당(後凋堂) 종손(宗孫)인 광산(光山) 김종구(金鍾九) 공(1892~1972, 響山 李晚燾 선생의 사돈)이 근찬(謹撰)하였습니다.

6) 절림공(浙林公) 「묘갈명墓碣銘, 자료 3-9」은 규장각직제학시강원검교보덕奎章閣直提學侍講院檢校輔德 여흥驪興 민병승閔丙承 공이 찬(撰)하고 이동흠(李東欽) 공이 근서(謹書)했습니다.

7) 「수계첩서(修禊帖序)」는 양진당(養眞堂) 종손(宗孫) 독립 유공자 풍산(豊山) 유동준(柳東濬) 공이 (謹序)하였습니다. 류(柳) 공은 경술국치에 절식(絶食) 순절(殉節)하신 유도발(柳道發) 선생의 둘째 자제

로 주손(胄孫)댁으로 출계(出繼)하였습니다.

8) 「수계명첩(修禊名帖)」은 망악정수계첩좌목(望嶽亭修禊帖座目)으로 시작하여 승지(承旨)를 지낸 족친(族親) 성묵(成黙) 공, 구계성원(龜溪書院) 원장 진성(眞城) 이운호(李運鎬, 의병, 독립운동 서훈자) 공 등 무려 523명이 수록되어 있습니다.

9) 발문(跋文)은 후손 재형(在珩) 공이 근식(勤識)하였습니다.

10) 망악정계(望嶽亭禊)를 완성하는 과정에서 1920년경에 안동군 임북면 도목리 구미촌 후손 용선(用善) 공이 주동이 되어 각 문중의 대표들과 주고받은 당시의 편지가 『구산서간집(龜山書簡集, 자료 3-11, 12)』에 모두 보관되어 있습니다.

넷째, 「망악정이건기(望嶽亭移建記, 자료 3-5)」

이 이건기(移建記))에서 안동댐으로 수몰되는 것을 피해 1974년 안동시 월곡면 도목촌(桃木村)의 구호(龜湖)리에서 안동군 남선면 정하리로 이건(移建) 하였다 하고 있습니다. 또한 1977년에 후손들이 편액을 걸고 석채례(釋菜禮)를 계속 이어 나가서 지금에 이르고 있습니다. 정자의 향도 예전과 같이 절림공의 세거지였던 서울을 바라보며 북향이라 하고 있습니다.

이 이건기를 지은 분은 퇴계 14세 손이며 당시 한국을 대표하는 한문학(漢文學者)이며 전유도회총본부장(前儒道會總本部長) 학술원회원(學術院會員) 문학박사(文學博士) 진성(眞城) 이가원(李家源)선생이며, 현판 글씨는 의성군수를 지낸 후손(後孫) 승국(承國) 근서(謹書)로 되어 있습니다. 세월이 지나면 이 현판 또한 보존 가치도 높아질 것으로 보입니다.

 다섯째, 현재 정하동 망악정이 위치한 자리의 역사적 특수성과 이전이 불가한 이유

 영월신씨(寧越辛氏) 부원군파(府院君派) 시중공파(侍中公派), 안동 소재 진사공파(進士公派) 문중(門中)이 비록 한미(寒微)하지만, 망악정은 우리 문중의 상징으로 구심점이며 자존심이기도 합니다. 안동시에서 공원을 조성하기 위해 망악정 부지를 수용하겠으니 응하라는 안동시의 요구를 수용할 수 없는 이유는 아래와 같습니다.

 1) 국가사업인 댐공사로 인하여 원래 위치에서 현재 위치로 이건할 당시 유신정권 정부는 국가사업이란 명분으로, 일방적으로 강행하여 제대로 된 보상도 받지 못했으나 유신정권인 당시 사회 분위기에서 이의를 제기할 수도 없었습니다. 하여 부족하나만 후손들의 성금으로 이건을 완성했기에 이건하기 전보다 다소 위축된 상태입니다.

 그런데 또다시 안동시에서 필요하다고 옮기라 한다면 망악정과 우리 영월 신문(辛門)에 너무 가혹한 조치로 보이며, 우리 후손들은 선조들의 정신적 구심점인 망악정을 지켜내지 못한 자괴감은 아주 깊을 겁니다.

 2) 현재 망악정 자리로 이건한 이유는 단순히 풍광이 좋은 거연(巨然)한 곳이기 때문만 아니고, 아래와 같이 우리 영월 신문(辛門)과 아주 깊은 연고가 있기 때문입니다.

 영호루와 인접한 곳에 있는 같은 향(向)으로 서 있는 영호루에는, 고려 때 안동부사를 지낸 시호(諡號)가 문헌(文憲)인 신천(辛蕆) 선

조(先祖)의 시(詩)가 걸려 있습니다.

현재 망악정 바로 뒤에는 안동 충혼탑이 있습니다. 여기에 봉헌된 분 중 6·25동란 때 안동 전투에서 장열하게 전사한 신일선소령도 계십니다. 고 신소령님은 일제강점기 때 일본 큐수(九州)제국대학 의과대학을 졸업한 의사로, 의사직 대신에 국방경비학교(육사전신)을 졸업하고 군문에 투신하여 고향을 지키다가 전사한 분으로, 그동안 우리 문중의 자랑이었습니다.

이런 역사적 연고로 현재 망악정과 이 정자가 위치한 장소는 단순히 오래된 목조건물이 위치한 곳이 아닙니다. 다른 곳으로 대체할 수도, 하기도 쉽지 않은 곳입니다.

3) 안동지방은 선비들이 조선 최초로 계회도(契會圖)를 남길 만큼, 정자를 중심으로 한 수계첩(修禊帖)들이 많이 있습니다. 그러나 나라를 잃어버린 직후에 수계(修禊)하여인지, 망악정실기에서처럼 망악정기, 진사공 묘갈명, 석채고유문(釋菜告由文), 상형축문(常亨祝文), 수계첩서(修禊帖序) 등을 찬(撰), 병서(並書) 하거나 수계명첩(修禊名帖)에 기록된 시문(詩文)들을 올리신(撰) 분들처럼, 이렇게 많은 분들이 의병 활동이나 독립운동으로 서훈을 받은 예는 드물 겁니다. 그분들이 직접 글을 짓(撰)거나 쓰셨고(謹書), 이 글들이 서책이나 현판으로 보존되어 있습니다. 그러므로 안동시 문화재로 등재하고 보존할 가치가 충분히 있는 귀중한 자료라고 사료 됩니다.

4) 망악정으로 다른 곳으로 이전할 것이 아니라, 현재 위치에 그대로 존치 시키고 더욱 가꾼다면 이 또한 아주 의미 깊고 공원 조성 취지에도 맞을 것으로 사료 됩니다.

첨부 자료 3

① 망악정望嶽亭 및 외부 현판(첨부자료 3-1, 2, 이하 자료라 함)

② 망악정望嶽亭 내부 현판懸板(자료 3-3),

③ 「망악정기문記文(자료 3-4)」 현판

④ 「망악정이건기望嶽亭移建記(자료 3-5)」 현판

⑤ 서책 『망악정실기望嶽亭實記(자료 3-6)』 복사 파일

⑥ 『구산서간문집龜山書簡文集(자료 3-7)』 복사 파일

⑦ 「원문 및 국역 석채례 고유문(자료 3-8)」

⑧ 「원문 및 국역 진사공 묘갈명(자료 3-9)」

⑨ 「원문 및 국역 망악정 이건기(자료 3-10)」

⑩ 『선세금석문원고첩先世金石文原稿帖(자료3-11)』 표지

⑪ 『선세금석문원고첩先世金石文原稿帖(자료3-12)』 복사 파일

2025년 6월 30일에 이와 같은 전자민원(첨부자료 2)을 안동시장에게 제기하였고

2025년 7월 10일 문중대표 4인(신승국 화수회 회장, 신승호, 신승훈, 신종찬)과 권기창 안동시장과 안동시청 시장실에서 만나서 아래와 같은 결론(첨부자료8)에 도달하였습니다. 시장님의 답변 내용(첨부자료 4)을 간추리면 아래와 같습니다.

  1) 망악정 자료를 검토한 결과 망악정은 안동의 문화적 전통과 역사성으로 보아, 보존 가치가 충분함으로 망악정을 이전하지 않고 현재 그 자리에 그대로 보존한다.

  2) 향후 영구히 공원 안에 두고 관리는 안동시에서 공원 관리의 일

환으로 관리동을 두고 관리한다.

3) 다만 망악정이 위치한 대지는 안동시에서 행정절차에 따라 수용하고 보상한다.

결론:

안동시에서도 위에 설명한 대로 망악정에 대한 자료를 검토한 결과 역사적, 문화적 가치를 인정하여, 망악정을 이전하지 않고 신설하는 공원에 현재대로 보존하기로 했습니다.

귀 안동시 문화재 선정위원회에서도 위에 제시한 건물과 문서에 대해 충분한 검토를 해보시고, 부족한 점이 있으면 보완을 요구하시면 우리 문중에서는 최선을 다해 답을 할 준비가 되어 있습니다. 부디 역사와 전통에 빛나는 우리 안동 문화에, 한미(寒微)하지만 우리 문중도 동참할 수 있게, 망악정과 위 문건들을 〈안동시 지정문화재〉로 지정해 주실 것을 간곡히 부탁드립니다.

2025년 8월   일

영월신씨寧越辛氏 부원군파府院君派 시중공파侍中公派 진사공파進士公派 화수회 회장

進士公 14世孫 辛宗燦 謹撰

제목: 『선세금석문원고첩先世金石文原稿帖』을 안동시 문화재로 지정해 줄 것을 신청합니다.

문화재 지정 신청 사유

존경하는 안동시장님과 문화재 지정 심사위원님들께!

안동에 뿌리를 둔 시민과 출향인들을 위해 훌륭한 문화행정을 펴 주셔서 늘 감사하고 있습니다. 우리 안동은 '한국 정신문화의 수도'라 자부하고 있으며, 특히 유교문화를 계승하고 발전시킨 주역이기에 추로지향(鄒魯之鄕)이라 하고 있습니다.

영월신씨寧越辛氏 부원군파府院君派 시중공파侍中公派, 안동 소재 진사공파進士公派 문중門中 출신인 저는, 안동이 고향이지만 현재 서울 송파구에 살고 있습니다. 저는 선대로부터 물려받은 『선세금석문원고첩先世金石文原稿帖』을 소중히 보관해 오고 있습니다. 이 서책은 위 진사 공과 그 후손들에 관한 비문, 행장, 망악정望嶽亭 중건重建에 관한 기록들이 수록되어 있습니다. 아래와 같은 이유로 이 고문서를 안동시 문화재로 지정해 주실 것을 정중히 신청합니다.

안동지방에 이러한 문서들이 여러 문중에 있겠지만, 특히 이 원고첩이 중요한 이유는, 이 원고를 '친필로 직접 쓰신 분들'이기 때문입니다. 국권을 잃어버린 시대에 쓰인 이 문서들은 정승, 판서에서부터 지방의 이름 높은 선비에 이르기까지 직접 글을 짓고 직접 친필로 근서謹書하신 분들입니다. 이분들이 하나 같이 모두 일제의 강압

적 국권 찬탈에 항거하여 일제의 작위爵位를 거절하거나, 의병 활동
등으로 후대에 칭송받았거나 서훈을 받으신 분들입니다. 이『선세
금석문원고첩先世金石文原稿帖 목록은 아래와 같습니다.

1)望嶽亭記: 前參奉 眞城 李中轍 公 撰, 書

2)浙林辛公墓碣銘: 奎章閣 直提學 驪興 閔丙承 公 撰, 眞城 李東欽 公
書刻

3)望嶽亭修契帖序: 豊山 柳東濬 作, 眞城 李秀杰 精書

4)錦磵辛公墓碣銘並書: 國子生 豊山 柳道龜 謹撰, 尹用求 判書 書刻

5)錦崖辛公墓碣銘: 奎章閣 直提學 輔德 驪興 閔丙承 公 撰, 眞城 李東
欽 公 書刻

6)亦悦齊辛公墓碣銘並書: 奎章閣 直提學 德殷 宋奎憲 撰, 尹用求 判
書 書刻

7)學生辛公行狀: 成均館 教授 德水 李商求 撰

8)樂善堂辛公墓碣銘: 奎章閣 直提學 輔德 驪興 閔丙承 公 撰

9)樂善堂寧越辛公濟集之墓: 尹用求 判書 書刻

위에 성함이 있는 분들의 면모를 조사한 결과(순서는 책 순서에 따
름)입니다.

1) 전前 참봉參奉 진성眞城 이중철李中轍 공

선생은 진성이씨眞城李氏 퇴계退溪 후손後孫으로 향산響山 이만도
李晚燾선생 밑에서 의병간부로 활동한 독립 유공자입니다. 1910년
가을 향산 선생이 망국의 한으로 자결하려 할 때 같이 죽으려 하였

으나 "군도 죽는다면 사문(斯文)은 어찌하겠느냐?"라고 만류하여 단념하고 더욱 학문에 전념하였다고 합니다. 이중철 공은 1913년에 도산서원(陶山書院) 원장이 되어 『도산급문록(陶山及門錄)』을 간행했고, 문집으로 『효암집(曉庵集)』이 있습니다.

2) 규장각奎章閣 직제학直提學 여흥驪興 민병승閔丙承(1866~미상) 公

  명성황후 친정인 여흥 민閔씨로 1885 병과丙科에 등과하여 여러 관직을 거쳤으나, 일본의 작위를 거부하고 회유에 응하지 않아 백성들의 존경을 받았다고 합니다.

3) 眞城 이동흠(李東欽, 1881~1967) 선생

  본관은 진성(眞城)이고, 조부는 1910년 대한제국이 멸망하자 단식 순국한 향산(響山) 이만도(李晚燾)선생이며, 부친(父親)은 파리장서 의거(제1차 유림단 의거)의 주역으로 활동한 이중업(李中業)선생입니다. 이동흠선생은 사후(死後)인 1980년 대통령표창, 1991년 건국훈장 애족장이 추서되었습니다.

4) 풍산豐山 유동준柳東濬 선생

  풍산 류씨 양진당(養眞堂) 종손(宗孫). 독립 유공자 경술국치에 절식(絶食) 순절(殉節)한 유도발(柳道發) 선생의 둘째 자제로 주손(胄孫)댁으로 출계(出繼)하였습니다.

5) 진성眞城 이수걸李秀杰 공: 당대의 명필로 이름이 높았음.

6) 풍산豐山 유도구柳道龜 선생: 생원生員 시試 합격, 풍산 하회 옥연정玉淵亭 종손으로 명필, 명문장가로 이름이 높았습니다.

7) 윤용구尹用求 판서判書:

공은 일제가 대한제국 국권을 찬탈하려 하자, 이에 항거한 대신(大臣)으로 당시 백성들의 신망이 높으신 충신이었습니다. 기록에 의하면 1895년 을미사변 이후로 법부·탁지부·내무부 등 대신에 십수 회 배명(拜命)받았지만 취임하지 않고 서울 근교의 장위산에 은거하면서 '장위산인'이라 자호(自號)하고 서화와 거문고, 바둑으로 자오(自娛)하며 두문불출, 세사를 멀리하였다. 또한 일본 정부에서 남작을 수여하였으나 거절하여 백성들의 칭송을 받았다고 합니다.

8) 규장각奎章閣 직제학直提學 덕은德殷 송규헌宋奎憲 공

9) 성균관成均館 교수教授 덕수德水 이상구李商求 공

모두 이름 높은 선비님들의 친필이므로 문화재로 지정하여 보존할 가치가 충분히 있다고 사료됩니다.

2025년 8월 일   辛 埜 夏

주소: 서울 송파구 올림픽로 435, 117-2401호(신천동 파크리오 아파트)

전화번호 010-5260-5571

첨부 자료

① 첨부 자료 1: 『선세금석문원고첩先世金石文原稿帖(자료)』 표지

② 첨부 자료 2: 『선세금석문원고첩先世金石文原稿帖(자료2)』

進士公 14代孫 宗燦 謹撰

제목: 『구산서간집龜山書簡集(현재 국학진흥원 위탁 관리 중)』을 안동시 문화재로 지정해 주실 것을 신청합니다.

문화재 지정 신청 사유

존경하는 안동시장님과 문화재 지정 심사위원님들께!

안동에 뿌리를 둔 시민과 출향인들을 위해 훌륭한 문화행정을 펴주셔서 늘 감사하고 있습니다. 저는 선대에서부터 450년간 안동에 세거한 집안의 후손입니다. 조상님으로부터 안동이 유교문화를 계승하고 발전시킨 주역이기에 추로지향(鄒魯之鄕)이라는 말씀을 듣고 자랐습니다.

영월신씨寧越辛氏 부원군파府院君派 시중공파侍中公派, 안동 소재 진사공파進士公派 문중門中인 저는, 선대로부터 물려받은 『구산서간집龜山書簡集(자료 1, 2 국학진흥원 위탁)』을 소중히 보관해 오고 있었습니다. 그러던 중 혹시라도 보관에 문제가 있을 수도 있고, 한문으로 되어 있어 원문을 다 해석하기도 어렵고, 국학 전문가들이 국학 연구에 도움이 된다기에 국학진흥원에 기탁 해 놓고 있습니다.

이 서책은 위 진사 공과 그 후손들에 관한 비문, 행장, 망악정望嶽亭 중건重建에 한 후에, 서울의 정승, 판서, 승지, 성균관 교수 등 지낸 분들과 안동의 유서 깊은 집안에 서찰을 보내서 망악정을 중심으로 수계修禊를 맺고 시문詩文을 주고받는 과정에 있었던 '1910년에서 1920년 전후 서간문'을 모은 기록물입니다. 이 서간문 기록은 다음과 같은 특징이 있습니다.

첫째, 지금은 없어진 안동군 임북면臨北面, 풍남면豊南面이나, 서울 경기지방의 주소가 기록되어 있으며, 당시의 우편 소인들이 찍혀 있습니다. 당시의 우편제도 연구에 귀중한 자료로 보입니다.

둘째, 1910년 국권을 잃은 후 일제하에서 당시의 지식인들이 비록 일제의 제도이지만, 발전된 우편제도를 어떻게 이용했는지를 알 수 있는 자료로 보입니다.

셋째, 이 서찰을 쓴 분들이 독립운동이나 의병 운동 등으로, 역사적으로 아주 중요한 역할을 한 분들의 친필이라 사료적 가치가 높다고 사료 됩니다.

넷째, 편지에 수록된 분들이 모두가 명필이고 명문장가들이십니다. 당시 지식인들이 국문을 전혀 쓰지 않고, 오로지 한문으로만 주고받은 문장들입니다. 기록한 분들의 글씨체도 아주 다양하고, 참으로 아름다운 글씨들입니다. 또한 지면(紙面)을 아껴 쓰기 위하여 여백을 가로세로 채워서 쓴 편지도 있습니다.

간추리면 국권을 잃어버린 시대에 쓰인 이 편지들은 정승, 판서에서부터 지방 선비에 이르기까지 직접 글을 짓고 직접 친필로 근서謹書 하셨습니다. 모두 일제의 국권 찬탈에 항거하여 일제의 작위爵位를 거절하거나, 의병 활동 등으로 후대에 칭송받았거나 서훈을 받으신 분들입니다. 이런 분들의 친필들이 한 권의 책으로 엮어진 예는 드물 것이고, 보존할 가치가 충분히 있다고 사료 됩니다.

행서체가 많고 어려운 문구들이 많아 그 내용을 모두 파악하기는 어렵지만, 만약 해석이 이루어진다면 새로운 역사적 사실도 충분히 발견될 수 있는 사료적 가치가 높은 서간문으로 보입니다.

이 서간문에 성함이 있는 분들의 면모를 조사한 결과(순서는 책 순서에 따름)입니다.

1) 규장각奎章閣 직제학直提學 덕은德殷 송규헌宋奎憲 공

2) 윤용구尹用求 판서判書: 공은 일제가 대한제국 국권을 찬탈하려 하자, 이에 항거한 대신(大臣)으로 당시 백성들의 신망이 높으신 충신이었습니다. 기록에 의하면 1895년 을미사변 이후로 법부·탁지부·내무부 등 대신에 십수 회 배명(拜命)받았지만 취임하지 않고 서울 근교의 장위산에 은거하면서 ‘장위산인’이라 자호(自號)하고 서화와 거문고, 바둑으로 자오(自娛)하며 두문불출, 세사를 멀리하였다. 또한 일본 정부에서 남작을 수여하였으나 거절하여 백성들의 칭송을 받았다고 합니다.

3) 전前 참봉參奉 진성眞城 이중철李中轍 공

선생은 진성이씨眞城李氏 퇴계退溪 후손後孫으로 향산響山 이만도李晩燾선생 밑에서 의병간부로 활동한 독립 유공자입니다. 1910년 가을 향산 선생이 망국의 한으로 자결하려 할 때 같이 죽으려 하였으나 “군도 죽는다면 사문(斯文)은 어찌하겠느냐?”라고 만류하여 단념하고 더욱 학문에 전념하였다고 합니다. 이중철 공은 1913년에 도산서원(陶山書院) 원장이 되어 『도산급문록(陶山及門錄)』을 간행했고, 문집으로 『효암집(曉庵集)』이 있습니다.

4) 규장각奎章閣 직제학直提學 여흥驪興 민병승閔丙承(1866~미상) 公

명성황후 친정인 여흥 민閔씨로 1885 병과丙科에 등과하여 여러 관직을 거쳤으나, 일본의 작위를 거부하고 회유에 응하지 않아 백성들의 존경을 받았다고 합니다.

5) 풍산豐山 옥연정사玉淵精舍 유도구柳道龜 선생: 생원生員, 명필, 명문장가로 당대에 이름이 높았다고 합니다.

6) 진성眞城 이동흠(李東欽, 1881~1967) 선생

본관은 진성(眞城)이고, 조부는 1910년 대한제국이 멸망하자 단식 순국한 향산(響山) 이만도(李晩燾)선생이며, 부친(父親)은 파리장서 의거(제1차 유림단 의거)의 주역으로 활동한 이중업(李中業)선생입니다. 이동흠선생은 사후(死後)인 1980년 대통령표창, 1991년 건국훈장 애족장이 추서되었습니다.

7) 풍산豐山 유동준柳東濬 선생

풍산 류씨 양진당(養眞堂) 종손(宗孫). 독립 유공자 경술국치에 절식(絶食) 순절(殉節)한 유도발(柳道發) 선생의 둘째 자제로 주손(冑孫)댁으로 출계(出繼)하였습니다.

8) 방손傍孫 승지承旨 신성묵辛成黙 공: 당시 승지(承旨)를 지냈으며 강화도(江華島)에 거주하며 후학을 양성했다고 함.

이와 같이 이 서간문에 수록된 분들이 모두 이름이 높은 선비님들의 친필이고, 당시 우편제도나 선비들의 서간문 체를 알 수 있는 소중한 자료이므로 문화재로 지정하여 보존할 가치가 충분히 있다고 사료 됩니다.

2025년 8월 일   신 규 영

주소: 서울 송파구 올림픽로 435, 117-2401호(신천동 파크리오

아파트)

첨부 자료 1:『구산서간집龜山書簡集(국학진흥원 위탁)』표지

첨부 자료 2:『구산서간집龜山書簡集(국학진흥원 위탁)』복사 파일

進士公 14代孫 宗燦 謹撰

제8부

제례 과정들

제례祭禮 의례儀禮(제사 지내는 법)

  아래에 소개하는 것은 원칙이며, 간소화하여 그때그때 현실에 맞게 적용하면 된다. 억지로 많이 차리는 것도 예의가 아니라고 했다. 제가는 가가예문(家家禮文)이라 했으니, 제사의 기본은 조상에 대한 감사와 후손들이 조상님의 유지(遺旨)인 남긴 뜻을 이어 살아가겠다는 각오를 새기는 행사이다. 원칙은 있지만, 시대에 따라 무한히 바뀔 수 있다고 본다.

(1) 제집사(諸執事, 여러 일을 맡아보는 사람들)

  初獻(초헌) : 제례를 주관하며 첫 번째 잔을 올리는 사람.

  亞獻(아헌) : 두 번째 잔을 올리는 사람.

  終獻(종헌) : 세 번째 잔을 올리는 사람.

  執禮(집례) : 홀기(笏記, 제사 순서)를 낭독하여 제례를 진행하는 사람.

  大祝(대축) : 축문을 읽는 사람.

  奉饌(봉찬) : 제물을 받들어 나르는 사람.

  陳設(진설) : 제물을 제상에 진설하는 사람.

  奉香(봉향) : 향합을 받드는 사람.

  奉爐(봉로) : 향로를 받드는 사람.

  執注(집주) : 술을 따르는 사람.

  奉爵. 奉盞(봉작.봉잔) : 술잔을 헌관에게 드리는 사람.

  奠爵(전작) : 적, 술잔을 받아 신위 앞에 올리는 사람.

執事(집사), 부집사: 자세히 하면 위와 같지지만, 봉찬, 진설, 봉향, 봉로, 집주, 봉작.봉잔, 전작을 집사와 부집사가 맡아서 할 수도 있다.

(2) 진설 순서

빈 그릇과 찬 음식을 먼저 올리고, 따뜻하게 메(밥) 등 먹는 음식은 뒤에 올린다. 진설 순서는 먼저 촛불을 켜고, 과일, 채소, 시접, 잔반(考位부터 妣位의 것으로), 육전, 면, 어전, 떡, 편, 청, 메, 갱(국) 순서로 진설한다.

(3) 진설 방법

◇신위가 있는 방위는 항상 북쪽이다. (참례자가 바라보는 기준으로 방위를 통일한다. 참례자의 왼쪽은 서쪽, 오른쪽은 동쪽이다)

◇신위는 독(櫝, 지방 붙이는 함)을 사용한다, 독에 지방을 붙여 교의交椅(높은 상)에 신위를 모시고 제사를 모신다.

◇명절 제사는 내외분 제사상을 함께 차리는 고비합설(考妣合設)이다.

◇기제사(忌祭祀, 돌아가는 날에 지내는 제사)는 진설을 내외분 따로 상을 차리는 고비각설(考妣各設)이다.

◇잔반(盞盤)- 술잔과 받침대는 밥, 국보다 신위 가까이 진설한다.

◇시접(匙楪)- 시접은 신위 서쪽에 진설한다.

◇반서갱동(飯西羹東)- 밥은 서쪽에 국은 동쪽에 진설한다. 귀신은 왼손으로 식사.

◇적접거중(炙摺居中)- 적은 적 틀에 담아 중앙에 진설한다. 소고기 적, 닭고기 적,

◇면서병동(麵西餅東)- 국수는 서쪽에, 떡은 동쪽에 진설하며 떡은 편으로 쓴다.

◇청밀(淸蜜)- 단사규례에 없지만 떡이 있으니 쓴다.

◇서포동혜(西胞東醯)- 포는 서쪽, 식혜는 동쪽에 진설한다.

◇조율이시(棗栗梨柿)- 서쪽(왼쪽)부터 대추, 밤, 감, 배, 사과 순서로 진설한다.

◇배복방향(背伏方向)- 닭은 배가 바닥을 향하고 구운 고기는 배가 신위 쪽을 향한다.

◇남동여서(男東女西)- 남자는 동쪽에 서고 여자는 서쪽에 선다.

◇상차림은 5열로 하되 신위로 부터 가까운 곳을 우선순위로 한다.

◇제수를 더 차릴 때에는, 5열을 기준으로 빈 곳에 진설한다.

◇1열에는 시접, 반(밥), 갱(국), 초채(醋菜:초장)은 1열에 둔다. 시접은 서쪽에 놓는다. 밥은 서쪽에 국은 동쪽에 놓고, 술잔은 서쪽에 놓고 초접은 동쪽에 놓는다.

◇2열에 병, 면, 전을 놓되, 면(국수)은 서쪽, 병(떡)은 동쪽, 고기전(부침개)은 서쪽, 생선 전(부침개)은 동쪽에 놓는다. 면이 없으면 병은 중앙에 둔다.

◇어동육서魚東肉西 "육肉은 서쪽에, 어魚는 동쪽에 놓고', 동두서미東頭西尾를 향한다.

◇적(炙)- 적은 2열 중앙에 놓는다.

◇탕(湯)- 탕은 3열에 놓는다. 육탕은 서쪽, 어탕은 동쪽에, 소탕(素

湯)은 가운데 진설한다.

◇좌포동혜(左脯右醯)- 포는 좌측에 놓고 식혜는 우측에 진설한다. 채소와 함께 4열에 놓는다.

◇소채(蔬菜)-소채는 숙채(고사리, 도라지, 시금치), 침채(나박김치), 등이다. 청장(淸醬:간장)과 함께 가운데에 진설하고 4열에 놓는다.

◇과일(果)- 과일은 5열에 놓는다. 서쪽을 상으로 하여 대추·밤·감·배·사과 순으로 놓고 그다음 나무 과실, 줄기, 초식 과실, 조과(造菓)를 놓기도 한다.

예법은 시간과 장소 및 주관자에 따라 달라질 수밖에 없기에 모든 제도가 같게 할 필요까지는 없다. 즉 대종회 및 명현의 제례는 전통 제례를 따르고 각 소 문중 및 개별 종인은 과하지 않고 그렇다고 너무 검약하지도 않게 각자 상황에 맞는 제례를 따르면 된다.

◆ 제수祭羞(제사음식)

제사 의례에 사용되는 물품이나 음식, 금품을 일컬어 제수祭需라고 하고 제사를 위해 조리된 음식을 제수祭羞라고 한다. 즉 제수祭需가 제수祭羞를 아우르는 넓은 의미이다. 아래는 시조 제례 때 쓰는 제수祭羞의 표준을 예시한다.

◇제수에 향신료는 쓰지 않는다.

◇초첩(醋捷): 식초를 말한다.

◇반(飯),메: 밥이다. 신위 수대로 수북하게 담고 덮개를 덮는다.

◇갱(羹): 소고기 무국이다. 신위 수대로 국그릇에 담고 덮개를 덮는다.

◇숙수(熟水): 숭늉이다.

◇면(麵): 국수 위에 계란 고명을 얹는다.

◇병(餠): 떡이다. 메떡 편을 약 25㎝높이로 사각형 편 틀에 고여 쓴다.

◇청밀(淸蜜): 꿀이나 조청 또는 설탕이다.

◇탕(湯): 찌개이다. 율곡 제례는 5탕이나, 육탕, 어탕, 소탕 3탕을 쓴다. 모든 탕은 재료를 끓여서 건더기만 그릇에 담는다.

①육탕(肉湯): 두부와 무를 반숙으로 익혀서 편편하게 2㎝정도로 저며 탕 그릇에 올린다. 다시마를 얹고 그 위에 편육으로 익힌 쇠고기를 얹는다.

②어탕(魚湯): 두부와 무를 반숙으로 익혀 탕 그릇에 괴고, 그 위에 다시마를 얹고 그 위에 익힌 북어 편육을 얹는다.

③소탕(蔬湯): 두부와 무를 반숙으로 익혀 탕 그릇에 괴고, 그 위에 다시마를 얹고 그 위에 편육 된 달걀을 얹는다.

◇전(煎): 부침개이다. 육전(肉煎고기부침개)과 어전(魚煎생선부침개)을 쓴다.

◇초장(醋醬): 간장에 식초를 타서 종지에 담는다.

◇적(炙): 꼬챙이에 꿰어 구은 음식이다.

①육적: 3근 정도 소고기를 소금이나 간장 만으로 양념해 살짝 굽는다.

②계적: 닭 한 마리를 통으로 굽는다.

③어적: 생선에 칼집을 내고 소금 간장으로 양념해 살짝 익힌다.

◇포(脯): 양념하여 얇게 펴 말린 고기, 쇠고기 말린 것은 육포, 물고기 말린 것은 어포이다.

◇해(醢): 생선젓이다. 새우젓을 쓴다.

◇혜(醯): 식혜이다. 건더기만 접시에 담고 대추를 마름모로 잘라 삼각 대칭으로 얹는다.

◇숙채(熟菜): 익힌 나물이다. 고사리, 시금치, 도라지(숙주나물,무나물)등 3색 나물을 쓴다.

◇청장(淸醬): 간장이다.

◇과일(果實): 생과(대추,밤,감,배,사과)와 조과(약과,산자)이다. 과일은 담기 편하게 위와 아래를 도려내고 꼭지 부위가 위로 가게 담는다.

◇제주(祭酒): 술이다. 맑은 술을 병이나 주전자에 담는다.

◆ 도구와 용어

◇교의(交椅): 제례 때 위패나 혼백 상자를 모시는 의자형 단(壇).

◇독(櫝): 신주를 넣어두는 나무함이다. 주독에 지방을 붙여 교의交椅에 신위를 모시고 제사를 모신다.

◇신위판 (神位板): 독(櫝)이 없을 때 신위 판을 사용한다. 신위 판은 신주 형태의 목패(木牌)로 제작하여 의자와 제상에 세워 놓아도 무방하다.

◇모사(茅沙)그릇: 땅을 상징하기 위해 그릇에 모래나 곡식을 담고 띠풀 묶음을 담는 그릇으로 보시기처럼 생겼고 굽이 높다.

◇퇴주기(退酒器): 헌작 한 술을 물릴 때 따라 붓는 빈 그릇.

◇축판: 축문을 끼워 놓는 뚜껑이 붙은 판. 크기는 30×20㎝면 적당하다. 결재판으로 대체하는 것도 무방하다.

◇돗자리: 묘제에는 바닥에 깔 만큼 준비한다.

◇제상(祭牀): 제사음식을 차리는 상. 120×80㎝ 정도가 적당하다.

◇향안(香案), 향탁(香卓): 향로, 향합, 모사 그릇을 올려놓는 작은 상.

◇주가(酒架): 주전자, 현주, 퇴주 기를 올려놓는 작은 상.

◇소탁(小卓): 축판을 올려놓고 신위 봉안 전에 임시로 모시는 작은 상.

◇소반(小盤): 제사음식을 진설하기 위해 옮길 때 쓴다.

◇촛대(憔臺): 제상에 촛불을 밝히기 위한 도구.

◇향로(香爐): 향을 사르는 기구.

◇향합(香盒): 향을 담아놓은 그릇. 향은 가급적 나무 향으로 쓴다.

◇병풍(屏風): 제상(祭牀)의 뒤와 옆을 둘러친다. 현란한 그림이나 잔치 관련 내용은 피한다.

◇제기(祭器): 시접(수저를 올려놓는 제기), 탕기(탕과 국을 담는 제기),

◇적 놓는 그릇을 준비한다.

◇제복(도포)는 미리 점검한다.

◆ 약식 홀기

1) 行 降神禮 행 강신례

○ 初獻及諸執事皆詣盥洗位盥手帨手(초헌급제집사 개예 관세위관

수세수)

O 初獻因詣神位前跪 (초헌 인예 신위전궤)

O 執事一人香爐詣初獻之左 (집사일인 향로예 초헌지좌)

O 執事一人香盒詣初獻之右 皆跪 (집사일인 향합예 초헌지우 개궤)

O 初獻三上香 (초헌 삼상향)

O 初獻俯伏興小退再拜 仍跪 (초헌부복 흥 소퇴재배 잉궤)

O 降神 (酹酒三傾至盡) (강신 뇌주삼경지진)

O 初獻俯伏興小退再拜 (초헌부복 흥 소퇴재배)

O 獻官以下皆參神再拜 (헌관이하 개 참신재배)

2) 行 初獻禮 행 초헌례

O 初獻詣神位前跪(초헌예 신위전궤)

O 左右執事神位前盞盤授初獻 (좌우집사 신위전 잔반 수 초헌)

O 右執事擧冪酌酒 (우집사 거멱작주)

O 初獻三祭于獻酌授兩執事 (초헌 삼제우 헌작수 양집사)

O 兩執事奠于神位前 (양집사 전우 신위전)

O 初獻俯伏 (초헌부복)

O 左執事奠炙 (좌집사 전적)

O 兩執事啓飯盖置于飯器傍(양집사 계반개 치우 반기방)

O 獻官以下皆俯伏 (헌관이하 개 부복)

O 祝跪于初獻之左 讀祝(축 궤우 초헌지좌 독축)

O 獻官以下皆興 (헌관이하 개 흥)

O 初獻小退再拜 (초헌 소퇴재배)

O 因降復位 (인강복위)

O 兩執事撤酒撤炙置盞故處 (양집사 철주철적 치잔고처)

2) 行 亞獻禮 행 아헌례

O 亞獻詣盥洗位盥手帨手 (아헌예 관세위 관수세수)

O 因詣神位前跪 (인예 신위전궤)

O 左右執事神位前盞盤授亞獻 (좌우집사 신위전 잔반수 아헌)

O 右執事擧冪酌酒 (우집사 거멱작주)

O 亞獻三祭于獻酌授兩執事 (아헌 삼제우 헌작수 양집사)

O 兩執事奠于神位前 (양집사 전우 신위전)

O 亞獻俯伏 (아헌부복)

O 左執事奠炙 (좌집사 전적)

O 亞獻興小退再拜 (아헌 흥 소퇴재배)

O 因降復位 (인강복위)

O 兩執事撤酒撤炙置盞故處 (양집사 철주철적 치잔고처)

3) 行 終獻禮 행 종헌례

O 終獻詣盥洗位盥手帨手 (종헌예 관세위 관수세수)

O 因詣神位前跪 (인예 신위전궤)

O 左右執事神位前盞盤授終獻 (좌우집사 신위전 잔반수 종헌)

O 右執事擧冪酌酒 (우집사 거멱작주)

O 終獻三祭于獻酌授兩執事 (종헌삼제우 헌작수 양집사)

O 兩執事奠于神位前 (양집사 전우 신위전)

○ 終獻俯伏 (종헌 부복)

○ 左執事奠炙 (좌집사 전적)

○ 終獻興小退再拜 (종헌 흥 소퇴재배)

○ 因降復位 (인강복위)

4) 行 侑食禮 행 유식례

○ 初獻詣神位前跪(초헌예 신위전궤)

○ 左執事降神盞盤授初獻 (좌집사 강신잔반 수 초헌)

○ 右執事擧羃酌酒 (우집사 거멱작주)

○ 初獻獻酌授兩執事 (초헌헌작 수 양집사)

○ 兩執事奠于神位前添酌 (양집사 전우 신위전 첨작)

○ 兩執事扱匙正筯(양집사 삽시정저)

○ 兩執事徹羹進熟水三抄飯 (양집사 철갱 진숙수 삼초반)

○ 獻官以下皆俯伏 (헌관이하 개 부복)

○ 肅俟小頃(숙사소경)

○ 獻官以下皆興 (헌관이하개흥)

5) 行 辭神禮(飮福禮省略) 행 사신례(음복례 생략)

○ 兩執事下匙筯合飯盖 (양집사 하시저 합반개)

○ 獻官以下皆辭神再拜 (헌관이하 개 사신재배)

○ 諸執事分立於床東西撤饌 (제집사 분립어상 동서철찬)

○ 祝 焚祝 (축 분축)

○ 禮畢(예 필)

◆ 한글 홀기(笏記, 제사 지내는 순서)

원칙적으로 위와 같이 해야 하나, 지금은 한문체로 읽으면 알아듣는 이들도 드물고 한글로 하면 더 알아듣기 쉬우니 한글로 하면 더 좋을 것 같아 아래와 같이 만들어 보았다.

우리 영월(寧越) 신씨(辛氏) 부원군 파는 원래 서인이었고, 율곡선생의 제례법에 따랐다. 조선 영조 때 어사 박문수가 올린 장계에 의하면, 안동에서 이인좌의 난에 가담한 이들에 안동 거주 노론 신씨(辛氏)라는 대목이 있다. 구전으로 들은 바에 의하면 우리 조상들이 '무신 난'에 가담하여 거의 멸문지화 상태였으며, 절로 숨어들어 목숨을 보전했다고 한다. 모두 지난 일들이지만 우리 조상 중에 선각대사(先覺大師) 묘소가 아마리 지리골에 있다. 내가 어려서부터 우리 집에서 관리해 왔고, 제사도 올렸다. 현재도 그 묘소는 우리 대소가 소유로 되어 있으며, 비석과 동자석이 있는 상당히 큰 무덤이다. 그래서인지 우리 집은 노론의 예법에 따라 제사를 올린다고 한다. 생고기를 쓰지 않는 것이 대표적이다.

제사 지내는 순서

1. 제수(祭需) 장만하기

제사 의례에 사용되는 물품이나 음식, 금품을 제수(祭需)라고 하고, 제사를 위해 조리된 음식을 제수(祭羞)라고 한다. 즉 제수(祭需)가 음식인 제수(祭羞)를 포함한다. 우리 문중은 좌설(左設), 앞에서 봐서 좌측을 기준으로 먼저 놓으며, 지방도 좌측에 고위(考位, 아버지 측)를 우측에 비위(妣位, 어머니 측)를 위치하게 한다.

①제수는 깨끗한 집안 것으로 하되 살 땐 될 수 있으면 흥정하지 않고 산다.

②신주를 모신 독(櫝)이나 지방을 모신 신위판(神位板)에서 시작하면서

제1열(맨 앞)에는 시접(수저 접시), 메(밥), 갱(국), 초채(醋菜:초장)은 1열에 둔다. 시접은 서쪽에 놓는다. 밥은 서쪽에 국은 동쪽에 놓고, 술잔은 서쪽에 놓고 초접은 동쪽에 놓는다.

그다음 열에 채소, 고기, 어적(생선), 적(부침개). 떡, 과일을 제5열에 두는 순서로 진설한다. 양측에 초를 겨고 좌측에 포(脯)를 두고 우측에 식혜(食醯)를 두어 '좌포우혜'라 한다. 어동육서(魚東肉西), 동두서미(東頭西尾, 머리는 동쪽 꼬리는 서쪽), 삶은 닭은 엎어 놓고 어적(魚炙, 구운 고기)은 배가 신위 쪽을 향한다. 좌측부터 조율이시로 과일을 진설한다.

2. 제례 순서 및 한글 홀기(笏記)

1) 진설자(陳設者, 준비하는 이)는 세수하고 손을 씻고 제수(祭羞)를 준비한다.

2) 헌관(獻官, 세사참여자)은 모두 나란히 선다(제사 때는 남자는 왼손을 위로 손을 잡는다).

3) 진설(陳設): 축관(祝官, 축 읽을 이)은 진설(상차림)을 점검한다.

4) 執禮(집례) : 홀기(笏記, 제사 순서)를 낭독하여 제례를 진행하는

사람.

(홀기) 집례가 모두가 알아듣게 큰 소리로 아래와 같이 말한다.

"지금부터 제사를 시작하오니 모두 경건하게 준비해 주십시오!"

"행 강신례(行降神禮)"라 하고 집례가 아래와 같이 "(글)"홀기를 불러 제사를 진행합니다.

1)"분향례(焚香禮)": 초헌관은 손을 씻고 제사상 앞에 꿇어앉아 3회 분향 후 재배합니다.

2)"강신례(降神禮)": 초헌관이 무릎을 꿇고 기다리면, 우 집사가 술을 조금 부어 초헌관에게 넘긴다. 초헌관은 술을 받아 향불 위로 시계 반대 방향으로 세 번 돌린 후 모사 또는 퇴주잔에 붇는다. 빈 잔을 우 집사에게 주어, 빈 잔을 잔반에 놓고 다시 두 번 절을 한다. 이때 향을 피우는 것은 하늘에 고하는 것이고 술잔을 붇는 것은 지신(地神)에게 알리기 위한 것이다.

3)"참신례(參神禮)": 제사 참석자는 모두 재배(再拜, 2번 절함)합니다.

4)"초헌례(初獻禮)":

①초헌관은 앞으로 나와 제상 앞에 꿇어앉아 경건히 기다립니다.

② 초헌관이 술잔을 잡고 우 집사가 술을 붓고 술잔이 차면, 초헌관은 술잔을 '시계 반대 방　향'으로 향 위로 술잔을 세 번 돌린 후 잔을 좌 집사에게 준다.

③잔을 받은 좌 집사는 술잔을 고위(考位, 할아버지) 메와 갱 사이에 놓는다.

④좌우 집사가 역할을 바꾸어 같은 방법으로 비위(妣位, 할머니) 메와 갱 사이에 놓는다.

⑤양 집사는 정저(正著, 젓가락을 세웠다 놓기)하고,

⑥참석자는 모두 부복(仆伏, 꿇어 엎드림, 절이 아님)한다.

5) "독축(讀祝)":

①축관은 축을 읽습니다.

②독축 후 초헌관은 재배하고 물러나 일어서고, 제관들도 모두 일어섭니다.

③제상에 올린 잔을 물려서 퇴주 그릇에 술을 비우고, 빈 잔을 잔반에 다시 올려놓습니다.

6) "아헌례(亞獻禮)): 아헌관은 초헌 때 ①~⑤와 같은 순서로 합니다.

⑥제상에 올린 잔을 물려서 퇴주 그릇에 술을 비우고, 빈 잔을 잔반에 다시 올려놓습니다.

아헌과 종헌은 부자간에는 할 수 없고, 성이 다른 며느리는 가능합니다.

7) "종헌례(終獻禮)": 종헌관은 초헌 때 ①~⑤와 같은 순서로 합니다.

이때 다음 순서인 "첨작례" 때 술을 더 붓기 위해 술잔을 7할만 채웁니다.

⑥제상에 올린 잔을 물리지 않고 그대로 둡니다.

8) "첨작(添酌)례":

①초헌관은 제상 앞으로 나아가 술병이나 술잔을 공손히 들어 집사에게 주면,

집사는 이미 들여놓은 술잔에 조금씩 3회 술을 부은 후, 술병을 제자리에 놓는다.

②초헌관이 두 번 절한다. ③정저한 후, 술잔을 물리지 않는다.

9) "유식(侑食)":

①집사는 메(밥)의 반개(덮개)를 벗기고 삽시(插匙)하고 정저합니다.

삽시란 술(숟가락)을 갱에 적셔서, 술의 오목 부분을 병풍 쪽으로 꽂는 걸 말합니다.

②부복(仆伏, 엎드려 있음, 절하는 것이 아님)을 약 30초간 합니다.

③집사가 먼저 일어나 휘음(徽音, 흠! 하고 소리를 냄)을 하면 모두 일어난다.

10) "헌다(獻茶, 차를 올림)": 집사는 갱기(羹器, 국그릇)를 숭늉(찬물)으로 대치합니다.

11) "제반(除飯)":

①반개를 벗겨서 조용히 메밥 옆 빈 곳에 놓습니다.

②숟가락으로 밥을 조금 떠서 숭늉에 적시기를 3번 하고 술을 숭늉에 걸어둡니다.

③정저합니다.

12) "국궁배례(鞠躬拜禮)":

①허리를 구부려 반절을 약 20초간 실시합니다.

② 집사가 먼저 일어나 휘음(徽音, 흠! 하고 소리를 냄)을 하면 모두 일어난다.

③ 반개를 덮고, 수저를 시접에 가지런하게 합니다.

13) "사신(辭神)": 조상님께 작별 인사로 두 번 절합니다.

14)"철상(撤床)": 상을 조금 앞으로 이동합니다. 제사가 끝났음을 알립니다.

15)"음복(飲福)": ①나이에 상관없이 초헌관이 꿇어앉아 먼저 드린

술을 마신다.

②반드시 꿇어앉아 나이 순서대로 술과 안주를 조금씩 나누어 먹는다.

③봉가(奉家, 제사에 참석 못 한 집안 어른들께 음식을 나눔)를 싸서 돌리기도 한다.

바람직한 제사의 방향

◆ 기제사(忌祭祀)와 차례(茶禮)의 구분

조상의 돌아가신 날을 기리는 제례를 기제사라 하고 설날, 한식, 추석 등 명절에는 차례를 올린다. 그러나 차례 제사라고도 한다. 차례는 한 해의 시작, 추수 등 의미 있는 날을 맞이했다는 것을 조상에게 알리는 의식으로 "제사"라 하지 않고 "차례 드린다", "차례 올린다"고 한다. 조상이 돌아가신 날에 모시는 '기제사'는 해당하는 조상과 그 배우자를 모시게 된다. 그러나 차례는 본인이 기제사를 지내는 '모든 조상을 한꺼번에 모신다'는 차이가 있다.

고위(考位, 돌아가신 아버님)와 비위(妣位, 돌아가신 어머니)를 메(밥)도, 갱(국)도 한 그릇에 담는다. 다만 수저는 각각으로 해야 한다. 기제사는 집에서 지내지만, 차례는 성묘하며 지내기도 한다. 또, 한밤에 지내는 기제사와 달리 오전에 지낸다. 명절 차례에는 밥, 국, 숭늉을 떡국이나 송편이 대신한다. 차례 절차는 축문을 읽지 않고 술을 1번 올리는 것이 특징이다. 또한 기제사에서 문을 닫는 "합문"과 숭늉을 올리는 "헌다"는 차례에서 대체로 생략한다.

앞으로 기제사도 자손들끼리 돌아가신 날 근처의 휴일을 정해, 산소에서 지내는 방법도 생각해 볼 수 있다. 또한 형편이나 종교에 따라 다르게 지낼 수도 있다.

◆ 바람직한 제례 방향

제례는 조상에 대한 존경과 애도의 표시로 돌아가신 조상을 추모하고 그 은혜에 보답하는 표시이다. 다하지 못한 효(孝)의 표시로 가족 친지의 화합과 우의를 다질 수 있어 우리 사회가 발전시켜 왔다. 제례의 종류가 너무 많고 절차가 어려워 부담스러우며, 가문의 권위를 과시하기 위한 과다 제수로 경제적, 시간적 부담이 증가한다는 단점도 있었다. 제례의 전통을 바탕으로 현실에 맞게 바꾸어 나가는 것이 필요하며, 절차와 형식을 쉽게 하여 많은 사람, 특히 아이들도 친근해지도록 하는 것이 중요하다.

최근에는 제사도 많이 간소화되고 합리적으로 치르려는 경향이 강하여 지방도 한글로 사용하고 축문도 전통의 형식에서 벗어나 쉽고 각자의 사정에 맞게 쓰기도 한다. 현대에는 거의 신주(神主)를 모시지 않으므로 지방(紙榜)으로 대신하거나 사진을 모시기도 한다. 제사는 돌아가신 날 자시(子時, 밤 12시)에 지내는 것이 원칙이지만 요즘은 형편에 따라서 돌아가신 당일 일몰 이후에 지내기도 한다.

전통 축문에 따르지 않고 제사를 주관하는 자나 각 참가자는 각기 그 특수 사정에 따라 고인을 추모하는 글을 임의로 지어 읽어도 좋다. 딸, 아들 구별 없는 시대에서 신축성 있게 지내는 것도 필요하다. 실제 딸이나 사위가 처가 어른을 봉양하고 도움을 받는 지금, 제사는 꼭 아들만 지내야 한다는 것은 재고할 필요가 있다. 제수 장만의 어려움을 고려해, 본래의 의미를 잃지 않는 선에서 준비하는 것도 모색하여야 하며, 형제들이 제수 비용이나 음식을 공동으로 준비하는 것도 필요하다.

제례는 경사스러운 일로 여겨, 절도 길사 때 올리는 절로 하고 있으며, 제례를 매개로 일가친척들이 모여 공동체의 결속력을 다져 주는 기능도 있기 때문에 가정환경, 종교, 경제 형편에 맞게 편리하게 형식과 절차를 바꾸어 재구성한다면 제례 본래의 긍정적 의미로 정착시켜 나갈 수 있을 것이며 이는 나아가 현대 사회의 분열, 불신, 소외, 의지 상실 등의 문제점을 해결해 줄 대안이 될 수도 있다고 본다.

◆ 한글로 지방 쓰는 법

1) 지방 대신에 사진을 놓으면 된다.

2) 정성이 있으면 사진 아래아 우측에 아래와 같이 쓰면 된다.

증조부님 통덕랑 부군 신 위/ 부이사관 아 버 님 신 위/ 의학박사 아버님 신위

망실(亡室, 돌아가신 아내) 달성 서씨 신 위/어머님 교장 김해 김씨 신 위

어머님 경제학박사 OO(본관) O씨 신 위

◆ 한글로 아버지(할아버지) 기제 축문 쓰는 법

한문을 사용하기 불편한 세대들은, 아래와 같이 한글로 지방이나 축문을 대신할 수도 있다.

1) 조상님들께 쓰는 법

○○년 ○월 ○일

아버지(또는 할아버님) 신위 전에 삼가 고합니다.

아버님(또는 할아버님)께서 별세하시던 날을 다시

돌아오니 추모의 정을 금할 수 없습니다.

이에 간소한 제수를 드리오니 강림하시어 흠향하소서!

2) 남편(아내)의 기제 축문 쓰는 법

 ○○년 ○월 ○일

남편(아내) ○○는 당신의 신위 앞에 고합니다.

당신이 별세하던 날을 당하니

옛 생각을 금할 길 없습니다.

간소한 제수를 드리니 흠향하소서.

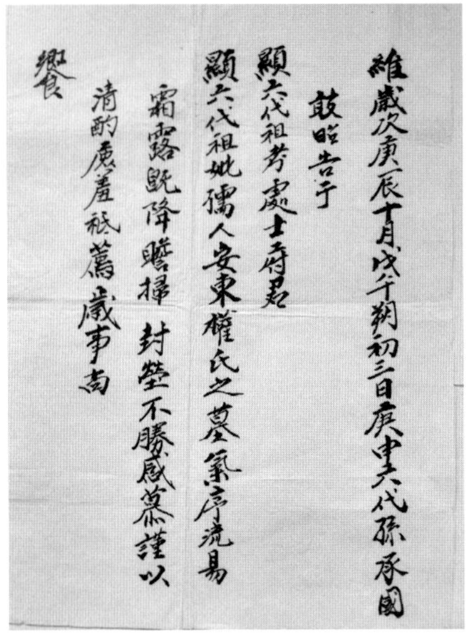

가을 시제에는 氣序流易 霜露旣降 瞻掃封塋, 계절이 바뀌어서 서리가 이미 내렸고 산소 벌초하고 보살폈다는 뜻(石潭 公 글씨).

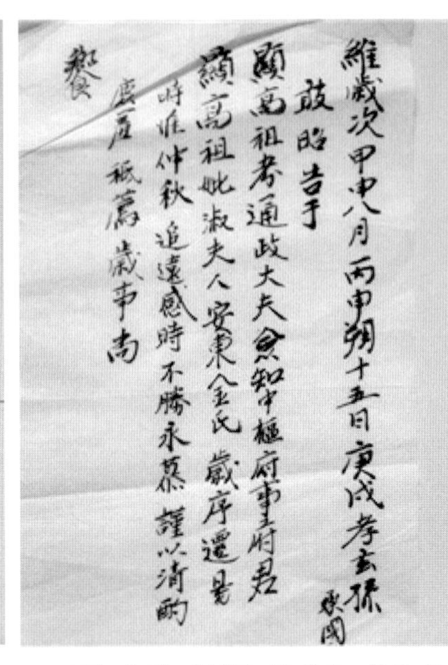

고조부 추석 제사를 집에서 지낼 때에는 歲序遷易 時維仲秋, 세월이 바뀌어 중추절이 되었습니다. (이하 石潭 公 글씨)

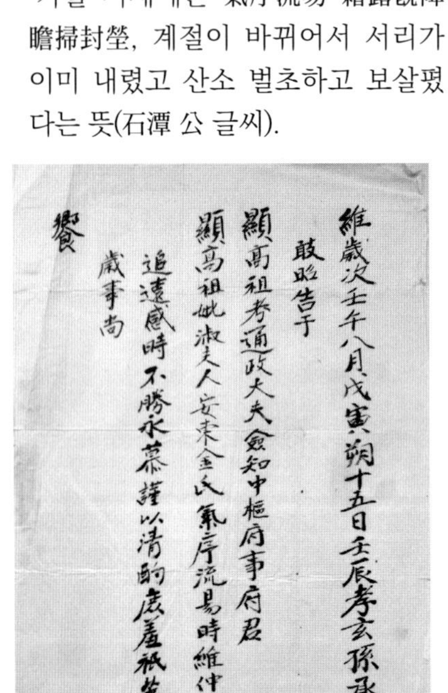

고조부 추석 제사를 집에서 지낼 때 축문이다. 고손(高孫)은 지방이나 축문에서는 현손(玄孫)으로 쓴다.

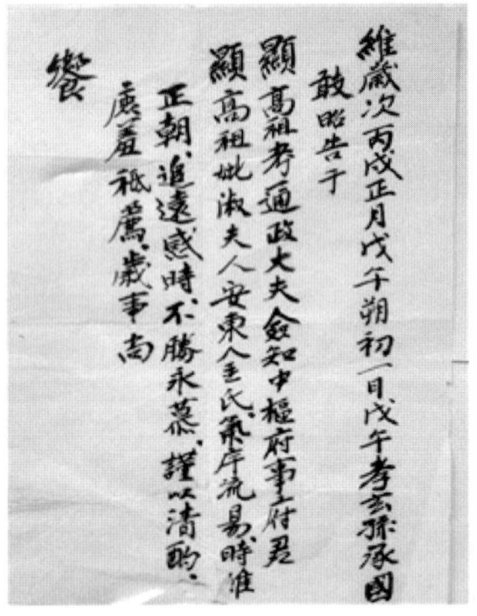

정월 초하루 제사에는 기서유역氣序流易 시유정조時維正朝 또는 시유원단時維元旦이라 쓴다.

공조참의공工曹參議公 제단입석고유문祭壇立石告由文

維歲次癸卯四月丁巳朔初九日丙戌

孝九世孫 承晩 敢昭告于

顯九代祖考贈工曹參議府君

顯贈淑夫人義城金氏

先祖陰德 何時不忘 不勝感慕

芝里谷下 奉築祭壇 工旣畢役

時流變遷 向後 奉爲時祭 以所祭壇

此以 不孝莫及 今以吉辰 伏惟

尊靈永世是寧 謹以淸酌 庶羞祇薦

虔告謹告

維歲次辛巳八月癸未朔十七日己亥孝曾孫承國
敢昭告于
顯曾祖考通德郞府君
顯曾祖妣淑人慶州李氏歲序遷易諱日復臨
追遠感時不勝永慕謹以淸酌庶羞恭伸
奠獻尚
饗

維歲次丁亥四月辛亥朔初八日戊午孝子承國
敢昭告于
顯考處士府君
顯妣孺人英陽南氏歲序遷易
顯考諱日復臨追遠感時昊天罔極
謹以淸酌庶羞恭伸奠獻尚
饗

顯祖妣孺人英陽南氏　神位　　顯祖考處士府君　神位

1) 維歲次~~~~~~~~

"顯祖考處士府君　　神位

顯祖妣孺人英陽南氏　神位"이라고 쓴 후에 제삿날이 비위(妣位, 할머니) 제사면 그대로 세서천역(歲序遷易)으로 하고,

2) 고위(考位, 할아버지) 제사면 세서천역(歲序遷易) 처사(處士府君) 휘일부림(諱日復臨)이라고 써야 한다.

왜냐하면 할머니 제삿날이면 그대로 써도 말이 되지만, 할아버지 제사이면 할아버지 제삿날이란 사실을 밝혀야 하기 때문이다.

3) 부모님의 제사일 때는 불승영모不勝永慕 대신 호천망극昊天罔極을 쓴다.

4) 지방을 쓸 때는 축문을 쓸 때와는 반대로 좌측이 고위考位이고 우측이 비위妣位다.

지방(紙榜) 쓰는 법

顯 曾祖考通德郎府君　　神位

顯 曾祖淑夫人 興海裵氏 神位

顯 祖考處士府君　　　神位

顯 祖妣孺人 英陽南氏　神位

1) 현(顯)은 나타날 顯자로 "나타나십시오!"라고 하는 말이다.

2) 제주(祭主, 제사 모시는 사람)로부터 아버지는 고(考, 죽은 아버지)라고 하며, 조부는 조고(祖考), 증조부는 증조고(曾祖考), 고조부는 고조고(高祖考), 5대조는 오대조고(五代祖考)라고 적으면 된다.

3) 벼슬이 없으면 처사부군(處士府君), 또는 학생부군(學生府君)이라고 적으면 된다.

벼슬이 있으면 벼슬을 적으면 된다. 통정대부(通政大夫), 의학박사(醫學博士), 부이사관(副理事官)이라고 쓰면 된다. 부군(府君)이란 죽은 조상에 대한 존칭(尊稱)이다. 즉 저승인 명부(冥府)에 계시는 분이란 뜻이다. 통덕랑(通德郎)이란 벼슬은 없었지만, 덕망이 높았고 자손들이 훌륭하게 된 경우 높여서 부르는 말이다.

4) 신위(神位)는 누구에게나 같다. 신위라 죽은 사람이 의지하고 자리 잡는 곳이란 뜻이다.

5) 우리 집은 좌설(左設)을 하는 집이다. 좌설이란 지방도 붙여 놓고

앞에서 볼 때 종이의 좌측에 고위(考位, 아버지)를 모시고, 종이의 우측에 비위(妣位, 돌아가신 어머니)를 적는다.

진설(陳設, 제사 상차림)도, 제사 지내는 사람이 앞에서 볼 때 좌측이 우선이라 좌설이라 한다. 제사상에 과일을 놓는 조율이시(棗栗梨柿), 홍동백서(紅東白西)도 모두 좌측에서부터 놓아가면 된다.

6) 돌아가신 어머니나 할머니는 우측에 적는다. 어머니는 비(妣), 할머니는 조비(祖妣), 증조모는 증조비(曾祖妣), 5대조 할머니는 오대조비(五代祖妣)라고 적으면 된다.

7) 보통은 유인(孺人, 남편이 벼슬 못한 경우)이라 적는다. 만약 남편을 처사라 쓰지 않고 벼슬 등으로 높여서 쓴다면, 부인도 높여서 숙부인(淑夫人)이라 적어도 된다, 현대식으로 교수(敎授)나 박사학위(博士學位)를 적을 수도 있다. 벼슬 뒤에는 남양 홍씨, 달성 서씨 등과 같이 어머니나 할머니의 본관(本貫)을 적는다.

8) 신위(神位)라는 글자는 지방 종이에서 위치를 같게 하면 모양이 좋다.

9) 지방을 매번 슬 수도 있고, 만약 지방 함(函)이 있다면 다음에 쓰기 위해 잘 보관할 수도 있다. 붓글씨로 쓰는 것이 좋으나, 요즘은 컴퓨터로 출력할 수도 있다. 또한 한글로 쓸 수도 있다.

어렵지 않은 축문(祝文) 쓰기와 한글 축문의 예

　어렵게 생각하지 말고, 이미 만들어져 있는 틀에 제주(지내는 사람 대표)와의 관계나, 장소, 때에 따라 바꿔 넣기만 하면 된다. 컴퓨터로 미리 틀을 만들어 놓고 프린트하면 아주 편리하게 쓸 수 있다. 축문은 돌아가신 날에 지내는 기제사(忌祭祀), 설날, 추석, 산소에서 지내는 시제(時祭) 때 읽는다. 축문은 기제사를 혼자서 지낼 때는 독축(讀祝, 축문 읽기)을 하지 않아도 된다. 그러나 혼자라도 고유제(告由祭)를 지낼 때는 읽어야 한다. 고유제란 집안에 경사가 있거나, 산소를 옮기거나, 묘나 제단에 석물(石物)을 설치하거나 기타 무슨 일이 있을 때 산신(山神)이나 조상님들께 알리는 제사를 말한다. 아래에 그 한 예를 들어보겠다.

維歲次丙戌 正月戊午朔 初一日戊午　孝玄孫承國 敢召誥于

유세차병술 정월무오삭 초일일무오 효현손승국 감소고우

顯高祖考通政大夫僉知中樞府事府君　顯高祖妣淑夫人安東金氏

현고조고통정대부천지중추부사부군　현고조비숙부인안동김씨

氣序流易 時維正朝 追遠感時 不勝感慕 謹以淸酌 庶羞祇薦 歲事尙 饗

기서유역 시유정조 추원감시 불승감모 근이청작 서수지천 세사상 향

1) 維歲次丙戌: 유세차는 세월의 차례, 병술丙戌은 그해의 간지(干支를 말함)

2) 正月戊午朔: 정월은 1월. 戊午는 그달의 간지로, 그달 초하룻날 간지가 그달의 간지가 됨

3) 初一日戊午: 1~9일은 반드시 초1~9일이라 하고, 이후는 十五日처럼 그대로 쓴다. 무오戊午는 그날의 간지다. 간지(干支)는 음력 달력에 있고, 없으면 컴퓨터 간지 달력에서 찾아보면 된다.

4) 孝玄孫承國: 孝는 효자란 뜻이 아니고 '이을 효'란 뜻이다. 그냥 제주(祭主)의 이름을 쓴다. 제주가 아들이면 효자孝子, 모친만 계시면 애자哀子, 부친만 계시면 고자(孤子) 양친이 안계시면 고애자(孤哀子), 손자면 孝孫, 孝曾孫이라 쓰되, 高孫子는 高孫이 아닌 현손玄孫으로 쓴다.

5) 감소고우敢召誥于: 敢(감히, 구태여), 소고召誥(밝혀 알리나이다), 우于는 어조사이다.

6) 顯高祖考通政大夫僉知中樞府事府君: 顯(나타나시십시오), 관직을 쓴 후 府君이라고 쓴다.

7) 顯高祖妣淑夫人安東金氏: 顯(나타나시십시오), ①벼슬이 없으면 유인(孺人), ②벼슬이 있으면 淑夫人이나, 석사, 박사, 교장, 국회의원이라고 그대로 쓴다.

8) ①집에서 지내면 위처럼 쓰고,

  ② 산소에서 지내면 안동김씨지묘安東金氏之墓라고 쓰고

  ③ 제단에서 지내면 안동김씨지제단安東金氏之祭壇이라고 쓰면 된다.

9) 氣序流易 時維正朝: ①기서유역氣序流易 계절이 바꾸어, 시유정조時維正朝 새해 아침입니다. 시유원단時維元旦이라고도 할 수 있다. ②추석이면 시유중추時維仲秋라고 쓴다.

③기제사이면 기서유역 휘일부림諱日復臨으로 쓴다.

④가을 시사時祀면 기서유역 뒤에 '상로기강霜露旣降 첨소봉영瞻
掃封塋(서리가 이미 내렸고 깨끗하게 정리한 산소를 바라보며),

⑤만약 제단이면 첨소봉영 대신에 첨소제단瞻掃祭壇이라 쓴다.

10) 추원감시追遠感時 불승감모不勝感慕:

①오래전 감회를 생각해 볼 때, 그리운 마음을 이길 수가 없습니다.

②만약 대상이 부모라면 '호천망극昊天罔極, 부모님의 은혜가 끝
이 없으나, 지금 안 계시니 매우 슬픕니다.'라고 쓴다. 불승감모 대
신 불승영모不勝永慕로도 쓴다.

11) 근이청작謹以淸酌 서수지천庶羞祗薦:

①삼가 맑은 술과 여러 음식(떡, 메, 전)을 올리고

②간단히 주과포酒果脯(술, 과일, 포)만을 올린다면 주과용신酒果
用伸으로 쓴다.

③기제사일 때는, "근이청작 庶羞 恭伸奠獻(공신전헌, 공손히 올
린다는 말) 세사상 향"으로

12) 세사상歲事尙 향饗: 해마다 늘 있는 일로, 향饗(잔치 향) 잘 드
시고 가시옵소서! 단, 향饗은 줄을 바꾸고 글자 위치를 한 글자 높여
쓴다.

13) 원문의 이러한 뜻을 살려 국문으로 써도 된다.

＊한문이 익숙하지 못한 세대는 위에 있는 한문 축문의 뜻를 살려서
아래와 같이 한글로 축문을 쓸 수도 있다. 그 한 예로 우리 집안에서
아마리 지리골에 제단을 모시고 고유제사를 드리며 쓴 한문 제문과
이를 번역한 한글 제문을 예로 들었습니다.

維歲次丁酉 二月丁亥朔 二十六日乙酉 孝七代孫 宗燦 敢昭告于

유세차정유 이월정해삭 이십육일을유 효팔세손 종찬 감소고우

顯七代祖考處士府君之祭壇

氣序流易 春氣滿山 先祖陰德 何時不忘 不勝感慕

芝里谷下 奉築祭壇 工旣畢役 時流變遷 向後 奉爲時祭 以所祭壇

此以 不孝莫及 今以吉辰 伏惟 尊靈 永世是寧

瞻掃封榮 謹以 酒果用伸 虔告謹告

정유년(2017년) 2월 26일에 7대손 종찬이가

7대조 할아버님께 구태여 아뢰옵나이다.

세월이 흘러 봄기운이 온 산에 가득합니다.

선조님의 음덕을 늘 잊지 않고 숭모하는 마음을 이길 수 없어

지리골 아래에 제단을 받들어 만드는 공사를 끝냈습니다.

세상이 바꾸어 향후 시제는 이 제단에서 받들어 모시려합니다.

이렇게 하는 것이 불효막급이오나

좋은 날을 잡아 엎드려 비오니 존령께서 영원토록 이곳에서

평안하시기를 비옵나이다.

산소를 벌초하고 삼가 주과를 정성스레 올리며 경건하게 고하옵나이다.

수현(受炫)이가 2021년 서울대학에서 디자인학으로 박사학위를 받

았기에, 아버님 산소에 고유제사를 지낼 때 읽은 축문입니다.

維歲次辛丑八月丁酉朔初六日癸亥 孝子宗燦敢昭告于

顯考副理事官府君之墓

夢恩授

以陽曆八月二十七日 長孫女受炫

서울大學校디자인學部 博士學位 取得

奉承先訓 獲昇聰明 餘慶所及 不勝感慕 謹以

酒果用伸 虔告謹告

신축년(2021년) 8월 6일 장남 종찬이 삼가 아뢰옵니다.

부이사관을 지내신 아버님,

아버님의 은혜를 받아

양력으로 올해 8월 27일에 장손녀 수현이가

서울대학교에서 디자인학부 박사학위를 받았습니다.

선조님들 은혜로운 가르침을 받아 총명할 수 있어 이 경사가 있습니다.

이 은혜를 잊을 수 없어 삼가 맑은 술과 과일을 바치며

삼가 경건하게 알려드립니다.

〈지리골 제단을 완성한 후 고유(告由) 축(祝)

維歲次丁酉 二月丁亥朔 二十六日乙酉 孝八世孫 宗燦 敢昭告于

顯七代祖考處士府君之墓

氣序流易 春氣滿山 先祖陰德 何時不忘 不勝感慕

芝里谷下 奉築祭壇 工旣畢役 時流變遷 向後 奉爲時祭 以所祭壇

此以 不孝莫及 今以吉辰 伏惟 尊靈 永世是寧

瞻掃封塋 謹以 酒果用伸 虔告謹告

정유년 2월 26일에 7대손 종찬이가

7대조 할아버님께 구태여 아뢰옵나이다.

세월이 흘러 봄기운이 산에 가득합니다.

선조님들의 음덕을 늘 잊지 않고 숭모하는 마음을 이길 수 없어

지리골 아래에 제단을 받들어 만드는 공사를 끝냈습니다.

세상이 바꾸어 향후 시제는 이 제단에서 받들어 모시려합니다.

이렇게 하는 것이 불효 막급하오나

좋은 날을 잡아 엎드려 비오니 존령께서 영원토록 이곳에서

평안하시기를 비옵나이다.

산소를 벌초하고 삼가 주과를 정성스레 올리며 경건하게 고하옵나

이다.

〈대상축大祥祝(돌아가신 지 2년 제삿날)〉

　維歲次丁酉 七月戊申朔 二十四日甲辰

　孤子 宗燦 敢昭告于

　顯考副理事官府君 日月不居 奄及大祥

　夙興夜處哀慕不寧 謹以 淸酌庶羞 哀薦常事 尙 饗

〈소상축小祥祝(돌아가신 지 1년이 되는 제삿날)〉

　維歲次丙申 七月丁巳朔 十六日辛酉

　孤子宗燦 敢昭告于

　顯考副理事官府君 日月不居 奄及小祥

　夙興夜處哀慕不寧 謹以 淸酌庶羞 哀薦常事 尙 饗

석담선생 유고집

초판인쇄 2026년 3월 25일
초판발행 2026년 3월 25일

지은이 신종찬
펴낸이 이해경
편 집 박다연
펴낸곳 ㈜문화앤피플뉴스
등록번호 제2024-000036호
주소 서울 중구 충무로2길 16, 4층 403호 (충무로4가, 동영빌딩)
대표전화 02)3295-3335
팩스 02)3295-3336
이메일 cnpnews@naver.com
홈페이지 www.cnpnews.co.kr

정가 25,000원
ISBN 979-11-94950-29-5(03810)